Unicorn

独角兽书系

百变王牌

♥♦♣♠

逆转王牌

WILD CARDS

[美]乔治·R.R.马丁 /编

王靓婷/译

GEORGE R.R. MARTIN

重庆出版集团 重庆出版社

版贸核渝字(2017)第144号

图书在版编目(CIP)数据

百变王牌. 逆转王牌 / (美)乔治·R.R. 马丁编；王靓婷译. —重庆：重庆出版社，2023.9
书名原文：Turn of the Cards(Wild Cards #12)
ISBN 978-7-229-15909-2

Ⅰ.①百… Ⅱ.①乔… ②王… Ⅲ.①长篇小说—美国—现代 Ⅳ.①I712.45

中国版本图书馆CIP数据核字(2022)第063792号

百变王牌·逆转王牌
BAIBIAN WANGPAI · NIZHUAN WANGPAI
[美] 乔治·R.R.马丁 编
王靓婷 译
责任编辑：邹 禾 唐弋淄 唐 凌
装帧设计：冰糖珠子
封面图案设计：罗 烜
责任校对：杨 婧
排版设计：池胜祥

重庆出版集团
重庆出版社 出版
重庆市南岸区南滨路162号1幢 邮政编码：400061 http://www.cqph.com
重庆出版社艺术设计有限公司 制版
重庆市鹏程印务有限公司 印刷
重庆出版集团图书发行有限公司 发行
E-MAIL:fxchu@cqph.com 邮购电话：023-61520646
全国新华书店经销

开本：890mm×1230mm 1/32 印张：15.5 字数：420千
2023年9月第1版 2023年9月第1次印刷
ISBN 978-7-229-15909-2
定价：74.80元

如有印装质量问题，请向本集团图书发行有限公司调换：023-61520678

目录
Contents

编者的话

《百变王牌》这部作品完全架构在一个虚构的世界中，它的历史与现实历史完全平行。《百变王牌》中呈现的所有姓名、角色、地点和事件纯属虚构，或当虚构使用。任何与真实事件、场所及在世或已死亡的真实人物的相似之处，纯属巧合。例如，本选集中的论文和文章以及其他相关文献都是虚构之作，本书完全无意于描述或暗示任何真实存在的作者或诸如此类的人物曾经确实写过、出版过或对本书中的论文、文章及其他相关文献做出过贡献。

乔治·R.R.马丁

序

“超级英雄”的文学之旅

对我来说，长久以来，古代、太空歌剧或幻想的第二世界都是我的兴趣点，凡是现当代的通俗文化产品，我更希望是描写自己熟悉的生活场景，显而易见，这样更能引起共鸣，也更能获得享受，而不是非得去一大堆自己完全陌生的地点、食物、玩笑、音乐等等中间刨梳和理解。因此我把《百变王牌》自然而然地划归“美国都市社区传说”一类。

作为乔治·马丁的译者、研究者和狂热爱好者，在相当长一段时间内，我疯狂地寻找和阅读了乔治·马丁所有出版过的文字，但对占用他创作时间第二位（除《冰与火之歌》之外）的《百变王牌》系列，却一直束之高阁（部分原因也是该系列篇幅太长）。直到最近几年，随着阅读眼界的不断拓展，观看这套书的理由不断累积，我才说服自己拿起书本来试一试。好奇我的理由吗？具体而言，打动我的有如下几个方面：

其一，我终于明确了一点——其实这一点原本就非常明确，无奈提到超级英雄，总不免第一时间想到漫画——《百变王牌》是文字小说系列，在这个领域，它能直接发挥乔治·马丁作为作家的特长，也能让熟悉和景仰马丁的我较为轻松地进入。《百变王牌》的确脱胎于美国超级英雄漫画的文化，乔治·马丁也的确从几岁起就是超级英雄漫画的粉丝……但它的基础载体是小说，它是文学宇宙，不同于DC或漫威的漫画宇宙乃至电影宇宙。

从基本介绍中即可得知，《百变王牌》先后有超过四十位作家参与，而乔治·马丁作为总编辑和作者是其灵魂人物。该系列小说不但均由他过目和整合，而且他自己还实际参与了其中若干中短篇的写作。《百变王牌》至今（截至2018年底）已出版了二十七部小说，大致可分为三类：

A类，同一故事背景下不同作者创作的中篇小说合集；

B类，单一作者的长篇小说；

C类，“马赛克小说”，即长篇小说的各部分由不同作者写就，最后经马丁本人发挥“导演”和“乐队指挥”的功能，将其融为一体。其中最后一类是马丁的得意之作，最能彰显他的创作成就。

其二，《百变王牌》源自桌面角色扮演游戏。虽然我对超级英雄漫画说不上知根知底，对美国文化背景更觉陌生，但作为游戏迷和奇幻迷，对角色扮演游戏却是熟悉和喜爱的，尤其是《龙与地下城》及其衍生和改编的各类电子游戏。

整理和翻译《梦歌——乔治·马丁作品回顾集》的时候，我就清楚乔治·马丁对角色扮演游戏的狂热。他于1980年搬家到新墨西哥州圣塔菲市（至今依然定居于此），不久便加入了当地的角色扮演游戏聚会（聚会成员一半以上是作家），起初玩的是“克苏鲁的召唤”，1983 年开始玩“超人世界”，从此一发不可收拾。乔治·马丁喜欢游戏主持人（GM）的角色，在游戏过程中创造了数以百计的 NPC 和反派（据说其中许多人物至今还没捞到在《百变王牌》小说里的出场机会!），也创造出《百变王牌》的基础设定。很大程度上，《百变王牌》的创作过程就是我们自身“跑团”经历的翻版（跟《龙枪》的诞生过程非常相似），这大大拉近了我跟它的心理距离。

其三，《百变王牌》虽根植于美国文化，与我们中国人的日常生活环境相距颇远，但乔治·马丁的指导理念是一脉相承的现实主义。《百变王牌》与其他超级英雄作品在立意上的最大不同，在于它的创作者是一群思想活络的作家（而非单纯的漫画从业者），他们从最初的游戏过程开始就彼此“争奇斗艳”，试图把笔下人物当成活生生的“人”来考察。它并不像许多超级英雄作品一样追求肤浅的“合家欢”，回避现实中怯于提及的问题，它不但着重考察了超级英雄（即《百变王牌》中的“王牌”）对人类社会方方面面的影响，还把力量对超级英雄自身的影响作为重点。

此外，《百变王牌》横跨二战以后的整个时空，故事背景从 20 世纪 40—50 年代种族主义和麦卡锡主义泛滥的美国一直到当前的网络社会。它的视野并不若我最初以为的那样局限于“乡土美国”和“都市美国”，真实的历史人物和历史事件在小说中频频出现，从西方到东方，从总统选举到世界和谈，光怪陆离的多元化犹如《冰与火之歌》中神秘莫测的魔法一样吸引着我。

基于这三点，我从最初的排斥到逐步试探，展开了对《百变王牌》系列的了解和阅读。根据乔治·马丁及其同伴作家们的说法，他们当年并不甘心自娱自乐，舍不得告别自己创造的精彩人物，于是在一年多酣畅淋漓的游戏之后，萌生了将游戏的设定和故事进行商业化、推向市场的念头，由此诞生出《百变王牌》。梳理从20世纪80年代中叶商业化至今的全部作品，这个IP（一度号称世界上延续时间最长的共用世界系列）大致可分为如下几个发展阶段：

第一阶段，黄金时期。乔治·马丁等人最初寻找的合作者是著名的巴兰亭出版社，于1987年到1993年间一共推出了十二部小说（包括上面提到的中篇合集、长篇小说和“马赛克小说”这三种形式）。作为巴兰亭出版社重点栽培的书籍，《百年王牌》系列不负所望地一炮走红，并在评论界获得极大赞誉，1988年即进入雨果奖决选，只是惜败给阿兰·莫尔那本极其出色的《守望者》。它也迅速被改编为漫画、桌面角色扮演游戏，并卖出电影版权，培养了大批至今仍支持着它的忠实读者。

重庆出版社简体中文版《百变王牌》最初出版的七本小说全部来自这个时期，它们是“元祖三部曲”的《百变王牌》《王牌云巅》和《疯狂鬼牌》，“木偶师四部曲”的《王牌旅途》《深入污秽》《最后王牌》和《亡者之手》。通过这些最经典的著作，读者可迅速进入《百变王牌》的世界。

第二阶段，沉沦时期。随着《百变王牌》在巴兰亭出版社的销量缓慢走低，马丁等人为了眼前利益，轻率地将出版权转交给较小的巴恩出版社。1993 年到 1995 年间该出版社出版的《百变王牌》第十三到第十五部小说在商业上迎来惨败，此后便是长达七年的空白期。2001 年，马丁等人寻到新出版商 IBOOKS，然而到 2006 年为止，勉强推出《百变王牌》的第十六和第十七部小说（及再版了以前的部分小说）之后，该出版商宣告破产。

不过，乔治·马丁的《冰与火之歌》系列前三卷就出版于《百变王牌》的七年空白期之内，并让他的作家生涯更上一层楼。真可谓塞翁失马焉知非福，或者说失之东隅收之桑榆——如果《百变王牌》不遭遇滑铁卢，说不定读者们还看不到《冰与火之歌》呢！

第三阶段，复兴时期。2007 年 IBOOKS 破产以后，美国最大的幻想文学出版社托尔出版社趁机将《百变王牌》纳入帐下。此后伴随乔治·马丁声誉的节节高升，也得益于市场大环境的变化（如超级英雄题材在电影领域的极大成功），《百变王牌》逐渐恢复了过去的辉煌。2008 年到 2018 年这十一年间，托尔出版社一共出版了十部《百变王牌》的新小说，再版了以前的大部分小说，还在网站上发表了近二十篇中篇小说，《百变王牌》也再度被改编为漫画和桌上角色扮演游戏。

更激动人心的消息来自 2018 年底，HULU 电视台宣布将与马丁合作开发两个《百变王牌》的电视剧。在这个眼球经济的时代，这无疑是该系列顺利延续和发展的最大利好。

那“百变王牌”究竟是什么？《百变王牌》系列又在说什么呢？本着不剧透的态度，我可以简单地回答，“百变王牌”是与地球人高度相似的塔基斯星人研究出来的一种改写基因的外来病毒，其研究的最初目的是制造超能力，却发生了可怕的意外。它于 1946 年被释放在美国的纽约市（当即造成近两万人的死亡），随后又经携带扩散到世界各大城市。

事实证明，“百变王牌”病毒是可怕的，它对所有人一视同仁，没有免疫可能；但它同时又像神奇的阿拉丁神灯，透过人类的潜意识诱发变异，经由人类的欲望、个性和恐惧而产生神奇的力量。“百变王牌”的基因还可以在人体内潜伏下去，并以百分之五十的概率传递给后代，所以该系列的宇宙里，至今仍有人会突然激发自己的能力，由时代的欲望而产生新的英雄（或怪物）。

成为英雄的条件非常苛刻，也非常不公平。一百个人中，九十个人会抽到“黑桃皇后”（变异失败，迅速死亡），九个人抽到“鬼牌”（变成怪物，甚至宁愿自己去死），只有唯一的一人能抽到“王牌”（激发潜在能力，成为超级英雄）。

《百变王牌》讲述的，就是这百分之一的英雄的故事。

屈畅

第一部

魔鬼之友[①]

① 美国老牌摇滚乐队“感恩而死”的单曲。

第一章

要是那个高个子男人没有去过异星球，他绝无可能看清危险的所在。

水坝广场上春意盎然，北海的天空一片蔚蓝，空气中飘散着辛辣的胡椒薄荷味，仿佛是要阻截列车站那边宜捷码头的臭气。马克·梅多斯“啊?”了一声，像泡沫被戳破似的，打了个激灵。

一份报纸被风吹到了他的脚边，包住了他的小腿，犹如一只深情款款的变形虫。他弯腰捡起了报纸。这是一份两天前的《国际先驱论坛报》[1]。他快速浏览了头条新闻。马丁内兹州长宣布禁毒战争大获全胜。联合国仍在争论美国对火箭堡的镇压是否算得上是一场大屠杀——一阵剧痛刺穿了他的灵魂。他有朋友在火箭堡上，何况这并非这群可怜鬼牌的过错，他们聚集在一起不过是为了对抗那个愈加仇视他们的耐特世界，那个他为了活命而被迫逃离的世界。

*膨胀，兄弟，对不起。K.C. 是对的。联合机构不会放过你，而他们一定会为此下十八层地狱。*愿你安息。

其他新闻还提到了欧洲议会此时正召开会议讨论百变王牌的问题。真神之光组织的恐怖分子炸毁了越南的一家私人鬼牌诊所。越南政府宣称他们将坚持社会主义的革命信仰直到永远，哪怕上至苏联，下至南也门的所有人都像疯耗子般地放弃了它。

一切还是老样子，就如同他从未离开过。

---

①《纽约时报》旗下的一份英文国际性报纸。

马克不想乱丢报纸，于是他收回手，将报纸折叠后塞进了他那条二手卡其长裤的后袋里。如今他的思绪已经被扯离了脑海中的那个遥远地方，他在那里已经耽搁了太多时间。他看着午间熹微的日光，眨了眨眼。一群人聚在一起吃午饭，被挤在帕拉第奥风格的皇家宫殿——宫内立着几尊绿色的神话人物，还有七道象征性的拱门，哪儿都不通，颇有象征意味——和好几栋四四方方又带尖角阁的棕色建筑之间。眼前景色倒是令人感到舒适，不过稍显暗淡，让马克忽然就想起了他回到地球之后度过的这短短数周的荷兰生活，眼前的一切仿佛是这生活的完美缩影。

人们纷纷向上看去，伸手指向天空。他也抬起了头。他顶着灼目的天光，眯着眼去看，一眼就看到了人们盯着的东西：一个细长的身影翱翔在空中，没有任何飞行器辅助。

想想他的故乡，这就没什么大不了的；在纽约的天上，会飞的王牌们就和烟雾、交通直升机一样常见。欧洲人可没怎么见过这场景。他们仍处于兴奋之中。

马克举手放在眼睛上方，费力地想要看清那人是谁。那身制服似乎是蓝色的，很难与天空区分开，而且他还披着一件宽大的白色披风。这身装束不同于他以往打过交道的任何人，但使人联想到无数的电视广播。

“呃，”他开口说话，“西北风。奇怪，她、她在那边做什么？”

没人上前来为他解惑。他注意到有什么东西落到了维希市场那边的广场上。他有了点空余时间——事实上几近于无——凭着一丝隐晦的冲动，他再次探访了中央车站。那是19世纪晚期浪漫主义的可笑产物，正是这同样可笑的浪漫主义让巴伐利亚的那位疯子国王路德维希建造了迪士尼睡美人城堡的原型，而且华特·迪士尼又给城堡加入了姜饼元素，还加入了他欢喜地觉得是文艺复兴的愚蠢塔楼。换句话说，它正合了马克的口味。

马克怀着满心的好奇，大着胆子在川流不息的大卡车和公交车之间穿梭，越过气喘吁吁地骑着自行车的商人和四肢与面容都如同经过雕刻抛光后的红木的印度尼西亚人，他跨过了这条被称为“水坝大道”或者是“罗肯街”的街道（取决于你身处在哪边），这条街道将广场一分为二。话筒都被安置在围绕胜战纪念碑的一个个同心圆圈上（那胜战纪念碑就是一个白色水泥阳具）。一个穿着肥大伞兵裤的年轻人在话筒之间来回踏步，他顶着一头毛茸茸的珀金色短发，冲着无线话筒大喊大叫。他在吸引一群人的注意，大多数是年轻人。

“发生了什么事？”马克几乎是在对着空气提问。阿姆斯特丹人一向保守，但他们也有一副热心肠，而且七百年来都养成了镇定地应付陌生人的传统。正如马克所期待的，有人接住了他抛出去的话绳。

“那个年轻人是个绿党[①]。”一个年迈的老头出声答复道，他的英语带着荷兰口音，这让他的口气听起来并不友好，“他在说百变王牌的事。”

“百变王牌？”马克皱眉。他揉搓着下巴至脸颊的胡子，不同于他以往标志性的山羊胡须，他的胡子这次是随性恣意地生长着，而他还没有完全习惯脸颊上有毛的感觉。*难道自从我离开之后，发生了什么变故吗？*他暗自想道。“我以为绿党都是，像环保主义团体的党派。”

那位年轻的演说家伸手指向快要消失在西南方的西北风。他的劝诫在声调和激情上又上了一个台阶。

“他们确实是。”老头严谨地点头，只点了一次。他穿着一身黑色的制服，头戴一顶黑色的洪堡卷边毡帽，手里拄着一根黑色拐杖。时光仿佛将他磨损到只剩下他露出来的这些基本元素，除开他发红的

① 主张保护环境的非政府组织发展而来的政党。

圆脸颊。配上那撮雪白的帝王髯，他看上去就像是干瘪的桑德斯上校[①]。“但他们是政党，所以他们在所有事上都有一套政治议题。”

“他在说些什么？”马克对绿党了解不多，仅限于他从《时代》《村声》上读到的内容，或者是从CBS晚间新闻[②]里看到的消息，不过他对他们的印象一贯是这是个相当入时的政党。时至今日，不论他何时听到人们同时谈论起百变王牌和政治，他都有一种冰水沿着后腰滑落的熟悉感。

“他说新欧洲必须把这些感染了百变王牌病毒的人监管起来。”

“什么？”他的女儿曾被国家监管过一段时间。她被关押的原因是政府仇恨她的两位家长，而非她犯了丝毫过错。将她救出少年监狱正是他在异国隐姓埋名的缘由。至少是缘由之一。“那——那是歧视。就像是种族主义歧视。”

“确实。看似如此。那个年轻人向我们保证这是为了所有人好。出于怜悯，那些鬼牌必须得到看护，为了公众安全，王牌们都得加以限制。唯有如此才能拥有一个环境纯洁的欧洲。”

他摇头。“我本人并不想这样。那个认真的年轻人有权说出他的观点，真正的阿姆斯特丹人不会阻止他。可我记得有一伙人曾经想要单独挑出某一群体，实施区别对待。他们也曾非常担心环境的纯洁性。他们都绿得很彻底，实际上，这座纪念碑恰好就是为了纪念惨遭这伙人迫害的人们。”

“这群绿党不是唯一仇视百变王牌的家伙。”马克说道。他在RTL[③]上看到过欧洲议会在海牙辩论的英文电视节目。

“的确不是。这些日子以来，这种观点非常流行。传播得很快。东欧人可以攻击百变王牌，而不再攻击犹太人，反正苏联的铁蹄已经

---

① 连锁快餐店肯德基那位标志性的老爷爷。

② CBS为美国哥伦比亚广播公司的缩写。

③ 欧洲著名电视台、媒体集团。

松开了他们的脖子，也没有人会指责他们了。”他紧紧地盯住马克，“再一次，你们美国人又领了头。”

“我并不为此感到骄傲，老兄。”

“那就好。很好。”

他举起一只手。“慢着。听我说，王牌鬼牌们并非天生如此。这不是他们的错；他们是无辜的受害者，那些外星科技甚至比美国科技更加丑恶。可就像聚苯乙烯泡沫塑料，或者是基因工程的产物，这些对我们生物圈有威胁的东西必须受到监督，加以限制。”

“至少我们还是很容易就可以被回收的，老兄。”马克答道。

老头的视线抓住了他，紧盯着他，这时他才意识到他说出的话。马克的心一下沉到了地心深处。

“我期愿你还没有正确理解那个极为认真的年轻人的讲话要旨，”老头开口道，“不过我恐怕你已经明白了。”

马克心中顿生一丝异样的感觉，就好像那群基要主义者[①]所说的听摇滚乐给你烙上的兽印[②]终于开始在他的前额上发出红光，6-6-6，马克嘴里嘟囔了几句感谢，准备走开。老头叫住了他。

“我希望你原谅我这么说，年轻人，不过你的外表看上去与加尔文教派[③]的耶稣形象尤其相似，你这头金色长发，还有胡子，”老头接着说道，“万幸，我是天主教徒。”

听到被叫做“年轻人”，还有老头剩下的话，马克眨了眨眼，窘迫地笑了，他已经四十出头，可不觉得自己还年轻。

紧接着，他眼角的余光瞟见有人故意靠近，登时脑中警铃大作。

在塔基斯星球上，刺客的刀仅仅是装饰的一部分。你反射性地学

① 基督教中的一个教派，主张《圣经》绝对无误，反对自由派神学，反对批判《圣经》。

②《圣经·启示录》中的撒旦印记。

③ 基督教的新教三个原始宗派之一。

会将它从不显眼的地方拔出来，恰如一个古董狂在阿姆斯特丹混乱的春日集市上一眼认出一个路易十五时期的五斗橱那般迅捷。否则，你就只有死路一条。

“趴下。”马克对那个老头说。他转身跑动起来。

“喂!”他身后传来一声叫喊——美式英语，声音欢快又响亮，如同一只小号，“喂，你这个狗娘养的，别跑!”

此时的情形就是如此。一群狗追着他。他本以为这群狗还得多花点时间才能嗅到他。他迈开长腿，拼命地跑。

♥

“操他娘的。”那个身材细长的黑发男人怒吼道。他迅速地将手伸进一件轻薄而没有领结的米白外套里。

他的一位更健硕的金发同伴抓住了他的手臂。“林恩，别——”

捷克制的天蝎是把货真价实的左轮手枪，这是在说它的尺寸是左轮手枪大小，而且还能像机关枪那样全自动射击。虽不是百发百中那等地让人满意，但做工精细好藏匿，正好是一件在握手距离就能将人打得稀烂的良品。它深受欧洲恐怖分子的喜爱，比如柏林墙倒塌之前的西德红军部队①。

柯尔特天蝎就完全不同了。它是美国制造，供各类政府特工使用，换句话说就是美国缉毒局的特工们。它外观肖似捷克天蝎，使用方法与捷克天蝎相近，而且子弹容量也和捷克天蝎相同。但捷克天蝎却是恐怖分子的武器。而美国天蝎是好人的利器。二者完全不同。

这个叫“林恩”的男人使用天蝎的手法正如所有优秀的执法部门所教导的那样：连续开火，劈天盖地一阵扫射，把它当成弯刀一样挥舞。人群在尖叫，有人倒地不起。扩音器发出“呲啦”的尖响，

---

① 德国的一支左翼恐怖主义组织，主要活动时期自 1970 年至 1998 年。

接着便彻底失灵了。那个穿着伞兵长裤、头发凌乱的年轻人惊恐地瞪大眼睛，奔逃到纪念碑那白色石柱背后，躲藏起来。

荷兰是一个和平的国度，国民为此而自豪。尽管早先的社会主义，后来的绿色思想让他们对此感到有些许别扭，但荷兰人依旧将贸易视为一个更为高尚的行业，远胜合法谋杀、杀人游戏。面对枪火，他们的反应不够敏捷。

人群中的大多数还仅仅是在驻足观望，而没有意识到这突如其来的喧闹源自何处，甚至都不清楚发生了何事。高个子男人利用这一本能的优势，一路猛冲，穿过拥挤的人群，犹如一只受困地面而惊吓不已的飞鹤，他那头长度齐肩的白金头发在人群中起伏，却未露出任何可乘之机，就算是心沉手稳的枪手也无力瞄准。

那名手持天蝎的男人瞄不准。他目眦欲裂，黑色的眼睛犹如熔化将落的金属，下颌关节处的肌肉暴起成结。他双手的血管和骨头几乎要撑裂皮肤，他的搭档用力将他的双手和手枪推向空中。

“林恩，老天，冷静点儿，”大个子的金发小子气喘吁吁地说，“要是干掉太多当地人，你的下场会很惨。”

林恩无声地咒骂着，将这人推开，再次举起武器。他们追捕的对象在纪念石柱背后的那堵半月形白色水泥墙的掩护下，飞奔逃离，最后消失不见。

善良的市民们后知后觉地明白此地发生了恐怖的坏事，随后他们迅速走向人行道，融入那群彼此推搡着因害怕而抱紧自己，尖叫不止的人流中。“你这个狗娘养的混蛋，加里，”林恩暴怒地骂道，双手握着天蝎顺势一挥指着他，就像荷西·坎塞柯[①]在击球员准备区挥棒那样，“你放跑了他！”

“对。”加里一边说话，一边扯着他那件唐·约翰逊同款浅彩运

① 美国职棒大联盟选手，1989 年时赢得世界大赛冠军。

动外套的袖子，“现在我们最好想个办法，赶在机动部队到场之前脱身。”

他硬拉着还在大喊大叫的林恩，穿过惊慌失措的人群。这些阿姆斯特丹人基本没有注意到他们，仿佛根本没有想到这两个美国人与之前突然的骚乱与流血事件有何干系。他们迅速地离开水坝大道/罗肯街，踏上通往广场北边的街道，赶到一辆停在阿姆斯特丹新教堂前的银蓝色雪铁龙旁。

一道人影从天而降，落在他们面前。她修长的身躯包裹在一套银蓝色制服中。她肩上那降落伞似的披风随她着陆而逐渐泄气收拢。她有着一头棕发。

“你们没抓到他。”她语气平淡地说道。

林恩没好气地把天蝎插回肩上的枪套里。“要是你肯飞得低点儿来掩护我们，而不是在那边的蓝天白云间该死地卖弄自己，他绝不会跑掉。”

她一脸倨傲地看着他。她非常适合这副表情，窄小的鼻子，精致的面目，非常适宜出现在《魅力》杂志的封面上。虽然那双黄绿色眼睛下有黑眼圈，但那眼神依旧充满不屑。

“我没想到你们会这么冲动地出手。我以为我们会谨慎行事，之后再动手。原谅我还没有完全掌握你们那一套行动方法。”

“林恩发现了那个混蛋，”金发特工说道，“这让他有些失控。他俩以前有过节，你知道的？”

“我想我并不为此惊讶，”这名王牌开口，“我看行事冲动这点会是你朋友的一个大麻烦。”

林恩冲她摆出了一副又黑又红的脸色，如同大肚火炉的侧腹。然后他转身踢了一脚雪铁龙的车门。“他不过是个嬉皮士。一个该死又没用的嬉皮士。他还能把我们怎样？”

“一定有人给他通风报信，”他的搭档接话道，“有人背叛了我们。”

“这些该死的荷兰奸商。他们根本没胆子开展禁毒战争。从第一天起，他们就在浪费我们的时间，”他一边摇头一边说，“要是我在发现他的那个瞬间就逮住了他，我们绝不——”

警报声突然响起，铃声音量忽升忽降，如同电脑模拟的多瓦普乐曲。女人的脸变得煞白。“你这个动不动就乱开枪的弱智！”她怒骂道，“你刚刚冲着人群乱射子弹了吗？”

“他是个王牌，”大个子男人辩解道，“你让林恩怎么办，卡利斯勒小姐，让梅多斯先发制人击溃他吗？已经有个好人死在了这一连串的恶心事儿上了。”

“想法儿让他意外死在纽约警察局的枪下，”女人说道，“让他死于自己的失误。”

“你这个该死的婊子。”林恩上前，作势要打她。

特工身边突然响起哨声。一团灰尘在他四周飞旋上升，将他包围。他的黑发被吹乱，他的衣物翻飞，就好像他被困在了旋风中心。他张开嘴巴，可是忽然就失去了说话的空气。

他的搭档伸手去拉他的手臂。“林恩，冷静。她没有恶意。”

口哨声渐息。林恩摔在了那辆轿车上，他愤愤地伸手摸了会儿喉咙。

“我足以保护好我自己，汉密尔顿特工，”女人说道，“你出手这么快，只会给我们，还给荷兰人造成严重的麻烦。”

林恩已经渐渐恢复，对她露出幸灾乐祸的笑容。“那又怎样？他们动不了我们。我们是美国缉毒局的人。”

“如果有无辜的人死了——”

“得了，宝贝儿，我们处于战争之中，”林恩打断道，“有战争就有人死。这些荷兰胖子越早醒来享用他们的咖啡，他们就能越快融入这个新欧洲一体。”

海伦·西北风·卡利斯勒一脸愤怒地看了他最后一眼，随即便坐进了驾驶座。两名特工紧随她之后。他们从这座古老教堂面前呼啸而去，而急救车辆正源源不断地涌进后面的广场。

♥♦♣♠

第二章

埃格朗捷大街上，一幢幢古旧的房屋排成狭长的一列，轻柔地挨靠彼此，倚在运河两侧，每户窗台的花台上都种上了一簇郁金香，如同半老徐娘的妆面上涂下的一抹艳色。马克·梅多斯忽然瘫坐在他租房的那座宅子的门口，一个劲儿地呼气。虽然这个举动可疑，却很有必要。这个街区的街道都是以鲜花为名——这个街区，它的名字源自法语中“花园”一词，如今它名叫约丹区[①]，这是荷兰人所能想出的，在拼写和读音上，与它的法语名字最为接近的名字——然而正对着这座房子的埃格朗捷运河却如阴沟一般恶臭。

过了一会儿，哈琳老夫人的大黑猫泰乐出现了，还跳到了马克身上。它的后脚稳稳地落在马克的大腿根，前掌有力地揉踩马克的胸口，使得马克难以呼吸。马克以为他自己喜爱所有动物，但泰乐是一个可恶的小混蛋。

在最初的那阵恐慌之中，马克的本能就指引着他回到这里，他的家，就像一只狐狸回到它的洞穴。既然他现在有时机来考虑这么个想法，他就得想想这是否算个好主意。

他们已经发现我了。我如何能知道他们是否就守在楼上呢？我又怎么知道他们会不会躲在运河对面的三角阁楼里，用对讲机相互联络，设下陷阱，伺机收网呢？

他心神不宁，浑身不自在，又犹疑不定。他觉得他就该躺在门

---

① 原文为荷兰语，Jordaan。

口，等他们前来抓捕他。这比让他做出抉择、采取行动要好多了。

他用力地闭上眼睛。不。他已经受够了这等优柔寡断，仿佛一团飘散的尘土，没有中心，自从离开塔基斯星球，他便饱尝了这滋味。塔基扬博士曾说过他们应该及时离开，可那不过是为了让马克好受一些（也是为了他自己）。真相是，马克的案例，对塔基斯星球和地球上的心理学研究来说，都是全新的情况。

马克的一部分已经死在了塔基斯星球上。事实就是如此。

他抬手放在胸膛上，隔着毛衣，他摸到了打底衬衫口袋内的小瓶子，凸起的瓶身让他感到一丝安心。只剩下四瓶了。枪声响起时，他甚至没想起这四个小瓶子。

我是否应该在、在逃往塔基斯星之前，就果断地用上一瓶呢？

他告诉自己要坚持下去。一切都会变好。他不曾需要朋友；他若是呼朋唤友，那便可能与追捕他的人发生冲突。更会有无辜的人受伤。一直以来，他都极度不希望看到有人死在那枚冲他来的子弹之下。

他无法不多想，*我到底失去了什么？*

他收紧膈肌[①]，刻意放慢了呼吸——要做到这点并非易事，还有只该死的，重达十五磅的猫正咧着嘴踩他的肚子——重整他的大脑。他并不了解现代警署程序，但他清楚警察基本上都很懒散。如果他们知道了他的下落，他们只会在那里守株待兔，而非抱着偶然的希望，进行全城细查。他住在中世纪城墙遗址的西端，是这个大致算得上贵族生活区的街道上依旧破败而闭塞的贫民区，在这里，他们可以不声不响地轻易抓住他。

……要不是低调行动是优先准则之一。他们会十分乐意地在大白天就拿着枪支，朝着无辜的人群，大肆扫射。这相当不谨慎。

---

① 胸腔与腹腔之间的肌肉组织，重要的呼吸肌。

他浑身哆嗦。他们还都是美国人。自从越南战争，还有他在反战运动一事上晚来的觉醒之后，他已经很久没有感到这般羞耻了，为了那个他出生的国家而感到羞耻。我们究竟变成了什么样子？

诚然，他是一个罪犯。一个联邦政府的逃犯，一个被当局认为是极度危险分子。他们的确也是对的，如果只考虑自身力量的话。可他坚信，在他的内心深处，他没有犯下任何罪过。

事实上，他们根本就是为了他的正义之举而在追捕他。他所做过的最正确的事：将他的女儿斯普劳特救出了少年监狱那个人间地狱，那个仁慈又温和的纽约当局关押住她的人间地狱。

一丝模糊的警觉在他心底翻腾起来：万一他们跟踪我到了这里怎么办？虽然他又惊又怕，却也没有完全变傻。他走的那条路弯弯绕绕，相当曲折。就和众多欧洲古老的城市一样，阿姆斯特丹是个很紧缩的城市——其实城中心很狭小，但它也如耶罗尼米斯·博斯①的大脑那般盘绕复杂。是摆脱追捕的理想之地。

他把猫从胸膛推开。泰乐的前掌十分用力地抓着他，深深地嵌进了毛衣和衬衫，马克站起身时，它又蹭在马克小腿上发出呼噜声。毫无疑问，它就是想让马克失去平衡，好让他的头撞在门阶上。

他推门进屋。楼梯井处一片昏暗，弥漫着荷兰菜的浓郁醋味。马克埋下头，爬上陡直的楼梯。

因为运河房屋②，也就是沿着运河一带的房屋建筑都修建得极其狭窄——绅士运河黄金弯处的那些老理事的豪宅倒是如同公寓大楼一般，楼梯井转角的空间小得近乎于无。这座房子修有一段直通五层马克所租的阁楼房间的楼梯。马克告诉自己把这当成有氧锻炼，继续

① 15至16世纪的荷兰画家，其画作多在描绘罪恶与人类道德的沉沦。他的图画复杂，极富想象力，并大量使用各式的象征与符号，被认为是20世纪超现实主义的启发者之一。

② 原文为荷兰语。

爬，尽管他小腿肌腱已经绷紧，紧得快把他的胫骨像冰糕里的木棍那样给绷断了。

在他以为是二楼，而每个欧洲人都坚称那是一楼的地方，一扇门打开了。他的房东一脸怒容地出现，他的脸就像一个坑坑洼洼的拳头，紧握着一团浓密的黑发，上面还有两个绿松石圈圈，那是眼睛。

“啊，”房东喝了一大口刺柏味的荷兰金酒（当地产的杜松子酒），“马科斯[1]先生。”

“午安，亨克。”马克尽量摆出一副自然不刻意的姿态，伸直脖子，越过房东，探头朝他的公寓里望去，就怕那里面早就埋伏好了美国缉毒警察，到处是各种自动化武器。但里面除了酒瓶，脚印还有陶瓷小雕像以外什么都没有。亨克·波尔提斯喜欢贮藏忸怩作态的小摆件——那些过度膨胀的小资情调，古雅别致又温情的象征物，把它们放在触手可及的地方，方便他在叛逆情绪发作时，可以将它们砸个稀巴烂。

亨克是个老卡包特[2]。这群卡包特——地精——在荷兰 20 世纪 70 年代早期的后嬉皮运动时，自封为无政府主义者、环保主义者。其中有些人仍在坚持，但他们在食物链中的生态位大多是由绿党选定。

房东挤在楼道上。马克小心翼翼地走过他身边，赶在房东的大肚皮堵住整个楼道之前（他的肚子大得连他那件印着红线勾边 A 字的破洞黑 T 恤都没能遮住，露出来了一截）。在这个狭窄的格局内，没有空间可以修楼梯口。

“你听新闻了吗？”亨克问道。

“没有，老兄。我出去了。”

---

① 迷旅队长的假名。

② 荷兰神话传说中的侏儒，往往是戴着红色尖帽子的小矮人形象。

“发生了枪击，就在水坝广场。有人用机关枪扫射人群。虽然还没人死亡，不过有六人受伤了。”

“那真是，呃——那真是太可怕了，老兄。”

亨克眼圈发红地怒视着他。“不论这种事情发生在什么时候，有一点能够肯定，这背后一定有美国人搞鬼。”

马克咽了下口水。“这可不是我，老兄。”他蹩脚地开玩笑道。

房东的视线仍然死死地锁住他。马克意识到这个人多半认为他——马克——是个中情局的间谍，被派来查探他并非单枪匹马地破坏美帝主义的称霸计划。他对这种自命不凡的妄想症熟悉得有些惭愧。在他还是一个极端反主流文化分子的那些年，他时常沉溺于这类妄想之中。

而在过去的这些年里，马克懂得了被中情局间谍追捕的真正滋味。

亨克忽然点头，发出一声嘟囔，听起来仿佛他的脖子是生了锈的铰链，将马克从他的眼神锁定中解放出来。

“我逮住他了。”他一边说，一边扮了个怪相，露出一口黄牙，马克怀疑那是个微笑。

“谁，老兄？”

“那个老混蛋，德格鲁特，就在街上。”

德格鲁特是亨克的死敌。他是个艺术家，至少，他每隔几周就会在画布上泼洒颜料，然后艺术部就会开给他一个令人喜出望外的价格，就为了能把这张画布挂在他们持有的某座巨大仓库的墙上。事实上，他基本上和马克的房东是同代人，而且属于那群卡包特分裂而成的某个对手无政府组织。马克曾怀疑亨克真正怀恨在心的是他疑心他的对手投了反对票，害他当初没能注册成功，以至于无法将他的陶塑雕像卖给艺术部。

“他犯了什么事儿，老兄？”马克问道。

“他违反了我们的公平住房法规，把房子租给了一家印度尼西亚人，他让他们那么多人挤在那所狭小的公寓里。”他一下拍在楼梯上。马克惊慌地猛然一收脚，差点摔了个底朝天。“这个老扒皮。他这下跑不掉了；我已经通知了政府。”

“那么，比如，那家印度尼西亚人要怎么办呢?”

“他们理所当然会搬出去。”

“你的意思是，他们会被丢到大街上?”

那副怒容回来了。“必须保护他们的权利。显然你根本不明白。”

“我想我确实不明白，老兄。”

◆

马克的公寓在高高的阁楼里，就在带钟三角屋顶之下，随着午后气温升高，房间里很闷热。他打开前窗，随后又走回公寓的另一头。

屋内狭窄，但面积并不小。正对着运河的房屋都深邃得令人惊讶，而这间公寓一路深入这座建筑的后方，房间与房间不断地接连起来，马克认为这就是排屋式建筑风格。浴室在最里面，马克打开了另一扇窗户，让难闻的阿姆斯特丹微风吹了进来。

等回到客厅，马克取出他的金丝框眼镜戴上。他出门时没有戴眼镜，这并非是虚荣心作祟；他是个瘦得皮包骨似的六十四岁美国人，这完全不会让他成为这世界上最不可疑的人。不戴眼镜至少能给他一副低调的姿态，让他不被一双双不怀好意的眼睛给盯上。对于一个曾有秘密王牌身份、穿过紫色山姆大叔式西服，还戴上过一顶大礼帽的男人来说，不戴眼镜是一种非常综合的伪装。

虽然这似乎并没有起什么作用。

他给自己泡了一杯咖啡，然后坐在了那扇敞开的窗户的窗台上。他的头顶上有一块巨大的木质升降梁，从房子正面突了出来。所有旧时的运河房屋都有这样的木梁。当人们需要把东西运出或者运进高楼层时，他们就操纵升降梁上的滑轮组。你绝对不会想要费尽力气地把一台钢琴搬上这样的楼道，也不会想把任何比长条面包还要重的东西搬上楼。

他小心地注意着不要碰倒窗台上的花箱。花箱里种满了红色和黄色的郁金香（都是他在这个国家的某次短途旅行时带回来的），就和这条街上乃至在这整个该死的国家的所有窗台花箱一样，就他所知，窗台花箱都是这个模样。

回想起来，他并不确定他期望在阿姆斯特丹找到什么。阿姆斯特丹或许算得上嬉皮士的凡间天堂，人们赤身裸体，快活地穿梭在大街小巷，彼此追逐，伴着“感恩而死[①]”和“一勺挚爱”乐队[②]的音乐，在喷泉里乱搞，所有的一切都显现在大麻烟气的蓝绿薄雾中。真实情况是枯燥而无聊的：许多人都衣着整洁，性情保守，体态丰腴，他们都将前窗的窗帘大开，好引得你对他们客厅里的那种充实而舒适的氛围艳羡一番——那些客厅的确是一方小资乐土，虽然偶有不寻常的切线。

另一方面，在经历了塔基斯星球上的宫廷暗斗和战地冲突，肾上腺永不停歇地运转作响之后，些许精致而平和的小资情调并非不合时宜。或许也是马克年纪大了。

说到鲜花，虽然阿姆斯特丹的这些好心人将爱之夏[③]的花童[④]打扮得跟显色剂似的。马克依稀记得，好几个世纪以前，郁金香球茎其实引起过一场经济上的繁荣与萧条[⑤]。四月是郁金香季，整座城市看

---

① 20 世纪 60 年代的美国乐队，被认为迷幻摇滚开创者之一，解散于 1995 年。原文为 the Dead，the Dead 乐队后改名为 Grateful Dead，“感恩而死”乐队。

② 20 世纪 60 年代的美国著名乐队。

③ 1967 年夏天旧金山所举行的一场盛大的嬉皮士运动。

④ 在爱之夏活动上的嬉皮士自称为“花童”。

⑤ 指 17 世纪荷兰发生的郁金香泡沫危机，又称“郁金香狂热”。

上去犹如遭到一种小型外星生物入侵，他们一个个长着色彩明亮的圆大头，纷纷探头想要伸出窗台外。这使马克好奇曾经的那场郁金香狂热又是怎样一番景象。

尽管如此，这个经历过为了鲜花而疯狂地典儿当女的国家依然得为马克留出一席之地。在他历经一切之后，他仍然是那最后一个嬉皮士。

马克凝视这些俗艳的花朵，品呷着咖啡——一种混含甘草精的异国风味，那个在街角开咖啡店的印度尼西亚小青年非要劝他尝试——心里想着他的女儿，斯普劳特。他嘴角微笑上扬，可他那双蓝色的近视眼在镜片后却露出了悲哀的神情。

他的女儿如今该十五岁了。她有她母亲的面庞和他的眼睛，还有一头玉米丝般的金发。他快两年没见过她了。

她永远只有四岁，那就是斯普劳特。虽然她体态完美，美丽动人，可事实上，她身患严重的发育不足——或者是他们现在使用的其他什么委婉说法。不论他们给这种不全之症取了什么名字，医生都没办法治愈它。

马克爱她如命。正是为了她，他才从普通的联邦逃犯一跃成为美国头号通缉犯上的长期星级要犯。

眼下，还得去面对更多艰难抉择。关于斯普劳特。

他站起身，将那个有裂缝的代夫特[①]陶瓷茶杯从茶碟上拿开（这套茶具是他从阿姆斯特丹数不清的跳蚤市场中的某一个上买回来的），放到了窗台的花盆旁边。他走到他在约丹买的海报之间，满脸胡子的汤姆·道格拉斯的怒视回应着詹尼斯·乔普林[②]悲哀而颓丧的惨笑，随后他在壁炉前蹲了下来。他在烟道内部一阵乱翻。他的手摸到一个

① 上釉陶器的一种类型，通常蓝白相间，最初是在荷兰的代夫特制造。

② 20世纪60年代的美国摇滚巨星，入选《滚石》评出的“史上最伟大50名摇滚音乐家”，因服食过量海洛因逝世，年仅27岁。

触感奇怪的东西，某个摸起来有韧性的东西。他把这个袋子从烟架子上取下来。为了让它越过风门的扇叶，马克用尽了全身的力气。

他把袋子放到壁炉前的地面上。这个东西只有他手臂一半的长度，泛着浓重的暗红光，红光中还有丝丝蓝纹。他用大拇指从顶端一路滑下。一道隐藏的接缝分开了。这个东西来自塔基斯星球，是那个偏好种植织物的文明的造物。他并不完全肯定这个袋子在某种意义上是死物。他试着不去思考这个问题。

他把这个袋子铺开。内里，一张张脸露出细微的塔基斯式的傲慢，无视了他。过于明晰的五官凸显出侧颜，在柔软的黄色金属上印下了崭新的浮雕，图印出与塔基扬医生惊人的相似，绝不容人认错。塔基扬的祖父。传统使然，塔基扬的父亲曾在登基时铸造了金币作为纪念。马克猜这位医生现在也该有了他自己铸造的硬币，以纪念他曾深爱或是惧怕的父亲，沙克兰。

*噢，塔基扬——这真是。*他闭上眼，挤掉眼泪。他最亲密的朋友，有时也可以说是他唯一的朋友，如今已在光年之外的地方。塔基扬在四十年的流放期满之后回到他的家，却发现他父亲变成了植物人，即便是塔基斯星球的科技水平也无法令他痊愈，活着就只为保全伊卡赞家族中他们这一脉的统治权。塔基扬——他仍旧被困在布拉斯前女友凯莉的躯体里——颁发的第一批法令之中，有一条就是在与他父亲心灵交流之后，终止他父亲最后的生命活动。表面上的原因是为了确保塔基扬本人的继承权，根除敌对分支掀起军事政变的企图，而杰·阿克罗伊德至今为此将他视作残暴之徒。

马克觉得，不论动机是什么，这都是超凡的仁慈之举。他希望他能有如此的道德勇气。但恐怕他做不到。

袋子里有大约五磅重的金币，一枚硬币不足二十三克，约是五分之四盎司。出于种种缘由，马克再三思索也无法理解——对他而言，经济发展纯粹是炼金术——最近金价的涨势。他确实感受到了金价的变化，也就是这些金币价值一大笔零钱。

不过与宝石相比，它们根本就算不得什么。红宝石、蓝宝石、绿宝石、钻石，被切割成奇异的几何形状。宝石都被镶嵌在银托上，相较于黄金，白银才是塔基斯星人——或者说，至少是塔基扬的伊卡赞家族——更偏爱的金属。白银制品的确令人心惊。精巧的银丝细工饰品，细丝相互交缠，好似梦境，亦似种族的宿命，编织出一件件幻想作品。马克从未见过如此杰作。它有一种催眠的特质，仿佛这些纠缠的线条能够摄住观赏者的双眼，勾住他们的灵魂。即便不考虑它们作为真正来自异星球的工艺品所具备的稀有价值——虽然难以证明，但是没人会真心相信人类之手能够做出这等造物——这些珠宝都是无价之宝。

他完全不知道要如何处理它们。他曾使用过少量金币；精明的荷兰人对硬币上铸有的非地球的纹路感到有些迷惑，不过一旦确信这些都是十足的黄金，他们便心满意足且训练有素地收下了。

这份馈赠令他有些无措。他曾帮助过塔基扬，因为医生是他的朋友，而且需要他的帮助。他为塔基扬做了他从未替其他人做过的事，那些他从未想过会被要求去做的事。可他做这一切并非为了财富。

他收下这份回馈是因为塔基扬坚持要送。塔基扬有他的骄傲，他很明白这点。不过马克所需的是成功找到生存之道，而非渐渐依赖于这份异星恩惠。

他想将这份财富送给斯普劳特。这也会惹出麻烦。由于不正当获利和贪污组织法和连续违法法规——美国对夜雾法令[1]的回应——任何可证明属于他的财产都可能被联邦政府罚没充公。

哪怕他想出办法将这份财产走私交给了他的女儿，马克的爸爸可

---

① 原文为德语，*Nacht und Nebel*，该法令于二战期间由纳粹德国颁布，赋予了有关公权力主体对罪犯及持有政治异议的主体实施秘密逮捕并不对外宣布的权力。

能也不会收下它。斯普劳特处于马库斯·安东尼斯·梅多斯的监护之下，他最近才从美国空军司令部总司令一职上退休。这位越战英雄拥有不亚于塔基斯星人的骄傲，敏感而易怒。

马克拿起一只手镯——也可能是臂镯，一件开口饰品，轻巧得仿若一次呼吸。上面镶着一颗琥珀色的宝珠，有着珍珠般的光泽。它本身泛着柔光。当他把它拿在手中时，它的光芒变得更加明亮。他在心中勾勒这件银器的纹路。这些花纹似乎将他引向这颗宝石的中心。那里面很温暖，温暖而安全，远离烦忧和畏惧，还有一个不认识的、声音刺耳的年轻人，拿着枪……

等他回过神来，外面已是黄昏。他晃了晃身子，飞快地将这些宝贝舀进那个外星袋子，将它装满后又放回了烟道里。他这些日子过得很恍惚。他嗑了些药——毕竟，这就是荷兰，而且不管欧共体其他成员如何施压，他们实际上还是会分发诸如马克童年时的美国救济补助票一类的东西。他对药物的胃口远不及当年他前妻向日葵重回他的生活时那么大，当时她还带来了一场儿童监护权官司，要断绝和他这个在逃犯，以及和待在少管所的斯普劳特的关系，之后她自己主动住进了一家精神病院。

他怀疑嗑药和神游症怎么都有点关系。自从离开塔基斯星球，他内心就有一种空虚。当他不够小心的时候，他偶尔会闯进那团空虚之中。

目前来看，他总能恢复过来。

他关上窗户，拉拢印花布窗帘。反正在这样的高层，没人能看到他的客厅，所以这也不算是不合时宜。天很快就会黑下来，哪怕这里是北海，夜空有时很晴朗。

他仍无法面对群星。

♥♦♣♠

第三章

第二天下午，亨克在门道上一边咳嗽，一边抱怨，而马克手臂下夹着一根法棒面包和一本关于银器锻造的英语书，吃力地爬着楼梯。马克在约丹的一家店里发现了这本书。他对塔基斯星的银器实在是入了迷，于是他下定决心，这也许就是他应该用以谋生的技艺：学习用这等浅淡的金属来捕捉这般轻盈的美丽与诱惑。

今天，这位房东穿了一件围裙。就马克所知，他并不下厨。他仿佛就靠从街角那家小店买来的肉饼维持生存。

“又发生枪击了，”亨克高声说道，“就在昨天。在水坝广场。”

“真的吗，老兄?”马克侧身小心地绕开，等着被骂作逃犯，被骂成主使。

“这次是打算要一个知名绿党激进分子的命。他当时正在讲话，说什么需要新的欧共体去积极参与百变王牌的事务。”他煞有介事地挺起胸膛，等着回话。

“真的吗?”马克只能答道。

亨克点头。“这还不明显吗?他们在背地里搞事，这些王牌。他们以为自己比我们都优秀。记着我的话，必须得快点控制他们，不然他们就要掌权了。”

马克从楼道落荒而逃。

♣

夜幕降临。敲门声响起时，马克正在破了的珐琅瓷瓦斯灶上热汤。

他的心一下跳到了嗓子眼。他细长的手指搭上那个用来装他药瓶的小皮袋子——他毛衣下的打底T恤没有口袋时，他就会背上这个小皮袋子。经过昨天水坝广场上的过激事件，他往袋子里又装了一批药瓶。

*放轻松，伙计。*他对自己说。*别疑神疑鬼的。可能就只是亨克。*他在印着蓝色风车的亚麻毛巾上擦了擦手，走到楼梯井，走下那段通往房间的楼梯。

来人并不是亨克。而是一个游客打扮的矮个子男人，身穿一件藏蓝色风衣和一条卡其色长裤，戴着一顶纽约洋基队棒球帽，一头曾经是棕色，但如今大多已经灰白的短发。他留着茂密的八字胡，而且胡尖处很明显打了蜡。胡须基本没褪色。他可能染了色。

“我，呃。我能为您效劳吗?”马克终于开口问道。

“马科斯先生?”马克点头。“我是兰道尔·布洛克，能打扰您几分钟吗?”

这个男人说英语的方式可算是有点无礼，还好他说话拖慢了些许语气，脸上还露出了平易近人又朴实的微笑，软化了这点无礼。他身上带有埃格朗捷大街上飘落的新雨的气息。雨滴落在他的帽舌上，染出一点点水印，落在他的外套上，化作一粒粒雨珠。

“进来吧。”马克说道，转身朝楼梯走去。他仿佛觉得他的双脚在一个劲儿地向前走，而他的膝盖快要完全脱节了。走到楼梯顶时，他从毛衣内掏出了那个小皮袋子，确保自己隔在了袋子和他的访客之间。

他在灶台前顿了一下，问道：“要喝点咖啡吗?”

“已经泡好了吗?”马克摇头，“那不用了，谢谢您。不必给您添麻烦。”

马克一路无言地带路走进客厅。

碎花沙发被填充得太满，有些磨损，亨克房东用强力胶布封住了沙发上所有的破缝和裂口，防止它们继续扩大。马克朝沙发挥了一下他细瘦的手，在布洛克坐下的同时，他走向窗台，干瘦的臀部靠坐在窗台上。

男人坐在沙发边上，有礼貌地将帽子捏在手上，手肘撑在膝盖处。这是一个可以快速起身的姿势——或者说必要时可以一下扑过来。真好笑，我竟然开始注意到这样的细节了。

他还注意到这位神秘来客的另一个特点，就在一瞬之间。马克出身军人家庭。兰道尔・布洛克浑身散发着军人的气息，就如同丹尼斯・威尔逊[1]说《性爱》这首歌是写在里兹饼干上那般让人深信不疑。他的短发、他的八字胡、他挺拔而不僵硬的身姿都显示出了他的军人气质。从外貌看上去他没有一丝赘肉（他这个年纪的男人竟然没有大肚子），他紧致的皮肤、结实的肌肉也都表明了这点。

他很可能是退役军人，他可能是那群永远无法摆脱绿色机器所赋予的归属感的男孩之一。马克本能地觉得他仍在服役。身负各种各样的职责。

“你是为政府工作吗，布洛克先生?”马克尽量用平常的语气问道。

那双灰蓝色的眼睛直视了一会儿他的眼睛。“这么说吧，我来这里只是出于私人原因，明白了吗?”

好吧。马克的左手大拇指蹭掉了一瓶轻握在手心的药瓶的塑料盖，然后动作流畅地将里面的东西摇晃后倒在他的喉咙里面。那是蓝色的粉末，闪着银色和黑色的光。

“真是活见鬼了!”兰道尔・布洛克惊呼道，一下站了起来。他上前一步。

---

① 美国迷幻摇滚乐队“沙滩男孩儿”的鼓手。

他不是朝马克走去。他是朝着一个比自己更高的男人，这个男人有一身蓝皮肤，身披一件带兜帽的黑色披风。

“真是的，你就不能让人省点心吗?”蓝皮人用陌生人似的生气语气问道。他轻轻跳上窗台，接着走进窗户里，走进了仍然关闭的窗户里。

兰道尔·布洛克的反应良好。他仅仅是呆住了片刻。随后他便大步上前，敞开了窗户。

“梅多斯博士!”他朝雨中大喊，“梅多斯博士，回来！你这是犯下了一个糟糕的错误!”

在街道的尽头，他看到了一阵黑旋风，在那里仿佛有星星在闪烁，同时又消失在角落。唯一的回应是一阵挑衅的笑声。

其实，那更像是讨厌的窃笑。

♠

“我推荐北境极光，”服务生说着一口流利的英文，“那可是本店特色。它会给你无比平和放松的体验，你完全可以在店里就好好享受它。鲜红黎巴嫩也非常不错，不过我得提醒你们，最好是你在旅馆或是在公寓独处时，再尝试这款。更不用说，请千万记住，当你还处于我们任何一款药品的作用下时，不要驾驶机动车辆。”

林恩·萨克森坐回位子，双手抱在胸前，军人式的八字胡须下露出了冷静的浅笑。海伦·卡利斯勒拉长了脖子，头越过服务生递给她的银碟子上的盒子，尽可能地远离盒子的同时仍坚持检查盒子里的东西，仿佛里面装着活物，而非异国药品。加里·汉密尔顿仔细地盯着盒子里面。

“我想我要试试北境极光。”他开口道。

“非常棒的选择，先生。我去把可供挑选的烟管拿过来。”

服务生离开了。汉密尔顿坐回位子，他那突出的斯拉夫人似的颧骨红通通的。他身穿一件奶油色的运动外套，里面是一件蓝色保罗衫，白色的衣领松垮地围着他的粗脖子。典雅的水晶灯光透过层层烟雾，让他前面的金发看上去很稀薄，就像一个灯罩。总体看来，他就像个失败的运动狂人，就等着长出一个啤酒肚，好让人相信他是一个足球教练。海伦・卡利斯勒一脸不信任地盯着他。

萨克森的手肘撑在桌上，头靠在手肘上，眼睛凝视着桌子中间黄褐色玻璃容器内的蜡烛。他的黑眼睛和黑头发让他看着像吉普赛算命大师的学徒，为加乔人[①]装出一副神秘的模样。他穿着红黑相间的橄榄球套头衫，外面是一件黑底白波点的超长外套，这种款式曾在好几个季度以前深受嘻哈人群欢迎。

“那么，梅多斯什么时候才会现身呢？”他对着烛火提问。随后这个气氛便被他破坏了，因为他朝海伦飞快地瞟了一眼，就为了看她穿的那件银蓝色雅皮士裙装是不是她买的。

“介意我坐下来吗，西北风小姐？”一个声音问道。

她吓了一跳，仿佛这个名字刺痛了她，她在椅子上转了身。“贝鲁少校，”她喊道，“呃……您请，请坐。另外，请叫我海伦・卡利斯勒。或者卡利斯勒小姐吧。”

新来的这位点点头就坐下了。他穿着深蓝色的三件套，西服上是保守的细条纹，整个人看上去远比其余三个美国人更贴合眼下这个场景。夜晚的北境激光咖啡馆是一个嵌有硬木板的庄严之地，一个能让男人安心入座，品尝他的咖啡，细读他的《新德意志报》，在令人放松的环境里享受幻觉的地方。

“好的，卡利斯勒小姐。我不太肯定你的王牌名称会是日本人喊的那个‘場所がら’——‘因地制宜’。顺带一提，你可以给我安排一个称号。平庸的贝鲁先生都可以。或者是鲍伯——J. 罗伯特让我的

---

① 非罗马尼亚人。

朋友们这么称呼我，你要是把自己算在这之内，那会让我感到很荣幸。”

“贝鲁先生。”她开口道。

“神龙见首不见尾的第四人到了。”林恩说着话，坐回了椅子上。

贝鲁点点头。“那我们现在可以凑一桌桥牌了，如果你正盼着这个的话。”

“你是干什么的？”

“在地球上东西往来，南北奔波。”他从一个特工看向另一个特工，“荷兰人对昨天发生在水坝广场的枪击小狂欢感到无比愤怒。你们不会恰好知道点儿这件事的什么吧？”

海伦咬住嘴唇。汉密尔顿急促地瞟了一眼萨克森。他这位朋友仅仅是目光镇定地直视着贝鲁。

“他们什么都证明不了。”汉密尔顿郁闷地说道。

萨克森忽然大笑起来。“这些操蛋的荷兰人。他们在打仗，而他们甚至不明白这点。”

“他们在‘这是我们的国家’的陈旧幻想中混日子。他们的警察并没有他们看上去的那么肥胖，没那么困倦，也没那么自高自大。”

萨克森一脸震惊地望着他。“那么这又是怎么回事？”他叱问道，同时伸臂一舞，扫过整间药物咖啡馆。听到这强硬的美式厉问，他们都抬起了头。“看看这个鬼地方。他们公然售药。这些警察什么都不管。”

“这一带的警察有着容忍的传统。”

“那么，请原谅我。但我们是美国缉毒局。我们也有一项新的容忍传统：零容忍。”

“现在是国际新秩序了。”汉密尔顿说道。

“犯了使用致命武器伤人罪仍然会被丢进监狱，只要他们想逼你进去。”

萨克森倾身靠前。他那双黑眼睛里闪烁着微小的光亮。“嘿，我还以为你是好战队长。真正的越南硬核老兵。连队里的牛仔。诸如此类的人物。”

“没人会把其称为连队，除了在电影里。有人称昨天那起袭击的武器是一把捷克产的天蝎，或者是其他类似的武器。告诉我，萨克森特工，你的配枪在哪儿？你带在身上了吗？你当然会带着；你睡觉都带着它。我已经看过了你的外套。”

他转向另一位特工，然后一把扯过他的衣领。“而且我也看过你的外套，汉密尔顿特工。那件迈阿密老鼠[①]的外套可遮不住你的枪，大男孩儿。很好。”他靠回椅背上，开口道，“所有上帝的孩子都带着枪——全副武装的大姆斯特丹药品派对。当然了，除了卡利斯勒小姐？”

她瞪着脏兮兮的硬木桌面，恼怒地羞红了脸。“我不喜欢枪械。”

“啊，是的。‘枪死不了——可人会死。’枪械是邪恶的产物，残忍、无情又可恨。毫无人性，就如王牌的能力。”他歪了歪头，“我还记得你的父亲，噢，在我第三次前往越南时碰到的。飓风。那家伙可真是个厉害的家伙。他以前抓着被俘虏的查尔斯飞上了，老天，一千英尺的高空。要是查尔斯不愿对他开口，那你的老父亲就会让他自己回到地上。”

她窒息似的低声尖叫了一下，仿佛一只被套牢的兔子。“不可能！你撒谎。我父亲——我父亲绝不会做这样的事。”

“我猜你是最了解他的人。”

“她应该是，”萨克森窃笑着接话道，“她杀了他呢。”

她脸色变得煞白，作势要站起来。接着她竭力地克制住自己，退回到椅子上。好一阵子，她垂眼盯着大腿上的双手，十指握紧又

① 20世纪80年代《芝麻街》仿剧，以老鼠的形象模仿电影《迈阿密风云》。

松开。

“那不是我，”她紧绷着声带，小声地辩解道，“我被附身了。那……不是我。”

“他可真是个会说话的年轻人，”贝鲁愉快地说道，“你想要我杀了他吗?”

萨克森愤怒地瞪着他，这时服务员端来了可供挑选的烟管，进行售卖——卫生条例禁止向顾客租借烟管。汉密尔顿有点别扭地挑了一根。服务员将他的药物递给他，然后把林恩和海伦的热咖啡一起放下。贝鲁挥手示意他离开。

海伦瞪大了一双湿漉漉的黄绿眼眸，看着汉密尔顿摆弄他的烟管。“我简直难以置信你要嗑药。”

“我们早就试过这东西了，女士，”林恩一边说，一边冲贝鲁露出一副“是的，你不过是在开玩笑，对吧”的表情，然后移开了视线，“这叫了解你的敌人。”

“我以为你的本尼特先生说过，嗑药这种行为本身就是错误。”

加里·汉密尔顿停下了将烟管送往嘴边的动作，把一次性火机平稳地放在碗上。“这对我们来说是另一种情况。”

“她很可能也会对你的咖啡大说特说，就像对他的药物那样。她也不支持咖啡因。她是天生的淑女，我们的卡利斯勒小姐。”

“你好像特别了解我，贝鲁先生。”

“和所有人一样，我阅读《王牌》杂志。”

“我们只是想知道，当你决定亲自出马，指点我们的时候，为什么梅多斯没有出现在这些药物咖啡馆里。”

“他之前现身的两次纯粹是运气罢了。”海伦说道。

林恩·萨克森皱眉。“别用那个词，孩子。那不是运气。那是专业操作后的结果。最初是一个国际刑警组织的拉线人把他引到了这里——那是运气。我们昨天发现他了，就在大街上望风的时候。那是技术。第一小队肯定是尽职尽责地在工作。”

“我们的线人说他哪儿都没去。”汉密尔顿说完吐出一口烟雾，随即咳了起来，“俱乐部的人都不认识他。不论是天堂地还是银河桥，就连硬摇滚咖啡馆都没人知道他。”

“他经历了不少艰难的日子，”贝鲁说道，“至少，他完全消失了一到两年。也许，他这些天就只是一直待在家里。”

萨克森笑了出来。“不可能。这些老嬉皮绝对都是老烟枪。我们对此再了解不过了，贝鲁。我们把所有主要的药贩子和嗑药犯的资料都存在了电脑里，而且我们还单独针对梅多斯建立了一整个数据库。打印的资料就像曼哈顿电话簿那么厚。不可能。我告诉你，阿姆斯特丹是这些油尽灯枯的老嬉皮在这个地球上最后的保护区，而马克·梅多斯会出来与他们交流。我们只是还没弄清楚地点是哪里。”

“我很高兴你直接给我指明这一点，萨克森特工。”贝鲁孩子气地露齿一笑，手指摸上他那抹了蜡的浓密八字胡，“那么，这是件好事，梅多斯博士在外表上与众不同。或许第三次就真的能有收获了。”

他举手示意服务生过来。“我要试试你们这里最好的黎巴嫩——来点真东西，别是那些你们诓骗游客的玩意儿。另外，千万别给我来那套机动车驾驶的说教。”

♥

当马克清醒过来，他深吸了一口气，浑身打了个颤。他的心脏依然因为恐惧而剧烈跳动，也更像是身患躁郁症的太空旅行者的后遗症。他们已经追踪到了他的公寓。这仅仅只多花去了他们的一点点时间。

因为个别原因，对于这位旅行者在药物昏迷期间的所作所为，他的记忆并不如他从其他几个人格恢复过来时那么清晰。如此也好；他并不喜欢这位旅行者，也一点都不相信他。旅行者性格自私，行事完全不择手段，一旦时机到了，他会毫不犹豫地滥用他的王牌能力。事实上，他并不具备任何攻击性能力，这限制了他的发挥，不过他的确神通广大。

他虽然任性又好色，然而这位太空旅行者却是一个懦夫。一个不折不扣的懦夫；这是他身上唯一可靠的一点。当他以为自己手掌主动权之时，他的面目丑恶至极，可只要稍加威胁，他的硬气便烟消云散。

通过空气中的气味——开阔的水面上重叠着油脂和灰尘——以及只有自己的呼吸声回荡在这片黑暗中，马克断定旅行者选择了宜捷码头前面的仓库作为落脚点。没有光，没有声音，也没有细微的感官线索表明这里没人。空气中有一种凝滞的气息，有一种闯入感，这使马克感觉这里已经有一阵子没人来了。

他对此并不惊讶。在找寻安全的藏身之所一事上，你大可相信旅行者，哪怕这是你唯一能够信托于他的事。

他伸手去摸这个地方。水泥地，背后的砖墙摸起来很凉快。他缓缓地站起身。

矮墩墩的物品堆积在他四周。附近的一扇窗户漏出暗淡的绿光，他借此看清是搁置停用的器械，棱角都用油布包着。他双手撑着砖墙，双脚贴着地悄悄移动，以此降低碰翻任何东西、砸断他脖子的风险，他朝着窗户小心谨慎地走去。

细碎的摩挲声消失在他身后。他露出了微笑，尽管肾上腺素仍在他的血管里如敲锣似的鸣响。旅行者一心只想避开人类接触，连老鼠都忘了害怕。

那扇窗户上满是污垢，使得他只能看见一大坨昏暗如薄纱似的光亮，仿佛是他忘了戴眼镜。他用手掌根去擦那块冰凉的玻璃。他擦了好一会儿，但都不过是把污渍蹭到其他地方去。后来才弄出了一块清楚的区域，能让他看到一点蓝光，凄厉地闪烁在宜捷码头对面的一辆巨型起重机的顶部，还看到了一轮盈凸有如秋日苹果的月亮挂在西边天空上。

他向后靠。嘿，现在可没什么好怕的了，他告诉自己，那只是夜晚的天空。

此刻就像回到了他还是个孩子的时候，他有时会害怕眺望夜空，因为怕看到不明飞行物。尽管他的父亲是一流的试飞员，加上空军坚称不明飞行物并不存在（除了塔基扬医生抵达时的那一艘），看到不明飞行物时，他们也都没法儿来代替他。他同样也害怕不明飞行物。

只是他不再害怕不明飞行物了。他最好的朋友就有一艘——如今已经拥有一整支舰队了。他会驾驶着一艘飞船回到地球。此外，就算他确有惧怕的东西，那也不会是这片天空。

但他脑中有一个声音在低语，死亡。死亡在群星之中等候。这个声音源自内心深处，远比他朋友的声音更深邃的地方。

为了确定，他转身远离窗口，小心地滑到冰冷又坚硬的水泥地面。他的膝盖抵住下颌，双手裹在毛衣边儿里，他调整好坐姿，等着星辰出现。

不论他眼前的天空通向何方，那都是他要前往的地方。

♥♦♣♠

第四章

“非常抱歉，”店主一边道歉，一边徐徐地摇头，仿佛是为了突出他深重的歉意。四周的钟表好似一张张蠢脸，指针走动的滴答声和电流的嗡鸣声汇入蝉鸣之中。“我没法雇佣你，你没有证件。”

“好的，那还是谢谢你，老兄。”

♦

“你想找工作?”这个摊贩比马克矮了足足一英尺，他的头看着就让人感到不安，仿佛某个严格按照大小堆放在储藏柜里的哈密瓜，周围留着略长的灰发，“这几日找工作很困难。也许我能帮你找个工作。你给钱吗?”

马克反射性把手伸向他那条被睡得皱巴巴又脏兮兮的卡其色长裤，去摸裤子的内袋。沉甸甸的塔基斯金币，还有好些折皱的荷兰盾零钱发出的声响，带给他一阵心安。

我以为找工作的意义就是赚钱，他想着。而且，这个男人的言行就是在暗示犯罪，太明显了，就如指甲划过黑板那般刺耳。马克深感此时他最不需要的东西就是麻烦。

他礼节性地点点头，转身离开了露天货摊。

♣

“出去！滚远点！你这个警察，你这个探子!”

这间狭小的摩鹿加饭店的矮小摩鹿加老板[1]冲马克挥舞他棒子似的双臂，几个戴着围裙的儿童（很可能是他的子女）连忙乱窜，寻找庇护，动作十分熟练。

马克退缩着，将双手挡在面前。“慢着，老兄，我不是警察那伙儿的。我只想要一份工作。”

“哈！工作。工作！我呸。”他啐了一口道，“工作！”

他一下站到了马克的面前，或者说，至少到了他的胸前。“你是美国人，嗯？你不是欧洲人？”他怒气冲冲地将双手插在腰间的毛巾上，用力得仿佛要掐死毛巾。

“对。我是美国人。”

“哈！”这位老板从供应糖果（包裹糖果的鲜艳糖纸上印着大象和猴子图案还有陌生文字）的柜台后面冲了出来。他在看不到的地方一阵乱翻，找出一叠厚得他的小手都快握不住了的文件。

“看到了吗？你看到没？所有文件都必须填写。欧共体要让人写尽他的一辈子，要写整本书才能得到工作。你没有文件，得不到允许。就算我替你填了文件，那我依然会坐大牢！”

这又让他走动起来。他风风火火地冲过来，冲着马克的脸，像只疯鸡似的拍打那叠欧共体文件。“滚出去！立刻滚！瘦高个总给摩鹿加人惹大麻烦！”

♠

这个纬度上的古老城镇的午后阳光有一种古怪而又柔软的质感，在太阳西沉之时，天光染上这同样的质感，宛如一张多年前的泛黄图片。

---

① 摩鹿加人是摩鹿加群岛上的民族，摩鹿加群岛是印度尼西亚群岛之一，发现于16世纪初期，17世纪被荷兰人攻占，并把群岛作为他们垄断香料贸易的基地。

夜晚即将来临。他打了个激灵，尽管下午天气温暖，还有点闷热，他穿着毛衣还流了汗。他低下头，开始走路。看上去目的地挺明确的，可他并不知道该前往何方。

♥

“马科斯。”女人喊道，随后在书写板的表格上写下这个名字。“姓氏?”

“朱利叶斯。”马克答道。

她也记下来了。她站直身子，个子不高，穿着一件黑色衬衫，衬衫上点缀着一片艳丽的紫色和少许黄色。黑色的短裙和长筒袜突出了一双大粗腿。黑发剪成了改良版的娃娃头，发尾直直地贴在尖下巴的两侧。她涂着浅紫和黑色的眼影，整体给人一种漂亮却过时了的感觉。

“请随我来，马科斯先生。”她说道。

她转身离开了前厅的接待台，墙上壁灯中的电灯泡发出明亮的黄光，照亮这间前厅。随后他们来到一段石砌的走廊，这段走廊必定造价惊人，昂贵得可怕，因为它修筑于动荡的16世纪，还修在了斯普伊广场旁边。圣安东尼法院起初是一座天主教修道院。如今，它是一家流浪汉的收容所。

马克抚弄口袋里的硬币，心中万分惭愧。他有钱，而他出现在这里，竭力想要爬上一张本该提供给某位无家可归之人的床铺。他不敢回自己的公寓；他得靠在离开窗户前装进口袋里的最后那点塔基斯宝贝过上好长一段时间。这仍然无法让他好受一点。

可我们这里说的是生死难题。不仅仅是钱，旅馆会要求马克出示护照。那样他就完了；警察会每日例行检查旅馆登记表。荷兰对他们自己的毒品使用者看似大方，然而一旦面对来自其余欧共体国家还有大西洋对面的老大哥不断增加的压力，他们会开始与美国禁毒执法者合作。而这并不是马克仅仅想要几克违禁化学物——主要是迷幻药，比如19世纪90年代就过时了的大象铃——的问题，他可能会被逮捕。

光亮从一扇敞开的门延伸过来。这点光有些许不真实，如同被抛弃的荧光，一丝蓝光晃动抽搐，渲染出真实的活死人之夜的气氛。她领着他走进这阵强光之中。

里面是一间检查室。在马克看来，这间房的装饰颇为怀旧，美式房屋中会用上闪亮金属的地方在这间房里都是木制的。一位穿白大褂的年轻医生翘着二郎腿，正在读报纸。女人领着马克进来时，他一下站了起来，一副火冒三丈的样子。

他气冲冲地说着荷兰话。马克一向觉得说荷兰话就像是在漱口；这个国家很美丽，国民很友好，他喜爱阿姆斯特丹那些奇奇怪怪的老街，但这个语言实在是难听。医生留着一头长长的金发。头顶有些稀薄。

“马科斯先生急需住处。”女人用英语直奔主题地说。

“很好，威尔斯玛夫人。”医生毫无热情地答道，“我会照看他的。过来，脱掉你的衬衫。”

威尔斯玛夫人露出微笑，鼓励似的点点头。她丝毫没有露出要走的迹象。马克脱掉毛衣时不禁想到，这到底是因为荷兰人在赤身裸体一事上没那么保守，还是因为收容所的员工已经习惯如此对待流浪汉，有了一套流水线般的工作流程。今晚这里的人并不多——他只见到了威尔斯玛夫人和这位医生。不过此时才刚入夜，太阳将将落下，阳光仍旧温暖。等到夜间，北海吹来刺骨寒风，收容所才会真正变得拥挤。

医生心不在焉地给马克检查，动作麻利——戳下这里，敲下那里，将听诊器的冰冷金属环放到他皮肤上，让他呼吸。马克一一照做。

“得过什么慢性病或传染病吗?”

“没有。”

医生最后敲了下他的胸膛。“你听上去挺好的，跟我们差不多，”他说着稍微皱了下眉，“你的气味也比大多数人好闻多了。”

“谢了，老兄。”

医生点点头转过身去。马克坐在那儿，两腿垂在检查床边，尽力避免去看威尔斯玛夫人。她十分认真地注视着他，就像一位宠溺的成年人观看隔壁家毫无天分的孩子在校园庆典上的表演：她清楚这个孩子会演砸，但是小孩凭着满腔热情，努力地想克服困难。

“伸出手臂。”

“什么?”

厌倦了保持专业的医生变得冷漠起来。马克看见他拿着一个皮下注射器。“你的手臂。我必须抽血。快过来，马上，这花不了一分钟。”

他伸手去抓马克的手臂。马克缩回手，同时将另一只手也自我保护似的收了回来。“你要测什么?”

医生丝毫不掩饰眼中的怒火，转身对威尔斯玛夫人用荷兰语说了些话。“他当然有权利知道，”她用英语回答道，“我们这儿现在人并不多。好了，温柔些。”

医生叹了口气。“我们必须测试肝炎、艾滋病还有塔基斯 A 型外星病毒。”

马克觉得他光裸的胸膛和手臂仿佛已经变成了与它相似的大理石，泛出不现实的光泽。“百变王牌病毒? 为、为什么?”

“这是法规。”

“新的政府法规，”威尔斯玛夫人急促地说道，“过去我们都强烈抵触强制检测。欧盟委员会去年秋天提出了这个议题，然后内阁会议通过了正式指令。因为这关系到健康和安全问题，荷兰对此无能为力。欧共体说了算。”

“你的手臂。”医生说道。

医生转身。“不测试，不准留。”

“噢，拜托了，”威尔斯玛夫人说道，“我们很想帮助你。要是你不让我们检查，那我们就帮不了你了。”

马克舔了舔嘴唇。他放缓、放轻自己的呼吸，就像是恐慌症要发作了的样子。这都不需要什么演技。“我——我害怕针头。我真的非常害怕。”

“或许你可以有几分钟时间来好好思考一下，好好冷静下来，”威尔斯玛夫人说道，“这真心是为了你好。”

“我可没有一晚上的功夫，”医生抱怨道，“我还有其他工作。”

医生对他失去兴趣，回到座椅上，重新读报纸。马克飞快地穿上他的衬衫和毛衣，朝门口走去。威尔斯玛夫人在他身边走动，低声对他说话，伸手去碰他的手肘。

“我得出去一会儿。”马克开口道。他的声音哽咽了一下，好像随时可能吐出来。他假装出来的对针头的害怕以及对被发现的真切恐惧已经完全扼住了他，让他真的快口吐白沫了。

“没问题，没问题。”威尔斯玛夫人答道，回到她那张小木桌子后面坐下，“你这个可怜人。”

马克对她露出虚弱的微笑，点头走出了那扇拱顶门，走入夜色，离开了。

◆

粉色霓虹灯勾勒出的女人赤身裸体地弯下腰。蓝色霓虹灯的男人躬身上前，将身体猛地贴向她。马克明白了今天的人们用霓虹灯做出了些相当激烈的东西。

马克在门道上蜷缩着身子，一阵微风夹着雨水吹来，淋了他满身。雨滴落在运河水面上，砸出一个又一个暗淡的涟漪，使得沿岸房屋的巨大前窗所投射在河面上的那些紫色、粉色还有绛红色的长方形光斑胡乱地晃动，宛若一个个幽灵幻象。马克浑身发抖，双手紧紧地抱住自己，这双里里外外都好似雕塑的手，又湿又冷。

荷兰家庭热衷将他们前窗的窗帘拉开，如此一来，过往路人便可欣赏到室内那光彩富丽的小资装潢。这条街上的房子，虽远离了那家装有寓教于乐的霓虹灯的色情店铺，但也不例外。其室内设计确实非比寻常。

每扇窗户前都坐着一个女人。每个女人都衣着清凉，穿着如吊带袜束腰带和居家长袍一类的服装，哪怕有些装扮被改得颇符合恋物癖者的眼光：一位护士，两位修女，还有一位可能是穿着薄绸的印度尼西亚女人，还戴着假羽毛，马克十分怀疑那种装束应该是在暗示印第安公主的身份。

小孩子们都是一副无聊的表情。有几个在做刺绣，有一对夫妻在看书，还有一个印度女仆在摆弄那台放在她裸露细腿上的笔记本电脑。马克不确定他们如何能够在昏暗的环境中阅读。一连排俗艳又光亮不足的窗户，让他不禁回忆起 20 世纪 60 年代初的那些廉价鸡尾酒酒吧中的水族箱。

这是个生意冷清的夜晚。没有旅客冒雨傻站着看这场白花花大腿秀，就连往常不知疲倦的饥渴日本商人也没来。马克甚至还看到，其中一位修女脱下了头巾，将其丢到角落，随后厌烦地扯拢了花边窗帘。

他过去听人说过，妓院有时会提供最廉价的住宿。也许传言是真的。但问题是，这些并不是妓院，而住户取决于人员流动的速度，哪怕她们今晚赚不了多少。他莫名怀疑她们是否有心情和他做交易，救救急。

他伸头探出那道给了他象征性庇护的门道。雨没有要停的意思。

也许他可以慢慢走回那座仓库，看警卫是否还守在那扇他昨晚为了脱身而撬开的窗口处。

斯普劳特在千里之外。明日清晨仍需很久才会来临。

至少天上一颗星星都没有。

♣

“可卡因？哈希什？海洛因？”

马克低着头，避免眼神接触，同时练习着持球突破性奔跑，力图躲避那些骑着新潮自行车，将车把手玩得上下翻转跟公牛角似的，做着莱兹旋转的西非黑人。

他走在前往冯德公园的路上，就在莱顿广场的南边。你不能再睡在这座宽广的公园里了，这都是拜了那些在20世纪70年代中期侵占了“嬉皮士”之名的追潮儿和效颦者所赐。它依然是欧洲反主流文化运动的一个重要纽带。

马克从未真正属于过反主流文化运动的一员。那是对他的诅咒；对他这一生的戏剧性讽刺。从他最初发现反主流文化的光荣事迹起，那是1969年的秋天，彼时他还穿着九分裤，是生物化学专业的尖子生，一直到他成为迷旅队长——那个穿着紫色山姆大叔套装的王牌，一个拥有不那么保密的秘密身份的不明显能力者——的那些日子，以及他成为曼哈顿岛上最后一家麻醉药物店的好脾气店主的那些日子里，马克的旅途都是以他一个人的旅途。他从未在任何程度上，实际参与到这个运动中。

理所当然地，当其他所有人都成了股票代理人和告密者时，这或许也是他在20世纪90年代依然保持信仰的原因。马克并不这样想。他更倾向于思考他是否仅仅是他自己人生的看客。

眼下，马克走投无路，在反主流文化运动的遗留物之中寻找集体的庇护。现在的孩子，身材瘦弱，为人刻薄，留着异国发色的冲天头型，或者是《守望莱茵河》[①] 里的绿党男子的发型——长头发，还有长到大肚子，挨到可乐玻璃瓶的络腮胡。令人感到不适，但他已经没有选择的余地了。

他以联邦逃犯的身份在纽约街头混过一段时间。但那是在他自己的国家，一个你不需要任何身份证明文件就能找到过夜的住处，也能找到工作的国家——只要你和马克一样，是金发大高个。阿姆斯特丹是一个宽容的地方，当地人也以他们特有的矜持方式表达着对人的友善。然而对于一个在逃的外国人来说，所有颜色都不对，所有转角都来得尖锐而不友好，更有风势渐起的欧共体吹来的冷气席卷那些曾经庇护持不同政见者和异类的街道。

他注意到现实世界也起风了，凛冽而干燥的寒风，犹如一页刀刃，割开了午后晴朗又自满的热度。他裹紧身上的毛衣，耸起了肩膀。他的衣服从昨晚就被水泡着，现在仍是湿淋淋的。

风开始在他耳边呼啸。一些垃圾碎屑擦过他的双腿，好似受惊的小动物。他发现自己走路时身体前倾；就算大风是来自波涛汹涌的北海，他也完全没想到大风会来得如此之快。

垃圾开始在他身边飞旋。

一个黑人从自行车上摔了下来，倒在街上，惹得行人纷纷四散躲避。马克什么也听不见。他此时呼吸困难。

对他来说，这阵风太大了。他停下脚步，用力抓住自己，瑟瑟发抖。他心想这到底什么情况。

风停了。某个又小又硬的金属物猛然撞上他的右肾，力道大得足以令他恢复呼吸。

“这边儿，混蛋。”一个美国人愤怒的低声在他耳边响起。

♥♦♣♠

① 1943 年上映的美国电影。

第五章

雪铁龙驾驶座上的棕发年轻女人转过头说道："梅多斯博士。真高兴再次见到你。"

她对他露出晚霜般冰冷而淡漠的微笑，随后便转身前倾，关上车门。回忆这才开始慢慢复苏。

"嘿！我认识你。你是西北风。我见过你——"

他本来要说，*我见过你，就在王牌云巅里*。但这么说便承认了他是迷旅队长，而他隐约觉得这会危害到他的计划，哪怕他估计美国卫星广播范围内的每个人如今都早已清楚他的身份了。何况，她说了，"*真高兴再次见到你*"……他的舌头差点打了结。

正在他纠结之际，先前推他进这辆斜背式法国大轿车的那对搭档之中，块头更大的金发成员接了他的话。"她称自己为海伦，"他说道，"对于你这样的混蛋，得称呼她为卡利斯勒小姐。"

另一个身形较小，肤色更深的成员坐进了前面的座位。他看着有一丝模糊的熟悉感。也许熟悉的是他原先抵着马克侧身的那把可恶的小手枪，这把枪此刻正杵在马克鼻子下面。马克对枪支一无所知，不过他觉得这可能是某种自动武器。同时他也怀疑那些弹道专家拿着显微镜观察子弹所能找到的细小条纹，也许与两天前那件恶名昭彰的水坝广场枪击案的受害者身上所取出的子弹纹路，极其相似。

他关上了门。西北风——海伦·卡利斯勒？——踩下离合器，开车上路了。

"你不知道这一刻我等了多久。"这个深肤色的男人开口说道。

他带有一种疯癫的狂热，那种当下电影里的警察形象普遍带有的狂热。“后面有你的苦头吃，混蛋。”

这听起来不对劲。“为什么？”他问道，随即便意识到自己听起来像个傻瓜。

那张瘦削而狂暴的脸气得通红。“你杀了我的搭档！你杀了杜利，你要为此把牢底坐穿。”

马克眨了眨眼。“你在说什么？我没杀过任何人。”起码没在地球上杀过人。为了坦然面对曾在塔基斯星球上做过的一些事，他度过了一段相当煎熬的日子，不过眼下并没有时间提及此事。

“那么在街上买了你药物的那些人呢？”卡利斯勒绷着声音质问道。

马克瞪着她。他唯一没有被指控过的罪名就是“非法贩毒”。两名男性特工转头看了她一眼，有一瞬间露出了难以置信的表情，而后又转头盯住马克，显而易见，他们选择把她的问题从他们各自的个人现实中删除掉。

“蒂姆·杜利，美国缉毒局，”那个金发大块头开口道，“他的搭档。他在你纽约的实验室里，死于枪战。”

“在我的实验室里？”马克现在完全没有头绪了。

“就在你那家该死的药物店上面，”那个黑头发的家伙说，“呀，见谅。是你那家新时代食品店。”

“好几年前的事了，”卡利斯勒转头偏向肩膀，补充道，“大约就在你从柯诺威法官的法庭上消失的时候。”

马克完全不明白他们在说什么。当时柯诺威法官宣布他那个令人震惊的裁决，判定马克和他的前妻二人均非合格的家长，并将斯普劳特发还至纽约少年司法体制的监管之下。在那之后的一段时间，马克几乎是放弃了这个世界。

“他其实是被纽约市警察局缉毒部门的一个警察枪杀的，”卡利斯勒说道，“你可能会称之为‘一点小误会’。”

“这不重要，”黑发特工怒吼，“只要你扣下了那该死的扳机，你就同样有罪。法律就是这么说的，伙计。”

“这真是我这辈子听过最疯狂的事情!”马克脱口而出。

这个特工一下把全自动手枪的枪口对准马克的右鼻孔。“不准说我疯狂!”

“嘿，林恩。”金发大个儿特工一边说，一边伸出手，似乎是要去碰他搭档的手臂，可又有点不敢，“冷静点。别在座套上留下血迹，你清楚的。”

另一位朝他露出厌恶至极的神情，让他有些动摇地靠回了椅背。他放松下来。

“是的，你说得对，加里，”他答道，同时移开手枪，不再对着马克的脸，“毕竟我们应该照顾一下这位大小姐。别让她看到脑浆四溢的一幕。”

“你可以停止说这些自以为是的性别歧视屁话。”卡利斯勒说道。

林恩大笑起来，把枪塞进他今天穿的防风衣里面看不见的地方。他们正沿着林巴昂斯盖特运河，往莱顿广场东北方向离开。河边的树木和停泊着的五颜六色的船屋不断地后退。

“我觉得我快吐了。”马克说。

“老天。”林恩边说边转身。

“吐吧，”他的搭档回答，“你必须打扫干净。”

“慢着。我的手臂。我左手臂受伤了。就像，你们这些家伙——”

他右手捶着胸口，弯下了腰。

林恩来到他的座位。“怎么了？搞什么鬼?”

“嘿!”加里开口，举起手试图制止他的搭档，“嘿，停下来，别乱动。”

马克稍微直了直身子。“我——我的胸。啊!”

“慢着!”卡利斯勒喊道，态度有些变化，“你们不懂。恶心想吐，手臂疼痛——他心脏病发作了，该死!”

“喂，”金发特工大叫，“他把什么东西放进嘴里了!”他把手伸进他的运动外套。

马克抓住外套领口，拼命地把衣服往下拉，垮到了加里特工的手肘处，有效地锁住了他的双臂。

他变身了。

金发特工发出惊恐的尖叫，马克干瘦的身体膨胀起来，挤满了雪铁龙后部的坡顶空间。海伦·卡利斯勒望向后视镜，看见一个巨大的灰皮肤男人把加里压扁到车体的一边，猛然撞上了停在运河边上的一辆大发轿车。

灰皮肤男人双脚站立起来，撞破了轿车斜背顶上的染色玻璃。随着一阵金属折断的刺耳声响，他爬出了这辆现已静止的轿车，还把被吓坏了的加里一起拽了出来。

林恩拔出天蝎手枪，朝乘客座背后举起。卡利斯勒急忙将手枪枪管打向空中。“别开枪!你会射中汉密尔顿!”

灰皮肤男人正往后退，拖着特工当他的肉盾。他如家具搬运工那般身形高大，肌肉发达。皮肤还反光。他穿着像速比涛[1]竞赛游泳裤一样的灰色衣物。他的鼻子和耳朵很小，而且脸上和身上都没有肉眼可见的毛发。

林恩就像袋子里的猫一样火冒三丈，不停地咒骂着。他拉开门把手，门把手卡住了，他便一脚踢开了车门。他一跃跳到人行道上，双手握住天蝎手枪，摆出韦弗式射姿[2]。

他的搭档回过神后厉声喊道：“别开枪!”

---

① 世界著名的泳衣制造商。

② 由美国加州警长杰克·韦弗在1950年代末期发展出来的手枪用双手射姿。

灰皮肤男人意识到这个黑发特工执意开枪，便转身朝运河猛扑过去，手上仍抓着加里的外套。外套的线缝裂开，特工只剩两只衣袖在手上，同时先前劫持他的那人手中还拿着外套的主体，随即便转身跳入了水中。

跳进水里时，他再次变换了身形。打破林巴昂斯盖特运河那油腻的绿色水面的是一头通体光滑的灰色宽吻海豚。

一艘红白相间的运河游船上，乘客们纷纷挤到船上的玻璃墙处，无声地惊叹着，还伸出手指着眼前这一奇景：一头海豚，吻部挂着某种马甲类的衣服，飞速地游了过去。接着，林恩的全自动手枪冲着水面开枪了，子弹像冰雹一般射向水面，乘客们听到枪声，互相推搡，摔倒在地。

天蝎手枪的子弹打完了。萨克森在石砖河堤上站了一会儿，怒不可遏地用力扣动着扳机，力气大得手枪在他手中上下晃动，仿佛他是个拿着玩具枪，假装射击的儿童似的。游船的领航员在甲板上抱成团，挨着乘客们，结果这艘游船“嘭”的一声撞上了一艘停泊的船屋，随后传出“嘎吱嘎吱”的撞击声。

加里·汉密尔顿全身紧缩成一个不规则的小圆圈，依然神志不清。一股血从他额头的一道伤口，顺着他那张大方脸的一侧流了下来。他双手作出不明显的手势，还自言自语。

海伦·卡利斯勒下了车，夸张的宽大斗篷在她身边飞旋。她瞪着雪铁龙的保险杠，气得脸煞白，保险杠完全陷进了那辆黄色日本小轿车里。

一辆黑色的梅赛德斯停在了雪铁龙后方。司机打开车门，站在门后。J. 罗伯特·贝鲁透过他的雷朋飞行员太阳镜注视着卡利斯勒。

“又弄砸了。”他说道。西北风抬起双手。

警报声开始在背后响起。

"通知科洛克特和塔布斯[1]赶快滚进车里。要是荷兰人把这起骚乱怪到他们身上，那乔治·布什也没法把他们从千年牢狱里弄出去。"

"噢——从现在开始，你可以将这个当作一次兰利行动。而且是官方的。"

♠

此处是城市南部阿姆斯特尔河沿岸的近郊区。马克坐在绿草如茵的河岸边，双膝弯曲并拢，低着头，花了好一段悠闲时光，就坐那儿呼吸，让身上的水滴落。

在马克本尊和他的一位"朋友"——服用特定颜色的粉末所召唤的王牌人格——发生一次移相之后，他的思维混乱得堪比一群受惊的鱼群。得花点儿时间才能让他的思维合为一体。

*我为什么要来到这个炎热又沉重的世界？*这个问题是他第一个连贯的思考。*在塔基斯星球上我是一名英雄，一名王子。我身边曾有塔斯[2]和罗克莎拉娜，还不用担心自己的安危。*

可斯普劳特不在塔基斯星球上。即便此时此刻，我并未能够更接近她。他捡起那件"自制"马甲，也就是水瓶星凭蛮力用加里特工的外套加工出来的那件马甲。他完全不明白为什么变形者非要带上它；水瓶星向来十分鄙视实体物质，尤其是人造物品。

他的海豚形态水瓶星在智力上并没有完全达到人类水平；他大脑的处理能力大部分应用于环境界面、听觉、味觉以及声呐感知，通过上/下，左/右，前/后，流动四个维度来自我定位。海豚形态的水瓶星，与其说是塔基斯星人，更像是真正意义上的外星生物。在离马克基准线两段的距离处，要弄清他的意图并非易事。整理清楚他的记忆

---

① 电影《迈阿密风云》中的两位主角，这里指林恩和汉密尔顿。

② 塔基扬医生的昵称。

是件十分艰难的事情，他的记忆极为官能，信息量十分巨大却难以理解，如同观看黑泽明的日语电影。

马克怀疑水瓶星在从阿姆斯特丹的运河游往这条河流的高速游动过程中，携带这件外套的原因是它挂在他的长喙上了。

衣服的外口袋里只有两个避孕套和两张麦迪逊花园广场的美国职业摔跤比赛的湿票根。胸口内揣的口袋倒是十分眼熟。里面有一份加里·A. 汉密尔顿的护照；有一盒名片，完全给泡烂了，上面给汉密尔顿安排的身份是市场专员，隶属百事可乐公司——他们之前不是尼克松的大赞助商吗？——还有一个钱夹。

马克打开钱夹。钱夹里有两百二十三美元的现金，汉密尔顿在俄亥俄州的驾照——他于 1963 年出生于杨斯敦——以及一张美国运通金卡。

马克的舌头缓慢地反复舔润他干燥的嘴唇，尽管他才刚刚从河里爬上岸。他意识到他点亮了弹珠机的免费玩耍灯。

一切取决于他如何玩好这一局。他的性命，他的自由，他再次见到斯普劳特的机会。*所有的一切*。

他小心地把钱包装进了他卡其长裤的后袋里，走向安静的林荫街道，然后伸出了他的大拇指。

♥

“现在是鲁维贝克机长讲话，”头顶的扩音器广播道，“我们即将降落到罗马国际机场。外面阳光正好，气温是怡人的二十一度。在启程飞往贝鲁特[①]之前，我们会在地面停留约四十五分钟，进行常规维护。如果您选择离开机舱，那么请千万将写有‘有人’的标牌放置在您的座位上。感谢您乘坐荷兰皇家航空。”

① 黎巴嫩首都。

坐在大型空中客车侧翼一边的高个子男人从漂亮得惹眼的印尼航空乘务员的手中接过最后一杯免费橙汁。在她继续前行之前，她多看了他好几眼。和大多数人类一样，她受与众不同之物的吸引，而他当然符合这点。他至少比她高了半米，这是一方面，他的体形修长得令人难以置信，如此身躯被包裹在一套明显十分昂贵的古金色细条纹藏蓝底西服三件套之中。他的五官是颇具异国风情的北欧轮廓，棱角分明；他有一头黄发，被梳拢在脑后，扎起一个稍微有点向上冲而又很利落的松马尾，长至他的后颈。她最喜欢他的眼眸；他的双眼犹如中午萨武海[①]上方的天空那般蔚蓝，而且在他那副又厚又圆的眼镜镜片背后，他的双眼还闪烁着真心实意的愉悦。

显而易见，他是一个有钱的重要人士。他也许是不久后就会被起诉犯了法的华尔街股票经纪人。她不是很明白当前美国为何痴迷于将他们国家最成功的公民们变为罪犯，同时又还广泛同情那些拒绝工作的人；她觉得这有一点宗教仪式的意味，令她想起故乡的某些较为原始的部落猎头人[②]。哎，好吧；西方人都是疯子。*不过至少这个人还是挺可爱的。*

马克·梅多斯飞快将视线从航空乘务员身上移开——你不该再称呼她们为“空中小姐”，他试图在这类事情上做到仔细认真——那么她就不会认为他很鲁莽了。如果她干脆利落地把她心中所想之事告诉他，他只会以为她是在逗他开心，出于某些不可知的理由。

他喝了口果汁，看着下方旋转的油腻又昏黄的台伯河[③]。贝鲁特是他的目的地；他很确定。在过去的二十年里，美国对它的影响力消退了不少。虽然真神之光教的狂热信徒最近动作频频，但贝鲁特仍旧

---

① 马来群岛东南部太平洋海域。

② 部落里收集所杀者人头的成员。

③ 意大利中部的一条流程约406公里的河流，向南和西南方向流经罗马并在奥斯蒂亚市附近注入第勒尼安海。

是深受大多数欧洲人，而且是全世界人喜爱的度假胜地。毋庸置疑，非洲最棒的派对城市自然会是一个包容的地方，一个能让孤独的美国逃犯悄悄从视野中消失的地方。

况且，黎巴嫩有着地中海地区最宽松的进出境管理。那个年轻特工汉密尔顿的护照照片和马克一点也不像，但他估摸着，对黎巴嫩海关而言，所有金发欧洲人都长一个样。并且，世界各国的官方机构都不会对一个穿着西服套装，打着领带的男人过多检查。好运的马克依然记得如何打领带。

飞机滑轮触地时发出一声重响，随后是一串尖锐刺耳的噪声。马克激动地四处张望，希望能够看到遗迹，或者是质朴的意大利农民，或者其他什么东西，然而和所有机场一样，罗马机场亦修建于一片尤为平坦开阔的土地之上。他的确看到了远处有紧密排列的群山，还有房屋，其中有些建筑可能是庄园，也有可能是虚假笨重的政府大楼；石油化工产品在近地面掀起的一层浓厚的热波，让你根本无法看清远方。

空中客车减速，开始朝航站楼滑行。大约不到两百米时，飞机停住了。乘务长播报说到站会稍微延迟一下，因为先前的航班还未出道。

马克的眼皮开始变重，仿佛海勒姆·沃切斯特对它们施了法。他的下巴低到了他的领结处。

一辆小型公共行李拖车开了过来，停在了距离飞机四十米处。车厢里没有行李，不过里面有六个人，这六人在车停稳之前便开始下车。他们身穿白色连体衣，还带着耳罩式护耳，是全世界机场地勤人员的常见打扮。然而就连马克，他这般天真的人，也知晓粗短的立轴手枪式握把轻型冲锋枪并非机场维修人员的标配设备。

他解开安全带，站了起来，故意往后面的厕所间走去。

五分钟后，当罗马警方的反恐精英小队踢开门时，厕所里空无一人。

♥♦♣♠

第六章

厕所冲水时发出雷鸣般的噪声，林恩·萨克森怒气冲冲地从洗手间走了出来。“我简直不敢相信这群罗马蠢货竟然让他从他们的指缝间溜走了。”

加里·汉密尔顿抬起头，视线从他的史密斯威森 10 毫米联邦警察定制手枪上移开，他原本将它拆开了，正拿着一份贝鲁从机场带来的《罗马观察报》给它做清洁。“你还能指望什么呢？这群意大利人。”

海伦·卡利斯勒站在敞开的滑门外，在铁质栏杆旁，看着落日霞光消褪为褐色的毒云，蹲踞在罗马的群山之上，犹如日本电影中的怪兽。她斜着胯，双手若有所思地背在后腰。闷热潮湿的空气如同放学回家的孩子般吹向她，拂起了她轻薄的灰蓝相间裙子的下摆，闻起来就像柴油、冷却的沥青，以及用橄榄油炸过的大蒜。

“他到底是一名王牌，”她说着回头望了一眼，“我们也没能完成逮捕他这个棘手的任务。”

“你可真是大方地承认了。”贝鲁说道。他脱了鞋，双脚放在床上，双手十指交叉地握在一起，垫在他那头短发后面，双眼紧闭；大家本以为他睡着了。

“让我们看看你的本事吧，大佬。”萨克森说完坐到桌旁的一张椅子上，他的搭档还在桌上忙着自己的活儿，他的屁股几乎没有挨到椅子的坐垫，仿佛他立刻又会站起来似的。萨克森伸出拇指飞快地擦了下右鼻孔，一只手放到大腿上，手指烦躁地敲着腿。

“说起王牌，”贝鲁接着说，“你在这趟出差中又做了什么呢，卡利斯勒小姐？我觉得州长不需要起用王牌。”

“该死的王牌资源强化特别委员会拖累了我们——”萨克森开口道。

“嘿，我们并非有偏见，”汉密尔顿连忙插话，“局长只是认为这次任务最好能够由真正的人类来完成。我是说，正常人类。我的意思是——噢，老天，卡利斯勒小姐，我很抱歉。”

“这个傻瓜的意思是说局长认为我们耐特就能够很好地完成这个任务。”萨克森没好气地说。

贝鲁将双腿晃到床的另一边，随即坐了起来。“我想我可以从美国大使馆里翻一些表单出来，如果你想要填写一份针对我们这位小伙伴带有歧视的怨言的话，”他对女人说道，“在实际生活中看来，他们的漠视基本到了犯罪的地步。”

海伦转过身，露出一个勉强而讽刺的微笑。“所有人似乎并不怎么在意对王牌的冷漠态度，贝鲁先生。”

“我猜王牌并非时髦的少数群体。”他赞同似的说道，同时对汉密尔顿友善地点了点头，而汉密尔顿正张大嘴看着他和海伦，视线在他们两人间来回，试图分辨他们是否在开玩笑。

“你问题的答案，贝鲁先生，资源强化委员会认为王牌的能力有助于追捕美国最臭名昭著、破坏力最强的王牌。马丁内兹局长同意了。我是一名普通的立约人，和你本人一样；我的父亲……是本尼特先生的私人朋友。”

“我并不意外。老维农尤其爱结交那些经常上 CBS 晚间新闻的人，可能只有真神之光教是例外。”

她眼里闪着怒火。“你这话是什么意思？”

“我没想到简单地陈述事实竟然会被要求指出它的意思，亲爱的。”他站直了身，走到桌子那边，汉密尔顿刚好把滑管装回他的枪里。

“你嘴里说着漠视，”她声音颤抖，“我可不觉得一次又一次地在我面前提起我父亲是体谅的行为。”

他双手揣在口袋里，直视着她。“你不觉得是时候接受这一切了吗?”他平静地问道。

她的面颊变得通红，就像被扇了一巴掌。“是什么让你以为这关你的事——”

“我不明白我们怎么会沦落到这个鬼地方。”萨克森大声地插话，一掌拍在装饰艺术品上。装饰线条上面是淡紫色的墙纸。“这玩意儿俗气得要命。这镇上就没什么海厄特①的作品吗?”

“这个地方有他的特点，小子，”贝鲁说道，“比起麦当劳巨无霸和《考斯比一家》② 这儿更有生活气息。”

他折起地中海的地图。“此时此刻，我们或许应该弄清楚我们的梅多斯博士会从这里前往何处。”

“他会去贝鲁特。”汉密尔顿不假思索地答道。他低头看向自己的双手，立马就意识到他先前犯下的战术性失误。

“没错，”萨克森喊道，“那是他用你的信用卡买的票的目的地，加里。他拿着你的护照逃往那儿。你可真是他最好的朋友，加里。”

“我想我们这个时候可以先忘掉贝鲁特，”贝鲁一面说，一面从橱柜里拿出一把华丽的雪茄剪，“至少是近期的目的地。他很清楚这个地方已经暴露了。”

“他之前都没有觉察到我们通过汉密尔顿特工的信用卡追踪到了他的路线，”卡利斯勒指出，再次恢复了公事公办的态度，“那他怎

① 安娜·沃吉·海厄特（1876—1973），美国雕塑家，以她创作的动物形象而闻名，作品有《戴安娜和她的猎物》和《唐吉诃德》。

② 也有翻译为《考斯比秀》，是一部美国早期的以家庭为题材的电视情景喜剧，由比尔·考斯比主演。

么会忽然就变得行事周全起来，意识到我们查出了他的目的地?”

“他是个天真的混蛋，我承认这一点。不过他落后于时代，那么自然而然地，他就会做一件在当下看来过时了的事情：学习。”

“你简直是这个该死老东西的研究专家。”萨克森说。

“小子，我尤其重视去了解我的敌人。你们也会这么说；但于我而言，这不仅仅是一句话。这句话能够让我在你被人剥了皮、晒在岩石上晾干的情形下保住性命。”

外面，霞光已褪变为欲滴的残血。萨克森站起来，眼中满是疯狂的怒意。汉密尔顿使劲地拉住他的胳膊，用尽全力将他按在他的椅子上。

“我们在华盛顿的计算机上推算过这个问题，”汉密尔顿开口道，“我们有一份完整的梅多斯博士的个人文件。他们会演算各种可能性，然后指点我们该如何追查他、推测他从这里出发后会去的地方。”

“好吧，”贝鲁说道，“我们就让你那群兜里揣着笔的家伙玩他们的计算机游戏吧。与此同时，也试着自己在现实世界里着手查找我们犯人的下落吧。”说完，他剪伤了自己右手食指的指尖。

鲜血从贝鲁的指尖喷涌而出，惊得萨克森猛然一退。这个年轻男人的脸上立马失去了血色。“老天!”

贝鲁将破皮的指尖摁在一盏鹅颈台灯的底座上。指尖泛出了红光，仿若新生。台灯忽然被拉长，灯头被扭转，好让灯光对准地图。

“是时候来点儿光亮了，别再一味地咒骂黑暗了。”贝鲁满意地说道。

海伦将双臂紧抱在胸前，跨步上前。台灯的光在她的双眸中闪烁。“你也是一名王牌，是吗?”

“你可从没告诉过我们这个。”萨克森板着脸说道。

“小子，兰利[1]可没有把它知道的所有事都说出来的习惯，它和我们很多更优秀的政府机构都不一样。现在，把注意力都集中在这儿吧。在我离开前，我至少想掌握一些暂定的答案。”

“离开？”萨克森问道，“你要去什么鬼地方？”

“歌剧，毫无疑问。*费加罗的婚礼*。剧方为此安排了超现代的布景和演出。我听说它简直一团糟，不过我还是愿意去亲眼看看。”

◆

一辆老旧的夜班列车正开往布林迪西[2]。马克在睡觉。

不论是不是精英小队，那支罗马反恐小队有点胡乱兜圈子的感觉。当有人身穿和他们以及地勤工作人员一样的连体制服出现在飞机尾部时，所有人的眼睛都紧盯着飞机头部，登机用的活动梯经过高热又闪烁着微光的路面，被推到此处，第一小队便登上梯子进入飞机头部。那个人慢悠悠地走远了，根本就没人注意到他。

毕竟，逃跑是太空旅行者的绝技。马克必须要做点化学创造工作，之后他才能够再次使用这个王牌的能力。

列车蜿蜒前行，跨越了意大利的亚平宁山脉。马克一路往东——前往何处，他并不确定。他乘坐列车主要是因为，不同于住旅馆，在列车上，你不需要交出护照就能过夜。

夜空晴朗，不过这没关系。卷叠百叶窗已经拉上了。

他用现金买的车票。他依然在使用这份护照；几经思量，他觉得护照不比信用卡那般棘手。他注意到，大多数欧盟低级官员，根本看不出文件上那风格鲜明的美式夹克，假设他们真的有在看文件的话。

---

① 兰利空军基地，美国空中作战司令部总部，由于距首都华盛顿特区较近，该基地的航空部队负有保护白宫的重要使命，是保护白宫的第二梯队。

② 意大利东南部城市，位于普利亚大区，布林迪西省首府。城市筑于一个小海湾内的半岛上，有东、西两个港口。

如果你看着像北非或者是土耳其的外来工人，他们很可能会想去数清楚你有多少根胡须，确保数字和你护照照片上的胡须数量一致。美国人会得到不同的待遇。马克学到了这一点，他在学习。

因为他完全睡着了，所以他会做梦。

在梦境里，他是一个魁梧的金发年轻人，裸露着胸膛，一头金发披在肌肉饱满的肩膀上。他甩动着一根拴有发光的和平标志的锁链，然后秘密警察、纳粹分子、审查官还有美国主导的国际新秩序的告密者，全都手忙脚乱地撤退了。他是王牌行动中最强大之人：激进者，在肯特州枪击事件[①]之后的若干暴动中，他与国民警卫队和硬帽党工人奋力抗争，直至陷入僵局，而后在人民公园中反败为胜。

马克曾经变成过一次激进者，就是激进者出现过的那一次。或者说他曾经没有。看吧，他不确定。

他曾是南加利福尼亚的一个备受呵护的孩子，也受到军工复合体[②]的庇护。他的父亲是一名战争英雄，也是一位技术官僚，他的母亲是一位非常优秀的女性，符合一位官员妻子的全部期望，能够完成所有社交活动，同时也是一位或许酒喝得太多了的女性——马克直到很久之后才认识到这一事实。他于 1969 年到达位于伯克利的加州大学，彼时他在科研方面的前途十分光明，已被加州大学伯克利分校录取，期盼着为该校的招牌学科——自然科学增光添彩。

在那之前，他高中时做了很多实验，研究致幻药品对实验鼠的认知能力的影响，为此他广受赞赏，还在诸多科学竞赛中夺魁。他进入

① 即美国肯特州立大学枪击事件，发生于 1970 年 5 月 4 日。当天上千名肯特州立大学的学生抗议美军入侵柬埔寨的战争，随后与在场的国民警卫队发生冲突。军人使用武力，向示威学生开枪，造成了学生伤亡。此次事件引起全美国超过 450 所校园罢课，之后再有十万人在美国首都华盛顿游行抗议。

② 又名军工铁三角，是由军队、军工企业和部分国会议员组成的庞大利益集团。

大学时，满心都是对心理生物化学的浓烈兴趣。除了他的漫画书，科学俱乐部，还有他对黑发紫眸的金伯莉·安·考达那的迷恋（她是他自小学以来的主要心动对象），他的生活经验几近于无。

他着手进行他以为的实地考察，在湾区①亚文化最为活跃、最为兴盛的时候，他一头扎进这个亚文化群，观察迷幻药对人类的影响。他的第一批潜在研究课题之一，恰好是金伯莉·安·考达那，她如今自称向日葵，美貌更胜以往。

他完全着了迷，既对向日葵，也对与她完美融合的那场运动。他本人倒是与二者都没什么联系。但是对他而言，二者都有一种难以言喻的美，值得他想尽一切办法去争取。

当肯特州重大枪杀事件的灾难性新闻传来时，他最终鼓起勇气踏出了合乎逻辑的实验性的一步，亲身试药。他在大学周边乱晃，等待药物起效，结果在人民公园恰巧碰上了一起迅速变得严峻起来的冲突。这诱发了药效，他只觉脑中翻滚，几欲疯癫；他跌跌撞撞地后退，闯进了一条小巷，随后失踪了二十四小时，没一个活人见过他。

不过在关键时刻走出那条小巷的人就是激进者。国民警卫队被赶走了，硬帽工人被击败了。激进者被汤姆·马里恩·道格拉斯一把抱住，仿佛二人亲如兄弟，就是那位蜥蜴王，现任摇滚王牌，精通阴郁而强劲的音乐风格，既蕴含理性又发自肺腑——是阿波罗，也是狄俄尼索斯，正如道格拉斯自己喜爱的说法。

激进者引起了一场狂野的胜利庆宴，痛饮了数不清的啤酒，享用了许多致幻剂，还和一位自称向日葵的紫瞳女士体验了真正非同凡响的性爱。接下来，在他取得胜利的第二天黎明，他朝那些双眼浮肿，宿醉后还昏着头却欣喜若狂的崇拜者挥手告别，随后他走进了一条小

---

① 指旧金山湾区，是美国西海岸加利福尼亚州北部的一个大都会区，世界最重要的科教文化中心之一，旧金山湾区从20世纪起一直是美国嬉皮士文化、近代自由主义和进步主义的中心之一。

巷。从此再也没有人见过他。

马克之后倒是被人看见过。一会儿之后，马克的可乐瓶不在了，长裤皱巴巴的，满脑子都是他没办法组成连贯记忆的各种画面，他摇摇晃晃地走出了小巷。他的普通朋友向日葵抓住他的胳膊，大声问他，怎么会错过那本可能是这场运动最光辉的时刻。她见到了一名英雄，她的双眼就如星辰般明亮。

马克的指导老师对他私人生活的转变感到不安，于是引导他远离关于精神药物的研究。他允许自己转移到基因研究上去，至少在课堂上是如此。然而在加州大学伯克利分校实验室之外，他留起了长发，投身于闪耀的爱之夏的生活概念——一个从未实现过的理想，不过是关于 1970 年喋血街头之春的一段薄纱似的回忆。

他关于迷幻药物方面的研究仍在继续，以课外研究为主。*他莫名地相信他就是那个激进者。*某种混合药物和大脑中已有的化学物质激活了他的王牌能力，而且有一瞬间，他变强了，受人敬爱，孔武有力。不论如何，他若想重获这一切，就得实现这一点。*况且向日葵的目光会因为他而闪动。*

他获得了生物化学的博士学位，在 DNA 重组领域中做出了具有开拓意义的研究。但他志不在此。激进者难倒了他，而他真切地觉得那才是他唯一的目标。

1974 年的一个夏日黎明，向日葵突然出现在他的公寓门口，穿着一身烧坏了的海特外衣。她原本有光泽的黑色长发剪短成偏军事化的刷头发型，还称自己为共生军的帕西奥娜娜元帅。一个牙齿上的急症让她离开了共生军在瓦特的藏身处，恰好让她及时躲过了一场猛烈的枪击，而桑科元帅还有其他成员都丢掉了性命。

共生军严苛的纪律让她戒掉了各种消遣式的化学药品，不过四个月之后，在革命进行得如火如荼之际，她变得奇怪起来，就好似她从未戒断。新闻直播报道了她本该待在里面的那所房屋的消息，火焰从房子里冒出来，还有房间里的黑色印记，当她离开去看牙齿时，她就表露出了危险的偏离以及资产阶级的软弱，这则新闻让她一下回到冰冷的现实中。

对她的父母而言，她已经死了，对于她过去运动中的那些朋友来说，她要么是个危险的小丑，要么是革命的逃兵，或者是潜在的政府间谍——共生军成员什么都有，就是没有共识——而对美国政府来说，她是被通缉的逃犯，虽然并没有用她的真名，也没有可靠的描述。全世界她就只认识一个无论如何都不会评判她的人。

马克偶尔靠他的才华勉强度日，帮助一些次要的研究员及时领取他们的科研补助金。他的大部分钱财都花在了探寻化学药物的梦境以及减轻他长期沮丧的足量药物上了。然而他领着她进了门，只觉得无比喜悦。

头两周时，她就像一头刚落入陷阱的野生动物，所有神经末梢都很警觉。他就放任她，甚至还将他的小公寓分成了两半，挂上一张马德拉斯印花布，给她带去一点私人空间。最终，肾上腺素引起的兴奋开始减退。

1974 年 8 月 8 号，随着一位惠蒂尔学院的校友（其名声甚至比金伯莉·安·考达那和南希·玲·佩里更为不堪）递上辞呈①，60 年代正式终结了。马克和金伯莉干了一整瓶红酒——并非嘉露红酒②——最后两人滚到了他那一小半的房间地板上的一张破损床垫上互相厮磨去了。而那块分隔布第二天就取了下来。

接下来七个月左右的时间是马克记忆中最快乐的时光。在 1975 年春分日的黎明，马克和金伯莉——她再次自称为向日葵——在金门

---

① 因“水门事件”，美国前总统尼克松于 1974 年 8 月 8 号发表讲话宣布辞去总统职务，他曾毕业于惠蒂尔学院。

② 嘉露酒庄，美国著名葡萄酒品牌，创立于 1933 年，是全世界最大的家族经营式酒庄。

国家公园结婚了。

在那之后，事态的发展就变得不太对劲。向日葵盲目地投身于一项又一项事业，漫无目的地在一波又一波的热潮中闯荡，急躁而又倦怠。她开始酗酒吃药。马克进一步地缩小了他的研究范围，又回到致幻剂以及找寻激进者的研究上。他原本就很奇怪的研究工作变得更加古怪，更不必提越来越低的研究频率了。

斯普劳特出生在 1977 年的春天。这又是婚姻关系逐渐破裂的夫妻所共持而又不曾言明的一个观点：有了孩子就能巩固他们的关系。作为补救方法，它更像是为了拯救一架快要坍塌的桥梁，结果却让更多的半托车开上了那座桥。在 1978 年，斯普劳特的发育问题（或者人们使用的其他什么委婉语）确诊之前，马克和向日葵的沟通就仅剩下尖叫与沉默。

离婚协议在 1981 年得以最终敲定。向日葵在一场听证会上完全崩溃的那一天，这场令人极度不快的监护权争夺官司终于画下了句号。法庭宣布她没有行为能力，并将之送往卡马里奥的精神病院。马克获得了他们女儿的完全监护权。

他带着她逃往东部。作为反主流文化运动的北极星，这地方几乎就和旧金山和伯克利同样耀眼，而且还没有那些会因为马克过去的诸多失败而指责他的地标和回忆。他的父亲，如今是四星将军马库斯·梅多斯，借了他一笔钱让他自己做点生意。他在格林威治村[①]南边的菲茨詹姆斯·奥布莱恩大街上开了一家宇宙南瓜幻觉药物食品店。

他并非，至少可以说，并非天生的生意人。他的父亲投了一笔信托资金，十分谨慎地给这家小店注入资金。马克和斯普劳特得以勉强度日。

之后，到了 1983 年初，他对激进者漫长的探寻终于有了点结果。

---

① 美国纽约曼哈顿区，艺术家、作家等的聚居地。

不过就像是克里斯托弗·哥伦布在1492年启程找寻跨越全球的捷径，结果却从耶路撒冷背后登陆并将其从异教徒手中解救出来一样，他最终发现的成果并非是他想要前往的地方……

马克蜷缩在折叠床上，辗转反侧，轻声呜咽着。他独享整个车厢。他的枕头上还沾了点他的梦口水。车外，意大利的夜晚呼啸而过。

♥♦♣♠

第七章

马克坐在阿勒奥珀格斯山裸露的岩石上，任由山风吹乱他的头发。天空高远，浅淡的蓝色散布在饱满绽裂的棉桃似的云朵之间。在他的脑海里，他看见了一堆萨梯①，它们拿着奇特的排箫②——就是赞菲尔③老在有线电视的深夜广告里演奏的那种乐器——从杂草堆里走出来，盯着他看。当马克自我放纵时，对他而言，生活就有点像一场迪士尼电影，哪怕从一周前在阿姆斯特丹泄露踪迹之后，他就再未摄入任何违禁化学药品——至少不是为了娱乐消遣。他并非《义勇先锋》④ 海报上的那个理想男孩儿。

他坐着，出神地凝望着那些青翠的野草和激动的日本游客，他们兴奋地走在卫城山顶的帕特农神庙周围的白色乱石之间。此地一点都不如他期待的那么宽广，帕特农神庙，即便它的确如广告上说的那般壮丽。那是生活的完美缩影：热切预想过的生命到头来，实际上只是比想象中的更狭小，也更不堪，还更——按帕特农神庙来看的话——莫名地虚假。而这都要怪电视电影呈现的图像，让世界奇观随便在街上就能够看见，是工业光魔公司⑤的秘密实验室为大脑和眼睛而烹制

---

① 古希腊神话中半人半羊的森林之神。

② 由一系列管或长短不一的芦笛组成的原始管乐器，通过对其顶部的开口吹气进行吹奏。

③ 格奥尔基·赞菲尔，世界最著名的排箫大师之一，对排箫的推广做出了巨大的贡献。

④ 1988 年上映的美国电影，由格伦·戈登·卡伦导演，摩根·弗里曼主演。

⑤ 著名电影特效制作公司，曾 15 次获得奥斯卡最佳视觉效果奖。

的策划药[1]。马克坐在这些造型古老的岩石上，山风穿过他的指缝，吹拂他的发丝，也正是这同样的山风，曾经吹过梭伦[2]的手指与发丝，就在他为脚下这群善变的雅典暴徒的海湾而头痛欲裂的那些日子里。马克心生了一个异端似的想法，既然人类进化出比蛋杯更大的颅骨，那他们都曾有过如此的感悟，都曾遭到现实的欺骗。

到达此处比他想象中更容易。在布林迪丝时，他直接去了码头。他在码头打量那些货船：不要太大的船，不要太干净的船，绝不要看上去像是一些保守的跨国公司经营的船。跨国船只有几本书的规矩和条例，还有穿制服的职员游走在船上，确保所有人都一字一句地遵守规矩。这些规矩并不是为偷偷摸摸的乘客提供的，他很确定。

哪怕那艘该死的船看上去就像一只筏子，他都丝毫不在意，只要它能浮起来。地中海并不是一片宽广的海洋，而且他还有一瓶灰色粉末。海豚形态的水瓶星可以在自由的那个小时里游很长一段路。

他看着那些飘着他从小以为是东欧，而现在被称为中欧的国家的国旗的船只，他以他父亲成长的那个年代的目光看着这些船。他以为东——不，中——欧人都对他们自己的政府极其恼怒，也倾向于将他们的怒火转移到中央政府去。至少到了不怎么在乎法律细节的程度。

他第三次去问的时候就有了好运。黑山号有南斯拉夫的登记证——当时看上去挺不实用的——还有一船大多是波罗的海各国的船员。这艘船载着一船的加泰罗尼亚网球，从巴塞罗那运往雅典港口比雷埃夫斯[3]。那位船长十分乐意载马克一程，赚上五百美金。

---

① 不法分子为逃避打击而对管制毒品进行化学结构修饰得到的毒品类似物，具有与管制毒品相似或更强的兴奋、致幻、麻醉等效果。

② 古希腊时期雅典城邦著名的改革家、政治家、诗人，是古希腊七贤之一。梭伦曾出任雅典城邦的第一任执政官，制定法律，进行改革，史称“梭伦改革”。

③ 位于希腊东南部，为希腊最大港口，也是全球50大集装箱港及地中海东部地区最大的集装箱港口之一。

马克没有前往雅典的计划。可他彼时没有任何计划，在择定一个最终目的地之前，他都没有，而雅典是一个不输给其他任何地方的中转站。他怀疑豪华游轮之旅的花销也值不了五百美金。不过豪华游轮意味着一系列棘手问题，比如护照，而且游轮的事务长有政府想要约谈的名单，以防这些人企图通过一场轻松愉快的度假而溜走。马克百分之百地确定他借来的名字，“汉密尔顿·加里·A”绝对会在名单上。就算乘客里有人是真神之光，黑山号的主人也不会特别在意，只要这个人举止得当。

意大利政府完全不是问题。意大利的出境管理有各种缺点，但绝不严格，这是他们与荷兰的共同点。和其他国家的人一样，意大利人会监视枪支、毒品和那些来自经济发展不及意大利地区的无证移民。他们不太担心谁走了以及这人带走了什么，只要它看上去不像一动不动、没穿衣服、脸色异常苍白又还裹着帆布的人就好。

旅途十分平静。船员们似乎真诚友好。他们之中有一半的人会说一些英文，而且他从科学研讨会上学来的那点德语足以应付他余下的旅程。

船上的厨子是一个身形矮小但精瘦结实的马其顿人，两鬓留有黑色卷发，他可能并没有他外表那么年轻，马克同他协商，托他办了一本法国护照。这并非马克的首选；当你看着马克·梅多斯，法国人并不会是你脑海中冒出来的第一个词，除非你是来自某个前殖民地的第三世界国家，某个你见过的白人只有法国人的国家。不过法国证件要便宜得多，相较于美国证件，因为要的人少，而且不论如何，厨子手上还有办理法国身份证的工具。

甚至在他与厨子协商之初，他还想到过，要让厨子接受他为证件出的价钱，最简单的方法就是偷偷塞给他一盘加了些上好升汞的食物，等到用餐时间，这些升汞就会把他的肠子给溶解掉。他确保这个厨子清楚——当然是假话——目前商定的价钱基本已经花光了他已有的所有现金。同时他还小心地没有讲价太久。

在某些方面，马克正变成不太像自己的一个人，一个对同行的星级员工们不友好且多疑的人。他将此归咎于他在塔基斯星上的经历；阴谋诡计仿佛就是那里额外的元要素：空气、土、火、水、欺诈。同样地，他睡眠很轻，周围有人时从不冒险去栏杆附近，吃东西也小心翼翼的，以防厨师在辣椒炖肉里加太多碱液。

关于护照马克还可以说的就是贴在护照里的他的拍立得照片，照片看上去更像他本人，而不像美国护照里汉密尔顿的照片（他把那本美国护照折旧换给厨子了）。在比雷埃夫斯，海关彻查了整艘船，似乎他们期待有裸钻滚进了木地板的缝隙之间，不过他们看都没看他一眼。他怀疑——那讨厌的塔基斯星毛病又犯了——他们是真的想要孝敬钱。

他扛起假威登飞行手提包（他在跳上罗马的列车之前买的），走下船的步桥，轻描淡写地对海关和他的中欧伙伴们挥手再见。

只愿生活的所有烦恼都能如此轻易地吹走。

这份证件让他站在了一家脏兮兮的廉价旅馆的三楼——好吧，二楼——一间没有直达电梯的房间里，在楼下有一个偶尔故障又不太卫生的浴室。公寓的条纹墙纸上的汗渍甚至比看门汉内衣上的还要多，但是不同于这幢楼的水电，楼内的老鼠日夜都在跑动。

这儿并非热让那，伊卡赞家族女眷的居所。不过它还是胜过了鲍威利区[1]的低级旅店，也好过了火箭堡上那些臭烘烘的宿舍楼。也比宜捷码头上那个潮湿又漏风的仓库强。对马克而言，物质条件从来都不要紧。

况且房租很合适。在离开阿姆斯特丹之前，马克十分明智地使用

① 美国纽约城曼哈顿南部的一个区。该地区因酒吧、低级的罪犯行为和流浪汉而恶名远扬。

着加里特工的金卡，刷卡刷到了提现限额，随后将金卡卖给了布林迪丝码头上的一个骗子，又得了一些额外的美钞（很少有美国游客去到罗马以南的地方，所以市价还要高一些）。然而他暂时还不知道要如何弄到更多的钱，他还有几笔非常昂贵的支出，如果他想有机会甩掉西北风、她爱乱开枪的缉毒局朋友，以及那个神秘的大胡子，布洛克先生。

他看一下表。这是一只一次性电子表，表带是塑料的，他从普尼克斯山旁边的小贩货车里买的。表带的图案花哨，上面有一个穿着红橙相间的慢跑运动套装的红发小子，乘着一团火焰，朝天空奋力一跃。它来自东方，自然是未经许可。马克对自己露出微笑；他从这只表上得到了极大的快乐。这是他成年以来戴的第一只表，所以这只表也有点纪念品的意思。

是时候出去见一个人了。他站起来。他的关节发出轻微响动，仿佛它们卡在了棘轮[①]上。萨梯们面露诡笑，盯着他。他朝它们竖起大拇指，然后往西北方前进。

♣

马克·梅多斯曾经一度对古希腊十分着迷——那是在他青春期早期，当时的他还是个受荷尔蒙驱使的少年，心神都被各种身披薄纱长裙的小女神和小仙女占据。他仍记得，当初他在诗歌中发现，宇航员给木星的卫星们取名时，总选用老宙斯的那群相好的名字[②]，而这些相好里竟然有很多都是小男孩儿，他当时真是震惊极了。

除此之外，他还记得波斯在大约479年洗劫雅典之后，雅典城的

---

① 一种包含于转轮或长条倾斜性齿轮中的爪状物的机械，使轮仅向一个方向运动，不会倒转。

② 希腊神话中的众神之王宙斯有许多情人，而在罗马神话中宙斯的名字是朱庇特 Jupiter，也就是木星的英文。

重建却没有任何计划。如今的雅典城，大部分都是些普通公寓楼，国家政府机关坐落在新城的宪法广场，推土机让这个地方焕然一新，赋予它一个欧洲共同体的国家首都应有的面貌——马克有时会觉得整齐统一的幻觉本质是更大型的麦当劳餐厅。在普拉卡[①]，古老雅典城的街道依旧狭窄，曲折，而且考虑到雅典人开车的风格，还很危险。

要说证据，一辆侧面写着字母（在他看来全是希腊文）的白条纹大卡车忽然从一条小道闯了出来，外面是一堆外表看着像以滑板为原型建造的欧洲超小型汽车，而这辆大卡车一下就撞烂了其中一辆小汽车。双方的司机就站在车祸坑前面，冲对方吹胡子瞪眼，挥舞着胳膊。马克紧握住他藏在手心的那个小药瓶，避开这场纠纷，悄悄地越过不断聚集过来、想要看场好戏，盼着他们打起来的好事之徒。

在这卫城的后方，少有旅客会去那些看似往不同方向倾斜，却不存在视觉失真的建筑。马克好奇地想到那是否又是一个微妙的建筑恶作剧，就像希腊人在山巅之上修建帕特农神庙时也要过的小花招那样。建筑正面是快要大片大片剥落的灰泥，在它褪色之前，颜色可能十分艳丽。头顶的天空到处是交错的晾衣绳，绳上挂着飘扬的衣物，犹如20世纪60年代——60年代早期，其实是50年代的继续——老66号公路沿线的加油站用来结彩做装饰的塑料三角旗。每隔两个窗台就有一个巨大的日本制大型铝合金手提式录音机嘶声震颤。震耳欲聋的噪声听起来就像说唱乐和肚皮舞音乐的杂交物，进一步地破坏了那些灰泥。偶然出现的店面被木板封了起来，还被画上了涂鸦；希腊正在经历又一场伤及市镇的经济衰退，马克认为这场衰退始自亚历山

① 雅典的一座历史街区，以其迷宫般的街道和新古典主义建筑而闻名，邻近雅典卫城，是雅典著名的观光地之一。

大的父亲，飞利浦[1]。就连没有参与打斗的市民都在扯着喉咙交流。

正因为对古代世界的无比钦羡，马克才更加惊讶于如今这地方是多么肮脏邋遢。不过你不用到城里那些更繁华的地方去买违禁药品，除非你本身属于那些地方。而马克看上去并不像安东尼·奎恩[2]，他明显不像。

他四处张望，找寻他的联络人，一个身形瘦高，行动笨拙的鬼牌小孩儿，长着一头海藻般的绿头发，牙齿比希腊普通人的还糟糕。通常而言，鬼牌向政府泄露你的行踪的可能性会更小，不论你身在何处。这并不绝对，但购买违禁药物本身就是一个概率游戏。

怪事很快就会缠上他，他对此习以为常。从听闻反主流文化的流言蜚语的那些年起，他就明白第三世界——希腊实际上可以算是——的那些小心眼药贩和骗子最喜欢的把戏，就是出卖偶尔出现的外国人。这又让警察开心，又能带来点儿交易自由，还不会惹恼当地的重要人物，那些你不得不与之相处的人群——以及，更重要的一点，知道你睡哪儿的那些人。

他买东西的规律很怪，稍微懒散一点也可以。他最感兴趣的并非当地的首选药，不是古老地中海偏好的麻醉药物或大麻，不是海洛因——远洋贸易的最爱——也不是欧美游客钟爱的可卡因。他更多的是想买迷幻药品。在地中海那些同雅典一样历史悠久又危险的码头上，或者把比雷埃夫斯也算上，你能够找到所有东西，包括裸盖菇碱[3]和

---

① 此处的亚历山大指马其顿国王亚历山大大帝，其父飞利浦乃马其顿国王，史称“腓力二世”。马其顿虽不属于传统的希腊城邦，但腓力二世在位期间带领马其顿由一个内乱不止的小国崛起为希腊城邦的首领，并在军事、经济等方面积累了巨大的潜力，为其子亚历山大日后征服希腊准备了充分条件。

② 美国著名演员，一生参演的影片多达200部，其中，在1952年和1956年两夺奥斯卡最佳男配角。1964年以《希腊人左巴》获奥斯卡最佳男主角金像奖提名，这是他电影生涯顶峰。

③ 一种致幻化合物。

麦角酰二乙胺[1]。不过这需要花费时间，还有金钱，也会让你惹人注意。马克负担不起这个代价。

他还必须按照精确的制药比例来挥霍他逐渐减少的现金。不论以何种极端方式，希腊热都不算在药品实验室的产品之内；家庭酿制的合成药品也还不是当地流行的消遣，虽然它是快速可用的天然产品。然而，找到必要的设备并不容易，哪怕他生活在一个数字革命已经让科学精度测量仪器变得相当廉价且易于购买的时代。这是最终会埋葬他的另一种资料，另一堆尘土，除非他的行动足够迅速。

一个年轻女人吸引了他的注意力，她有一头并不常见的希腊红发，脑袋小巧可爱，知名的地中海肥胖和胡须染色体还没来得及生效。她让他想起他在塔基斯星球上见过的一些女人。她面容甜美非凡，令他怀疑她究竟知不知道她上衣胸前的亮片装饰，那个连笔英文单词“性爱忍者”的含义。马克与她视线相交，便对她露出微笑，点了点头。

她戴着一副圆框大墨镜回以微笑。接着，她张大了嘴巴，随后快速走远了。

啊哦，马克大脑深处的一个声音说道。他转过身去。

那起事故的两个事主打开了那辆被压扁的超小汽车车箱，取出了乌兹枪。他们的纠纷似乎结果了他们自己。

♥♦♣♠

① 即迷幻药 LSD，一种水晶化合物，由麦角酸衍生而来。

第八章

鬼牌们有太多理由不向那群猪猡警察告密了。他在塔基斯星球上经历了太多堕落，让他甚至不会再为人性而感到失望。

他回顾脚下的路。他的两名来自阿姆斯特丹的朋友身穿 20 世纪 80 年代中期的男士浅色休闲套装，漫步走进他的视线。“嘿，老兄，”肤色深的那人说道，“在忙什么?”

而接着他认真地大喊起来：“嘿!”已经晚了。

马克的人格转换很快就要开始了：两次转换的间隔越长，最新一次的转换过程就越惨烈。先前他在火箭堡上，有一次隔了好几个月才再一次使用这个药粉，结果当时他基本上是在一团烈火中变了身，身上的衣服全被烧毁了。然而这一次他体内分子重组自身时，他的身体只冒出了电影特效般的几束喷火。

“老天，”那个浑身肌肉的缉毒警察发出意料之中的惊叹，“是跃闪杰克[①]!”

“这真是太太太好玩儿了。”跃闪杰克说道，脸上露出他标志性的邪恶笑容。随即一阵疾风将他掀翻，将他撞进了一栋大楼正面。

“该死，”他一边咒骂，一边尽力站起身，“这都快成日常麻烦了。”

最后一个字音被一个小型龙卷风淹没，呼啸的旋风犹如怒鹰展翅，迅猛地向他袭去。跃闪杰克重重地摔坐在地。现在他发现她了，

---

① 马克的“朋友”之一，其名字是“滚石”乐队的一首单曲曲名。

她站在街对面，穿着她那身灰蓝制服，披着傻帽似的披风，手插在臀部，冰雪公主般的脸上挂着得意的笑容。

他只能匆忙应对。他伸出手臂，张开手掌，转动肩膀，然后掷出一把滚烫的离子尖钉。她闪身躲过，随后一家原本躲过了当前低气压的烟草店的条纹遮雨篷忽然着火，冒起青烟。

旋风消散了。跃闪杰克还没站起身便朝那两个希腊缉毒警察喷射出一阵冲击波，那两人正好持枪站在那辆微型汽车的汽缸处，于是汽缸爆炸的气流将这俩希腊人给撞飞了。

他的头顶上方传来一声鞭炮似的炸响。一连串 7.65 毫米子弹射中大楼正面，掉落的沙砾让他头皮一阵刺痛。是萨克森特工，又拿着天蝎手枪不停开枪。他似乎真的热爱那玩意儿。

跃闪杰克伸出一根手指指着他。“你”，他开口道，“滚开。”一串火焰飞驰而出。萨克森像个斗牛士一般单脚立定，身体旋转一周。*他肯定在健身房里花了很多时间*。跃闪杰克心想道，*才能做出这个动作*。

萨克森没把跃闪杰克惹到怒不可遏的地步，跃闪杰克还没在他身上开个洞，烧个对穿。现在还没有。相对冷一些的喷气抓住了那名闪躲的特工的 OFF－WHITE 运动外套的衣角。涤纶面料迅速地燃烧起来。这让萨克森的脑子终于开始思考除了危害公众以外的事情，那就是跃闪杰克。

风像拳头一样击中跃闪杰克，让他的头狠狠地撞上店铺正面，发出一声巨响。一阵又一阵风如同钻凿机似的捶打他的脸部和肋骨，传出三角帆断裂那般的声响。

“我解决了火球，跃闪杰克，”西北风对他说道，“也能解决你。”

他怒火中烧。火球是西北风在辛辛那提市逮捕的一个连环杀手，还在全球电视上直播了，多亏了电视台监督那永不出错的头条捕捉直觉。跃闪杰克曾见过他一次，在一个特殊场合下：在纽约法庭上，金伯莉・安的律师圣约翰・拉萨姆曾出示过几张这个疯子罪犯的受害者的照片，其中之一是一位少女，被烧得面目全非。这留给马克一个暗示，跃闪杰克，马克的朋友之一——彼时只有塔基扬医生知道这十分亲密的关系——可能会让马克的女儿遭遇同样悲剧，不管是有意或是无意。一想到他或许会以某种方式伤害斯普劳特，在跃闪杰克受锢不得现身的好几个月里，马克内心深处就备受煎熬，犹如被火烧的螃蟹。

一时大意，西北风触发了一个非常糟糕的开关。

“你在哪里，贱人？”跃闪杰克喘着气说道。他站直身子，准备作战。旋风从他背后袭来，猛地将他拍到墙上。他拼命地探看四周。她一定藏在能看见他的某个地方；和大多数王牌能力相同，她的能力严格受限于瞄准线。*这就意味着他也能看见她……*

那里。大楼上面，蹲在一面低矮的石墙之后。他将怒火汇集成一个巨大的火球，直接朝她轰了过去。

西北风低头躲避。旋风停住了。火球击中那面墙，那面闪速增热的石墙轰然粉碎。破裂的石墙砸在西北风后背，砸得她满身青肿，昏了过去。

一时间飞来更多子弹，准头十分糟糕，再次射空。跃闪杰克跃入半空。汉密尔顿特工用他的外套裹住他的搭档，将他安置在鹅卵石地上；萨克森不过是轻微烫伤，但他的高声咒骂让人误以为他半个身子都被烧成了三度烧伤。此时来了更多带枪的希腊人，至少是他们自己现身了。其中一人鼓足了勇气往天上一阵乱开枪。

“不论我去哪里，总有人朝我开枪，”跃闪杰克对着空气抱怨道，“我都有心理障碍了。”

然而他迅速离开，往那座大山的侧翼疾速飞去。到山顶时他晃晃悠悠地降落，驱散了那些带着尼康相机的日本人，之后为身后集体蝉鸣般的快门声而沾沾自喜。他发出一声叛逆的吼叫，当作给带着便携摄像机的这群人的福利。

他一直想要在帕特农神庙的石柱之间来一场回旋障碍飞行。起码他觉得自己一直想这么做，就和他许许多多的奇思妙想一样。结果一阵强风从背后击中了他，让他翻了个跟斗，撞上了左边第二个壁缘上的马人装饰。

“噢！去你的。”他从破裂的大理石石阶上坠落，堪堪反应过来，往寺庙遗迹疾飞，一屁股摔在了一堆脚手架上，还把一位倒霉的工人撞下了施工平台。

“千万记得去控告美国政府。”他一边扭头朝肩膀后面喊道，一边在柱廊和内墙之间飞行。他说话时的感觉好似有人往他右边肋骨钉钉子。他思量着他是不是断了几根肋骨。

西北风出现了，在帕特农神庙外面和跃闪杰克并排飞行，她双臂伸展的样子就像个讨厌的小女孩儿在假扮飞机。她的斗篷如同降落伞一般飘动翻滚。侧面袭来的一阵巨风将他猛拍到墙上。他摔落在地，滚了几下。他是一个身形瘦小而肢体灵活的男人，但是他的落地姿势实在糟糕。

他尽快站稳脚跟，冲着那个让他吃苦头的女人喷射出一束烈火。她躲开了，大笑着降落到砖石凌乱的地面上。

西北风做了个手势。跃闪杰克躲避到一根石柱背后。她又笑了起来，笑声尖厉清晰又满含恶意，犹如玻璃刀片一般。

一阵风吹过帕特农神庙。黄色的薄膜包装纸飘飞在碎石上方。跃闪杰克一跃而出，对着她张开手掌，射出一记火气弹。

冲击波在西北风面前改变了方向，消散在空中。跃闪杰克眨了眨眼。他预料到会射空，可没想到他的火气弹会偏离自身的射线。

他再次发射气弹。同样的情况再次发生。西北风露齿而笑。这个贱人用她该死的风能力改变了火气弹的方向。

旋风开始沿着柱廊再次升起，忽然就变成一阵咆哮的狂风。跃闪杰克紧抱石柱，手指陷进石柱的凹槽饰纹之中。他射出猛火，希望西北风闪避失败，同时抵抗着这阵飓风。

她躲过去了。火焰击中一根坍塌的石柱碎片。古旧的石柱褪去原色，变成另一种纹理。他回忆起烈焰烧毁的大理石，退变为朴素陈旧的石灰岩之类的石头——马克会知道那叫什么。棒极了。求之不得。我的犯罪记录上又要多一项“毁坏古物”的罪名了。

一束疑似固体的冲击气流击中他的正脸，把他轰到了内墙上。横风再次升起，将他扶起身，把他当成风卷草一般，吹得翻来覆去。

他在石柱与墙面之间来回反弹的同时，还在想着自己的表现可不光彩。跃闪杰克并非沙文主义男子，但被这个宠坏了的盎格鲁－撒克逊白人新教徒超级王牌小女生修理得这么惨，还是让他很难接受。

西北风的旋风一下把他吹出柱廊，飞滚到空中。他还保持着婴儿蜷缩的姿势，便冲她喷出烈焰。西北风尖叫起来，仿若天籁。风停了。跃闪杰克舒展躯体，往侧方疾飞而后转弯，让这座巨大的古建筑挡在二人之间。

他飞得很低，一边飞，一边用指背轻擦鼻血，无视地面上众人的叫嚷和指指点点。在大部分时候，他会为这群看客炫耀一下他的技巧，还可能会召唤一把烈焰吉他，一把火上围栏，然后假装弹上一弹，他一向是个“人人爱我，我为人人”的热心肠。

此时此刻，他有其他事要操心，情势比想象中的还要紧迫……一股强烈的向下气流逼得他低空飞行，而他必须将所有精力集中于躲避疾飞，以避免撞上一所古东正教教堂的穹顶。他向后一瞟：西北风紧跟其后。看着她花哨的服饰，他意识到，他处于被抢尽风头的危机中。

“老天。这个蠢美妞真不懂‘放弃’的意思。”他快速地甩了甩头。他得摆脱这个有风能力的王牌，而且他还想将当地损失降到最低。这意味着要找一座地势高于周围的建筑，因为火焰向上飘升。

就是那里。两层楼，在一座石头山上，周遭建筑不多：一片看似坟区的园地，一条蜿蜒至山顶的公路。建筑规划十分基础，墙面灰泥剥落，正面有一个阳台，窗户上都有横栏。背面有一处用于卸货的海湾，还有人推着某个长条状物件，让它滚进小货车的后背货箱。看上去像是一张地毯。

的确是。他迅速飞过那群人，降落在一个水泥码头上。“都滚开，小伙儿们，”他命令道，“你们的老板要去领取他的火灾保险了。”

两名工人目瞪口呆地看着他，一脸迷茫。跃闪杰克笑了，随即故意喷射出一股刺耳的快速火焰，融化了他们脚下那满是鹅卵石的黑土地。这很好地架起了沟通的桥梁。他们拼命地往山下逃命，跑的时候还撞翻了墓区栅栏上的墓园标志、那些胶合板希腊十字架还有十字架上的塑料花朵。

第二层似乎只修了建筑的正面；背面有两层楼高，堆积着卷好的地毯。他在屋檐下飞行，扯下好几条地毯，把它们丢到了建筑物前。一团肉眼可见的尘土和霉灰从地面升到他的面前，在午后阳光的照耀下，形成的逆散射闪着金光，贵气逼人，十分具有欺骗性。跃闪杰克觉得他的鼻子抽动着。*我要是再待得久点，那就意味着哮喘要发作了。*

他冲进前门，像个疯子似的叫嚷起来。头戴毡帽的员工和正在随意浏览放置在大桌子上的地毯的好些顾客全都惊恐地抬起头。

“滚出去！滚出去！”他高声嚷道，“发疯的犹太男孩儿的警告！滚出去！滚啊啊啊啊！”

他快速打出一团火焰，融化了柜台后面隔开落地展示架的铁门栏的上半截。第二发火气弹烧穿了跃闪杰克进来时的那扇及腰高的下半截木门。

这又一次解决了语言障碍的问题。顾客和员工飞奔出这座楼，宛如受惊的白鸽飞离教堂一般，一个勇敢的灵魂在逃离之前，稍作停顿，画出十字符号，只为抵御那恶魔之眼。

恣意使用这野蛮力量——亢奋的性情让他比耐特的新陈代谢速率高了很多——跃闪杰克开始把桌上的地毯推到磨损的木地板上。

片刻之后，他听到外面传来意料之中的挑衅："我知道你在里面，跃闪杰克。快双手抱头出来。"

"双手抱头?"他喊话回去，"怎么，你以为我脚踝戴着手枪皮套，里面还插着一把便宜手枪吗?"

"你清楚我的意思，跃闪杰克。这事儿可以很简单，也可以变得很麻烦。"

他嘴上重复了她这句话：这事儿可以很简单，也可以变得很麻烦。"你看太多电影了，小宝贝儿。"他又开始往办公区乱甩账本，"又不是《致命武器3》[①]。"

"听听警铃？希腊警察几分钟之内就会赶到这里。我向你保证，跃闪杰克，要是你跟我出来，会比等着他们来抓你要好过得多。"

他并不怀疑这点；他打赌这些雅典警察鲜少抓到穿着舞者紧身裤的红发犹太小男孩。任何情况下，他都不会和她玩等待游戏，他赔不起——当你一次只能存在一个小时，那时间绝不会是你的优势。

不过他觉得这个已离世的维农·亨利·卡利斯勒的女儿，确实是从婴儿时期就按照王牌模式培养出来的，想用两个四肢发达头脑简单的缉毒警察来控制她的那刻起，就注定会获得她钦定的大男子主义的恶名。

"怎么，你需要本地人给你准备项圈吗？大坏蛋跃闪杰克先生对你这个被宠坏了的富家大小姐来说实在过于强大，你没法独立应对了吗？你爸爸会非常失望的。"

---

① 理查德·唐纳执导，梅尔·吉布森、丹尼·格洛弗主演的动作片，于1992年在美国上映，该片讲述神探马丁与罗格被卷入一宗军火失窃的悬案，他们在女探员劳娜协助下，向犯罪集团发起冲击的故事。

前面窗户那粘着苍蝇屎的玻璃和熟铁制成的围栏被一团熊熊烈火给烧得升华了。“如果你受不得热，小宝贝儿，别待在厨房！”

一片寂静。他站在柜台后面，手指紧张地敲击着桌面，抹掉无聊员工拿折叠刀刻出来的无意义涂鸦。她那该死的风能力对他来说太难对付；要是她不搭理他那些奚落言辞，那他分分钟就要落入又冷又湿的鬼地方去了。

“好吧，跃闪杰克，”话音从楼房背面传来，“就只有你和我。我要让你见识一下这个被宠坏的小丫头怎么收拾像你这样的沙文主义混账男人。”

他怒吼一声（希望听起来足够疯癫），愤而转身，射出一记喷火弹，飞出大门，直向她袭去。她闪身一避，发出小丫头的狂妄自大的笑声。

他铺在装货门前的地毯着了火。干燥的羊毛燃烧得十分旺盛。

“你这点功夫可还不够，跃闪杰克，”她讽刺道，“你刚才说什么受不得热来着？”

“来了。”他忽然跳出大门，朝声音传来的方向喷射烈焰。她就站在露天坝，连移动的力气都不打算花，她的气旋风直接将火焰撞飞了。

“加把劲，跃闪杰克。”她催促道。她面颊上的色斑亮得出奇，甚至在这灰尘漫天、烟雾弥漫的昏暗之中，他都能够看清。“用你最厉害的招数攻击我。”

他照做了，冲她快速发射了两枚火弹，火光几乎亮得发白。她轻而易举地就打偏了它们。一阵强风打得他从狭窄的办公室滚回了前厅。

她大摇大摆地走进门，带着猎豹一般的野性优雅。她身后的火焰让她浅棕色的发梢发出日冕般火红的光，宛如日食中的太阳。

他感到周围有旋流在飞速生成。“够了吗，跃闪杰克？”西北风轻柔地开口，“或者，我不得不动手伤害你？”

他双手汇集火焰，冲她掷去。她藏身在柜台之后，躲过了袭击。旋风的风力持续增强；她用不着去看他本人，只用看他头顶的气旋。

“亲爱的，”他悄声说道，仓库处的火焰爆裂声差点吞没了他的话音，“那块隔板是木头的。”

不给她消化这话的时间，他站起身来，并张开了双臂。烈火从双手喷涌而出。散落四处的地毯着火爆炸。

旋风用一双恶魔之手猛然揪住他。他奋力挣脱，踉踉跄跄地穿过前门，朝门廊木桩上的火炬走去。

此时金黄的火焰喷出前窗。地毯店猛烈燃烧，火势冲天。

“我中计了！”西北风大喊道。他听见了那声恐慌至极的尖叫。现在她听起来不那么高高在上，淡定自若了。

“这才是我说的‘受不得热’的意思，小宝贝儿。”跃闪杰克说道。

“你就打算让我困在这里被烧死吗？”

他真是不得不佩服她——她的声音紧绷，但并没多么嘶哑。“非也。你应该可以吹开这些火焰，只要你足够努力。”

他转头往后望了一眼。一辆白色的丰田陆地巡洋舰警车在马路上颠簸，车顶闪烁着蓝灯。更多警车高鸣警笛，紧随其后。

“要是不行，后援已经在路上了。再见，小宝贝儿。”

♠

马克所住的罗奇平价汽车小旅馆位于山顶，这座山所在的那座小镇的名字他读不出来。跃闪杰克也不会读。他垂着头，费力地爬山，觉得精疲力竭。飞行和发射火弹真的会榨干你的精力。况且他还被打得那么惨。和西北风的王牌能力来回拉锯了好几个回合，让他觉得浑身像被搅拌机给搅了似的。

Q

WILDCARDS

百变王牌

WILDCARDS

GEORGE R.R. MARTIN

[游隼]

“她身后翅膀半开，每一根羽毛都精雕细琢。
她穿着一件露背无袖黑色天鹅绒长裙，
长裙前端的深V一直裂到她的肚脐。
她和蔼庄严地向摩肩接踵的人群微笑。”

他的时间快到了。他饥肠辘辘，而他变身之时，口袋里并没有装钱，不然他一甩掉西北风就去吃希腊烤串了。等到他回去，马克到时一定饿得前胸贴后背，馋得要命了。

当他经过时，当地人脸色怪异地看着他，还让出宽广的道路给他。尽管所有人都知道外国人都是疯子，尤其是美国人，但那身红橘相间的慢跑服让他看上去更甚。但他还是穿着他那双红色阿迪达斯跑鞋走回了旅馆，这已经比他直接飞回旅馆要低调得多了。

这并不算要紧事。如今，那伙坏人知道马克和他的朋友们在雅典了。这意味着不能再留在雅典，离开的时间到了。

马克刚有了这个想法，便听到一个声音在他身后呼喊："跃闪杰克！跃闪杰克！"

他转身。喊他的男人兰道尔·布洛克正走在大街上，朝马克这家小旅馆赶来，他穿着卡其色长裤和印第安纳·琼斯①的皮外套。

"我的老天爷啊！你们这伙混蛋就不能让我有片刻安宁吗？"马克随手发射出一束呼啸的火焰，将布洛克驱赶到一旁的茴香酒小摊。

他不得不寻回额外的药粉。马克几乎把所有钱都花在了储备药粉上，而跃闪杰克不打算将药粉抛在身后不理。

他飞身前往他那间公寓的窗户。钥匙放在马克的那条裤子里。莫名他并不担心进房间的问题。

何况，若是当地警察已经在内监视这间公寓……那么他正好向他们展示何为受热。

♥♦♣♠

① 印第安纳·琼斯是美国系列电影《夺宝奇兵》的主角。

第九章

冰凉的水犹如情人一般抚摸着他，他的侧腰，他的小腹，他的背部。他在其中穿梭，既感到情人般的温柔热诚，又感觉到了背部和腹部肌肉那有节奏的收缩。疼痛从侧腰传来，就在他肋骨破裂处，是他先前变身为那个矮小的橙衣飞人时受的伤，不过在兴奋状态下他无视了伤痛。他即刻便感受到了平静，而且全身充满了活力。

他在品味。他在品味他的同类，同时蹦跳地翻腾着，欢快地劈开四周的海水。他尝到了东北边十五千米远的那艘保加利亚货船的味道，它正前往达达尼尔海峡[①]非法倾倒废弃物；他还尝到了陆地污水和化学排放物的味道，就从他三面传来。这些污染十分恶心，比鱿鱼喷出的墨汁更黑更苦。可这并未有损他一丝一毫的愉悦，不过是增加了他对他原本身份的鄙夷。

就算那船又远又小，他的注意力很轻易地就被吸引了。这个形态的他情绪变化快，愤怒与开心都很相似。就如四周的流水那般变幻无穷。

他在聆听。他在聆听它们，这群地中海海豚，体形很小却身形迅捷。他基本能够跟上它们，而且也游得比天然的宽吻海豚快。在他的脑海里，这些海豚组成了一幅五光十色的画面，是海中的一幅四维彩图，每只海豚都有不同的颜色，每只海豚的生命线都是一条无限延伸的迷人曲线。

---

① 连接着爱琴海和马尔马拉海的海峡。

他在这里显得有些突兀，一只壮实的银色太平洋生物混迹于一群优美灵活的地中海黑白身影之中。不过这群异种接纳了他，咔嗒嗒地对他唱歌、吹口哨，歌声中满含热诚与关爱，甚至还有敬畏之情。因为它们都认识他，几乎是不假思索地就认识了他。他即刻就成了他们之中的一员，也是一个古怪滑稽的生物，有时还是一个危险的陆地生物，一个命运早已预言在歌中的生物，既属于它们猛冲疾游的大海，也属于上面那个干燥的世界。

一群游行诡秘的小型鱼从底下快速游过，向下游走，随后消失不见。他的好几名护卫佯装跟随。不过它们很快就回来，重新加入了欢欣雀跃的队伍，它们想要靠近他，急切之心胜过了觅食的欲望。

那艘保加利亚货船有一根弯螺杆；他能听见。现如今，爱琴海里到处都是小船：货船，帆船，开往莱斯博斯岛[①]如蚊子般嗡嗡响的水翼船。他清楚每一艘船的位置、距离——就连在深海前行，缓慢低鸣的苏联洋基导弹艇也不例外，哪怕它是开放性政策后的俄罗斯人希望全世界遗忘的新一代核潜艇之一，哪怕它配备了又长又圆的炮口，能给地球播撒众多临时的太阳——照明时间短，亮度高又致命的太阳。

他的部分潜意识注意到了这个事实，并将其归置一旁；他的意识基本没有处理各种事件的精力。席卷全身的感官急流占据了他的全部心神。

往东北以北的方向游去，他觉察到陆地的存在：一小块陆地的声呐图像，沙砾、泥土和土生蔬菜的味道与芬芳，不含一丝人类居住的污染气息。他体内的某种意识让他调转吻突，有些犹豫地转向了那座小岛。很快他就要变形了，先是会变成陆上形态，但依然留着海豚的皮肤和气味，之后才会完全转变为人类形态，漫画式的苍白皮肤，骨瘦如柴，浑身有毛的人类。

① 希腊东部的一个岛屿，位于爱琴海中、土耳其西北部沿岸附近。

其余的海豚改变了航线，但是它们的歌声变化了，变成一种令人沉醉痴迷的旋律，它们一边催促他离开，一边以近乎撩人的姿态，用身体与他激烈碰撞在一起。不过他即将变身后的人类形态并不会游泳，至少不是他和他的同类所理解的那种游泳。当变身最终不可避免地来临之时，他必须到达能够踩着水走到岸边的地方。不然这个脸色苍白的多毛男人——他，还有他的其余人格（他们的生命线以海豚们无法理解的舞姿纠缠在一起）——会死。

水面上，天色渐晚，夜幕降临；大海与天空在西边相接，撞出一团红彤彤的火焰。他能感受到疲惫蔓延全身，侧身受伤之处抽痛愈加剧烈。他仍旧用尽全身意志走向陆地。开阔的爱琴海海水如葡萄酒般深红而醉人，他同族们的歌声比塞壬的更加魅惑。而另一个他，潜游到光所不及之处的那个他，甚至会欢迎这片需要摸索行进而又狂热的终极黑暗，如果这意味着永远不必回到这具陆生人类的躯体之中。

然而他朝岛屿游去，速度加快到了就连他那群迅捷的同族都无法比肩的地步。他对时间的感受并不准确。若是他误判，他的亲族们会竭力帮助他，哪怕他变回了挣扎扑腾的人类形态。不过它们很可能会轻轻地将他推离大海，靠向陆地；它们有意识，而且它们的大脑里充满了明亮的一闪而过的画面，其内容之丰富是任何人类大脑都无法想象的，但它们并非真的特别聪颖。

女人望向窗外，注视着宪法广场上的建筑和交通，她身穿蕾丝高跟凉鞋和收腰的白色无袖上衣，她的手指交叉卷曲。她光裸的胳膊肌肉发达，饱满得如同脖子的斜方肌。

J. 罗伯特 · 贝鲁点燃烟斗，愉快地抽上了一口。那位希腊王牌有一头黑色卷发，长着一对明亮的眼睛，橄榄色的皮肤在精心涂抹橄榄油之后，焕发出自然的光泽。脸上的断鼻为其增添了个性，而丝毫未损她那惹眼的美貌。

赫拉还完全是个小孩子，他心中沙文大男子主义的那一部分毫不羞耻地想到，如果不是她的其他地方长得那么像有胸的卢·费里诺[①]的话。

西北风站在一面占据整面墙壁的雅典地图前面，看见点燃烟斗的火，满脸嫌恶地瞥了他一眼。她的脸颊脏兮兮的，白色披风上也有烧焦的黑色印记，而且她标志性的制服也急需干洗。自出生之日起，她接受的教育便让她过度重视她的公众形象，此刻的狼狈模样显然令她非常难受。太遗憾了，他想道，你看上去可爱得难以置信。

这些建造者已经竭尽全力给予了新的警署总部大楼一副乏味而符合人体工程学的外表，与新的欧洲共同体十分相称。简报室里依然有一股汗液、羊毛和拉塔其亚烟草[②]的混合臭气。他泰然自若地面对她的怒视。假如她有一颗宽宏大量的心，那她会将他精心调制、气味淡雅的弗吉尼亚混合烟叶当成空气清新剂。

接着这位美国女性王牌注意到她的希腊对手的那双黑色眼睛正望着她。她降低自己的视线，很快将目光转向了地图。J. 鲍伯咬着烟斗，咧嘴笑了。

“——预估财产损失可高达四百万德拉克马[③]，”留着萨达姆·侯赛因式八字胡的卡利坎泽洛斯上校说道。他体形魁梧，眼角下垂，那张脸像是印在好几张连续的小厚板上。他双手放在桌面上，十指弯曲，仿佛在盲打键盘。“我国最为珍贵的国家级古迹受到了非自然的过度高温伤害。我方还有一名人员受了枪伤，经过治疗后被开除了，还有两名国家警察二度烧伤，同样也是治疗后被开除了。最后，我们还有一位文物局的雇员戴上了颈部支架，他声称一位上帝的天使让他起诉美国政府。”

① 美国著名演员、健美运动员，曾出演绿巨人浩克一角。

② 土耳其产的芳香烟草。

③ 曾为希腊使用的货币单位，于2002年被欧元取代。

他双手合拢。“你们的在逃王牌跃闪杰克在我看来更像是恶魔，不过也许那名雇员觉得说一个恶魔叫他起诉会对他的官司不利。”

他是个谈论恶魔的良好人选。他也是一个王牌，或者说有此传言。一个变形者，虽然他从不对外说起自己的具体能力——若有的话。和他的德国同级，那位声名在外的反恐王牌魏格玛一样，小心翼翼地遮掩自己的能力。他的名字其实是一个昵称，指的是某个神话中的恶魔一类的生物。贝鲁留意到，你若是斜眼打量他，在灯光合适的时候，他的外貌会有些微妙的转变，表露出令人不安的特征，就像你拿着唱片翻转时不断变化的密纹所组成的图画。

“一个蓝领蠢蛋懂个什么鬼的英语呢？”林恩·萨克森质问道。没有八字胡的他看上去年轻了一些，其实，他的胡子化为跃闪杰克袭击下的牺牲品之一，被烧掉了。“我们拿到了卷宗，况且，要是跃闪杰克能说希腊语，那我的屁股就能吹奏‘星条旗永不落’。”

“哎哟，林恩，*我可真想看这个*。”他的搭档说道。

“闭嘴，加里。”

“艾皮欧提斯先生绝非什么有毒植物，他是一名技术工人，接受过高等教育，”上校干脆地答道，“他在校时学过英语，就和我们众多儿童一样。我们的教育系统相当先进，萨克森先生。有多少美国儿童学习希腊语呢？”

“他们干吗学希腊语？谁他妈会说希腊语？”

海伦·卡利斯勒坐到了桌子旁边。她竖起小臂，张开手掌，仿佛掸落手上水珠似的指着他。“萨克森特工，你表现得极度不专业——”

“闭上你的嘴吧，小宝贝儿。你可别和我们说什么专业不专业；你不过是个兜风巡逻的有钱人，你明白吗？何况要是我们谈到这个话题，甜心，你才是那个放跑他的人。”

赫拉的注意力从窗外转回来，肌肉发达的喉咙发出低声的怒吼。

她并非一个懂英语的希腊人，但她完全能读懂语气。萨克森脸都白了。赫拉曾经和纽约出生的以色列王牌莎伦·克里姆在伦敦扳过手腕，为了争夺全球最强女性王牌这个称号。那场较量持续了十一个小时十六分钟，一直到双方同意打个平手。而莎伦·克里姆曾于1982年在戈兰高地①徒手摧毁过一架叙利亚T-72主战坦克……

卡利坎泽洛斯举起一只无力的手。赫拉尴尬地红了脸——她的脸刷地就红了，在贝鲁的眼里这相当可爱——随即她便走到门口，背靠门地站立着。

“全心全意。”雇佣兵呢喃道。

“你说什么?”萨克森发出质问，刘海下的一双怒目瞪圆了，盯着他，如同一个身在象草丛中的疯子。

“不过是一句特种部队的老谚语罢了。”

“是吗，好吧，我也有一句送给你，老家伙：‘吓破他们的胆，他们就会全心全意相随’。”

上校清了清喉咙。“我们尽了全力与你们合作，”他说道，“而结果却是彻底的惨败。内政部对此大加指责。虽然我们的媒体比你们的更守规矩，可发生的事况已经不足以堵上新闻报纸和电视媒体的嘴，无法阻止他们提出令人难堪的问题了。所以，我必须询问你们眼下有什么打算。”

汉密尔顿看了他的搭档一眼，那人已经站起身，望向那扇落地百叶窗之外，外面宪法广场周围交通拥堵，犹如动脉粥样硬化一般，而这扇百叶窗隔绝了这一切。“我想，要先保持低调，然后展开一个区接着一个区的彻底搜查，直到我们抓住他，”金发特工说道，“我们还有优势，梅多斯在人群之中很惹眼。”

---

① 位于叙利亚西南部，约旦河谷地东侧，具有丰富的水资源，被称为中东地区的“水塔”。1967年第三次中东战争期间被以色列占领至今，联合国在边界设置缓冲区。

“他不会留在这儿了。”海伦·卡利斯勒接话道。

萨克森在窗户处扭头回望。夕阳在他狭窄的脸上喷上一道道横条阴影。“听好了，你愿意别管闲事，让那些知道自己在做什么的人来处理这件事吗？”

赫拉再次十指交叉，将指关节捏得嘎吱作响。那声响听起来就像是用一把9毫米口径的手枪进行目标射击。萨克森迅速移动了位置。

“他不可能离开这座城市，”上校怒气冲冲地说，“我们在公路、机场、港口，所有地方都有监控。”

“一个人不可能会飞，也不可能从手上发射火焰，上校，”贝鲁语气温和地说，“更不可能改变身体形态，就他而言的话。”

他瞟了一眼那个美国女人。“你怎么推断出这一点的，卡勒斯利小姐？”

她深呼吸了一下。“我们每次追上他的时候他都会逃跑。”

贝鲁甩了甩烟斗，从口袋里拿出一个折叠的银压棒，压实了烟斗里的烟草。“第一次可没逃跑，在阿姆斯特丹那次。”

她顿时羞红了脸，颧骨都红了，不过她抑制住了自己。“他只是以为侥幸逃脱，那是一次意外。某种意义上而言，那确实也是。一旦他意识到我们会坚持缉捕他，只要他还留在阿姆斯特丹我们就能够追踪到他，他立马就跑掉了。为什么他这次就会采取不同措施呢？”

贝鲁往烟斗里又加了些烟草，放回嘴里含着，然后点燃了烟草，同时端详着卡利斯勒。她仰视着他，脸颊绯红，却又是一副不服的表情。

“我认为她说的有道理，先生们。”

“得了，全是屁话，”萨克森说道，“上校，我们想要更多援助。我们要把这座城搜个底朝天。”

“萨克森特工，”贝鲁说，“也许我该提醒你，这次行动——”

“去你的吧，去你的中央情报局。”萨克森怒骂道。上校陡然挑起了眉。“汉密尔顿和我仍然是美国缉毒警察，这仍然是我们的案子。我们要用正确的方法抓住罪犯。你懂了吗?”

海伦·卡利斯勒火冒三丈，气得浑身绷紧了。她喉咙发出低吼，赫拉走到她身边，一双大手放在她颈部两边的斜方肌上[①]，谨慎控制这双足以击碎铠甲的手的力度，揉捏着她的肌肉。西北风反复转动着眼珠，仿佛两个网球，寻找着退路。

贝鲁大笑，随后张开双手。“孔子告诉过我们，‘君子之于天下也，无适也，无莫也，义之与比’。按你们想的来做吧，男孩儿们。”

♥♦♣♠

① 位于项部和背部的皮下肌肉，一侧呈三角形，左右两侧相合成斜方形。

第十章

马克坐在一棵柏树下，双膝收拢撑着他的下巴，活像一株堆在类固醇上的盆栽，凝望着最后一块指甲碎片般的落日余晖——红彤彤的，却不怎么耀眼——消失在地平线。他打了个冷战，虽然天气并不寒冷，他身上也一点都不湿；水瓶星在变回马克形态之前，就已经气呼呼地浮出了水面，而且它滑溜溜的海豚皮甩掉了所有水滴。

他仍旧感觉浑身湿透了，每次把水瓶星放出来透透风之后总会有这种感觉。他并不经常这么做；曼哈顿四面环水，但你并不会很想去水里游泳。何况水瓶星比马克的其他朋友更加憎恶马克这个主人格。它老是想着在形态转化开始之前游到看不见陆地的地方去。

马克此时无疑是在冒险，一次又一次的冒险。讽刺的是，那召唤水瓶星的银灰色药粉却是马克的五个选择——现在只剩四个了——之中最廉价、制作最简单的一种。所以还在雅典的时候，考虑到可能会通过水路疾速跑路，他特别配制了大量的银灰色药粉。爱琴海是这种药粉发挥效用的理想场所，海中小岛星罗棋布，而且大部分是无人居住的岛屿，就如他所在的这个岛。水瓶星海豚形态的游泳速度可高达20节①——马克曾在哈德逊湾将塔基扬救出了一艘测试他速度的船——而这意味着马克可以登上某座小岛，抽出时间等自己恢复如常。

跃闪杰克的飞行速度固然比这快得多。但是，虽然他的个头很小，可空中飞人却一点都算不上低调。况且，变身跃闪杰克对马克的

①“节”为航海术语中的速度单位，1 节约等于 1852 米每小时。

消耗太大，既有情感消耗，也有体力消耗。跃闪杰克的高昂情绪与马克格格不入，就同水瓶星海豚形态的心理活动一样。当他变身跃闪杰克，那体验就好像嗑了药，有种兴奋剂上头、火光四溅的感觉。

马克打开他在回罗马路上买的荧光绿腰包。*不论是人类形态还是宽吻海豚形态*，水瓶星的块头都比马克要大；当他变形时，他总会从周围的物质之中吸取足够的能量弥补这体形上的差异：基本上是空气，不过也有私物一类的东西。随身携带东西是很有用的办法。

腰包里装有一大堆空药瓶，还有些无花果，以及几根玛氏巧克力棒。从以往经验中马克得知，在变身水瓶星和跃闪杰克之后，他需要快速提高血糖，不然他就会浑身剧烈发抖，同时还伴有恶心晕眩的症状。若不是水瓶星在途中还狂吃了大量海鱼，那他现在早就失去意识了。

马克往嘴里塞满糖果棒，忽然间觉察到自己的饥饿程度。他吃了点无花果，接着又吃了根玛氏巧克力棒，这才感到好受了些。

但是这个时候太阳已经完全落山，只在地平线处留下一条发光的绿光带。星辰开始出现在头顶，仿若小恶魔睁开了眼睛。天空中没有云彩去遮挡他们不怀好意的凝视。

马克轻轻地打了个嗝，擦去嘴边和胡子上的巧克力污点，若有所思地盯着他的包。

在马克大部分的成年生活中，他都在化学药物中寻找庇护所，逃避存在的焦虑。那是他选择大麻的原因。他对可卡因那种人为制造的自尊并不感兴趣（在他经历的人生中，自尊是一个相当陌生的东西，他对其感到别扭，更何况可卡因给他一种胸口中枪的疼痛，还让他讲话就像加拿大蠢鹅那样嘎嘎叫），也对那种逼近极速的刺激不感兴趣。他主要是沉迷于摆脱各种刺激。他不喜欢针头，况且他还有作为一般中产阶级嬉皮士对瘾君子的偏见，更真心担忧重度物理成瘾。他一向将使用致幻药物视为做实验。

当他不得不开口祈求："给我一个庇护所"时，他就会去找他的老朋友大麻。之后向日葵——金伯莉·安·考达那·梅多斯·古汀——就现身来打官司，争夺斯普劳特。这是他有生以来第一次遇到了真正的麻烦。他用冷火鸡疗法[①]应对这些麻烦。在鬼牌镇一名鬼牌律师比勒陀利乌斯的建议下，他停止服用大麻了。在庭审结束后的头几周，他终日都醉醺醺的，不过那是疗法的阶段之一；如雅皮士[②]所说，他前两年基本上戒了药物，也断了酒精。

他在阿姆斯特丹时设法弄到了一些哈希什[③]，但那主要是由于他时常感到害怕，时常为塔基斯星球上的文化冲击而感到焦虑，而他厌倦了这类感受，也是因为他身处阿姆斯特丹，要入乡随俗。他都是浅尝即止，就像一个退休的专业网球选手出于怀旧的念头偶尔跑去打上几局。

此刻夜幕降临，他想找地方藏起来。他没办法完全隐藏身形；除了几棵枯瘦的柏树，他的头顶并没有其他遮蔽物。不过这些新颖的化学药品可以为他提供庇护——哪怕是临时的。

星辰有什么大不了的？他努力告诉自己。有什么好怕的？

很不幸，答案是死亡。

♥

在他仍是个孩子的时候，他喜爱看漫画。长大之后，他仍为彩色冒险漫画《喷气机小子》和《勇武灵龟》而激动不已——他并不喜欢超人；他只对真实的王牌有兴趣，尽管他明白他们的英勇之举大多都是科斯漫画或者其他执照持有人编造的。他曾经有过一个梦想，成

① 即完全戒断药品的疗法。

② 指高学历，高收入的年轻专业人才，他们懂艺术，讲时尚，思想前卫，追求享受。

③ 印度大麻麻醉剂，由雌性大麻的开花顶端提炼出来的纯丁香。

为一名英雄，就如他读到的英雄那样，那是他在这世界上最想要实现的心愿。

那正是激励他长期研究激进者的活力源泉。也正是这份痴迷塑造了他自己的王牌能力。他成为不止一个英雄，而是五个。

——而这还不够，不够。他们都不是他。至少他不相信他们是。他形成了一套理论，他认为他的“朋友们”都是真实的，实际存在的人物，或许是来自平行世界——他也是科幻小说迷，毫不意外——他在无意之中，不知如何将他们劫持过来，困在了他的精神牢笼里。他们似乎也认可这个解释；旅行者和跃闪杰克总是企图找到释放自己的办法，或者至少是让自己取代马克，成为主人格的办法，而月光之子则怀有解放所有人的明确目标，甚至包括马克，如此才能让每个人应对各自的因果报应。

于是，当每个人格都做出了众多或许可以被称作“英雄壮举”的行为——跃闪杰克在修道院艺术博物馆的宇航员总部袭击事件中表现英勇，月光之子击败了塔基斯星基因改造的杀戮机器杜尔格·阿特莫拉克，星辉引开了一颗预设运行轨道要与地球相撞的极危小行星（由群虫之母和塔基扬那位漂亮表亲扎博所组成的邪恶联盟一手策划）——马克则机灵地逃过了以上所有事件带来的荣誉。

再后来就是近两年的事儿了。向日葵回到了他的生活之中。监护权之争拉开帷幕。马克不仅戒掉了药瘾，还做到了难以想象之事：在堆满垃圾的街头，扔掉了紫色燕尾服和紫色高顶大礼帽，不再担任迷旅队长。最后一瓶蓝色药粉使他得以逃离审判厅，摆脱了美国缉毒警察和善的抓捕行动，不过自那以后他就完全戒掉了药物——完全靠他自己的意志。

这并不轻松。他也做出了一些他并不引以为豪的举动。但是他活下来了。在街头小巷，在火箭堡。独自一人。丝毫没有依赖任何化学药物。

是时候唤回他的朋友们了，为了将他的女儿斯普劳特救出纽约少年监狱那个活地狱。可这不同于以往。这并非跃闪杰克、星辉或者是月光之子各自践行他们的英雄之举。马克是导演，是发起人，就好似一场战斗的指挥官部署他的军队那般调动他的朋友们。

诚然，是战斗就会有伤亡。他深爱的一个女人遭到塔基扬的曾孙布拉斯的重创，命丧于新泽西公路一旁，他抛下了她。他也把杜尔格留在了那里，对他说他自由了，他不属于任何主人，只属于他自己……

是了，那是最惨痛的损失。他原先并不明白，虽然杜尔格竭力想告诉他，莫拉克无法获得自由，他们生来便要受奴役，就如他们要喝水，要呼吸。所以，杜尔格，这个终极保镖，在塔基斯星球的基因科学家设计之下，精通各种技巧，不仅是战斗技巧，还有策略与交际，将他的忠诚转交给了现有最佳的主人。

或许最终有一千万的塔基斯星人丢掉了性命，连本带利地偿还了这名百变王牌的债，只要马克能如此想。可他做不到。

布拉斯窃取了塔基扬医生的身体——凯莉·杰金斯的精神还困在那具身体里——与顾问杜尔格偷走了“宝宝”飞船，返回了塔基斯星球。被困在凯莉身体里的塔基扬——这具身体在布拉斯一再强暴之下怀孕了——召集了他最要好的三个人类朋友，赶去追击布拉斯。

自那以后，马克做了许多神奇的事情。他本人。马克。

他通过了他少年时期的偶像灵龟都失败了的测试——登上白沙沙漠里的网际人侦察船。侦察船体积太小，灵龟的龟壳进不去，而汤米出于对塔基扬的爱与忠诚，不能抛下龟壳。

他在恒星之间飞行，飞了有多远简直难以想象，结果只发觉太空飞行大致上是个无聊至极的活动。

他曾参与了塔基斯星球上好几起声势浩大却又血流成河的阴谋诡计，他曾协从犯下了谋杀的罪行，他也曾见识过令《一千零一夜》

黯然失色的哈莱姆闺阁。他曾给一个女人——同时也是他最好的男性友人——接生。他曾与一位被关押的公主在白雪覆盖的山脉（就如地球上的喜马拉雅山脉那般雄壮）之中逃亡。他还曾在一个足有赛斯纳飞行器[1]那么大的有翼捕猎者的背部之上飞行。

他的朋友们都曾在那里。但他做出了艰难的抉择。

他曾与塔基斯星的战士扎博比试摔跤，扎博魁梧威猛，跟他比起来，埃罗尔·弗林[2]看上去就像个瘪三。他曾加入了敢死突击队，突袭敌人的要塞。他还参加过太空激战。

而后他死了。

星辉，那位留着波浪般的金发、凸下巴的诗人恪守政治正确，他简直是太阳能驱动的。他很可能是地球生命里最强大的王牌。福尔图纳托或许更有力量，但星辉的强大源于心灵，施展余地和广度，就连塔基斯星人都难以领会。星辉几乎和黄金男孩一样强大，他能够以光速飞越太空，双手还能发射光束。他也是个棘手的家伙。

不过他很勇敢。在与网际人的战斗中，他曾与莱巴哈·赛博格[3]激战。他做到了前所未有之事：在一对一的单挑之中打败了莱巴哈。

不幸的是，当时有两名赛博格战士。第二个拧掉了星辉的大腿。

他死了。死在了远离世界的高空中，死在了一如既往的夜色里。死在了星辰永不闭眼之地。

马克却奇迹般地活了下来，塔基斯星球那魔法般的科技又一次将他复原。至少复原了他的身体。塔基扬的姐姐罗克莎拉娜的精神魔法将说话的能力还给了他。她还用另一种魔法将他不曾认清的某个东西

---

① 赛斯纳飞行器公司是世界上设计与制造轻、中型商务飞机、涡轮螺旋桨飞机，以及单发活塞式发动机飞机的主要厂商。

② 澳大利亚演员、编剧、导演、歌手，曾当过海员、拳击运动员，代表作为《侠盗罗宾汉》。

③ 一个受困于一具像迷你战舰的身体里的外星大脑。

还给了他。不论如何，他都十分感激。

可是他却无法面对星辰了。那些曾经夺走他性命的星辰。

♦

他手握一个药瓶。瓶里有黑色的药粉，也有银色的药粉，二者混杂在一起，在瓶内飞旋。

眼下没有任何东西挡住星辰。但夜晚是月光之子的主场。即便点燃所有黑银药粉，也不足以让他撑到天明。可若是他不得不熬过今夜，他至少还能顺利度过。

再说了，月光之子拥有自我修复的能力，而此时他的饥饿感已经过去，随着每一次呼吸，他开始无比清醒地感受到腰侧刺伤传来的疼痛。是时候治愈这处西北风在帕特农神庙给跃闪杰克留下的创伤了。

如果他们要给黑带选手合理评级，那你能得到三段的等级。跃闪杰克的声音在他脑中浮现。他笑了。

那他妈又如何，跃闪杰克？他打开药瓶，将瓶内的药粉一口吞下。

♣

海边，女人在她的艺术舞台上舒展身躯。她身形娇小，体态曼妙，乌黑的秀发恣意地披散在肩头。她穿着一身合体的银黑二色服饰；一张黑色的面具仿佛为阳，而她的脸便是阴。

她摆出太极一章的姿势，跆拳道品势中最简单也是最直白的一种。在许久没有锻炼之后，她先伸展自己的肌肉，掸掉肌肉神经上的灰。她气运丹田，大喝一声，随即向前滑出右脚，用力冲出右拳，左脚弓步，再迅速转身九十度，摆出一个抵挡的姿势。接着踏步上前，出拳，转身，抵挡，上前，出拳，这项古老的武术，活动，还有长久以来的熟悉感逐渐抚平了在她后脑尖叫的恐惧，令她那颗怦怦直跳的战士之心平稳下来。

她完成了太极一章，顺利地进行到下一章，再下一章，然后到了太极品势，一种影子拳击，动作会更像现实之中的格斗。这之后，当她热身好了，精力调动起来了，身体充氧完毕，就进入到八卦品势，讲求道法与和谐的品势，一种主动通过冥想来协调天、地、人三者的规则。

安心休息吧，马克，还有我的哥哥们，她一边在心中默念，一边控制自己的呼吸，好将活跃的平静充盈她的各个自我。现在我们无需畏惧死神。我们已然超脱了，穿过了烈炎，跨过了无门之门。

不要害怕星辰。我们一度死去，又再度升起，星辰还能对我们做什么呢?

月亮出现了，在水面上铺就一条银色的小道。月光抚摸着她，她的皮肤感到刺痒，而后感到温热。她肋骨上的疼痛减轻了，消失了。余下的是力量，是宁静的欣喜，是拂过面颊的轻风，是海水与湿润的泥土，与青草、与树木混杂在一起的气息，还有月亮母亲的关爱。

♠

马克恢复意识之时，他大口呼吸了一下，力大到浑身抖了起来。月光之子肯定好生比画了一番，他心想。他不再埋头于干瘦的双膝，抬头望向天空。

满天星辰正直视他的面庞，目不转睛。

他注视着夜空，看了许久。真想知道地平线处的三颗连成线的星星是不是猎户座的腰带三星，他过了一会儿想到。在他还是个孩子的时候，他曾拥有一台望远镜，一台简易的小型塔斯科三英寸折射望远镜[1]，他曾经是个热心的业余天文学者。不过那都是很久远的事了，

---

① 塔斯科是美国著名运动光学望远镜品牌。

而且他怎么都认不清楚那些个星座。

他希望斯普劳特能够在这儿和他一起遥望猎户座。等我到了缉毒局那群家伙无法追踪的地方，我会给她寄明信片，让她知道我仍然深爱她，也非常思念她。但愿地球上真有这等桃源。

他站起身，拍掉裤子后面的疏松尘土，艰难地爬上俯瞰这座玲珑小岛的石岬。他需要好好睡上一觉，他可不想一个浪打来将他淋个透心凉。

♥♦♣♠

第十一章

这真是一场奇异而漫长的旅行……马克向来将“感恩而死”乐队的老歌当做他人生的配乐。即便是在这些年之前，在一切事态开始变得奇怪之前。此时此刻，他身在此处，倒真如那首《在路上》[①] 所唱，人在途中，而这场旅途却古怪得好比那次塔基斯星球之旅，彼时，他半夜乘坐网际人星际飞船——一辆闪闪发亮的巨型白色梅赛德斯重载拖车上的泛着暗红光的出租车——飞驰过大不里士[②]与德黑兰[③]之间平坦的伊朗平原。蓝宝[④]音乐播放器播放的不是杰里·加西亚[⑤]和他的伙伴们的歌，而是小汉克·威廉姆斯[⑥]的音乐，唱着什么今晚谁会过来。

马克快打盹睡着时，瞟了一眼奥托，他的副驾驶，他正握着方向盘。奥托一脸喜色，留着一头齐短发。他身材结实，大约四十来岁，脸色红润，头发金黄却日渐稀疏。他的门牙缺了一颗，很明显是由于和先前的雇主起了争执。或者，也有可能就是现在他和马克暂时共享的雇主；马克基本听不懂他的巴伐利亚口音，带着点奥地利的欢快语调，还零星夹杂着意大利语词汇。黑山地区的南斯拉夫人还容易懂

---

① 美国乐队“感恩而死”的歌曲。
② 伊朗西北部城市。
③ 伊朗首都，位于伊朗中部偏北。
④ 德国著名车载音响品牌。
⑤“感恩而死”乐队的杰出吉他手。
⑥ 美国著名乡村音乐歌手。

些。他们在学校里学的高地德语也是马克以前学过的那种。

“你这卡车可真不赖，老兄。”马克说道。奥托上学时学过英语，完全听得懂，但他说得很糟糕，甚至还不如让马克听他说他的南方德语。

奥托神采奕奕地点头。“那是。刚上市的新款。”马克完全明白他的意思。

这辆车确属一流。就连马克这种不懂大卡车的人都能感觉得到。车内的部件皆十分符合人体工程学原理，各处均为流线型设计，没有一个角落有任何尖锐的凸出，车上还有那种高科技智能小型电话，能够从陨石所留下的离子轨迹反射信号，同全世界任何地方通话。在驾驶室的上方与后面是一间套房，各种物品一应俱全，有铺着勃艮第丝绸床单的睡床，有迷你冰箱，有电视和录像机，还有一套令人瞠目结舌的色情录像带。

事实上，自他退下驾驶座，马克是完全可以使用这间套房的，可以去床上睡觉，也可以选择使用其他现代便利设备。可莫名其妙的他就想待在这里，保持清醒，时刻警惕，以便他能够及时服下一瓶合适的药粉，对付在夜色中突然冲出来，手持 AK47 乱开枪的革命卫队。

尽管每日都有成百上千的卡车驶离土耳其，但危险依然存在。没有了阿亚图拉·霍梅尼[①]的超凡影响力，伊朗国内的局势犹如一根用力拉扯的缆线，十分紧张，一触即断。受到霍梅尔的个人气度压制——还有残酷镇压——的各民族、各政治团体以及各宗教教派再一次四分五裂，并且大部分团体都有枪支武器。这正是德国卡车公司与马克在伊斯坦布尔签约时提出个别问题的原因。生意得继续——马克逐渐明白了这一点，不论身在何地，发生了何事，真相却是如此。

事实上，马克不知道这辆拖车上运载着什么。不论货物是什么，

① 前伊朗伊斯兰什叶派领袖、已故的伊朗最高精神领袖。

伊朗政府都会更积极地想要伸手抢占它。他们几乎一眼不看地挥别了土耳其边境。这可能也是由于排队的卡车连成一线足足有八公里，都等着过境——就算你再热情地想要确保革命的纯洁性，数十年如一日地驻守在边境检查站之后，你对值班时遇到的第九百八十七辆卡车的所载货物的兴趣势必一路降低。

马克惊讶于他自己参与了将物品进口到地球上脾气最古怪、局势最紧张的国家之一的活动中，而且活动本身完全合法。不过得除开那些藏匿在他那个俗气的绿色腰包里的药瓶。若他遇到了一大堆自动武器将他逼至墙角，这些药瓶能够临时派上大用场。

小汉克的歌带播放完了。奥托取出歌带，放进塑料盒里，将它塞回了奶黄色软垫仪表盘上的内嵌式搁物架上。他又取出另一盘歌带。马克伸头去看封面。莱尔·拉维特[①]：庞蒂亚克[②]。

车外又过去了一连串土坯房和破败的灰泥公用电话亭，仿佛幽灵一般消失得悄无声息。如果有人起夜，它们也不会点上一盏灯。在1991年的伊朗，建造这些并非为了让人看见。

如果村中有人举枪对准这辆铰链式重型卡车，马克是发现不了的。

♥

进入德黑兰的鲁霍拉·霍梅尼机场，你替你那群留着整洁的小胡子，身穿黄褐色制服的海关人员排队。在他们之后是革命卫队成群结队地潜行在人群之中，穿着他们深爱的高领套头毛衣，手上拿着突击步枪。他们不是官员，但无论如何你都得路过他们身边。

雅各布·布哈特·巴斯塔曼特站在海关队伍里，染过色且精心修

---

① 美国著名乡村歌手。

② 美国通用汽车公司旗下汽车品牌。

剪过的八字胡之下是他平静的微笑。他是一个体形匀称的中年人，留着紧贴头皮的灰色短发。他身穿一套暗色丝质西服，戴着一副颜色更深的墨镜，手上搭着一件伦敦雾[①]双排扣风衣。他的情人艾莲娜走在他的另一侧。从她精致的五官，浅棕的发色，还有纤长的双腿，你看得出来她一定拥有意大利或者德国血统，就和众多阿根廷人一样。她身着一条靛蓝长裙，上身还穿着一件欧洲样式的高腰紧身胸衣，就只为了显露出一丝乳沟——足够挑逗，却不会激怒那些有枪的道德狂热教徒。厄尔布尔士山脉之下，伊朗高原上春寒料峭，她穿的那件银狐毛短外套不仅保暖，更衬得她的肤色亮丽有光彩。

布哈特先生的打手们站在他和美丽的艾莲娜小姐身后，变换着自己的重心，疑神疑鬼地怒视着与他们一起排队的裹着头巾的人，他们的打扮也十分像打手。他们可能是来自西边的某个国家；事实上，那个肤色暗沉，神情严肃的人很可能被当作伊朗人。虽然他的伙伴有一头金发，但在阿根廷，很多人都是金发。

那个金发的，身形比两个人合起来还要魁梧，他的视线移向一对革命卫队的士兵，士兵正站着监视海关人员在长桌上进行开袋检查。他们携带了一款带枪带的老式 M－16s 步枪。

“看，老妈，我刚刚惹、惹祸了。”他挤弄着嘴角开了口。

“给我闭嘴，加里。”深肤色的那人悄声回道，“这些男孩一下就能明白我们的身份，在他们用鳄鱼嘴夹夹住你那玩意儿，再接通到阿亚图拉的那套老旧的莱昂内尔火车套装的变压器电源之前，他们绝对会想先玩上你一会儿。”

“我不喜欢这个。”可爱的艾莲娜说道。在紧握上她的护卫之前，她给了他一个眼神。

布哈特先生扭头咧嘴笑了。“伊朗就像公祷书里谈论婚姻时所说

---

① 美国著名高级服饰品牌。

的那样：‘任何人都不可贸然或轻率地进入婚姻的殿堂；而是要心怀虔诚、谨慎、清醒、对上帝的敬畏才能踏入。’”

“那还用说。”深肤色的打手接话道。

轮到他们了。布哈特将他们的证件交给一个穿着海关制服的胖子，胖子瞥了他们一眼，围着他们绕了一圈，然后让他们前往他身后那个身穿风衣、扣紧衣扣、头戴爵士帽的健美黑人处。

爵士帽跨步上前。“是布哈特先生吗？”

艾莲娜和那群打手紧张起来。布哈特答道：“是的。”他非常冷静。

“任职于 FMA？”

“是的，阿根廷军用飞机制造厂，正如你所说。”

伊朗人点头肯定。“请随我来。”

布哈特抬起手臂。艾莲娜有些犹豫。她脸色苍白，伸手揣进布哈特的手臂和侧身的缝隙间，跟上了那个戴爵士帽的男人。打手们跟在他们身后，就像一群上学路上的孩子。

◆

爵士帽带他们穿过一道侧门。迎接他们的并非一间四面都是瓷砖墙，地面上还有排水沟的审问室，而是一条通道，接着他们踏入了德黑兰的夜色之中。

一辆灰色的豪华加长梅赛德斯正等着他们。爵士帽看着他们上了车，打手们坐在面对车尾的座位上，布哈特和他的情人坐在面向车头的座位。然后他坐进了副驾驶座，并示意司机可以出发了。

“我是古德拉图拉，”他介绍说，“欢迎来到德黑兰。”

“我向来很高兴能来这里。”布哈特答道。

轿车飞快地穿过一条条街道，对于一个大国首都而言，这些街道过于黑暗。他们偶尔会经过一些路障，路障旁边还有模糊的人影持枪守卫。他们一路疾驰，一点也没减速，也没遇到一丝障碍。

古德拉图拉和布哈特隔着两个打手在交谈，谈论着一架由 FMA 制造的飞机。这架飞机被称为“普卡拉”，一种双发螺旋桨式双座轻型攻击机，其设计的主要目的是镇压小规模暴动。很明显，这个共和国很享受这场奇怪的小规模暴动，尽管古德拉图拉先生没有明说。两个男人都对普卡拉知之甚详。

终于，艾莲娜和打手们都放松下来。

梅赛德斯驶入了一栋建筑——其形状与年轮蛋糕的切面十分相似，外面还悬挂着各种圣诞彩灯——的环形车道，随后便停了下来。司机下了车，急匆匆地跑去为布哈特打开车门，而古德拉图拉却保持不动。

“您的行李已经送达您的房间。希望您住得愉快。”

“我向来愉快。”

♥♦♣♠

第十二章

海伦·西北风·卡利斯勒，或（现在暂时称她为）“艾莲娜”，好奇地打量着那间下沉式饭厅。这件饭厅很宽敞，里面摆满了家具。一盏雕花水晶大吊灯高悬于顶，艳光四射，宛如冰冻的烟火。

她换了一身深蓝礼裙，是巴塞罗那的一位名叫霍尔迪的鬼牌时尚设计师的杰作。她戴着一根由无数短银棒构成的颈链，双手交叉背在腰后。

J. 罗伯特·贝鲁穿着不合时宜的时髦晚礼服，走到她身后，伸出有力的棕色手指在她的手腕处比画了一圈。她脸色羞红。随即便朝前跨了一步，拉开了距离。

“你别把角色太当真。”她开口道。他大笑起来。

一位身穿西式无尾晚礼服，头发油亮的餐厅领班突然出现，领着他们走到一张餐桌上。两个打手还是穿着来时那身廉价西装，跟在后面。

“所以我们到底为什么一定要假扮成便宜打手的样子?”林恩·萨克森在入座时发出疑问。

“因为你一点都不像高级保镖。往周围看看，小子；你看到了什么?”

“一大群拿手吃饭，还裹着头巾的人。”

“还有保护他们的人?”

“穿西装的阿拉伯男人，脖子比头还粗，手臂的肌肉都要爆出来了。”加里·汉密尔顿连忙插话，他觉得自己被排除在外了。

贝鲁点头肯定。“的确如此。他们都是侯赛因。其真实身份是约旦阿拉伯兵团的士兵，可能算得上是阿拉伯世界里最强大的兵团了。他们被称为侯赛因是因为约旦国的每个人都名为侯赛因。约旦人提供保镖的服务。每个有身份的信教徒都会雇佣他们。我只是个无足轻重的外国异教徒，所以我只得凑合雇佣你们。”

“我发现他们很快就给你安排了座位。”汉密尔顿说道。

“布哈特先生是一位人脉很广的异教徒。”

“这就是那堆 FMA 谎话的目的?”萨克森问道，“一个阿根廷的飞机销售员在德黑兰想干什么?”

“虽然大多数人并不知道，不过阿根廷的空军由以色列训练的。那就是他们在 1982 年与英国的交战中表现得如此优秀，而阿根廷的大部分武装力量惨败连连的缘由。以色列碰巧也是伊朗的军用材料和军事技术的供给成员国之一。尽管他们不能公然交易。阿根廷的军事工业类型则是天然的中间人。”

“以色列?”海伦问道，“这种情况持续有多久了？近几年吗?”

“一直都有。就连以色列扣押人质期间，哪怕是我们又试图营救他们却注定失败的时候。”他坐了一会儿，视线飘向远处，“真实世界是个丑恶的地方，亲爱的。”

“但以色列是我们的朋友。”汉密尔顿说道。

“‘狭道之上，无亲无友’,”贝鲁说道，“一句古老的阿拉伯谚语。”

海伦露出一个冰冷的笑容。“不知为何，我直觉这位布哈特先生曾经来过这里。”

“那是自然。伊朗是一个非常有趣的地区，就地缘政治而言。以色列也可以变得通情达理，只要兰利礼貌地提出要求。”

服务员来了。贝鲁用法语给每个人都点了餐。

“你给我们点了什么菜?”萨克森在服务员走后郁闷地发问。

“白人吃的菜。别担心。”贝鲁扭头看向海伦，“我进来的时候，你看上去一副惊讶万分的模样。我可不认为你会为这种环境而不知所措。”

“我没想到，没想到这里会奢靡到这等地步。伊朗革命政府应该是非常严苛简朴的。”

“他们的确很严苛简朴。正如你本人一样。”

她怒目而视。“我并非严苛简朴。我只是……很谨慎。”

“20 世纪 80 年代的女人。那当然了，现在是 90 年代了。”

汤品被端了上来。“那为什么革命卫队没有冲进来捣毁这个地方呢?”汉密尔顿在其他人举起银汤匙时提问道。

“伊朗人吃了苦头才得到了教训，大多数其他革命团体都必须懂得的教训，有些团体甚至吃了比别人更大的亏才明白。在这个世界上，没人是孤立的。你需要和外面的世界沟通——你需要贸易。而这意味着在某些方面，你不得不放外人一马。否则你就会落到红色高棉①的下场。”

他尝了一口汤，含在口中细细品味，点头表示赞赏。“这家酒店叫克什米尔谷。建于 1984 年。属于克什米尔苏丹。贾拉尔·乌德丁·沙·杜拉尼，他的爷爷老阿卜杜勒·拉希姆·杜拉尼就是那个在 1947 年英国退兵之后，从印度教徒手中抢夺了王国的开伯尔土匪。年轻的扎鲁在这些地区都是响当当的大人物，哪怕他是逊尼派教徒②，还是一个改革派。在民族上，他其实是一个波斯人，普什图

① 柬埔寨左派势力，1975 年至 1979 年间成为柬埔寨的执政党，建立民主柬埔寨政权。在其三年零八个月的管治期间，曾发生针对本国同胞的大屠杀，他们不择手段，包括诉诸暴力、有组织地消灭一部分人口，柬埔寨估计有四十万至三百万人死于饥荒、劳役、疾病或迫害等非正常原因，被称为 20 世纪最大的人为灾难之一。

② 伊斯兰教的两支主要教派之一。

人[1]。而且，在和伊拉克交战期间，他往这个国家投入了巨额美元，解了这个国家的燃眉之急。”

“于是人们就看在他的面子上，容忍了这么一笔炫耀性消费?”海伦问道。

“也不是所有人。”他端起香槟杯，呷了一口，“顺带一说，一定要尝尝这个。这蜜瓜汁可是从塔什干[2]运来，也就以前被称作苏联中亚的地方。最近才开始进口来的。它可是非凡美妙的琼浆；诗人们过去为塔什干的蜜瓜写了许多颂歌。”

“可惜不含酒精。”海伦说。

“容忍的限度也是非常有限的。不过你若是行事审慎，你可以在你的房间里喝点小酒，以贵得离谱的价格。尽管如此，有些极端的当地人依然对此无比反感……注意到那群站在总览全局位置的戴头巾的高个子了吗?”

其余的人都环顾四周。“那群大胡子混蛋，”萨克森说道，“那又怎么样?”

“他们是阿夫里迪，吉尔扎伊和约瑟夫扎伊部落的人。真正的开伯尔割喉者，正是这群男孩把那位苏俄猛熊的头颅移交给了阿富汗。而且我的意思是，就是那群人——他们全都是圣战组织的骨干老兵。苏丹引进他们是为了控制安全。”

“那些阿亚图拉害怕他们吗?”海伦问道。

“还在1986年的时候，有一群狂热分子——学校老师，真够奇怪的——要了个花招。他们带着锁链和巨大的扁平汽油罐，把电影院和其他他们觉得颠覆了真正伊斯兰价值观的场所拉到了一起。他们打算把汽油泼在里面，用锁链把门关死，一把火将建筑烧个干净，以此

---

① 阿富汗斯坦南部和巴基斯坦西部的主要民族。

② 乌兹别克共和国首都。

‘激励’其他罪人。”

“我的天哪，太可怕了。之后发生了什么呢?”

“阿夫里迪的人抓住了他们。把他们锁在了大楼前门，用他们自己的汽油浇满他们全身，然后点了火。”贝鲁擦了擦嘴，“那之后也没什么麻烦。”

海伦陷入沉默。过了一会儿，萨克森发出扑哧一声笑。

“洗手间在哪儿?”他提问道。

贝鲁指了方向。萨克森自行离开了。他离开的同时，前菜送到了：菲力牛排配吐司。

萨克森回来时，他的动作变得更轻快，眼睛也更明亮有神了。“所以说，哪怕是什叶派教徒[①]有时也可以很宽容。”他笑了起来，“这可不对。”

“你什么意思?”贝鲁问道。

“我的意思是，这就是他们的败因。他们是历史。零容忍；那是唯一的容忍，对于这样的社会，这样……”

他有些困惑地顿住了，随后抬起一只手，握成拳。“……团结的社会。”

“你也是这样看待美国的吗?”海伦问道，“一个比什叶派伊朗更加束缚的社会?”

“你说得对。看，你很柔弱，小宝贝，你有一颗柔软的内心，就和所有女人一样。这就是你不适合这份工作的原因。这就是为什么——”

汉密尔顿伸出一只手放在他的手臂上。“嘿，林恩。说话小心点，伙计。”

“没事。没什么好小心的。我们现在有能耐了；我们知道什么才

① 伊斯兰教主要教派之一。

是对人民好，我们能让他们去做好事。这是我们的责任。这一切只需要意志。”

“国际新秩序，”贝鲁一面说，一面摇晃他杯中的蜜瓜汁，“崇高的理想……除了你不知道什么时候可能就会撞上阿夫里迪那伙人。”

♣

“那么，我们下一步要做什么呢，中情局的智多星先生？”晚餐之后，林恩一脚踏上电梯，一边提问。

贝鲁对他报以微笑。“我估计你从没想过我们现在正处于一个被视为印第安国度的腹地，而他们并不怎么关心这些地区的中情局特工。或者说缉毒局知道电梯被窃听这件事吗？”

“老天，林恩，看在上帝的分上，管住你的嘴好吗？”汉密尔顿说道。汗水沿着他的发际线弯弯曲曲地冒了出来。“我们也参与进来了，你清楚的。”

“喂，滚出我的视线。”萨克森说着但没有动手。

“现在回答你的问题，我们保持放松，然后等待我的联络人的消息。”

“你的联络人。”萨克森嘲讽地说。

“就目前而言，他们的击球率相当不错。”贝鲁一边说，一边伸手进他的口袋。

“我猜你以为这会让你显得聪明得要死，牛仔。”

“我认为这会让我在情报交易中显得十分专业。审慎而聪明地利用接受过细心教导的联系人，在这类交易中无比重要。然而你，在我看来，只是一头在梅尔·吉布森的电影里出场太多的任天堂刻薄蠢猪。”

一时之间，萨克森只是呆立在原地。随后他发出怒吼，冲向贝鲁。汉密尔顿挡在二人中间，将他的小个子搭档困在电梯的一面墙上。贝鲁站在原地，毫无兴趣地漠视这一切。

“‘君子坦荡荡，小人长戚戚。’”他只说了一句。

电梯在他们那一楼停了。贝鲁头也不回地走了出去。海伦紧跟其后。

“这里我们才是专业的，”萨克森冲贝鲁的晚礼服嚷道，“我们是警察。你不过是个玩弄间谍游戏的破烂老绿帽。”

贝鲁打开布哈特先生与艾莲娜小姐共享的套房大门。他领艾莲娜进入了房间，接着又出现在了门口。

“证明给我看，”他开口道，“证明你们才是真的警察。抓住马克·梅多斯。”

“你他妈的放心，我们绝对会抓住他，老家伙。”

“那就好。”贝鲁打算关门，萨克森做出要跟进去的样子。

“你介意别进来吗？你有自己的房间。”贝鲁当着他的面关上了门。

“我很抱歉让你看到这个场面，”贝鲁转身说道，“对峙的画面对消食一点帮助都没有。”

“没关系。”海伦姿态僵硬，有一丝防御的感觉，“我想我需要一点睡眠。我站着都要睡着了。”

“我可以让女仆进来为你铺好长榻。”

她怒瞪着他。“什么？我以为——”

“我是布哈特先生。这是我的房间；我订了这个套房，我的公司付的钱。这是一张旧式铜床，而我要睡这张床。你可以决定你睡在哪里。”

海伦打算说什么，不过他话中的巨大信息量淹没了她。她重重地坐到沙发上，眼角闪着泪花。

贝鲁走进卧室，出来时带着一个便携式立体声卡带播放器，他将其放在了咖啡桌上。“你睡觉之前，要听一点儿深夜节目吗？”

她尽量礼貌地回答道："不用了，不好意思，我没有心情听音乐——"

他按下了按钮。

林恩·萨克森的声音传了出来，稍微有些不清楚。"终于和大忙人接上线了。这儿真是拖拉得要死。"

她皱起眉头望向贝鲁。他则直视她的眼睛。

"好了，布哈特先生。我现在和汉密尔顿特工在一起。"

"关于那个喷火的家伙——"

"对。是的。梅多斯已经跑了。我们认为希腊人露出了马脚，让他听到了风声——他手上有那些药瓶……"

"但是西北风——"

"她干不了这个，你明白吗？女人做男人的工作。你能指望什么？我完全不明白参议院王牌资源强化委员会为什么会想派她跟着我们。很可能就是为了在我们的车轮上加一根辐条——"

"如果你让我说完一个句子，萨克森……我们之前很惊讶地得知跃闪杰克对她竟然这么仁慈。"

"我不知道该怎么跟你说，老大。那家伙在药品上的研究走得太远了，他变身成了其他人……我的意思是说，你不能盼望着他干脆地离开，还在他的后场留人一条命，你懂的。"

"是否他并没有打算让她死在那场地毯仓库的大火里？"

"他告诉她，他觉得她有能力吹灭大火，还说希腊警察正赶上山来帮忙。他只是想摆脱她。"

"局长……萨克森，你还在听吗？"

"并非我想再次打断你，布哈特先生。你听我说，如果他担心我们这位人民的小王牌会丢了组织的脸，你大可以告诉他不必为此担忧。她俨然已经力不从心。我们现在说的只是一个认真的漂亮蠢妞。"

海伦对此嗤之以鼻，她火冒三丈地看着贝鲁。他抬了抬手。

“——还有其他的担心，”在遥远通话的另一端的那个男人说道，“我们这边还有一些实实在在的麻烦。有个该死的愚蠢联邦法官两天前表示支持立法，同时媒体也失控了。公众对禁毒战争的支持开始动摇了。如果事态发酵太过——”

“我明白。我懂。文明的终结，我们都知道这个。”

“正是如此。黑暗势力的胜利。这里面还有更严重的情况，萨克森。缉毒局的存亡也与此有关。我们急需挽回形象……你离开之前我们谈过这点。这是我们屈服于压力，默许卡利斯勒小姐加入小组的原因之一。”

“听着，如果我们真的那么需要一个殉道者，你们就不能放过我和加里，别让我们在这个婊子身上浪费生命，赶快结束这一切，不行吗？梅多斯这个窝囊废，一直不现身，这不会给我们造成任何麻烦。我们会让这个问题面上看着过得去。”

“看在老天爷的分上，萨克森，管管你的嘴！这可是国际通话。我们不知道会有谁在监听……”

贝鲁关掉播放器，笑着说：“‘切莫相信任何怀有强烈惩罚欲的人’，尼采告诉过我们。”

她站起身，往壁炉走去。“我不相信。你是怎么搞到这个的？”

“亲爱的，还记得我为谁工作吗？”

她的脸埋进双掌。过了一会儿，啜泣声从她的指间漏出。“噢，老天啊。”

他来到她的身后，伸出双臂环住她。这一次她没有推开他。

“他们讨论过……要杀了我。”

“不打碎几个鸡蛋，你没法儿建立国际新秩序。”

她随即挣脱开，又立马转身，含泪的双目充满愤怒。“你觉得这很好笑！”

“一点都不好笑。我觉得这骇人听闻。我已经为我的国家拼命效力三十年了。像萨克森特工这样残杀同类的年轻人能够抹去好人与坏人之间的区别，这一点并不令人满意。”他伸手拉住她。

“你到底想要做什么？”她质问道。

“帮助你——还有他们——抓捕一个联邦逃犯。然而有人在玩一盘更大的棋。我以为你也许知道。”

他拉拢她的身体，紧贴着他，双手从她的手臂滑落至手腕，将其移至她身后合拢。他一手握住她的两只手腕，另一只手揽住她的肩膀。

他们就这样一动不动地站了一两分钟。“你感觉如何？”

她吸了吸鼻子。“我觉得……很安全。”她望向他，眨眼抑制住绿褐色眼中的泪水，“是不是有点傻？”

“一点都不傻。”他亲吻了她。片刻之后，她微启朱唇，接受了他的吻。

♥♦♣♠

第十三章

卡车停在了一处三不管地带——无主地。马克只希望那些如狼群般在门口晃悠的革命卫队大胡子恶棍能够尊重这古老又神圣的基地。他已然明白他们在这方面的记录实在算不上良好。

他遇到了一个意外的难题。奥托和那辆巨大的白色梅赛德斯正在掉头转弯，准备开回伊斯坦布尔。马克可以和他一起走，或者留在这里。

二者都不符合他心中的原有计划。

马克穿过铺着碎渣的停车场，喝着一瓶瓶装果汁。天空高远，一片蔚蓝，宁静得不见一丝波澜。清晨的空气凉爽，几乎带有一丝寒意。远处的一座宣礼塔上的录音机播放着号召祈祷的内容。

一个声音在叫喊他的名字："马克！马克·梅多斯！"

他眼中浮起泪水。就不能让我有片刻的安宁吗？他丢下水瓶，头也不回地往大门跑去。他清楚缉毒局会对他做什么；这里的革命卫队至少还有疑议的余地。

他撞上了一个东西。它大概有一棵红杉的高度和硬度。它发出一声怪叫："噢呼。"

他抬起头。他身高六尺四[1]，但还得抬头看。他撞到的这个男人比他高了整整三英寸[2]。他也长着鹰钩鼻，乱糟糟的络腮胡，乱糟糟

① 约等于2.1333米。

② 约7.62厘米。

的头发，戴着一顶鸭舌帽，看上去就像老夫人们往长沙发上丢的一个靠垫。

马克左顾右看。被他撞到的男孩儿还带了一帮兄弟来玩。他的大哥哥们。他们穿着肥大的长裤和看着像从美好愿望二手店[①]里淘来的西部衬衫，衬衫外面还穿着马甲。他们的腰带里全都插着和马克前臂一般长的长刀。他们看上去不好打交道，一点都不好打交道。

其中一人在一只耳朵上别着一朵红玫瑰。当他和马克的视线相遇时，他冲马克露齿一笑。他镶了一颗金牙。

"马克！马克，我的老兄。你跑什么啊？"

马克转身面对他的宿命。现在他的克星是一个干瘦的男子，大约中等身高，留着脏兮兮的翘八字胡，戴着一副鲜红边的圆眼镜和一顶黑色牛仔稻草帽，一根宽大的羽毛神气地紧贴在帽子正面，让它看上去就如同一只麻雀全力俯冲撞上了他。他就像反主流文化版的理查德·佩蒂[②]。

"弗兰克？"马克问道，声音几不可闻，"自由轮弗兰克？"

"都是我，兄弟，都是我。"他大力拥抱了马克，接着在光天化日之下，他使出一个革命瘾君子兄弟的劲儿跟他握手。

"所以说，你到底跑什么鬼地方去了，老兄？"他询问道，伸出手臂搂住马克，"这都多久了？老天，十五、十六年了。你的样子看着比我想象的好多了，你这个瘦弱又笨拙的混蛋。你有点变了——仿佛变得更……你明白吧，更有精神了，相较于我之前见到你的样子。还有其他地方也有变化，这双眼睛——"

"不过是鱼尾纹罢了，兄弟。"

"噢，我都忘了该有的礼仪了。马克，我想让你认识下这群男孩

① 美国非营利组织开办的慈善商店，所有商品均由他人捐赠。

② 美国纳斯卡车赛的著名车手，曾经7次获得纳斯卡车赛总冠军。

儿：这是伊尔德里姆，这是穆扎法尔，这是卡西姆，还有这个是艾利·谢尔。”

艾利·谢尔就是那个戴着玫瑰的人。听到自己的名字时，他又笑了，眨了眨眼睛。

“呃……你们好，”马克说道，“很高兴遇见你们。什么、呃，你们是做什么的，怎么碰巧都聚在这里？”

“他们都是圣战组织的，马克，”自由轮弗兰克说道，“阿富汗的自由战士。”

他双手握住马克的肩膀。“来吧老兄。让我们去把柴卡哈那喝个精光，到时放下杯子，再好好回忆过去。”

♠

“所以说，我在做什么？”自由轮弗兰克放下茶杯，递给一个圣战士，让他端起桌子中央的水壶再把杯子添满。柴卡哈那——茶馆——是一个令人失望的地方，玻璃杯，不锈钢杯，塑料桌面，就和全世界——至少是马克所知道的全世界——任何一家公路咖啡厅一样。他们挤在窗边的一张卡座里，往外能看见半铰链式拖车停满了整个围场。“好了，该死，让我来研究一下这本精华版《读者文摘》。”

以前在旧湾区的时候，自由轮弗兰克曾为马克提供致幻剂以及最好的可吸食药物。大概在向日葵出现在马克门口之后的一年多，他就不见了踪影，马克再也没见过他。

“好吧，我的遭遇呢，就和你预料的差不多：有人把我捅到警察那儿去了，我不得不跑路。我逃到瓦胡岛①躲了好几年，一直待到那儿热得无法忍受。然后怎么样了？我在拉丁美洲都过了很长一段时

① 美国夏威夷中部岛屿，在莫洛凯岛和考爱岛之间。是该州主岛，有主要旅游区，它包括威基基海滩、钻石山口和位于珍珠港的美国海军基地。

间。在亚马逊时，我有段时间还干过抓捕可投资昆虫的活儿。”

“可投资昆虫？”

“没错。有一段时间，那些西德人全都在买可收集的虫子，当作避免通货膨胀的防范手段。听着吧，没什么好稀奇的，至少在热带雨林深处并不稀奇。不过的确令人印象深刻。巨大的绿色甲壳虫，会走路的枝条，到处是那些玩意儿。我们真是生活在一个古怪又古老的世界上，不是吗？”

“我没干多久。当地政府想要亲自插手进来，从中分一杯羹，也就是想要独占利益。然后我游手好闲了一些日子——贩卖军火给危地马拉的叛军，还贩卖过一些前哥伦比亚的东西，大部分卖给了日本人。走私哥伦比亚的翡翠——我在那里就只干过这些事儿，我对天发誓；那些毒枭在那个时期实在是太疯了，根本没法儿做生意。该死的布什要是把这些麦德林[①]的人渣都清理干净了，那他就帮了我们所有人一个大忙，让那些日本人来接手他们没完没了的愚蠢男子气概。”

“过了一阵子，我厌倦了这堆事，决定出发去东边，年轻人嘛。我在这里也过得相当好。亚洲在进出口这方面充满了创业的可能性。”

他搓了搓脸上的胡楂。他下巴尖的胡楂差不多都变白了。

“于是你最终决定踏上嬉皮士的道路了吗，老伙计？前往加德满都。那是你的目的地吗？”

马克耸肩。“我不知道，老兄。真的不知道。”

“我听说你逃出了那个旧的美利坚合众国。”

马克不觉得有什么隐瞒的必要。“的确如此，兄弟。”

弗兰克倾身向前。“卫星电视上说的是真的吗？你真的是王牌——你裹在一些乱七八糟的衣服里，就变身成了超人？”

马克舔了下嘴唇，环顾四周勇敢的自由战士。他们都热切地注视

① 美国哥伦比亚中西北部的城市。

着他，同样对此感到好奇。艾利·谢尔又露出笑容。

“是真的。”

弗兰克缩回身子，他的手“啪”的一声移到了下巴上。“那我给你一个建议。你似乎在往东走。你继续走你的路，不过也许可以有一点点小小的改动，你觉得如何？”

“要做什么？”

“担任护卫。”

马克摇头。“你把我弄糊涂了，老兄。这是什么意思？”

“我们——我这里的弟兄和我——我们要逃往阿富汗。从这里到喀布尔[①]可能有一千英里，”他发成了“蔻伯”这个音，“现在，革命卫队，他们通常会不管我们，因为我们是英勇的伊斯兰教神圣的奋斗者一类的人物，而且这些普什图人随时随地都能教训他们的低地表亲。不过你永远也说不准。这个国家正在四分五裂，只在你我与这道墙之间，每三座村庄里就有一个坏蛋和一大帮当过兵的男孩儿拿着枪埋伏在暗处，以为他们要上演《黑狮震雄风》[②]，如今鲁霍拉不在了，没人来控制中央的形式了。”

“一旦我们到达边境，DRA 部队，即阿富汗军队，会迅速行动起来抓住我们，移交当局。他们会派出危险的出口版米－35‘雌鹿’武装直升机四处飞行，还会派出不止一两支雪域特战队——俄罗斯的绿色贝雷帽特战队——车队搜寻小队在乡野间搜查杜什曼们，也就是像我们这样的坏男孩。所以，拥有一位可能上天飞行，双手还能发射凶猛火焰的朋友将派上很大的用场。”

“你们运的是什么东西？”

---

① 阿富汗首都和最大城市。

② 1975 年上映的美国电影，讲述了 1904 年一名美国寡妇和她的儿女被阿拉伯大盗头子绑架，美国政府紧张不已，罗斯福总统决定派兵将她夺回。最后寡妇以行动感化了大盗头子。

“唔，就是这些男孩儿。他们正处于停工中，某种程度上来说是这样的。而且我们还有一些防空导弹以及反坦克导弹。俄罗斯货——从海军陆战队收买来的，从黑海舰队的那些海军陆战队男孩儿那里。他们愿意为了大麻油和奇希·劳尔兹①的录像带。”

“但是我以为俄罗斯人已经离开阿富汗了。”马克提出异议。

“大部队确实离开了。”

“那么自由战士们又在抗争什么呢？”

“我的同胞，纳吉布博士。他是独裁者。他是苏联手下的线都快被剪断了的提线人偶。”

“我听说过他。可电视新闻一直说他是个温和派。真心投身改革这个国家这类事业。”

“他的确提出了一些关于改革的有趣观点。他是国家情报局，也是阿富汗秘密警察的刑讯专家，也因此声名鹊起。他还切实参与了药物实验，如果你明白我的意思。你可以称其为，门格勒医生②？我知道你会同意的。”

“我不知道，老兄。我不想掺和进战争或者其他战争相关的任何事情里。”

“和平，爱，嗑药一辈子，是吗？好吧，呸，伙计，我得说我为此尊重你。这些日子，它就是战争，仇恨，以及大声说不。你要把这个教给学校里的孩子们。”

实际上，马克才刚刚从战争中脱身，而这实在太糟糕了，他不想再陷进另一场战争之中。关于这件事，他一句话都没有提起。他不想

① 美国电影演员、出品商、电影导演、作家、歌手。早期拍摄了许多色情影片，后来成功转型为正式演员。

② 德国纳粹党卫队军官和奥斯威辛集中营的医生，人称“死亡天使”。他用活人进行人体试验，先后有约40万被关押的无辜生命惨死在他手下，其中绝大部分是犹太人。

让弗兰克认为他是个彻头彻尾的疯子。

“不管如何，兄弟，考虑一下——你要去哪里？你肯定不能留在这里。你想去到缉毒局无法触及的地方，对不对？试试阿富汗。或者，要是阿富汗令你过于紧张，我可以调整一下计划，你只用陪我们坐卡车进入印度。”

印度。这时，他有主意了。那确实是一个可以真正运用他的天赋，用它们去帮助其他人的地方。他可以帮助人们制造便宜的抗生素抵抗疾病，保全性命，制造可降解的生物杀虫剂保护他们的农作物。有些大君富裕得难以置信，就和阿拉伯家族的酋长不相上下。或许他可以让某位大君替他的研究设备付钱，踏踏实实地做些实事。

也许他还能找到一位古鲁[①]。印度是一个十分追求精神境界的国度。圣人都来自那里，美赫巴巴[②]也是。或许是时候去培养他天性的另一面了。

“你觉得如何，兄弟？”弗兰克问道，“你可以避开一两个那种美国留了眼线的国家，然后他们就再也抓不到你了。你怎么说？”

“我加入。”

弗兰克跳了起来，将帽子甩向空中。“太好了！快点，男孩儿们，准备起来——我们有了一名王牌加入。”

♥

那个不知所谓的革命部之前让他们开着一辆车四处转悠。那是一辆1987年的蓝色丰田凯美瑞，任谁见了都记不住。它的性能倒是很好。

J. 鲍伯·贝鲁缓慢地走过卡车停车场。落日拉长了他的影子，清

① 印度教的宗教导师或领袖。

② 1894—1969，全球著名灵性大师。

楚地映在了边缘的围栏上。他坐进驾驶座，握住方向盘，随后关上车门。

“工头说一个符合梅多斯外貌描述的男人在这里出现过。不过他在三四个小时之前，跟他在这里遇到的一个美国人走了。他们说他们往北边去了，也许是为了某个缘故，计划穿过厄尔布尔士山脉。也有可能不为了什么。”

他发动引擎。“这是否意味着我们跟丢了他？”海伦坐在乘客座上，提问道。

“暂时如此。”

海伦·卡利斯勒抿紧嘴唇，凝视窗外遥远而苍蓝的厄尔布尔士山脉。林恩·萨克森和加里坐在车后座，在他们以为贝鲁看不到的角落，林恩朝他的搭档加里竖起了大拇指。

前座上，没人看得见的角度，J. 贝鲁露出了微笑。只对他自己的微笑。

◆

狂风大作的伊朗高原上天色昏暗。随着卡车轰轰隆隆地行驶在没有尽头的斜坡上，向世界的屋脊攀登，卡车后备箱的床上变得极度寒冷，即便一位圣战士给了马克一件绵羊皮外套——这外套闻起来就仿佛那只绵羊仍旧活着，也有可能是其他动物活在这羊皮里。

他裹紧外套，并试图找到一个舒适的姿势，好让他的屁股在一大堆刻着西里尔字母[①]的木条箱上休息一下。周围近乎漆黑的环境里，他看得到一双闪烁如星光的眼睛，满怀期待地看向他，还有艾利·谢尔的那颗金牙发出的流光。

他们逐渐开始了“给和平一个机会”的游戏。事实上，那个阿

① 指书写俄语、保加利亚语等斯拉夫语言时所用的字母。

富汗人看上去愿意给和平以及世界上其他任何东西一个机会，除了苏联的装甲车队。但是那也不会阻止他们带着决心地为其高歌。如今他们还想要更多。

“我知道你可能也不喝酒，”他说道，“不过千万要试试这个：九十九瓶啤酒在墙上，九十九瓶啤酒……”

♥♦♣♠

第十四章

“梅多斯医生，”一个裹着蓝色头巾、皮肤黝黑、衣着时髦的高个子男人说，“我们对你的诚意十分满意。你的简历令人印象深刻。然而我必须承认，我对你过去的一段经历感到非常吃惊，你近几年居然去当了商人，开了家饭店。”

“唔。”马克支吾了一声，握拳的右手伸出大拇指蹭了蹭鼻尖。他早先已经准备了答案应付这个问题。“劳累过度，朋友。我只是没办法再按照过往的节奏工作了。就像，纽约那种节奏，你明白吗？不过我现在已经准备好回归职场。”

同时他的右拳里还藏着一瓶蓝色药粉，准备在麻烦露出苗头的第一时间把它摔碎。他如今任何人都不信任。这又是他道德沦丧的一个标志。

辛格先生点了点头，点头幅度之精确能让你怀疑他的颈椎上安装了某种咔嗒作响的制动装置。“王公定然乐意考虑招纳你来为他效力。”他微笑着，牙齿白得过分。他的英语十分流畅，语调顺耳，一副牛津腔调，一点不像大部分印度人说话时那种唱歌般的高音哀号，不像马克费尽功夫与之交谈的大部分印度人。辛格先生身穿一套深色的欧式西服，看上去就像他经常进行手球运动，或是有其他各种锻炼方式来保持身材。

马克坐在椅子上，上身前倾，他的心脏在胸廓里怦怦跳。他的脑子里浮现出各种他化身为特蕾莎嬷嬷跳舞的画面。“我可以立马开始某些基础抗生素的生产工作。在那之后，我们可以往简单的基因工程药物方面靠近，比如培养大肠杆菌，制造胰岛素——小孩子的玩意儿，谁都能做。几年之后，基于目前的工艺以及当下可利用的生物设备，我们可以开始做一些原创工作。是时候让人在单细胞克隆抗体上做出一些实质性的进步了，或者，你的王公若是更有雄心，他可以争取拿下一切：创造一种反病毒，让它依附在艾滋病病毒蛋白膜的GP120序列上，它绝不会变化，不论病毒如何突变，因为没有了它，病毒就不再是艾滋病病毒了。”

辛格先生大笑着举起了双手。他的笑声低沉浑厚。“梅多斯医生，已经够了。你的热情是你的加分项；毫无疑问，你将为我们的人民做出许多了不起的贡献。”

马克停止了说话，他的脸都伸到了那张巨大的红木办公桌的上方。因为热切，他连呼吸都变得急促起来。直到这一刻，*他才明白自己有多么真心地想要回到工作上去。*

都是为了斯普劳特，他心想。等在这里安定下来了，我就可以把斯普劳特带过来，将她安置在一栋独立房屋里……

“不过我们必须首先考虑实际情况。”辛格说道。马克的心收起翅膀，重新回落心房里，就像一只中了枪的鸽子。*所有包含实际情况这个词的话语都从未给他的生活带来过快乐。*

“哈里亚纳邦是一个贫困地区，医生。我们没有北边的克什米尔那般的巨额财富。若是将我们的资源花在武装自己，抵御旁遮普①和北方邦的所有侵占活动，那会造成大量的浪费。你会拥有精良的研究实验室，但我们必须首先讨论一下增加税收的需求。”

他戴着头巾的脑袋前倾。“现在。你是否可以从生产摇头丸以供出口开始工作？”

---

① 巴基斯坦人口最多的省份，是旁遮普人的聚居地。

♣

在安巴拉[1]的主要广场上，天气热得跟炼狱一样。哈里亚纳邦的王公座位基本上算是安置在喜马拉雅山脉的山脚处，然而上午的气温依然在华氏103度左右，高温袭向地面，又像药球似的反弹到脸和肚子上。

他绕着广场两边走动，进入了一家有遮阳棚的露天咖啡馆。他买了一份报纸，心怀感激地坐在阴凉处，跟弯腰询问的服务生要了一杯瓶装果汁。

*你告诉他你会考虑一下？*毋庸置疑这是跃闪杰克的声音，正从马克脑海里的便宜座位上刺耳地冒出来。*你真是个彻头彻尾的蠢蛋。这些袖珍小王公和他们手下那些厉害的维齐尔[2]是贝可斯河[3]以西唯一的律法，他们压根儿没遇到过你会"考虑一下"的回答。你要对他们说："好的，噢，伟大而万能的众生之神，我是你急切而顺从的奴隶。"接着你像个兔子一样就跑了。*

他发现自己不是因高热而流汗，温度还远不至于让他出这么多汗。*至少我觉得没有太直截了当地拒绝他。*

噢，跃闪杰克说，*真令我刮目相看。你只不过是有些傻，又不是要自杀，是这个意思吗？*

或许辛格先生要是提出制造另一种药物，马克就会给出不同的答复。尽管政府和媒体费尽心力地丑化致瘾药物，但大部分消遣药物并非那么危险。将其视为普通药物来看，它们甚至比大部分处方药的副作用更少，而且从长远来看，所有这些药物对身体产生的危害都比酒

---

① 印度哈里亚纳邦西部城市。

② 旧时某些伊斯兰国家的高官、大臣。

③ 发源于美国新墨西哥州东界和得克萨斯州西界的一条流程约1490公里（926英里）的河流，往南及东南流经至格兰德河。

精和尼古丁一类的合法药物要小。于是马克完全没有一丝理由去敬爱美国的禁毒战士。

但摇头丸是政府暂时允许进口部分消遣性药品期间所提到的合成药物之一。与海洛因不同，也就是说——根据美国缉毒局的说法，没有临床副作用——这些合成药物，这些“化合致幻药”，都有难以预料且会反复发作的可怕副作用，一般包括诸如神经系统异常和死亡这类可怕结果。马克一点都不想变成那样。

然而即便辛格给马克准备了他自己的大麻种植园，他都很可能会生气地拒绝。他想做一些真正的工作，想要再一次成为一名科学家。在塔基斯星球上，他就领略到了生物化学和生物工程所能够取得的成就。地球上的科技已经为下一轮革命做好了准备，一场纳米技术带来的激变将为全人类创造出富饶与繁荣，不仅仅是消灭污染，还会提供切实可行的方法，用以修复那些由人类给这个星球造成的伤害。那才是马克想要投身的事业。

一头圣象在背上的御象夫的指挥下，漫步穿过广场。虔诚的当地人赶去触碰它的圣躯时，日本游客们纷纷站着按下快门，不停地拍照。马克伸手从衬衫口袋里摸出一朵艾利·谢尔曾戴在耳后的玫瑰花。显然它已经不再适合佩戴了，花瓣边缘都变黑了。

当他们最终在开伯尔山口①分别时，艾利·谢尔哭得像个小孩，还亲吻了他的双颊。马克想做的事情还有很多，他的态度表现得很明确，然而就算是通情达理的马克也有他自己的限度。自由轮弗兰克给了他一千美元作为一路护送的酬劳，还说马克什么时候想加入旧丝绸之路沿线的车队了，就去看望他。艾利·谢尔将戴在耳后的玫瑰送给了马克，好以此纪念他。

---

① 位于阿富汗西部和巴基斯坦北部边界山区的狭窄山口，长约53公里，很久以来便是战略性贸易与侵略路线的重要位置。

一辆公交车冲着骑自行车的人鸣喇叭。马克叹了口气。印度完全不像他原先设想的样子。你若是没有金卡在手，古鲁们对你不会有丝毫的兴趣。马克从阿姆利则[①]乘坐德里快车，在两天前的黎明时分进入了城镇。他眺望窗外，田野上挤满了成千上百的当地人，蹲在地上，进行晨间锻炼。这景象看上去就好像甘地的全部信徒正在进行团体活动。

马克对60年代那些嬉皮士旅行时的肮脏做派从不买账。向日葵过去说他是肛门滞留型人格，在他们还是湾区学生的时候——虽然她一和马克同居，就飞快地转变为了克净小姐。马克是个彻彻底底的生化学家，以至于他并不怎么重视卫生问题。卫生问题在这里似乎也不像是头等大事。

他喝了口果汁，打开报纸。这是一份哈里亚纳时报，上面写着滑稽又生硬、造作又不地道的英语。他看到的第一条新闻是一篇关于越南的文章。

“‘我们承受了长达四十年的战火之苦，’中央委员会的一位文化思想发言人陈光说道，‘我们比其他国家更需要友谊。’”

越南。他们依旧拒绝妥协，还坚守着越共的梦想。文章上说，他们很不容易；苏联告诉他们，从今往后他们必须自己奋斗。甚至还想越南人回报他们。

世界上大部分国家都对共产主义拒之门外，马克清楚这一点。事实上，世界上大多数人都决心要首先遗忘这种主义的存在，马克心想这个遗忘并没起什么作用。

不过他还记得过去的日子，嗬，嗬，嗬，胡志明/民族解放阵线一定会取得胜利，邦妮·瑞特在她的第二张专辑里向北越人民献上了这首歌。越南的抗战中有一种激荡人心、宏大磅礴的精神。某种直击

① 印度北部城市。

马克心中的那位老嬉皮的精神。

而接下来他看到了。“陈先生宣布，越南共和国将对全世界范围内的百变王牌病毒感染者敞开大门。‘全世界都对王牌和鬼牌采取敌对态度之际，’他说道，‘我们会欢迎他们。我们邀请他们所有人来到越南，享受我们进步共和国的生活福利。’”

马克把报纸放在腿上，一时间，他只是出神地望着热源效应。然后他站了起来。

一群包着头巾，留着大胡子的高个子男人，很可能是锡克教教徒，从露天咖啡馆外晃悠了半个街区。当马克站起来时，他们中的一人碰了另一人的手臂。非常细微的一个动作，但是马克还是注意到了。

他直接转身远离他们。当他走到一辆停着的现代汽车旁时，他往后视镜看去。果不其然，他们在跟踪他。

显而易见，王公认为他是一颗无价的珍珠，绝不能让他从他的手中溜走。某种程度上来说，这真让人受宠若惊。他转过一个拐角。

两个锡克教教徒开始跑了起来。就在他们到达拐角的时候，一个魁梧高大的普什图人出现在拐角。他停下片刻，挨个打量他们。他们站在自己的地盘上——锡克教教徒不会为任何劣等开伯尔垃圾让路，哪怕它赫然耸立在他们面前，比他们高了半个头——不过在他念念有词地继续走他的路后，他们脸上分明都是一副松了口气的表情。他们连忙走近拐角追踪马克。

“真是一群有屁眼没心眼的蠢货。”艾利·谢尔用太空旅行者的声音说出这句话。他浓密的胡子下露出一个坏笑，将那朵枯死的玫瑰戴在了耳朵上，随后朝着火车站走去，吹着口哨，哼着弗兰克·辛纳特拉的那首《我的路》。

♥♦♣♠

第二部

冰淇淋凤凰[1]

① 美国著名迷幻摇滚乐队“杰弗森飞机”的同名单曲。

第十五章

前美国大使馆看上去是一幅荒凉破败的景象。马克将此归罪于午后刺眼的阳光，而非外墙剥落的灰泥，也非屋顶缺漏的瓦片。今年夏日的季风晚了些时候才登陆湄公河三角洲。这让万事万物看起来都是一副憋闷又灰扑扑的模样。

百变王牌事务局设立在一所歪斜的平房之中，犹如为宏伟大使馆建筑——目前这里是越南国家石油公司的总部——所特有的肩膀。“我是马克·梅多斯博士，”马克对坐在办公桌后的一位戴着牛角框眼镜的丰满女士说，“我是一名王牌。”

她绽放笑容，欣喜若狂，无法抑制自己。“太好了，”她的语气欢快，说出的英语仿佛音乐，“越南社会主义共和国欢迎所有百变王牌病毒的受害者，愿意为所有在资本主义世界中遭受忽视与迫害的受害者提供栖身之所。”

他体内恶毒的塔基斯星人特质让他认为那后半句话带有一种死记硬背的扁铜气息。马克希望能够改变这种愤世嫉俗的特点。

这个女人身穿一件轻薄的黑色印花裙。她是马克在到达越南之后接触到的第一个没有穿制服的官方人员。他对此深感心安，觉得这十分人性化。他清楚社会主义的革命世界，或者说他清楚革命之后的世界，广为后世媒体所批评。所有这些制服都营造出了一种不快的怀疑，这背后或许有什么深意。

“我是一名生化学家，”他说道，“我，呃，我没有文凭或者其他文书的附件。不过我很容易就能证明这点。”

“首先你必须接受血液检测，展示你身上携带着百变王牌病毒。”她一边说话，一边整理出一叠文件。

“行。好的。但是，呃，我掌握了一些非常有用的技能，我想用这些技能去帮助鬼牌们。”

她又笑了。“先做血液检测吧。”

♠

“请卷起你的衣袖。”有人用英语命令似的说出了这句话。他穿的那件黄褐色长袍令马克无可避免地联想到了尼赫鲁上装，套在蓝色人字纹钟形图案的双面针织衫外面。马克内心油然而生一种怀念的酸楚，他想起了 1971 年。

马克坐在一张不怎么舒适的硬木直背椅子上；这一定是加利福尼亚公学机构剩下的椅子，处理卖给了前越南共和国，因为他无比确信他就坐在 1958 年的小学教室里。这能自然而然地让他乖乖听话行事。马克一如既往地顺从，他用一段橡皮管拴住肱二头肌，打了个结，然后专心致志地注视墙上的贴画，有些画上画的明显是医生，穿着白大褂，苦口婆心地劝诫着戴圆锥形草帽的农民们，还有一群戴木髓遮阳帽的家伙在大喊大叫，挥动枪支。他希望自己能明白他们说的话。他想，呃，了解这个项目。

随后他注意到护理员捡起了躺在生锈的水槽中的一只注射器。很明显这只注射器之前已经被使用过了。还不止一次，马克暗自猜道。

“手请握成拳。”护理员机械地说道，同时拿着皮下注射器靠近，并在空中挥了一下。

马克神色怀疑地看了它一眼。“你没有，呃，另外的注射器吗？”他询问道，“新的注射器？”

“我们身处一个贫穷的国家，”护理员生气地说，“我们买不起诸如额外的注射器针头一类的奢侈品。如果你的政府对我们施以援手，那我们就可以提供这类服务了。请伸出你的手臂。”

噢，不。他离开美国的时候，公众仍旧深陷在对艾滋病的歇斯底里之中，这都多亏了政府和爱搞事的殷勤媒体。数百万的民众都觉得自己的性命堪忧，身处在比彗星撞地球还要更大一点的危机之中。

另一方面，如果你真的，真心想要感染上艾滋病病毒，那深入第三世界的腹地，用一根多次使用过的注射针头扎一下自己，这会是一个非常有效的感染途径。这要是在海地，那绝对是百分百有效。

马克一下站了起来，随即远离那个男人。“我会给我们的国会议员写信说这一点的，等我离开这里之后。”

护理员停了下来，手臂交叉抱胸。“如果你不做血液检测，你就无法以百变王牌病毒携带者的身份登记注册。那你就不会有吃的，不会有身份证明，也不会有住的地方。”

“那也许，我要是，呃，捐献一笔美元，那能给我用一根新的针头吗？”

“这不合规矩。”

马克叹了口气。“听着，你能从什么地方搞来一把手术刀吗？我可以用那个提取血液。我不怕割伤我自己。”

护理员一脸固执。要不我可以把你招风耳似的脑袋给扭下来，丢到柜台下面，你这个假冒伪劣的军阀庸医，马克的大脑深处传来一阵声音。

跃闪杰克！他想到，心里惊惧不已。自从星辉死后，他就发现要困住跃闪杰克的反社会冲动就更难了。这两人过去似乎一直互相克制着对方。

这名护理员瞪着马克的脸，他自己的脸色却如木灰般惨白。“非常抱歉，”他说道，“没问题，我马上就去找手术刀。一定找到。”

“嗨，谢了，伙计。”马克回答道，心里想着，看见了吗，跃闪杰克？给和平一个机会。

不知何故，跃闪杰克只是笑了笑。

♥

马克离开事务局时，他得到了一份官方文件，宣布他是一名临时王牌，也是一名百变王牌难民——在他自己交了保释金之后可以这么说，毕竟检验结果还未出来；还有一本印着“胡圣人”的蓝色粮票册子；以及一份将他分配至华埠[①]营房的文件，这个区域是胡志明市专门划出来安置百变王牌的，文件背面还画有如何前往营房的地图。

走进阳光底下就如同走入一堵墙下，这种情况他在南非已经习惯了。他停了一会儿，让眼睛适应光线。

就在他动身走过院子时，一阵尖厉的哨声将他的视线引向苍蓝而炫目的天空。一架飞机收起侧翼，减速飞过，目标在新山一着陆，那是一架战斗机，三角翼和双尾垂直机翼的外形设计，简洁又凶悍。他顿生一种奇怪的感觉，好似熟悉的怀念，一种意外的既视感：二十多年前，他的父亲过去常常驾驶战斗机进入基地。虽然他常年宣扬和平主义，但马克轻易地就认出了这架飞机是 MiG－29，苏联最新一代的军用飞行器之一——他内心一直潜藏着一个秘密：对战斗机的罪恶痴迷。

离开大使馆时，一群骨瘦如柴的棕肤色矮个小孩朝他扔石头，嘴里高喊着明显是骂他的脏话，然后又跑掉了，他们那鞋底都磨破了的凉拖打得他们的脚板啪啪作响，仿佛是自动化的新型假牙。

幸运的是他们的准头很差。马克悲哀地摇了摇头，看着他们跑远。“他们肯定还是憎恨美国人出现在这里。”他说道。他不能为此责怪他们。

---

① 越南南部城市。

◆

华埠的部分城区看上去还挺不错的——比马克在胡志明市的其他地方的所见要繁荣得多，也要有生气得多。百变王牌的营房并不在那块区域。

他坐在人力三轮车遮阳棚的阴影边缘稍作休息，感觉十分别扭，同时司机在太阳底下拼命踩着踏板。这似乎并不符合社会主义的平等观点。仍然有很多被公认为优秀社会主义者的越南人骑着这种三轮车到处奔走，所以，谁知道呢？

说到底，马克并非真的社会主义者，实际上他也不太了解社会主义学说，虽然那些嘴里说着大话的人跟他说明过很多次——或者说至少讲解过。他仅仅是像理解爱之夏那样，模糊地知道那是个好东西。

除此之外，阴影隔绝了太阳那压桩一般的光线，让人轻松了不少，而且路上的气旋甚至扬起了一阵微风。

建筑正面的灰泥开始脱落，垃圾堆积在阴沟里，华埠逐渐变得和胡志明市的其他地方相似起来。他推测他离目的地越来越近了。

三轮车突然停了下来，在街道的一段路上发出“砰”的一声巨响。一辆破烂的橘色特拉邦小轿车刹车时发出一阵刺耳的噪声，随后绕着他们转弯，排放出大量废气，车内还传出了一大堆越南语的下流脏话——马克对此相当肯定。

“就到这儿了吗，伙计？”他拿不准地问了下。

“我都走了这么远了。”车夫答道。他花了这么多力气，呼吸却并不太重。骑三轮车肯定是一种了不起的有氧锻炼。“这个地方，10 号。”

“哦。”他付给这个小伙子一把旧兮兮的越南盾（百变王牌事务局的人给他的），他有些犹豫地递给他一美元当小费。“你或许受到某种引诱要前往共产主义的土地，”他的朋友，自由轮弗兰克曾在付钱给马克时向他解释过，“绿钞在那里就和金子一样好使，而且再多也很容易携带。”

他的话必定是对的。那个三轮车车夫向左右瞟了一眼，一把夺过马克手指间的美元，随即让钱消失了踪影——玩得一手好把戏，要知道他穿的那件黑色哈雷戴维森T恤的袖子连他瘦小的肱二头肌的一半都遮不住。然后他调转车头，踩着踏板沿原路返回了。马克耸了耸肩，继续步行。

映入他眼帘的第一个人是一个鬼牌小孩，长着一个黑绿色的甲壳虫身体和一张四岁女孩的脸。他微笑着对她点头致意。她上身的两对前肢将自己的破烂玩偶紧抱住，贴在甲壳质前，然后振动鞘翅，发出一阵噪声，让马克回想起他童年时玩的一个游戏——将一张扑克牌固定在自行车车架上，这样他骑车的时候就会发出“啪嗒嗒”的声响。她瞪着马克，仿佛他是她有生以来见过的最可怖的生物。

♣

“看看这个，”马克开口道，同时把他的官方文书递到女人的鼻子下，“我的户口表格全都在这里了。看见了吗？上面说我在这里有一个房间。”

他指着门口上的数字，又指向表格。这栋建筑有街道号码真是万幸。他之前经过的楼房几乎都没有。由于这个缘故，这个街区里配得上“大楼”这个名字的地方真是少之又少；他们基本上是跑进了一堆由压合板拼凑而成的棚屋以及皱巴巴的锡皮房子。

分配给马克的住处是一间刷白漆的砖房，于是他猜测这所房子是法国殖民时期留存下来的建筑。这位敦实的门房，或者不管她是什么身份，显然没有让他进去的打算。她站在那里，用马克听不懂的语言反驳着，还挥动她肥胖的拳头，面色逐渐发红，直到她的脸看上去就像拴着艳丽头巾的甜菜根。

文化冲击开始产生影响，还有某种对过去美好的美国南方城市的偏执逐渐浮现。马克是异乡人，身处于这片怪异至极的土地——好吧，或许它没有塔基斯星球那么怪异，但就地球而言，这里已经足够陌生了——而他曾经以为一切终究会顺利，结果在这里一切都不顺利，一点都不。百变王牌事务局的那位笑容满面的女士把他的文件和许可交给了他，说所有事情都会得到照顾和安排，那他自然会期待万事能有科学社会主义社会的高效，顺利地进展下去。而此时此刻，这个女人在一条全是鬼牌的街上冲他大喊大叫，拒绝让他进入那间分配给他的营房。

他身心俱疲，开始感受到旅行者所怀有的不知何处安身的恐慌。也许他适应社会的能力已经和星辉一同死去了，他忽然用肩膀挤开那个吵闹的女人，两条细瘦的西方大长腿踩高跷似的走进一条昏暗的走廊，走廊上有股尿臭以及其他说不清的气味。他紧握着自己的文件，盯着房门上褪色的数字。

文件上写的房间在二楼。他敲门，在心里组织了一段开场白：*听着，我很抱歉。这里好像有什么误会。政府将这间房分配给了我……*

门打开了。一个身材娇小的女人穿着农民式的黑色睡衣站在门口，脸颊瘦得凹陷，如同坍塌的帐篷，她的胳膊和大腿细得跟竹竿似的。她的眼睛巨大，并且当她看清站在门外的人时，双眼充满恐惧地瞪大了。

至少有六个儿童和一群老得掉牙的女人坐在她身后的地上，满眼害怕地盯着马克。其中一个骨瘦如柴的小孩——一个男孩，他脑海中闪过一个恐怖的想法——靠着其中一个老女人的身体跌跌撞撞地走路，这个老女人用枯瘦的双臂把他抱了起来。小男孩的头被绑带绑得严严实实，绑带上透出干涸了的棕色血迹。

“我——噢，上帝啊，我很抱歉——我——”他从门口转身离开，快步竞走回到楼下的走廊，他的大脑一阵天旋地转。

那个门房就站在楼梯口，手持一把保加利亚产的扫帚，埋伏着他。她发出一阵刺耳的尖叫，然后用扫帚狠狠地击打他的头。他的脑袋四周飞落许多马毛。他抬起手准备自卫。她又一次打中了他，这次扫帚头落了下来，沉重地打在了他的头顶。他赶忙后退，双手抱头地弓起了身子，与此同时她挥动扫帚杆，痛打了他的后背，还像一只得胜的乌鸦那般聒噪不停。

马克又一次走到这条炎热又恶臭的街道上，心脏怦怦巨跳，他扫头屑似的掸掉肩上的马毛。他开始走路，但并不确定要前往何处。

一个大约十四岁的小孩出现在他面前——很难准确判断这小孩的年龄；由于基因和营养不良，这里的大部分成年人跟马克比起来，仿佛都只有儿童的体型。然而这个少年虽然肤色很深，但马克一眼就看出他不是越南人，很可能也不是东南亚人。

“你美国人，是吗?”男孩提问说。

马克咬紧牙关，极力忍住了歇斯底里的笑声。他有一头金发和白皮肤，比这条街上的所有人都高了两英尺。他看上去就像乘坐外星飞船到达了这里。事实上，当初活体飞船潜日号在运送杰·阿克罗伊德和他尖酸刻薄的战争新娘哈丝特返回美国的途中，突然遇到了一场紧急情况，意外进入了荷兰，他当时就乘坐外星飞船到达了地球；比起那时的自己，如今的他看上去更像外星人。

“是的。”他勉强答道，不小心漏出一两声“咯咯”声，就像劳伦斯·威尔克乐队的那些泡沫音乐一样。

“你是鬼牌。”

考虑到这里的耐特的长相，他可以根据自己的情况找个理由。但他心里涌出一波又一波的愧疚，几乎淹没了他，因为他惊扰了那些在“他的”房间里的绝望之人。他冲那个男孩挥舞着依然紧握在手中的文件——因为那把保加利亚扫帚的攻击，纸张变得有一点点破了。上面几张纸上印着的百变王牌事务局几个字似乎让他确信马克是我们中的一员，而非他人。

“我的名字是阿利，”他语气骄傲地说，“我来自大马士革。”

“我叫马克。”马克说道，不善交谈的笨蛋出现了，“呃，你为什么会来这儿，朋友？”

男孩拉起自己的西式男衬衫的长下摆（它原本罩在短裤之外）。他骨瘦如柴的侧身有个瘘管，大得你能丢一个保龄球进去。湿乎乎，还有反光的紫红色物体在那里跟鳗鱼似的扭动着。

“我是个鬼牌。”他说道，他的语气没有减少一丝骄傲。

马克咽了咽口水。这并非因为畸形本身；他在今天下午还看到了其他同样糟糕的情况行走在大街上。叙利亚是真神之光组织那群极端狂热教徒推行正统教义运动的心脏地区，运动宣称神对鬼牌降下了诅咒；不到十天之前，大马士革——大马士科——的鬼牌营区发生了暴乱，超过三百名鬼牌惨遭屠杀。不论这里的环境多么糟糕，这名男孩待在这里可真是运气好得要命。

男孩放下衬衫后摆。“你一副苦恼的样子，马克，来自美国的朋友。”

“唔，我才刚到这里，而且我被分配了一所住处。等我到了他们告诉我的那个地址，那间本该我住的房间里却住满了人。里面肯定住了一大家子。我得找人说下这个情况。把这事给弄明白了。”

男孩啐了一口。“擅自占用空房的人。从乡下战乱逃来的难民。所有人都想住在西贡解放。我来带你去找能够解决这事儿的人。”他郑重其事地拍了拍胸脯，带路走向街尾。

他们走了两个街区，阿利抬头挺胸，马克低头含胸，徒劳地企图让自己不那么显眼。转过街角，一阵自动武器开火的爆裂声从他们正前方传来，紧随其后的又是一阵炮击大楼正面的震颤声。

马克一把抓住阿利的手臂，将他拖进两个看上去还算坚固的建筑物之间。他都快变成躲避枪炮的老手了。留给最后的嬉皮士的笔记，该死的。

阿利挣扎起来。“你干什么?”

“竭力保护你别被子弹击中。”

阿利挣脱了。“这没有危险。他们只是朝天开枪。”他的身体语言在说他也清楚一点儿在枪炮下保命的技巧。

马克逐渐意识到他正站在别人家的前院里，因为在两边高大的建筑之间的街道隔开的凌乱披屋中，几个鬼牌探头出来，露出了面无表情的脸。阿利朝着大街走了出去。马克在他身后谨慎地观察周围。掉进他衬衫里的马毛开始让他发痒，而他记得他对马过敏。

又一阵炮火“劈里啪啦”地炸响。马克畏缩了一下，但设法让自己不要闪躲。穿着卡其色短裤，头戴木髓遮阳帽的男人们正将一栋楼里的人们驱散到大街上，对他们又踢又打，手上的卡拉什尼科夫冲锋枪还朝天上开火，以此让他们继续移动。

“看到了吗?”阿里得意洋洋地说，“那是人民安保部队在清理抢占空房的人群。他们以为可以来到这里，抢走政府分给鬼牌的房子。”

人民安保部队把那些抢占空房的人乱哄哄地赶到一辆黑色大型货车的后仓。有一个年轻人忽然逃脱，跑到街上，黑色的蓬乱直发随着他的步伐起伏，他的手肘胡乱地挥动着。

一个戴着木髓遮阳帽的男人把 AK 冲锋枪扛到肩膀上，开了枪。尘土在那个年轻人的肩胛骨处飞扬。他脸朝下地摔倒，在人行道上摔出了几码远。安保士兵又开了一枪，激起无数尖叫，仿佛他的子弹找到了其他目标。

阿利对马克笑了，露出一口得到精心护理的洁白牙齿。“耐特这些狗畜生。他们就该有这样的下场，对吧?”

♥♦♣♠

第十六章

对马克·梅多斯的追捕在曼谷的东方酒店的游泳池边上暂时搁置下来。然而，这群猎狗可不像他们看上去的那么懒散。

“这没用，林恩。”加里·汉密尔顿开口道。他上身穿着一件桃红色的夏威夷衬衫，下身穿着一条卡其短裤，脚踩一双人字拖。他坐在一张塑料大躺椅上，小心地待在雨伞的阴影之下，把热核防晒伤高系数的防晒霜仔细地涂满他那健壮身体的每一寸，面上一副担忧的神色。

“什么没用?”他的搭档发问。林恩·萨克森盘着腿坐在游泳池边的粉色路面上。他的黑色头发上戴着一副头戴式耳机，一个安有闪灯和数字显示屏的黑色小盒子别在他瘦削而多毛的后腿上。他身穿一套风格相配的品红色夏威夷衬衫和短裤。在游泳池的另一头，有一个装饰着干草屋顶的帐篷，一个澳大利亚人在那里的吧台接待客人，他发表意见说盯着萨克森就能让他对“特意彩色手法下的呵欠”这个词有全新的认识。不同于汉密尔顿这个大学男孩，萨克森从未成为任何喝啤酒的兄弟会的成员，所以他觉得这个评论有一丝隐约的称赞之意。

汉密尔顿一边把厚重的氧化锌霜体抹在他的鼻子上，一边扭头往后望去，然后他鼻子哼哼唧唧地强忍着不笑出声。他整个上午都在努力控制自己不要发出咯咯咯的笑声。他很少看到林恩这么活泼。尤其是连他自己都没意识到这一点，太有意思了。

“干坐在这里偷听贝鲁的电话，等着他碰巧接到一通告诉他梅多斯的现身之处的电话，”汉密尔顿解释道，“这对我们有什么好处？”

萨克森觉得很热，他戴着窃听器，手上正在工作，不停扭动黑盒子上的那些不同频道，而且还时不时地抬头，色眯眯地瞟一眼穿着法式比基尼的各种肤色的女人，等到她们溅起的水花离他那台敏感的电子设备太近了，他嘴里还要冲她们骂上几句。

“听着，兄弟，”他语速很快，语气坚决，“你心里有没有主意，哪怕一丁点儿的主意，这个令人作呕的梅多斯会在哪里？”

汉密尔顿小心翼翼地摇头。

“那就对了！我也不知道，华盛顿那边也不知道。自始至终，只有这个老好人 J. 鲍伯在带领我们追踪他。我的意思是，我们得承认，当他说得对的时候，他就是对的，对吗？”

“对。呃，是的。”

萨克森点头赞同。“好了，现在。当我们发现梅多斯和一群军火走私犯往东逃跑的时候，我们一致认为他想要让自己加入为某个亚洲大企业服务的药物实验室，很可能就在金三角。现在，我们在这个结合了蒸汽浴室和臭水沟特色的地方待了两天，而这个 J. 鲍伯一直在玩儿《秘密特工》的把戏，还对西北风献殷勤，而我们所做的一切也就是坐在游泳池边上喝麦台鸡尾酒，和自己的小兄弟玩耍，祈祷这些欧亚混血宝贝儿们的泳衣掉下来。你懂我的意思吗？”

事实上，贝鲁和海伦·卡利斯勒那与众不同的个性让他二人对待彼此之间的全新关系非常小心。然而萨克森注意到这两人开始结成一个迷你阵营对抗他和汉密尔顿。卡利斯勒固然会言辞明确地将萨克森拒之门外，而这对萨克森意味着什么呢？要么是西北风和贝鲁搞到一起了，要么就是她喜欢女人。在雅典面对赫拉的诱惑时，她就不曾脱下过内裤。这只有一种可能性。证明完毕。

“我假设你认为贝鲁和梅多斯有勾结。”汉密尔顿郁闷地说道。

萨克森把墨镜推到头顶，注视了汉密尔顿好一阵，又把墨镜放了下来。他的嘴角动了动。汉密尔顿想朝他大喊。萨克森嘴角的动作只在他要聪明的时候才出现。汉密尔顿讨厌他耍聪明。

“好吧，”萨克森说道，“我想我们不能完全忽略那一丁点儿可能性，不是吗？我是说，毕竟他是那个公司的人，而且是谁首先把这些不同民族的药贩拉进同一个生意里来的？你能说，C－I－A吗？我知道你可以的。”

就在此时，一个绿眸杏眼的红发女郎走上跳板，她身高约五英寸，有着绝赞的翘臀，从跳板上一跃扎进水中。水花溅到了萨克森的手上和脸上，还洒落到了那个宝贵的黑盒子上。

“嘿，你这个愚蠢的婊子！”女人浮出水面时，萨克森破口大骂道，“走路长点眼睛！”

她在水中行走，气愤地瞪了他一眼，随后便笑了出来，狗爬式地游走了，她近乎全裸的臀部微微露出水面，愈来愈远。“傲慢无礼的臭婆娘，”萨克森怒吼道，“要是我们回到了美国……”

汉密尔顿清了清喉咙。

“噢，对。”萨克森搓了搓上嘴唇，又冒出来的胡楂让他觉得有点痒，“所以不论如何，要认同我们这位朋友J. 鲍伯的一点是，这里是他熟悉的度假胜地，他认识这里很多大人物，也认识很多小人物。如果东南亚真的是梅多斯逃跑的终点，那你和我，还有那边穿着闪亮鞋子的那群人，都明白J. 鲍伯会是第一个找出他的人。”

“那又如何？这怎么就意味着我们必须窃听他的电话呢？”

萨克森停止玩手，伸手去摸他搭档的额头，接着捏住他一边脸颊，轻轻拍了拍。“你是发烧了吗？你的小脑袋过热了吗？清醒点，清醒点，汉密尔顿特工。”他看到汉密尔顿缩回头，无力地甩开他的手，“我们上次和华盛顿打电话的时候你在睡觉吗？那些该死的媒体最终发现，我们没有赢只是因为比尔·本尼特说完我们赢了就逃跑了。局里需要一场胜利，就在这里；这绝对不是那家牵绳的公司要抓住美国历史上最贵的在逃王牌应该采取的政策。”

“所以你认为有人会直接打电话到贝鲁的房间里，告发梅多斯？”汉密尔顿闷闷不乐地说。

“我认为他派出了探子，而只要他要安排碰头，那就有人可能会回来找他。谁知道呢？也许他会和孟泰国人或者掸邦联合军做交易。卖给他们一群下流的美国缉毒局特工，好交换梅多斯。”

汉密尔顿脸都白了。

“再说了，我并不期待有人会直接打电话到他的房间。那也是为什么我窃听了大厅所有电话——”

“噢，该死。”加里抓住林恩的肩膀，伸手指着一个方向。西北风正从酒店大厅走出来，迈着犹豫的步子走下通往游泳池的白色宽石阶，仿佛这正午的火辣阳光变为了强风，她不得不顶风前行。“老天，快把那东西收起来。”

“为什么？”萨克森问道，“她是个花花少女，又不是警察。她懂什么监听设施？我们告诉她这是神奇的王牌探测器，政府用联邦快递寄给我们的。”

她停在了他们对面的绕池露台上，脚步迟疑犹如一头森林里的生物。她身穿一条轻薄的裙子，长至小腿，烟灰底色上面有一些抽象的圆点和淡紫色的斜纹，裙子上还有夜蓝色，还装饰着好些银色条纹，形成对比色。裙子薄得你能看见她的内衣和内裤。自从她和贝鲁开始交往，她那身王牌制服就穿得少些了。大概是因为湿热的东南亚高温。

海伦·卡利斯勒在阳光下晒了一会儿。她的四肢就像抛光之后的硬木一般。她瘦了；夏日的轻薄长裙仿佛是挂在她身上的。但是这体量清减之后，她的锁骨线条更加突出，修长的脖颈更加优美，面颊微陷但更有风情，眼睛更大了，在她那顶银色草帽的阴影之下显得有些忧虑。

湄南河上吹来一阵臭熏熏的轻风，弄乱了她烫了的头发。她是一个美貌非凡的女人，这一点毋庸置疑。

“她的胸不够大真是太遗憾了。”汉密尔顿不满意地说。

“再大一点都是浪费。”萨克森握紧脑袋的一边，晃悠悠地站起来，走向另一边，“哇哦！这里有了点儿动静。”

“什么？”

“嘘！那家伙自己在线上。”他专心听着，干瘦的黑脸上的邪恶坏笑逐渐扩大。

最后他点点头，取下头戴式耳机。“好了，”他开口道，“我们要行动了。J. 贝鲁要在半个小时之后去见他的线人。而他也就在他的房间里给他打了电话，就这样。”

他提起黑盒子上面的塑料小把手，抱住黑盒子，西北风在他俩匆忙起立时瞧见了他们。萨克森朝她竖起大拇指和小拇指，做了个夏威夷式的招呼手势，随即他二人便溜走了。

♠

女人出门去运河上的各种商船上买鱼、蔬菜还有水果。贝鲁快到达昭拍耶河时，那些正在被叫卖的物品都染上了一层异国的气息。

孟买不是80年代的那种城市。它很可能也不会成为90年代的城市，但这十年并未真正塑造出它的风格。曼谷——这个“东方的污水池”。这里吵闹、聒噪、恶臭而且明亮，不论白昼和夜晚。

在东方这片万物皆可出卖的国度，存在着一种老掉牙的说法。在曼谷，一切都卖得很廉价。

J. 贝鲁无比喜欢这个地方。

要度过气温炎热而湿气厚重的一天，你最需要的是一把大砍刀来劈开这些湿热，他在拥挤的人群和兴奋的街道中穿梭，走到了临水的街区。临近河边，宽阔的大道变得狭窄，挤满了行走的身体，和乞丐、三轮车车夫以及皮条客的叫喊，与摩洛哥卷、香草冰的叫卖声形成对比，还有听着像过时牛仔电影的主题曲的中国流行音乐，专门为这个生机勃勃的噪声生态系统而播放。白人男孩的说唱声音之大，让你满脑子都是风钻机的低音炮声，而这或许是件值得庆幸的事。

贝鲁穿着剪裁宽松的大不列颠卡其长裤，耐克运动鞋，米黄色的保罗衫，浅棕色的外套，戴着一副暗绿色的雷朋墨镜。他走路的姿态就像他是一个日常就穿行于这些破烂又脏乱的街道的人。

他并不是要去这个城市地段最好的地方，也不是去最安全的地方，这里的抢劫犯装备得甚至比中央公园的那些还要好，要是他们的胆子没那么大的话。这就是他在裤子背面戴了一把帕拉军工 10 毫米手枪专用内袋枪套的原因。这也是贝鲁要穿剪裁宽松的长裤，而没穿他的定制时装的原因。

帕拉军工 10 号基本上就是老式的柯尔特 45 口径手枪，不过强行装上了 10 毫米的弹药筒。不同于只能装七枚子弹的老式柯尔特，它的弹匣能容纳十五发子弹。这就要求持枪人要有强大的握力，但是贝鲁有一双大手。尽管这款帕拉是一坨大铁块，但它非常适合贝鲁，手感很好。对他而言，这种手握武器的实在感非常重要。

10 号手枪的前段插在考都拉面料的皮套里，他行走时，皮套和他的屁股之间形成了一个凹陷。这是为秘密携带武器要付出的代价。在热带地区的皮炎之城里，你不会想背上一个肩架。

大摇大摆地展示军工产品明显不是个好主意。二月下旬，在一位名号无比响亮的将军，苏钦达·克拉帕勇将军（贝鲁认为他是将军）的指示下，泰国军队再一次武力控制了城市。虽然那位名字没那么显赫的顺通·孔颂鹏将军是军政府的挂名司令，但苏钦达的野心已然声名在外，他不想再当王位背后的谋士，他想走到台前，坐到王位之上。那场政变——自从 1932 年之后第十七场，不论成功或失败——以法律与秩序为名目。由于西方国家的政府并不想看到他们的公民全副武装，那军政府要展示献身法治的决心，除了采取东南亚所赞颂的方式，用枪炮将西方人赶出去以外，还有什么更好的办法吗？

诚然，禁令没有扩散到军队、各种警察机构以及各种非法军事巡逻队。后面这些坏男孩，穿着经典的维克多·查理式的宽松长裤，大摇大摆地成群结队地穿过滨区，脖子上还挂着他们标志性的天蓝色领巾以及卡拉什尼科夫冲锋枪。贝鲁不假思索地给他们让出了路，就像一个经验丰富的丛林旅行者给路边晒太阳的眼镜蛇让路一样。

这间酒吧名叫“无头的桑普森·甘纳”。它安有一个可爱的霓虹灯，是一个穿军靴的无头男人的轮廓，他带着一把型号为汤米 1927A－5 的圆盘机关枪，和所有联邦政府工作人员回家时随身带的枪一样——在无数枪战中艰难地发现，9 毫米糟糕的地方不仅在子弹容量，它还是一款糟糕的冲锋枪——尽管这枪十分沉重。这个招牌上甚至还有一个口套形状的闪光灯，不停地在闪，贝鲁希望能在曼哈顿开个分店。派克大街①会主动为这家店腾出空间。

店里并非漆黑一片，但贝鲁在外面大街上看多了五光十色的灯光之后，店内看似无光，直到贝鲁的视力恢复正常。他取下雷朋眼镜，塞进外套口袋里，以此加快视力恢复的速度。

在门左边的一个破旧的小舞台上，两个无精打采的小妞随着麦当娜的音乐旋转舞动，青绿色和洋红色的光斑打在她们身上，使她们看上去像热带鱼类，而非摇摆舞舞者。她们两人都穿着比基尼。对一座万物皆可出卖的城市而言，曼谷却也保留着出人意料的古板一面。你能够看见你那变态内心所渴望的一切，只要你愿意花钱，且没有走进一间远离大街的公寓里。甚至远到湄南河贫民窟深处。

贝鲁视线恢复之后便开始听音乐。音乐并不是真的对他胃口的那种——如果非得听当代音乐，他更偏好速度金属——但旋律勾起了他

---

① 美国纽约市的一条豪华大街。

愉快的回忆。麦当娜是个可人儿，在她性感放荡女神的舞台形象背后是一个甜美而又脆弱至极的女孩。然而，荷西·坎塞柯可能更适合她的生活方式……

“J. 罗伯特！我的男神，操，见到你太棒了！”

这声音听起来像个男人，好似男人嘴里含满鹅卵石，却仍试图大声喊话，这能让你明白狄摩西尼①为什么没能阻止马其顿人进入雅典。贝鲁依旧眯着眼睛，他看见了一块椭圆形的光斑，颜色相对浅一些，那是吧台，其轮廓在一团巨大的阴影之中显得更明确。

贝鲁露出坏笑，小心地越过醉得不轻的那几桌人（他们全都看上去像东方的海盗，也可以想象是湄南河的海盗），朝桌子之间的那团阴影走去。他伸出一只手，并任由手被一只长满黑毛的巨大爪子握住。“无头的桑普森·甘纳”的招待也是老板，是一个肌肉发达的方脸男人，他的脸颊满是疤痕，脸颊的肉也开始松弛，还有双下巴，他的鼻子长得像坏了的土豆，还有着一双短腿猎犬似的深情眼眸，而且，尽管酒吧里潮湿闷热，天花板上的风扇“吱吱呀呀”地旋转，还冒着烟，但他头顶上还戴着一顶犹如染黑的动物尸体般的假发。

他，毫无疑问，名叫罗兰德。

他宣称自己是泽方②的音乐灵感源泉，但二者毫无相似之处。其一，他不是挪威人。其二，他的脑子如今可一点都不清醒——作为他的老战友，贝鲁就爱提醒他这一点，没有哪个神智清明的人会替自己做出选择，所以才会是他生来的模样，证明完毕。

“那么，你过得怎么样？你这个瓦隆的丑‘猴子’。”贝鲁问道，他抽回手，而他的战友试图再次紧握住他的手，一如既往地失败了。

---

① 希腊演说家，因有口吃，曾将鹅卵石含在嘴里练习演讲，最终成为了著名的演说家；他的成名主要基于勉励雅典市民起来反抗马其顿国王腓力二世的一系列演讲。

② 20 世纪 70 年代美国著名创作歌手。

"还不错。"罗兰德大声说着冲舞台歪了歪他的大头，"只要他们不惹麻烦。"

他们是指那四个泰国巡逻兵，他们正大口喝着啤酒，还举杯欢呼。他们之前在门口检查了自己的枪支——四个携带攻击性来复枪的男人可没闯进湄南河边上的一家酒吧里惹事——但是舞者们都面露惧色地看着他们。

"他们要么是从西北回来休假的，听从贝曼——原谅我[①]，缅甸——军队的命令，抢劫克伦人的柚木，要么就在东边向红色高棉那群人走私军火。如果你还想知道更多，那你得去亲自问他们——你还是不喝果汁以外的酒水吗?"

贝鲁点头。"依旧不喝。"

罗兰德对贝鲁的怪癖不以为意地摇摇头，给他倒了一杯杏仁果汁。在1960年他还是比利时的伞兵时，他去过刚果，而1964年离开时，他是和凶残的东非狮子们作战的斯拉姆雇佣兵。从那以后，他在第三世界奔波往复，从也门到尼加拉瓜，到叙利亚，再到分裂的印度，基本上都和他所支持的党派的造反分子战斗。十年前，他快满五十了，于是买了家酒吧就退休了。

他把果汁推到贝鲁面前。"时间过得真快，"他说完叹了口气，"我不干了的时候，我还以为苏联会赢，赢得慢，但赢得稳。"

他摇摇头笑了。"现在要是在一个风和日丽的清晨，戈尔巴乔夫先生醒过来发现他仍然掌权莫斯科，到时他该觉得这有多惊悚。"

贝鲁举起杯子。"敬变化无常的时代。"罗兰德倒了一杯干邑白兰地，两个男人一饮而尽。

"然而'变化几多，万事始终如一[②]'，这句老话并不是乱说的，"

---

① 原文为法语，*pardonnez - moi*。

② 原文为法语，Plus ca change, plus c'est la meme chose。

罗兰德说完，“咚”的一声放下了空酒杯，“或许历史已经结束了，就像你们国家的某个人写的那样，不过似乎总有些是是非非在不断发生，像你这样的坏家伙依然有用武之地。”

贝鲁咧嘴笑了笑。“确实如此。像我这样的坏家伙依然需要像你这样的坏家伙。”他的上身越过吧台，“罗兰德，我需要你帮我。现在。风险很高，报酬也是。”

♥

十分钟之后，J. 罗伯特·贝鲁从“无头的桑普森·甘纳”里出来了。阳光洒在他的正脸上，他停下脚步，取出雷朋墨镜戴在眼睛上。之后他沿街走下去，仿佛一个要去执行任务的男人。

另一个方向半个街区之远，靠近湄南河的地方，林恩·萨克森和加里·汉密尔顿坐在一辆三轮小摩的上，顶着花哨的流苏遮阳棚。萨克森还戴了一顶有丝带的巴拿马草帽，和他的衣服配成一套。他看上去就像一个高级走私贩，一个自以为处在中级管理层的快速通道上，但实际却是被培养起来当靶子的走私毒贩。汉密尔顿往他的牛肉上放了额外的大理石，而在这湿热的湄南河边，他简直汗如雨下，好像这是友好运动会上的奖牌争夺赛。

在贝鲁头也不回地逐渐消失之际，萨克森举起了手。

“我难道没和你说吗？”他得意洋洋地开口，“没有吗？”

“你说了。”汉密尔顿特工不情愿地伸出手去和他击掌。

“好了，接下来。”萨克森从腰带枪套里拔出他那把桑尼·科洛克特的布伦 10 号，然后拉动滑管检查子弹，“让我们摇滚起来吧。”

♥♦♣♠

第十七章

年轻女子徐徐地骑着一辆 50cc 的铃木小摩托车，速度不快，同时双眼透过她那副白色心形的太阳镜打量着马克，尽管胡志明市主干道上的天色已经黑下来了。她穿着无袖丹宁马甲，上面有铆钉装饰凑成了螺旋花纹，还戴着一双长至手肘的蓝色丹宁手套，下身穿着白色七分裤。她直视马克的眼睛，在近海处的清新空气中微微点头，对他露出一个耀眼的微笑，随后便走远了。

他看着她的屁股消失，忽然反应过来了，觉得自己像个大男子沙文主义者。不过他已经很久不曾有这样的感觉了。他想起了塔基扬的姐姐——罗克莎拉娜。她回到了塔基斯星球。又一个让他质疑当初离开的原因。

跃闪杰克自然是第一个认识她的。这似乎并不怎么公平。

*嘿，我就是拥有这样致命的魅力，我能有什么办法呢？*他的脑海深处传来了这个满含讽刺的声音。

“嘿，兄弟，你喜欢吗？”

“唔？”马克机敏地答道。他眨眼回到现实之中。

两个戴着墨镜的越南人坐在 100cc 的本田摩托车上。摩托车后座上的那个人在骑铃木摩托车的女人身后点头。“你喜欢她，兄弟？她是头牌。”

马克脸红了。他完全没想过遇到这种情况时要怎么办。要么，他们是在和他进行某种搞笑的沙文主义男性之间的惯例，取笑那个倒霉的女人，就像纽约的建筑工人常做的那样；要么，他们是她的兄弟，要让他承认喜欢他们姐妹，如此一来他们就可以愚蠢地攻击他，踩踏他。只有马克，比他们高了至少有一英尺的马克，在褪色的李维斯裤子后袋里揣着全世界都不曾见识过的最强王牌能力的马克，会为此烦恼。

于是他笑得像个傻瓜似的，摇头晃脑地走了。他身后那两个骑在车上的家伙耸耸肩，随后快速经过他，融入人流之中。

同起路是市中心到西贡河之间的一条宽阔街道，只有轻微的脏乱情况。等马克从华埠忧心忡忡地走回百变王牌事务局，事务局已经关门了。他当时松了口气；他觉得自己还做不到向那群头戴木髓遮阳帽，手拿卡拉士尼科夫冲锋枪的士兵举报那个擅自占用“他的”住所的可怜家庭。即便阿利认为他是个懦夫。

这下他放松下来，至少有一丝的轻松，入夜后的胡志明市有种动感似乎要流往同起路，然后再从平行的阮惠街退回，那么他也就顺着这条路线漫步流浪吧。

这里不是电影中那个喧嚣、热闹、活跃、堕落又危险的西贡市。但是在那之后，那些电影如今都去曼谷拍摄了，或者是马尼拉。

……有一个女人给了他眼神，这个女人将长发盘在头顶。马克注意到她时，她朝他露出了整齐的洁白牙齿，然后采取了进一步行动。

“嘿，兄弟！你，我的，那个女孩儿漂亮，对吗?”马克朝四周望去。又有两个骑摩托的家伙——他这次觉得有一点内疚的是，他之所以能认出这两个家伙和上一次的不一样，唯一原因是他们的摩托车不一样。他咧嘴笑了笑，摇摇头——不懂英文——走了。

路上人很多，孩子们绕着排放废气的小摩托跑动，就像那些不怀好意地跟他搭讪的家伙，还有各种行人以及看起来高大又笨拙的游客们。有一两家咖啡馆还在营业，有一些店铺开着，卖小玩意儿的、卖香烟的、卖彩票的，还有卖地图的，卖那些前越共在北方郊区修建的著名的古芝隧道的地图，如今政府把那里打造成了旅游景点，大张旗鼓地为其宣传推销。

这里甚至还有一家俱乐部或者饭店一类的店铺，叫箴言会所，门口灯光明亮，还有响亮的摇摆乐传出来。马克朝里瞟了一眼，但他看到的全是西装和晚礼服。这带给他的震撼堪比彩票，这动摇了他对这类国家生活的原有印象。

但这整个画面还是很压抑。胡志明市仿佛屏住了它的共同呼吸，严阵以待，等待着他不明白的某个东西。

可能是在等雨季。

在他远离箴言会所的时候，有一个小孩儿跟在他身后。马克毫不畏惧地瞧了他一眼——或许是塔基斯星的影响开始消退，在经历一切之后。至少，这个小孩并没有骑摩托车。

作为越南人而言，这个小男孩身量挺高，马克惊讶地发现他的皮肤竟是巧克力色。比他见过的越南人的肤色都要深。

“给我点钱，”男孩开口道，“我好饿。”

惊讶之余，马克反射性地将手伸进口袋，摸出了一叠越南盾。小孩接过钱，嘟嘟囔囔地把钱藏得无影无踪，然后拖着步子走了。

接下来，所有小孩都围了过来，大块头小孩、圆眼睛的小孩、肤色深又头发乱的小孩儿、青少年乃至刚成年的年轻人，他们全都在说“带我去美国”“给我钱”，还有“我父亲是美国人”。

不消一会儿，马克就明白了，要是帮助所有人，那他很快就会口袋空空，而他本人，今晚还没有一个可以睡觉的地方。他捂住口袋，觉得自己自私又可憎，迈开两条长腿飞快地逃跑了。

跑了一阵之后，那群年轻人放弃了懒散的追赶，转而开始退回到街上，搜寻其他穿着好鞋的美国人，利用他们的负罪感。这次的经历让马克觉得怪异而恐惧，一种抽离感油然而生，让他的脑袋“嗡嗡”响。忽然之间，他非常非常思念斯普劳特。

在他的脑海之中，他听见了一个熟悉的声音在歌唱——反复颂唱

——和着干瘪又罪恶的基调强节奏。

“我是个鬼牌，我疯了
而你不能说我的名字——”

他被一扇扇沙龙风格的门所吸引，朝它走去，声音蜿蜒地从门里传出来，宛如毒蛇一般。当他到达门边，声音陡然拔高，变成一道尖叫的巨响：

“我是巨蛇，我要吞噬
世界的根源！”

熟悉却又不是这个世界的声音。这是属于托马斯·马里恩·道格拉斯的声音，“宿命”乐队的主唱。他曾是塔基扬医生早年间的王牌疫苗的受益者之一。或多或少可以这么说。变回耐特令他油尽灯枯，二十年前便离开了人世。

马克曾经认识他。也有可能不认识他。

他往里面看。酒吧里几乎没什么光亮——然而接下来，你走进的下一家光线充足的酒吧就会是那第一家，此时此刻，不是吗？他的眼睛甚至没有花时间去适应，但他的心理却花了点儿功夫。

墙上贴满海报，巨大的偶像头部图片，猫王、披头士、贾尼斯和吉米、骑着美国队长配色的自行车的皮特·冯达还有百变王牌病毒之前的巴蒂·霍利。蜥蜴王汤姆·道格拉斯被纽黑文市的一群警察围捕的海报。理查德·尼克松做着胜利的V字手势的照片，马丁·路德金的有梦想演讲的图片。“感恩而死”乐队的海报。还有一张彼得·塞勒斯[1]在《狂欢宴》的剧照。这里有一张台球桌，吧台后面还有一个百威啤酒的灯光牌，墙上有台电视，正在播放《运动中心》，也不知道是给谁看的。

画面中最吸引人注意的是门后一张奇大无比的海报：亨弗莱·鲍嘉[2]照例戴着他的卷檐软呢帽，嘴里含着香烟，眼角有皱纹，但一双眼睛充满智慧。在吧台那里闹哄哄的那伙人是美国人。

马克最近有好几次觉得十分混乱，主要是因为历史上除了杰·阿克罗伊德和凯莉·詹金斯，就没有一个地球人有过像他那样的混乱经历。但是文化冲击这个魔鬼就在他身后，无声无息地迈着蹄子，匍匐前进，看哪，这几个月以来，一听到，一闻到，一看到这些十分具有美国特色的东西，它就立马跳起来，死死捂住马克的耳朵。

马克艰难前行，几乎要摔倒。他不得不退一步，深呼吸，安抚自己说这一切都是真实的，他自己也是真实的。

马克抬头看去。映入眼帘的是门口露出的光，还能看到上面写的字“瑞克的美国咖啡馆”。

还能是什么呢？他对自己说，然后继续走了进去。

他挺起胸膛朝吧台走去。他克服了自己的羞怯，在孤独以及对故乡的向往之情中，鼓起勇气说出“嗨，伙计们！”这句话。

对话停止了。一张张脸转过来，看着他。接着他就发现这一张张脸孔差异相当大，按照人类标准来看的话。这对他的影响不大。他对鬼牌没有任何意见，再说了，他们都是美国人。

马克看着酒吧招待。他也是个鬼牌，一个稍显矮胖的男人，有着石灰色的皮肤，光头，肥胖的肉刺从头顶沿着后背一直长到了又短又重的尾巴尖上。他似乎除了一条脏兮兮的围裙以外，什么都没穿。

---

① 美国著名喜剧演员，活跃于20世纪30年代到50年代。
② 美国传奇影星，曾多次提名奥斯卡并获奖，代表作有《卡萨布兰卡》。

“我想要一杯百事。”马克说。

“‘他想要一杯百事’。”响起了一道回声。马克在童年时期的校园里度过了太多岁月，对这种讥笑的语气实在过于熟悉。他往四周眨眼探看，思考他之前的行为。

他开始注意到起先那阵的思乡之情使他忽视了的一些细节。就像墙上的膨胀海报，那分明是个下流仿作。弗朗西斯·扎帕将军的严厉面容被粘在圆盘靶子上，他显著的鼻子上还插满了匕首。最令人警惕的是那张漂浮在捷加戈战线之上的灵龟的海报，印在龟壳上的和平标志被红色油漆画上了一个醒目的大叉。

一双左手握住了马克的肱二头肌，拉着他转身。马克发现自己在注视一张恶毒的圆脸，有点像查理·布朗，发色暗淡的刘海，男子气的发型，戴着一副金属框架的眼镜，那种被孩子们称为列侬式的金属框眼镜——马克自己也戴这种眼镜。头顶的光汇集到镜片上，遮住了镜片后的眼睛。

“你身上有耐特的臭味，”那个圆脸男人说，“你看起来像个嬉皮士。”

马克一直留着头发。他深呼吸一下，如同干吞下一片阿司匹林的模样。

那个男人的两对手臂都抱在胸前，直视着马克。他的肱二头肌鼓得就像台球一样。小臂上还有两对隆起，说明棕黄色T恤下面还藏着几对手臂。

音响设备的音量在升高。“《同情魔鬼》[①]，”马克并不觉得这是个好兆头，“你不属于这里。”圆脸男人说道。

“说得对，”一个长着凶狠鸟头，头顶有白色羽冠，鸟喙较短的男人说道，“这里是我们的酒吧，耐特。”

---

①“滚石”乐队的著名歌曲。

“放过他吧，鲁斯。”一个站在列依眼镜男身后的男人出言阻止道。他赫然耸立在其他人之上，至少比六尺四的马克要高。他留着棕色的方形刘海，一副黑暗君主的好样貌，虽然他的身高和长脸形还有提灯似的下巴给了他一副卢尔希的天真兄弟的外表。他在黑色T恤外面穿了一件粗花呢外套。

他伸手搭在那个毛虫男人的肩上，那是一只巨大的绿色龙虾钳，上面遍布深浅不一的绿色斑点，还带有突刺，十分骇人。钳子的尖端放在马克的下巴处，抬起了马克的脑袋。陶瓷般坚硬的突刺陷进了马克的肉里。

“为、为什么你要把那张灵龟的海报画成那个样子?”马克询问道，他先前出言解围让马克生出了点胆量。

鲁斯伸出空着的四只手用力朝马克的胸膛推去。马克踉跄地后退几步，远离了那只钳子。

“你是嗑药过头了，还是说你是个蠢货?”鲁斯质问道，“他出卖了我们，兄弟!”

“你在说什么？他做了什么?”

鲁斯环顾四周的伙伴，脸上是一副难以置信的夸张表情。“‘他做了什么?’”他重复道，“他做了什么？他只是把该死的火箭堡夷为平地了而已。他只是历史上最厉害的龟派杀手罢了，你这个耐特垃圾！你到哪个该死的星球上去鬼混了吗?”

噢，是的，马克心想到。他开口说出否认的话：“灵龟绝不会做出这等事，一定有什么误会——”

一阵窃笑降临到愤怒和与愤怒相似的开脱之间。“他根本没懂，”那个高个子男人脸上带着懒散的笑容，“他早就嗑药嗑坏了脑子。看看他。”

他朋友的淡定语气似乎排解了鲁斯的怒火。他吐出一口恶气。“他看起来就不像一个真正的越共分子，”他别有深意地说，随后便转过身去，“他是个假货。让他滚出去。”

更多的手放在了马克身上——紫色的手，羽毛爪子，一双闪着矿物油光泽的手。他以为那些无业游民会冲出街道，然而他们只是将他朝沙龙式大门的方向推了一把。

他想信息已经传达得够明确了，所以他继续向门口走去。在他就快走出去的时候，一个醉醺醺的声音从酒吧昏暗的深处传来，喊住了他。

“你要着急去哪儿，朋友？快回来。我会快速让你弄明白怎么回事。”

♥♦♣♠

第十八章

一道热闪电闪过吞武里贫民区的上空，划过湄南河的河面。海伦·卡利斯勒安静地坐在东方酒店的豪华餐厅里，她放下红酒杯，朝落地窗外望去，视线越过露天平台，飘向河流，驳船漂在水面上，船头和船尾上挂着灯笼，随着流动的河水起起伏伏，宛如萤火虫。

“我好奇林恩和加里在哪儿。”她开口说。

贝鲁坐回椅子上，一只手臂翘在椅背之外。“前往安卡拉的飞机上。”他说完喝了口葡萄酒。

她直视他，那双眼睛比以往还大。“你说什么？”

“他们收拾好自己的装备，好几个小时之前就起飞了。”

“他们究竟在干吗？”

他摇晃着红酒杯，对葡萄酒露出了微笑。“追踪线索，我猜。”

“可为什——为什么他们不告诉我们呢？”

“《广林奥义书》[①] 里有这么一句话，‘神喜爱低调之人，厌恶高调之人’。有人认为他们有自己的理由。”他放下酒杯，挥手让服务生过来，“这儿，孩子，你最好吃点东西。你需要保持体力。”

◆

季风在当夜抵达，吹来了银白的闪电，随后是倾盆的大雨。贝鲁和海伦在房间里做爱，通往阳台的落地双扇玻璃门敞开着，窗帘被风

---

① 印度古代哲学典籍之一。

刮得跟旗帜似的“呼呼”响，雨水打在他们裸露的身体上，带来一点点刺痛。

在海伦有限的经历里，贝鲁是她认识的最温柔的情人，无疑也是技巧最好的。今晚的他很狂野，很投入，让她浑身发颤，呼吸短促而急切，她快承受不了。但她做到了；他一次又一次地让她到达纯粹的过载边缘。

夜深了，海伦双手紧握，被固定住，她感到贝鲁的嘴唇离她远去。她呻吟着去寻他，看到贝鲁像个佛陀似的跪在她伸长的光滑大腿之间，闪电给她的皮肤上镀上一层银光，他又一次引用了《奥义书》里的话。

“‘大我乃众生之蜜，众生乃大我之蜜’。”他说完便低头再次贴近了她。

♣

“你可能在想，”坐在角落那张桌子的那个男人声音低沉地开口，马克正费力地绕开台球桌，“为什么我没有动身去马尼拉，像其他侨民那样开一家妓院呢?”他皱眉。“我自己也常想。都快成习惯了，我觉得。”

马克脑子里并没有在想这种事，他停在一张满是刀疤的圆桌旁，神色犹豫。“坐下，坐下。老天，你让我紧张。”

马克坐下，望向吧台。那边大约有十二个美国鬼牌似乎已经忘了他了。他把注意力转向招待他的人。

他是个身形魁梧的人，不胖，就只是身材高大壮硕，外表松松垮垮的，好似他失去了对自己肉体的控制，失去了内聚力，而处于某种高温环境里，肉身逐渐在脚踝处化成一摊的状态之中。他穿着的那身皱巴巴又脏兮兮的白色亚麻西服仿佛塑造了他的形体。他的头又大又方，还有双下巴，一双蓝色的小眼睛，离红肿的鼻子很近。他的头发是灰金色，梳拢到一顶宽大而闪亮的冠冕那边，天花板上的风扇吹来的气流轻柔地弄乱了他的头发。

“我是弗雷迪·怀特洛，”他介绍说，伸出一直宽大又汗涔涔的手，“我是一名不怎么样的记者。你是什么人呢？”

“马克·梅多斯。我是一名王牌。”

怀特洛坐回椅子上。“你可真他妈幸运，你还没告诉吧台那群男孩们这件事。不然你的处境会很艰难。他们对王牌的厌恶更甚于对耐特的厌恶。”

“呃，那，他们是谁？”

“新鬼牌旅，组织起来保卫越南共和国，和平建设越南——两千九百万的军队显然不足以完成这个任务。你要喝什么？”

“百事。”

怀特洛的脸因为不喜而皱成了一团。“千万别碰那玩意儿。天知道它是不是比水安全。我也从来不碰那个。服务员！这里再来一杯金酒，如果你愿意。还要，上帝拯救世人，一杯百事。”

“那，为什么，呃，他们为什么没来找你麻烦？”马克问道，“我是说，你是个耐特……不是吗？”

“太是了。他们不找我麻烦的原因，孩子，是因为我比他们在这儿待得都久。事实上，从1968年后我就在这里了。”

“在这家酒吧？”

“大部分时候，孩子，大部分时候。我来这里是为了能及时报道民族解放阵线袭击美国大使馆，这一宣告春节攻势[1]开始的事件——

---

① 1968年1月底，北越在越南春节发起的一场大规模进攻。北越军队和越南共产党游击队对南越几乎所有的大小城市发起了进攻，然而南越百姓却没有如预期的发动大规模动乱，使北越部队遭到美军痛击，大部分的攻势都在最初的几个小时内被击溃，但在西贡中维持长达三天，越南的传统首都顺化激战持续了一个月。

当时这里还不是瑞克的店；他大约是一年前接收这家店的，在越南政府实施这个百变王牌庇护计划之后。你知道吗？我发现酒吧是报道战争的绝佳场地。高墙能够抵挡子弹，而你迟早会听到所有消息。还有比美国军队更好的视野，对此我万分确定。"

"你就不怕有人炸了这地方吗，兄弟？"

"老天啊，不会的。民族解放阵线也会来这儿喝酒。*别在吃饭的地方拉屎是放之四海皆准的原则*，我青涩的哥们儿。再说了，解放阵线对我照顾得非常周到；在这群天使看来，我是他们这边的。如今我是激进媒体的后起之秀，我不正合适吗？总是手脚并用地在恶劣的古芝隧道中匍匐前进，忍受着鲍伯·霍普[①]在我头顶上用他那些糟透了的笑话虐待美国大兵们，还要连忙赶去河内与简·芳达[②]一类的人物合影。这就是我过去的日子。"

服务员端着他们的酒水来了。她是一个非常有魅力的鬼牌女性，比当地人高不了多少，身上覆盖着金色细毛，一双耳朵从她金红色的秀发中伸出来，嘴角长有金红的细须，而且她的短裙后面还伸出了一根毛茸茸的茶色尾巴。

"谢谢，赛尔薇。你可以把这单记在我的账上，小可爱。"

她双手放在臀部。"瑞克说不准赊账。"她带着一口斯堪的纳维亚口音说道。

"该死。我失去了我的信仰；我早准备好了。"他伸手进口袋，抓出一把硬币给她。她双手捧过零钱，屈膝行了个礼，然后就离开了。

"放浪的小荡妇。我可不介意把她那猫咪模样的毛清理干净，我可以好好给你聊聊这个，"他那双醉醺醺的洋葱似的眼睛直视马克，

① 美国著名喜剧电影大师。
② 美国演员、制作人，多次获得奥斯卡奖。

“那么，你觉得我们这个胜利的越共天堂怎么样呢？”

“呃，”马克答道，“他们——他们打扫了街道。把皮条客和妓女还有其他的坏东西都赶出去了。”

怀特洛一手拍着桌子，大笑起来。“你是这么想的，真的吗？你个美国佬！你们的天真总是那么让人解气。”

他倾身向前，带着金酒气味的呼吸打在马克脸上。“好好听着，我单纯的小弟。仅仅因为没有人再看到‘西贡茶’——就是你们的媒体过去称呼的酒吧女——仅仅因为一个人没有遇到‘无比饥渴的我’，那种人尽可夫的类型，也就是《全金属外壳》[①] 里谴责道德败坏的那类女人，没有听到你们缉毒局的新领导厌恶至极的说唱音乐，这些都不意味着卖淫嫖娼已经消失了。这买卖还在，还好好的，还在同起路上生意兴隆呢，就和往日它被称作自由路时一样。”

马克颇不赞同地瘪嘴。让他失望的是他并没有在这个社会主义共和国里看到很多令他欢喜的东西。但是就坐在这里听怀特洛说这个地方的坏话似乎也不太对。

“她们在哪儿，老兄？”他提问道，“我一个都没看到。”

怀特洛坐回原位，得意扬扬地坏笑。“噢，我打赌你看到过了。有没有一些坐在摩托车上的年轻姑娘们碰巧减速下来给你抛媚眼？”

“有。”马克警惕地答道。

这个澳大利亚人点点头。“那还有没有一对年轻男人坐在另一辆摩托车上，立马就凑到你跟前，问你喜不喜欢先前提到的那位年轻姑娘？”

“噢。”马克叹道。

“你学到了，哥们儿。越共不消除罪恶。他们只是让它的效率变低。就如西贡解放里的所有其他状况一样。”

① 美国战争电影，美国海军陆战队在越南战争中的故事。

“呃，那是什么意思，解放？我以为这个城市现在已经被称作胡志明市了，但所有人还是称它为西贡，然后又在后面加一个解放，仿佛有种宗教一类的感觉。”

“你可以称它为迷信：驱邪，专门设计来避免邪魔——一个神奇的词语，有我为你解释这个词的用法，上帝会保佑你的。Giai Phong是‘解放’的意思。人们说完西贡之后加上这个词是为了避免麻烦。除了政府职员和外国人，没人把这个城市称作胡志明市。”

马克坐了一会儿，慢慢地喝着百事，心里思考着这些事情。他并没能得出很多结论。

“好吧，那你怎么看待这里的革命呢?”他最终鼓起勇气提出了问题。

“糟透了。肮脏、低效、残酷、倒退，而依我个人之拙见，这场革命已经准备好炸翻天了。不，我不会降低音量。他们绝不敢把我送进再教育训练营，也不敢就让我消失；我或许是一个浑身湿透的老醉汉，但我以前是一个优秀得要命的记者，虽然我也可以被收买。我知道从这里到河内，尸骨都被埋在什么地方。”

马克皱起眉头。“好了，革命必然还没糟糕成那样。我是说，看看他们为百变王牌做的一切——”

“让他们挤在华埠的贫民窟里。招纳那些有能的家伙，把农民都驱赶进‘新经济特区’，那不过是集中收押的花名罢了——就像那覆亡却不为人哀悼的南越政权治下的‘新生活村庄’。让你们成为宣传的傀儡——”

双扇门打开了。怀特洛突然停止了说话，坐直了身子，同时一个穿着不合身套装的大块头男人醉醺醺地晃荡了进来。他有一头浓密的金发。他的领口大开，露出粗脖子，而且他没有系领带。

鬼牌旅的男孩们没有理睬他，直到他走向吧台，将毛发旺盛的双手搭在鲁斯的肩上，还有他长着螯的庞大身躯上。

“我……是朋友。”他以响亮的俄罗斯人的声音宣称道，“我非常喜爱美国。我非常喜爱美国鬼牌。我们现在都是资本主义同志，是吧?”

鲁斯转向他，圆脸气得发紫。“你是个叛徒，这才是你。你这个冒牌货。冒牌货!”

这个高个子鬼牌身形一转，将螯尖刺入俄罗斯人的腹部。俄罗斯人蜷缩起身子。鲁斯握紧一双大螯，将他打倒在地。剩下的鬼牌围聚过去，对他拳打脚踢，直到他痛苦呻吟着爬到门外。

电视上播放起《给和平一个机会》的旋律。

那伙鬼牌回到吧台，鲁斯满意地抖了抖两双手。“这是正义之举，布鲁，正义之罚。”

“我向来认为我自己是一名教师。”布鲁说完便拿起吧台上的一块布擦拭自己的爪子。

“是的。你真是给那个混蛋好好地上了一课。”一个紫色皮肤的男人说道，他那颗脑袋让马克认为他的脑容量严重缩小。

“有这伙人在城里，永远都不会有无聊的时候，”怀特洛评论道，“真遗憾他们几天之后就要返回内地了。”

他将剩下的金酒一饮而尽，手肘撑在桌子上。“那么告诉我吧，马克·梅多斯先生。你是什么类型的王牌?”

♥♦♣♠

第十九章

海伦·卡利斯勒醒来之时，天已大亮，日光如同激光一般照进敞开的落地双扇玻璃门，此时房内只有她一人。她旁边的枕头上放着一张贝鲁留下的便笺：

别怨我，我的宝贝。我现在要去完成我必须做的事。而接下来发生的一切都是为了最好的结果。

这场游戏从来都不是你以为那样。老子说过："天地不仁，以万物为刍狗。"回到你原本的世界去吧；快乐地飞翔，冲上云霄，自由地翱翔。忘记过去，忘掉那些你无力改变的一切。试着——若我还能请求你的帮助——别过于严厉地责怪我。

便笺的旁边躺着一朵红玫瑰。

她起床，裸着身体走进浴室，洗了好久的脸。她从衣架上取下一件浅色浴衣，穿在身上。接着她回到卧室，坐在落地玻璃门旁边的一张椅子上，感受清晨的微风裹挟着阳光的气味和街道上的潮湿水汽拂过面庞。

她就一直坐在那儿，思考要不要哭出来，这时，电话响了。

♠

O. K. 卡萨代是一个身形高大的男人，他把一件轻薄的西服披在宽阔的肩上，浑圆的大头留着浅金色的刘海，下颌长得像花岗石板一样。他的双眼藏在琥珀色的墨镜后面。

他在电话里介绍自己“是大使馆的人”。眼下，就在露天平台的一把大遮阳伞的阴凉里，他坐在海伦的对面，双腿并拢，手指“嗒嗒”地敲着白色的桌布，好像海伦把他叫来这里纯粹是浪费他的时间。

“你是否给州长打电话，确认我的能力与声誉？”他提问道。

她点头表示肯定。

“然后他们是不是告诉你说我要听从你的指挥？”

“是的。”

他点了点自己巨大的脑袋。这让她想起了汽车后窗里狗狗玩偶的弹簧脑袋。她“咯咯”地笑了出来，又抑制住了自己的笑意。她有她的公众形象要维持。她是她父亲的女儿，哪怕是她杀了他。

“你还好吗？”卡萨代问道，不悦地皱起眉头。

她喝了一口玻璃高脚杯中的冰水。“我很好。”

“我首先得知道，缉毒局的那两个笨蛋死哪儿去了？”

“他们离开了。”她一面回答，一面在高脚杯留在桌面上的那圈水珠之内画画。

卡萨代吃惊得墨镜都要掉下来了。“离开了？他们到底去了哪个鬼地方？”

“鲍伯说他们去了安卡拉。在土耳其。”

“我知道安卡拉在哪儿。老天啊。这俩蠢猪发的什么疯——”

他突然不说话了，扭头盯着海伦。海伦还是看不见他的眼睛，不过她能感受到那双眼睛释放出的巨大压力。“鲍伯说的。哪个鲍伯？”

“贝鲁。J. 罗伯特·贝鲁。”她淡淡一笑，“用你的话说，我猜你也可以说他也是大使馆的人。”

“我才不会！”卡萨代爆发似的大叫道，“这个狗娘养的神经病牛仔，他这个该死的家伙和这次调查有什么关系？”

“他从一开始就和我们一起行动。正是他帮助我们取得了如今的进展。”我为什么要为他说话？她扪心自问。他抛弃了我。就和我……我在意过的每一个男人一样。不过他的确言出必行，从没有许下多余的诺言，况且他所做的，以他自己的行事方式，确实挺多。

卡萨代的惨白脸色甚至透过了他那层东南亚癌症似的棕褐肤色。“你说什么？”他问道。

“他从阿姆斯特丹就一直和我们一起行动。他是我们和中央情报局的联系人。在萨克森和汉密尔顿搞砸了两次对梅多斯的直接抓捕计划后，他就接管了整个小队。”

卡萨代深呼吸了一下，不住地摇头。“我都不知道你们这伙人能愚蠢到这个地步。贝鲁不是中央情报局的人。他和这次行动没有一丝一毫的关系。毫无关系。”

海伦很高兴看到他粗鲁的表现，他大男子主义的轻蔑；这有助于她重整精神。“卡萨代先生，我在缉毒局的联络下协助这个案子。缉毒局的人相信他。我没有权利，也没有资格去质疑他加入这个小队。现在，如果你收回说我愚蠢的指责，那么我会欣赏你知错能改的好习惯。”

“天哪，你这个漂亮的傻丫头是认真的吗?”卡萨代呼出一口气，喃喃道。

湄南河的微风变为一阵犹如袭击东京湾的哥斯拉那般的强风。大遮阳伞被吹飞，女人们因为短裙被风掀起而发出尖叫，一名服务员手上的盘子被风吹落，瓷器劈里啪啦地摔碎了，引来他一阵惊呼。

O. K. 卡萨代的领带缠在他的喉咙上，仿佛要把他拖离座椅。虽然领带缠得还不够紧，不会勒死他，但他尽可以试一试，她可以让空气进不了他的肺。

“我不是什么漂亮的傻丫头，卡萨代先生，”西北风说道，脸上露出甜美的微笑，“我是美国政府鉴定完全合格的特工。我同时还是一名王牌。现在，你愿意为你的失礼以及完全不适当的个人评论道歉吗？或者，我是否应该让你保持无法呼吸，直到你现有的脑细胞一个不剩为止？"

卡萨代开始疯狂点头，又同样激烈地摇头。他头上的一根太阳伞辐条发出有节奏的"乒乓"声。

"卡萨代先生，你选哪一个？这是否意味着你要道歉？"

他做出"是"的口形。

旋风停止了。太阳伞停止了晃动。卡萨代坐回到他的椅子上，立马扯掉了领带。

西北风一本正经地等候他调整好呼吸。"我想，你有话要对我说，对吗？"

一缕清风掠过他的脸。"有！我道歉！对不起。老天啊。相信我，我真的抱歉。我收回我说你的每一个字。"

"很好，卡萨代先生。等我回到华盛顿的时候，我觉得我没必要填一份指责你的性骚扰报告。现在，请为我解释关于贝鲁先生的情况。"

"我们称贝鲁为'牛仔'。他是一名前特种兵，越战期间，他好几次都被派驻到越南。从那以后他就做了大量的全球联络工作，既为中央情报局效力，也是自由职业。"

"他的能力似乎完全能胜任，"她低声说道，"我看不出有任何理由去质疑他的资历。"

"他是个疯子，卡利斯勒小姐。他觉得自己是最后一个穿着闪亮盔甲的骑士，而且他私底下还和越共见面。更要命的是，他如今并不受雇于中央情报局。*他没有任何授权。*"

过了一会儿，并不太久，听了卡萨代揭露的沉重真相之后，她本该愁眉苦脸。而此刻她觉得……很好笑。*我开始恢复了，*她心想。她清楚是谁帮她开始了这个疗程。

海伦·卡利斯勒举起腿上的那朵玫瑰，手指转动着玫瑰带刺的花茎。“最后的骑士。是的，卡萨代先生，我明白你为什么鄙视他了。”

“对，”他以为海伦赞同他的评语，“他自己在扮演着某种滑稽的把戏。他从来没有加入过这个案子。而眼下——请千万不要冲动行事，卡利斯勒小姐——眼下你也不用继续执行任务了。”

海伦看着他。

他越过桌子，把一张西部联盟电报公司的黄色纸条递到她面前。“你会找到另一个相似的任务在前台等着你。这是总督发来的，它会证明我说的一切。”

“回家，然后花掉你的报酬，卡利斯勒小姐。或者再享受几天的曼谷美景——只要你别又开始问我问题。尽管我完全尊重你的专业素养，但请恕我直言——相信我，我绝对尊重你的能力——你现在已经无力应付这个任务的新阶段了。”

他摇头。“缉毒局的那对哈克与杰克[①]也是。我都想知道这两个白痴究竟是遇到了什么情况。”

♥

在安卡拉海关，一群身材矮小、皮肤黝黑的男人，身穿棕黄制服，头戴着似乎有肩膀那么宽的尖顶帽，审视着萨克森和汉密尔顿的护照以及表明他们身份的缉毒局徽章，随后低声说：“请随我们来。”

两个美国人交换了个眼神。萨克森耸肩，两人便跟着人走了。萨克森扯着嘴角对他的搭档悄声说：“没什么可担心的。所有证明都在那个包里；我们是缉毒局的人。”汉密尔顿把他的旅行包往肩上扯了扯，看上去并不相信这番说辞。

他们被带到一个小房间里。虽然房里只有两个人，但感觉已经没

① 美国20世纪福斯电影公司出品的经典卡通形象。

有多余空间了。那个身穿便服，头戴浅顶卷檐软呢帽和墨镜的男人并没有占据多大空间，但是他身边的那个兄弟——下身穿着宽松的金线长裤，上身套着红蓝相间的马甲，露出毛发旺盛的胸膛，头上还戴着巨大的包头巾——绝对一个人就能让房间变得拥挤起来。尤其考虑到他的个人卫生似乎也很值得怀疑；而这个房间很小。

“快看那个头顶着沙发垫子的呆子。”萨克森抽动嘴角说道。他在下飞机前去了一趟洗手间，现在感觉好极了。汉密尔顿紧张地嘘声让他闭嘴。

“我是纳尔班上校，”身着便衣的男人开口道，“这位是亚拉兰马兹，土耳其的国家级王牌。他名字的意思是‘坚不可摧’。”

亚拉兰马兹点了点他那颗带着巨大头巾的脑袋。“我们很荣幸。”汉密尔顿说。

“对，”萨克森跟着说，笑着露出满口牙，“很荣幸。”

他的笑容在两个穿制服的人将手伸进他的灰白色外套口袋时消失了。“嘿！这是在搞什么鬼？我们是缉毒局警察，该死。这是骗局，兄弟。彻头彻尾的骗局。”

其中一个制服男从萨克森的内揣里搜出了一个金卡盒子——萨克森随身携带这个盒子但从未给过任何人卡片——他敲开这个盒子，检查了里面的东西，然后把它递给纳尔班。纳尔班拿起一个底部装着白色粉末的小塑料瓶。

“这是什么东西，萨克森特工？”

“嘿，那只是样品，你懂吗？”萨克森说道，他忽然又露出一脸的笑容，摊开双手，做出一副诚实小伙的样子，“有时候我们得，你懂的，比较……于是我们才能追踪到那个混蛋逃跑的路线——”

“是这样吗？”另一个穿制服的海关官员说道，“有必要带这么多吗？”他将手从汉密尔顿放在桌上的包里收回来。手上拿着一个塞满白粉、用胶带捆得严严实实的袋子。“这里肯定有两百克了，萨克森特工。”

汉密尔顿的脸顿时变得煞白。“那、那不是我的!”他惊呼起来。

“也不是我的,”萨克森瞪大了眼睛,震惊地说,“操!”

纳尔班上校摇头。“我们警告过你们,不要企图走私可卡因到土耳其共和国。这是非常严重的事件。实在是非常严重。”

“鬼扯!”萨克森尖叫起来,“这根本不是我们的东西!有人陷害我们。更何况,我们是缉毒局的!你他妈没有权利——”

“我们完全有权利严惩任何犯罪行为,”纳尔班郑重地说,“在你们企图携带毒品进入我们的国家之时,你们就不过是普通的刑事罪犯罢了。”

“你这个狗娘养的毛巾头!”萨克森怒吼道,随即向纳尔班扑去。

亚拉兰马兹出手击中萨克森的胸骨。这个美国人便被打得飞上了天,撞进墙上,他的头几乎撞到了天花板上。他在墙上挂了一会儿,就像动画里那只被不忠不义的 BB 鸟打扁挂在悬崖峭壁上的歪心狼①,然后掉到地上,摔成一摊。

纳尔班从外套里拿出一把小巧的格洛克方管手枪,将枪口对准汉密尔顿。汉密尔顿举起双手说道:“没问题。”穿制服的官员把他的双手铐在后背,接着把萨克森拖到他的脚下,也铐了起来。他们不得不抓稳萨克森才不至于让他又摔个屁股开花。

“先生们,你们肯定听过很多关于我们土耳其监狱的传闻,”纳尔班上校说道,“无疑你会发现那些传闻十分具有指导意义。”

亚拉兰马兹露出一个微笑。他的牙齿被茶和香烟染成了土耳其民族特有的棕色。他伸手去拧汉密尔顿的脸颊。

“你真可爱,”他说话的声音就像巨石滚下山那般粗粝,“你和我会成为好朋友。”

---

① 美国经典动画形象。

◆

马克接受了怀特洛的邀请，住在他的公寓里。他的公寓里塞满了一堆又一堆的册子和学术周刊，这些书册在潮湿的环境里逐渐交融在一起。他仍然心系那个破旧的东方人营区华埠的鬼牌居住地——怀特洛称其为“鬼牌贫民窟”，想找出让自己派上用场的办法。

他很高兴地发现那里有一家诊所。他确信那里会重新发挥昔日鬼牌镇上塔基扬那家布莱斯·冯·伦斯勒诊所的作用。他必然会在那里找到一个职位。他可以做出很多的贡献，不论是他自己的生化专业知识，还是他通过观察他那位医生朋友的工作而得到的实际建议。这家诊所是由政府经营的，所以毫无疑问它的资金充足，运作良好，且对所有人开放。

他找到的那家诊所看上去更像那些廉价旅馆，那些他早年在纽约躲躲藏藏的日子里十分熟悉的廉价旅馆，闻起来的气味也像。这家诊所里并没有任何鬼牌出现。它里面主要是出生有缺陷的婴儿们、要做子宫摘除手术的女人们，以及正在接受绒毛膜癌[1]化疗的女人们。她们全都来自南方省市，来自那些战时被美国人用橙色脱叶剂严重迫害的区域。一位严肃而口齿清楚的医生带领马克参观诊所，同时痛心地指出两者之间的明显联系。

看到这些无脑畸形的婴孩，还有那些两个躺在一张床上或者地板的毯子上的年轻姑娘，她们大多都因为化疗而掉光了头发，马克感到无比悲伤。但他已经熟悉了橙色脱叶剂造成的麻烦以及可能造成的后果。

“那鬼牌呢?”他问道，“华埠已经有好几千的鬼牌了。他们也有特殊的需求。”

---

① 从胚胎滋养层细胞发展的恶性肿瘤，常见于子宫。

“这都怪你们美国人!”医生冲他大吼，她的眼镜都快从脸上掉下来了，“你们拒绝提供援助！这就是我们无力顾全每一个人的原因!”

他迅速退出医院，跑到人行道上，冲进大雨里。

那群头戴木髓遮阳帽的士兵正等着他。

♥♦♣♠

第二十章

一记重拳突然打在马克的脸上。他觉得自己的脸都快被打飞了。他的头歪向一边，多亏了颈部的肌肉拉住了头。只是他的大脑一直晕乎乎的。

马克见过实验室的老鼠，被人以不专业的手法提了起来，老鼠的尾巴都在狂乱地打旋扭动。如果不让它们的尾巴缠到什么东西上，它们就会觉得不稳定，不安全。马克的脑子里此时此刻就是这种感觉。

得保持清醒，他心想，虽然他深知保持清醒或者是失去意识都只是身体的反应，并不由他控制。如果你的脑部遭受重击之后一直是这样的状态，那可不妙；这通常意味着某个餐具碎了，尽管是在电影里。硬脑膜下血肿：大脑血管爆裂的时间到。

“你应该对我们祖母般的仁慈而心怀感激。”一个刻薄的声音从马克头顶传来，说着带有明显越南口音的英语。马克再次睁开双眼，但眼前的一切只是不断炸开的金星。“相对来说，明给你的这一下是真的格外温柔。我们之中有好些人是前德意志人民共和国的公民，他们遭到了同胞的背叛，再也无法回到家乡。他们在审讯上可是一把老手，而且心里积了不少怨气要发泄出来。”

这个像演电影似的施暴者暂停了说话，点了根烟（马克闻到了）。“你不会想见到他们的，我可以保证这一点。”

很好，你这次做到了，一个不满的声音从他轰鸣号叫的头颅深处传来。我一直都知道这种事会发生。

马克那实在糟糕透顶的运气甚至让胆子小得出奇的太空旅行者产

生了一种非同寻常的镇定态度，他不再一味地蜷缩在马克的大脑深处，满心恐惧地哀诉，恰恰相反，这次他出言批评了。

马克竭力抱住脑袋，然而他的头却像风中的纸鸢那般晃动着下垂，于是他让下巴抵在裸露的胸膛上。“我甚至不知道你们想让我干什么。”他双唇红肿，吐出这句话。

“真相。”这个声音在颤抖，满含热切，十足的美国味，“谁派你来的？”

“没人。”

砰。强光闪过，蜂鸣器响起。那个长着一只火腿似的大手的家伙肯定赢下了一场免费比赛。

“荒谬，”那个美国做派的人严肃地说，“你别以为我们会信你的话。现在，让我们从头开始：你是谁？”

“马、马克，”他费力地回答道，“马克·梅多斯。”

“你是干什么的？”

“我是个生物化学家。别，别又打我——我——我还是一个王牌。”

“那你的能力是什么？”那个越南人问道。

“我称自己为迷旅队长。我有一些……朋友。”

“如果你是迷旅，”那个美国人说，“你的药粉都在哪里？”

*你必须放聪明点，不是吗？*旅行者那讥诮的声音响起。*你抛下了我们。*我们在越南会很安全，*你以为……*

好吧，所以他又一次搞砸了；这并不是什么全新的体验。自从在雅典弄到药物之后，他快速做好了一批药粉，如今剩下的药粉都被他藏在了怀特洛租的房子里，他原本真的以为这么做完全没问题，这又是他做的一件错事。另一方面，此时要是让他们看到他的腰包里装的全是他们闻所未闻又古怪至极的违法药物，那就只有上帝才清楚这群臭名昭著的越共卫道士的走狗会怎么收拾他。

他摇头。“没有……一瓶都没有。戒了。”

那个美国人发出一声低沉的窃笑。马克感到一阵呼吸掠过他的脸上，还带点茴芹的气味，上帝啊。

“如果你是一个声名狼藉的美国王牌，”越南人的声音在他耳边低声响起，“那谁派你来秘密收集我们的情报的？”

“没有人，老兄！我一直在给你说。我——只是——一个难民——”

又是一阵脸和拳头的快板乐段，非常响亮。这又是一个你让我们摊上的大麻烦，旅行者在马克挨打的间歇之间插进话来。

看在基督的分上，小旅，跃闪杰克接过话说道，说点新鲜的。梅多斯至少还晓得要装傻，况且上帝知道，他是熟手了……

别这么残忍，月光之子的声音传来，仿佛黑色的绸缎和白银一般。我们不是一体的吗？

太棒了，跃闪杰克说。那正是我们急需的：高深莫测的东方智慧。要是东方智慧真那么厉害得要死，那他们的官方代表怎么还会在我们的总部跳霹雳探戈？

……马克逐渐意识到这场辩论不再伴有打击的撞击声了。而且在他那个破烂盒子般的头颅之外，有好几个声音在说话。

“全是鬼话。武，我告诉你，”那个美国人语气自信地说，“他不是王牌。”

马克听见“咔哒”一声，烟味让他清醒了一些，他咳了起来。“我们还在等血液检测的结果，上校。”越南审讯员说道。

“不、不、不，”美国人自负地说，“我了解王牌。他们都是傲慢的混蛋。没有王牌会忍受这等对待，我可以向你保证。再说了，这个迷旅队长是出了名的瘾君子。这家伙身上一丁点药物都没带。”

马克感受得到他摇头带来的风。“他不是迷旅队长。他不过是某个拼命逃亡的嬉皮士罢了。”

一声裹挟着烟气的叹息传来。“如您所说，索贝尔上校。我赞同您的丰富经验。好吧，明，放了他。”

♣

就这样，他又一次来到人行道上。对了，他们把他扔出来之前往他身上洒了些水，还把他的衬衫扔给了他，他那时晃悠悠地站在一栋法式建筑物前的人行道上，在热雨之中不住地眨眼，接受路过行人上下打量的目光。

本来还有更糟糕的结果，他对自己不同的人格说道，同时挣扎着把手臂穿进衣袖里，然后开始系衬衫的扣子。当武下令让他那位使着一双重手的沉默搭档放开他时，马克还以为那意味着他要在西贡河里游泳，还得露出全新的笑容。那是一阵错误的解脱感。

“噢，妈妈，”跃闪杰克柔声说道，“这真的都结束了吗？”

“再一次陷在胡志明市，伴随着班加罗尔蓝调的旋律。”

“‘班加罗尔’？”马克高声问出来。周围的路人和骑自行车的人望了他一眼，走得更快了。在这个建筑前，还有头破血流又自言自语的家伙，这可不是逗留的好时机。“我以为那在印度。”

你在那里面被“砰砰”打了好多下，难道不是吗？

有趣。跃闪杰克。真他妈有趣。

噢，亲爱的，月光之子在心里说。我想我们快吐了。

♠

人民共和国安保部队的武文松上校正在抽他的黑漆烟斗。他转动椅子，望向墙上百叶窗外面绿树成荫的街道，吐出一口烟。

“那么说，他真的是那位被称作‘迷旅队长’的王牌。”他说道。

O. K. 卡萨代挤在一张并不舒适的法式木椅之中，脸上带着露齿的笑容。“别对我们的查尔斯小伙那么严厉嘛，他就是个智障，彻头彻尾的智障。可光看梅多斯那副样子，谁会知道他是一个真正的王牌呢?”

武上校转过身直视他的客人。他有一双黑色的大眼睛，眼神悲伤，眼睑又大。他的脸颊凹陷，颧骨和下颌形成了一个“丁”字。他的嘴形让人一下就想起鲤鱼。对青年官员来说，在食堂吃饭时开玩笑地指出这点相似性，非常不利于他们追求事业上的快速晋升。武上校坚信一条公理：优秀的警察才能为强大的警察国家效力，而且他还认为监察应该从家庭内部开始。

武和卡萨代是老相识。他们过去就是针锋相对的老对头，讽刺的是，这种对立始于那段他二人都觉得是美好往昔的时光——当规则还没有死死地束缚住他们的时候，不像今天，撒尿都得提前两周写一份申请报告。

他起初是一名前途光明的军队政治职员，在非军事区的一个站错了队的部门工作。他讨厌那份工作。你和满腹怨言的步枪兵面对同样的危险，但你还要忍受额外的头痛。烦心事一大堆。

可以确定的是，他喜欢西方流行小说中的政委所持有的邪恶权力。然而那些大众读物并没有告诉你这类权力的副作用。譬如，他不得不主持数不清的政治会议还有自我批评会议，他不是个彻底的蠢人，他和越南人民军的所有人一样，都觉得这些会议无聊透顶。他还兼任了军队牧师和指导顾问的角色，这就意味着军队里的所有人，但凡他们遇到问题，都会找他发牢骚。最后，他要为整个分队的表现负责，无论是在战场上还是战场外，这就是说他的脖子随时面临着分队指挥官犯蠢出错的危险，而他早看出来那位指挥官不过是他前任的继承者，要么是个不知道越南河内在哪一头的傻子，要不就是个沽名钓誉的神经病。

他接受的教育还不足以令他适应这一状况。

他的好运始于1968年的顺化战役。他所在的分队完全被热烈的革命激情冲昏了头脑——彼时的部队指挥官是神经病那个类型的——他本人被自己队伍里的一台口径为130毫米的野战炮误伤了，肩上受了弹片伤——炮兵队的指挥官是个傻子。那是美国人称之为百万美元的伤口。伤处并没那么严重，虽然前几周会疼得要命，但它为武赢得了上级的青眼，足以让他转职到他一直设法想加入的情报部门。

在接受一些额外训练之后，他在南方度过了剩下的战争期，活在秘密之中，扮演间谍头子的角色，而且基本可以说那是他一生的得意时光。他的大部分工作都致力于构陷忠诚的南越人，如此一来，中央情报局和特种部队联合的凤凰计划就会把他们当作民族解放阵线的一部分，将他们暗杀掉。O. K. 卡萨代就是那个时期的凤凰计划的人。

他当时的头发还要多些。

“再要让梅多斯博士自愿加入的难度可就要增加不少了。”武上校低声道。

卡萨代大笑了一声。事实上他对一切都表现出这种大喊大叫的态度。他让这位纤瘦又细心的上校联想到某种丑陋的西方猎犬。

“现在，上校。索贝尔可能不是这场追逐赛中最敏捷的运动员，但要承认这个魔鬼的能力：他是个魅力非凡的混蛋。他的一些怪物早已经离开了火箭堡，他们都觉得这个唯一善良的耐特是一道主菜。他让他们在他的手里吃东西。他可以说服梅多斯。”

笑意从他脸上消失，他给了武一个玄武岩石板那般严肃而冷淡的凝视。“他最好说服梅多斯，武。如果有什么你能做的小事，能帮助他招纳梅多斯的小事，实施之前你可以认真考虑一下。我的领导认为梅多斯是非常重要的资产，绝不能就这么让他逃出他们的五指山。况且，苏联撤回了对东方的援助，而东方人公开给你们的死敌，红色高棉提供武器，而且你们自己还有叛贼在高地和三角洲地区肆意逃窜，这种时候可千万别失去一些有影响力的朋友啊，对吧，老朋友？”

这个美国人说话如此直接，可真有点新鲜，武暗自想道。尽管如此，卡萨代所做的不过是散布这毫无吸引力的实情罢了。卡萨代所代表的集团的金钱和武力对越南共和国的存亡至关重要。而且武自己正是从他们那里接受了关于权力结构的教育。

他从鼻孔排出一阵烟气。“我会看着办的，卡萨代先生。对于索贝尔上校的游说能力，你的判断完全正确。”索贝尔的那条银舌头在说服他的领导上发挥了巨大作用，不论花没花钱。武的主人们对百变王牌的欣赏可比卡萨代多不了多少，虽然都热衷于这个议题，但观点却一点不相近。

卡萨代露齿一笑，点点他的大脑袋。“好极了。有一个重要王牌加入是一件好事。这些怪物中的大多数并没有多少实力，除非你看重的是他们让敌人恶心得吐出五脏六腑的能力。”

“虽然我讨厌一再提出异议，”武说道，“但我还是必须指出索贝尔上校正在招募一支新的鬼牌旅。梅多斯先生不是鬼牌，而我觉得索贝尔招的那些人并不喜欢耐特，更是讨厌并非鬼牌的王牌。”

“非得要我来处理这里的所有事务吗？”卡萨代举起双手，“在我看来，这简直就是小菜一碟。官方路线就是，梅多斯是个遭受美国耐特不公对待的逃犯，就和其他卑鄙小人一样。如果统治集团对他那样的金头发、蓝眼睛的耐特都施以这等威胁，那天知道他们会对那些长得像七零八落的痔疮一般的鬼牌做些什么呢？你把这个主意告诉索贝尔，他会再告诉那些怪物。只要你不出错，就能让他们更拼命。”

他站起身，从容不迫地走到窗前，俯视那些骑着自行车的行人，冷眼看着他们单手举着黑色雨伞，晃晃悠悠地在雨中穿梭，车轮溅起一道道泥点子。

“这可真滑稽，”他开口道，“索贝尔和他的疯子们认为你会帮助那些受到压迫的百变王牌。他们一点都没察觉我们正给他们编织一个巨大的圈套。而你会把他们当成可消耗的肌肉来利用，当成廉价劳力。这是个优美得要命的阴谋，武，很优美。我们不能断送在这里。我们绝对不能输。”

♥♦♣♠

第二十一章

“不对。”弗雷迪·怀特洛接着说，“他们不是因为你是西方人就对你滥用武力。如果他们以为你是西方人就要打你，那他们会叫你苏联人，你明白吗？”

在“瑞克的美国咖啡馆”午后三点时分的昏暗之中，马克端详着怀特洛。那群新鬼牌旅的男孩不在这里，瑞克在黎明打烊之后，他们不知道去哪儿打发上午的时间了，现在还没来咖啡馆。瑞克本人正在吧台后面慢条斯理地工作，擦擦玻璃杯，偶尔也挠挠自己肉嘟嘟的脊背。他的鬼牌员工一个都还没来。天花板上的风扇重新搅动起室内厚重又湿热的空气，但你得运用坚定的想象力才能感受到风扇带来的凉爽。

“这是什么意思？”马克问那个澳大利亚人。他缓慢地喝着一瓶蜜瓜果汁，从苏联的塔什干地区进口的。味道的确很好。

“‘狡诈的盟友’，大致如此。这实际上是指俄罗斯人。多年来，他们用这个词泛指圆眼睛的人。这又是他们的革命成果之一，可以这么说。”

“噢。好吧，那他们称呼我的词是什么意思呢？”

“‘魔鬼’。他们看见你从大使馆旁边的百变王牌事务局里走出来，意识到你是个百变王牌，伙计——你确实是。所以他们冲你扔石头，然后又跑了。”

马克的眉毛皱了起来，一脸痛苦的神态。“可是，为什么呢，兄弟？我是说，越南是百变王牌的庇护所。我们理应受到欢迎。”

“那是官方政府的政策——而且，小子，如果你疑心政府的人道主义，怀疑其动机的真假，那你早该失望透顶了。”他大笑着摇了摇头，下巴肉都在抖，“但不论是官方对百变王牌的政策，还是民众的心意与看法，命令起来都非常困难——你们美国人都有理由记住这点。亚洲人都不喜欢和他们长得不一样的人，这是条铁律；关于这一点，他们甚至比你们那些更为固执的西方人更容易动怒。百变王牌们往往远异于常人，但本质上仍旧是人类的形态。那让他们更加恼怒，你明白吗?”

马克摇头。他不明白。在他大部分生涯中，他都被告知美国社会是地球上种族歧视最严重的社会，而且也被告知美国社会是世界上最暴力的社会。第三世界——这个普遍崇拜单一政治家的世界——的现实如同一辆货运列车那般狠狠地碾压了他。真相就是，第三世界与塔基斯星球很相似，然而却更加卑鄙不堪。

就连欧洲，那个更古老，更文明，也无疑更加傲慢的欧洲，也比美国好不到哪里去。在那里，针对百变王牌的暴力行为并没那么频繁——或者说，至少没那么公开。但他有一种感觉，这里也充满了同样的敌意与怨恨，深藏于阴沉的恭顺传统背后。新欧共体①的那些政客和利奥·巴内特是完全不同的生物；他们满嘴都是为所有人伸张正义，百变王牌也包括在内，可是当马克竭力将他们那满怀关爱的花言巧语翻译为具体概念之时，他脑海中浮现出的却是集中营。

自从感染百变王牌之后，他的缺陷必定是出现在了他的身体里面。有太多的社会评论员都在歌颂第三世界的美德，以此批驳美国的堕落和物质主义。星辉之死带走了马克的理想主义，他害怕，而这正是他对这些美德视而不见的原因。

他叹了口气，打算开口谈谈他理想的逝去，就在这时，沙龙风格

---

① 即欧盟。

的大门被推开了，鲁斯和布鲁走了进来，脸色糟糕得出奇。他们身后紧跟着一个穿着越南人民军卡其色军便服的高个子男人。他头戴一顶配套的美式军官帽，鼻梁上架着一副道格拉斯·麦克阿瑟的同款墨镜，他抬着头，扬着下巴走了进来。

马克莫名感受到一阵寒意。各种声音开始在他的脑海深处"叽叽喳喳"地闹了起来。

"呃，弗雷迪，"他悄声喊道，"那个帽子上有金边带的老兄是谁啊?"

弗雷迪对他咧嘴一笑。"怎么了，他当然就是他自己咯。查尔斯·无缘由的忠诚人士·索贝尔上校。"

作为一个酗酒壮汉，怀特洛的反应能力还不错。他在马克快摔下椅子的时候抓住了马克的衣袖。他的握力大得出奇。

"老天啊，兄弟，冷静点，冷静。"怀特洛说完拿起一张污渍斑斑、近乎迷彩花纹的手帕，在他宽大的额头上擦了擦，"你看上去就像是被外星人劫持到飞船上了一样。"

"不是，"马克语气坚定，目不转睛地盯着索贝尔，"这种事我遇到的多了。没什么大不了的。被警察修理了一顿，还在地窖里被打个半死——这才是让我发抖的事情，老兄。"

怀特洛看着他瞪大了眼睛，犹如一只圣鲤鱼似的，不过马克并没有注意到。

"你没什么好怕的，兄弟。"怀特洛恢复之后继续说。从他们这几天的交流来看，这个移居国外的美国人展现了一种特质，他总是随随便便地就能说出一些令人无比不安的事情，哪怕这个人是一个在东南亚从业长达二十年的记者。尽管他有记者的直觉——在长年累月对政党路线的屈从之后，以及金酒的腐蚀之下，这份直觉逐渐转变为一种全方位的愤世嫉俗，不过却也没有完全迟钝——怀特洛也不确定自己是否真的想知道马克所说的确切内容。

马克仍在无力地挣扎，但因为不想惹人注意，便没能挣脱开，倒不是怀特洛抓他抓得紧。“你说过他不会来这里!”

“我可没这么说过。我说的是你在哪里不要紧，因为如果那位受人尊敬的人民公安部队的武上校想要你这个美国佬的干瘦屁股，不论你在哪里，他都会派他那群流氓士兵把你逮回去；你并不是真的那么不起眼。所以你待在瑞克这家相对凉快的小店里，学习我的丰富经验，和你在其他任何地方一样安全。”

马克这才让自己坐回椅子上。“可是他在这里——”

“我刚才说的那些关于武的话也同样适用于他，我紧张的年轻朋友。就目前情况而言，索贝尔的愿望就是武的愿望。他们就像是”——他举起十指交叉的双手——“这个。”

“那……好吧。既然你这么说的话，兄弟。”他的语气完全表明了要是索贝尔下令他那些冷酷无情的鬼牌来攻击他的话，那就都是怀特洛的错。

马克神情紧张地打量吧台，索贝尔、布鲁和鲁斯就待在那边，后来他们之中又加入了那个羽毛男，就是那个皮肤和头发俱是紫色，眼中总仿佛滴着油的鬼牌。忽然那台电视机吸引了马克的目光。

他咽了咽口水。电视上播放着托马斯·马里恩·道格拉斯那个红胡子的脸。但那其实并不是本人；那是库尔特·拉塞尔①，他要出演奥利佛·斯通②的新电影《命运》。他站在舞台上，费力地扛着话筒架，穿着他标志性的皮裤，面对这一大群尖叫的歌迷。突然他的头和肩膀变得模糊，变成了蜥蜴王那眼镜王蛇羽冠一般的兜帽。

---

① 美国演员，早年曾是美国职业棒球队二线球员，代表作是 1981 年上映的拯救美国总统的英雄式电影《纽约大逃亡》。

② 美国导演、编剧、制作人，毕业于耶鲁大学，曾执导“越战三部曲”系列的第一部——战争片《野战排》并且凭此片获得第 59 届奥斯卡金像奖最佳导演奖。

接下来，人民公园里那场无可避免的对峙场景出现了：道格拉斯扳弯了一辆国民警卫队军用载人装甲车上的 .50 口径机关枪炮管——道格拉斯被一个叫作“硬帽子”的王牌用扳手从背后击倒，那个王牌是查尔斯·布朗森[①]扮演的——扳手再一次被举起，突然就被一条尾端是和平标志的金色锁链给缠住了。镜头迅速切换到杰夫·费伊，这位出乎道格拉斯意料的救命恩人，光芒四射的金色王牌，激进者。

那是第一位由马克·梅多斯用药物引导出来的王牌人格。

他坐在那里，再次感到混乱失措，同时也觉察到有人闯入了这张桌子。两人扭头发现上校本人赫然站在他们身旁。

“怀特洛同志，梅多斯博士，”索贝尔用洪亮而低沉的声音说道，“我能坐下来吗？”

“当然了，上校，”怀特洛的话音刚落，马克就双眼冒火地瞪着他，“欢迎加入。坐下休息一会儿。”

马克紧闭双唇。他没什么好说的，他也不想太空旅行者说话。

他能够感受到旅行者和跃闪杰克两人在火冒三丈地骂他，因为他又把药粉落在了怀特洛的租房里。但是他的“朋友们”一次只能保护他一个小时，而且如果召唤他们的次数太频繁，事后肉体和精神的副作用会瞬间变得很严重。若是他使用药粉来躲避官方军队——即这个美国人索贝尔（不知道他怎么回事）——他会再次沦为一名逃犯。而他没有地方可去。

倘若在这片百变王牌的官方保护区里他都不安全的话，他曾决定过，那他会干脆地面对他的宿命。

事到如今，他的宿命正坐在椅子上，转身背对桌子，手肘撑在桌上——一副随意的姿态，与那等千锤百炼的冷酷军人威严有些不搭。

① 动作片演员，在 1968 年离开美国，转往欧洲打天下，并一举成为当地的动作片巨星。他的代表作为“猛龙怪客”系列影片。

“梅多斯博士，”索贝尔上校开口说，“我欠你一声道歉。如果你问怀特洛同志，他会告诉你这是多么难得。”

“几乎闻所未闻。”怀特洛庄重地说，带有一丝讽刺的含义，马克觉察到了，但似乎上校错过了。

索贝尔煞有介事地点了点头。“我们只是不确定你是谁，也不清楚你要干什么，博士。假如你是我们怀疑的那一类人，那你便对革命造成了无法容忍的危险。你肯定理解的吧？”

“呃，我很想帮助共和国，可以的话。我很想帮助那些鬼牌——”

“我来这里就是为了给你提供这样的机会，我的朋友。把你那独一无二的天赋借给我们的新鬼牌旅，还有比这更美妙的方式吗？”

马克眨眼。“可我——我不是鬼牌。先生。”

“你不是。但是我们没有偏见。”马克对这一点再清楚不过了，但是他并不打算反驳索贝尔，打断他的话，“我们是为了所有百变王牌的权利而奋斗；我们会首先在这里立足，而最终我们会以狂风骤雨之势揭竿起义，然后席卷全世界。我们也会给我们自己，身为美国人所犯下的集体罪行一个赎罪的机会，要让我们为掠夺这片土地和人民而赎罪，为破坏他们的伟大革命所犯下的罪行而赎罪。”

马克喉咙干燥。索贝尔的话在他的脑子里“嗡嗡嗡”地响，跟蜜蜂似的，就像吸食药物之后的那种头晕。面对面的时候，这个男人拥有一种令人信服的特质，有种横扫一切反对意见的感染力。

“我是一个爱好和平的人，并非战士，先生。”他勉强而结巴地说出一句话。

“我明白你过去是一个和平主义者，孩子。但是上帝知晓你同天使站在一起，反对美国发动这场反对越南伟大革命的战争。但是斗争在继续，尤其是现在，反对变革的武装力量明显在各个方面都取得了胜利：我们身处于一场正义之战中，而且是历史需要的一场战争。在这些情况之下，和平主义是一种资本主义式的堕落思想。是参战者无力支付的奢侈品。”

“噢，哇哦。”马克叹道。

索贝尔身体前倾，露出一个放肆的窃笑。“再说了，我了解你的一些‘朋友’——或许我应该称他们为同志，对吗？——”

放你的狗臭屁，竟敢称呼我为同志，跃闪杰克愤怒地想道，旅行者随后附和。

“——他们好斗的个性很出名，不是吗？你在之前的那场惊人战斗之中可弄出了好多爆炸，兄弟。何不加入我们呢？我们正好可以让这些爆发做些好事。”

“那么，上校，”怀特洛慢吞吞地说，“想必你肯定清楚，要让他发挥自己的能力，这位人称‘迷旅队长’的王牌会用到某些化学物品，而持有这些化学物品在这儿可是被视为极其邪恶的行为。梅多斯博士是一个打算遵循共和国的法律法规，安分过活的老实人。你不会想设计陷害他吧，对吧？”

“你到底是什么意思？”索贝尔叱问道。马克能感受到这位官员的怒火穿透了他的墨镜。

怀特洛用上好酒水造就的那漫不经心的态度承受了这份怒火。“我认为梅多斯博士不能完全认真地接受你的提议，除非能有一些保证来确保他的合法身份，上校。”

索贝尔发出一声笑。“你莫不是想和我讨价还价吧，怀特洛？我知道你的政治资历无可指摘，但你依旧是个该死的记者。”

“是的，而我知道你依旧责怪记者让你输了一场你宣称绝不会有的战争。你们这些美国佬是一帮非常复杂的家伙，上校。至于我，就说梅多斯是很天真的人吧——但他可不蠢，而你要自己承担把他当傻子的风险。天真在这个又坏又旧的世界里是个很少见的东西，上校。竭尽全力保护天真不受损害，我就指望以此来赎清我自己的一些罪孽也说不定呢。”

“但你向来是革命的忠实朋友。”索贝尔迷惑地说。

“正是如此。”

索贝尔摇头，如掸落水珠一般不去理会怀特洛的话。“梅多斯博士，这并非与回家相同，在美国那个国家，资产阶级那流血的心总是会干预正义之举。如果你加入到革命之中，加入我的鬼牌旅，那么你为革命效力所做的一切都是光荣的使命，而非罪行。如果你是一名王牌，那我们想要你加入。我们需要你。你的答复是？”

马克深深地吸了一口气。“我必须得考虑一下。”

索贝尔抿紧嘴唇。他并不习惯接受他人的搪塞。他花了一番功夫才放松下来。

“好吧。该死，我明白了。你清楚这不是那种可以随随便便地献出的忠诚。我尊重这一点。”

他站起身。“我还会在城里待上一两天。如果你做出了决定”——他的头扭向一边——“吧台那边的男孩们都知道哪里能找到我。但是，要记住，如果你是认真想要帮助百变王牌，不仅仅是这里的，还有全世界的百变王牌。这就是你最好的机会。先生们。”

他朝怀特洛点点头，便走开了。他停了一会，和布鲁、鲁斯以及其他人说了会儿话，接着就离开了酒吧。

“该死。”怀特洛说。他示意瑞克再来一杯金酒。

“那么，呃，你怎么看？”马克问道。布鲁和鲁斯用评估的目光打量着他，眼神中并没有多少真心的友善。

“这不是我要作的决定，兄弟。”怀特洛回答说。

“我知道，老兄。但我可以听听，呃，其他想法。”

瑞克端来一个盘子，盘子上放着一杯金酒和又一杯塔什干蜜瓜饮料。他把杯子放下之后一言不发地就离开了。怀特洛叹了口气。

“有道理，伙计，真他妈有道理。拒绝我们这位上校朋友也不是一个可以轻易作出的决定；我的想法和我之前说的一样，他和那位并不怎么秘密的秘密警察武上校早就狼狈为奸，亲密得很。而你现在一直孤零零地生活在巨大的西贡市之中——去他妈的解放——好些天了，竭力想让政府给你安排点事做，为你的百变王牌同伴们做些事。好吧，大男孩儿，我认为你可以把这个事视为一个清晰而明确无误的信号，政府打算让你去做些什么。”

“意思是说——”

“他们要给你的绝对不可能是华埠鬼牌镇诊所的工作，除非你能说服美国政府送来一大批重要物资——鉴于美国总统正积极地想要投入个一千亿美元制约那位全俄罗斯人的沙皇，更何况你本人还是联邦逃犯，这多半不可能。”

“所以你认为——”

“我认为你要是跟着那个闹革命的索贝尔上校和他的好汉们扬长而去的话，那你就是个完全不切实际的傻蛋。而另一方面，我也说不出让他滚蛋的话，这种回答也并不明智。”

他伸出粗胖的前臂放在桌子上。“如果这个问题也让你纠结为难，那欢迎你来到真实的世界。”

♥

怀特洛的公寓在一栋法式旧楼房之中，地处一个不公正划分的选区之中，位于西贡解放的一处破败地界（不过马克看到的其他地方也无一不破败）。马克在附近街区漫无目的地走，拿报纸挡在头顶遮雨。一支老式黑色奇瑞大轿车车队十分庄重地开了过去。马克看到其中一辆车的后座里有一位穿着西方白婚纱的羞答答的可爱新娘。

他此时此刻正在经历所谓的良心危机。

假若现在星辉还活着，那马克会立马答应索贝尔。除了马克之外，星辉一向也会运用他的能力伸张社会正义，会利用一切机会与邪恶世界作斗争。马克开启他的精神化学物研究之旅也完全是为了成为一名捍卫真善美的战士，为了再次踏上激进者的道路。可是每当他成功了，哪怕并不完全按照他想要的方式，每当他的“朋友们”开始显露本性，他却发现拯救世界并没那么简单。大部分世界并不真的想要被拯救，而且还要勇敢地面对这个世界，甚至是不伤及太多无辜——马克这个最后的嬉皮士其实也不太喜欢“罪有应得之人该死”这种观念——就能拯救世界，却是十分困难之事。而星辉，在他偶尔现身的一小时除恶惩奸时间之中，就证明了哪怕不必是最强大的超人类也完全能做到。

他自己也可以做到，无论如何。

事到如今，虽然马克的圣战热情已经消散殆尽，但他对世界的严厉之爱让他决定要拯救世界，不论世界的本愿如何。所以马克有考虑过。但是索贝尔的话击中了他灵魂，令它发出黄铜大钟那般的轰鸣。

愚蠢的铁核，确实挺像的，跃闪杰克对他说。

他摇着头，把报纸弄得“哗哗”响，被印刷墨水染黑的雨水滴落到他的后颈。索贝尔说的很多话都对。这个世界对百变王牌很残酷，所有人都能看到这点。马克自己的旅程、太空旅程和地球上的旅程，都证明了这点。

但马克忍不住想起——在他“朋友们”的一点帮助下——老歌的歌词，心怀仇恨的人们对金钱的恶语，而革命不过是权力的易手。他真的想要相信索贝尔所说的一切吗？还有其他能够帮助百变王牌的手段吗？

接下来，他看到一个男人朝他走来。一个敦实的男人，比马克矮很多，不过在一群越南行人之中还是很高。这个男人的宽肩上披着深蓝色聚酯纤维雨衣，方脑袋上戴着一顶纽约洋基队棒球帽，雨水沿着帽檐从他仔细抹了蜡、染成棕色的小胡子上落下。

马克认出了这个男人，那是兰道尔·布洛克。

马克没有把药瓶带在身上，但他有一双长得多的腿。他转身大步迈开自己的长腿。

两个小时之后，他佝偻着身子坐在一辆不错的美式两吨半卡车后面，和六个湿淋淋且面露忧色的鬼牌待在一起，听着季风打在帆布上的声响，而卡车停在了北边的必胜堡垒，那是鬼牌旅在中央高地基地的据点。

♥♦♣♠

第二十二章

你又让我们陷入麻烦之中。

天刚下过雨，暂时缓解了空气的闷热，马克·梅多斯叹了口气，把铁铲插进雨水浸泡后依然黏嗒嗒的红色黏土之中，随后将身子靠在铲柄上。

别抱怨了，跃闪杰克在他心里说道。你看着十足像那个滑稽的奥利弗·哈代[1]，小旅。这看上去可不像真的在挖地。

我们的身体承受了过度的劳累，我们的身体惨遭无情的虐待，太空旅行者那熟悉而又逆耳的声音坚持说道，看看你的手，兄弟，长满了水泡。

我会治好它们的。月光之子的声音传来，她的思绪总是如溪水一般凉爽又抚慰人心。我的能力就是治愈大家。

是吗？旅行者粗鲁地想道。天知道这个污水池里面有些什么可怕的传染源。你可以治好伤口，你这个糊涂的亚洲蠢妞。你又不是免疫系统小姐……

“看在上帝的面上，”马克大喊出声，“你们所有人可不可以闭上嘴？”在他的大脑深处他甚至能觉察到水瓶星的咕哝，还有他无形的情感涌动。马克再一次迷失在了海豚的梦境之中，他对此感觉良好：水瓶星不喜他现在所做之事，因为他不喜欢陆地人所做的一切事情。至少马克不必去听这些话。

---

① 美国著名喜剧演员。

而另一方面，如果星辉在，他就会发表抨击体力劳动的内在高贵的长篇大论，并且骂他们所有人为宠坏了的物质主义者；仅此一次，马克会对星辉的大话热烈鼓掌，因为他严厉斥责了旅行者……他内心感到一阵空虚，一种身处深渊边缘的摇摇欲坠之感。在他这位“朋友”惨烈死亡之后，他是如何活下来的？这是他心中的一个谜题，即便是塔基斯星球上那些心灵医生，他们有数千年来积累的知识与经验，也无法解开这个谜题。每当他容许自己沉湎在这阵空虚之中，他就产生一种感觉，仿佛自己活在借来的时间里，活在自己的虚幻现实的泡沫之中，而这虚幻的现实随时随地可能被戳破，回归到虚无，还会把他——或者说至少是他的心智——带走。

——一滴热雨落在他的面颊上。好吧，他还没有挖出一个黑洞的视界。其余拿着铁镐、铁铲以及装有挖掘的土壤的填充沙袋的全都是鬼牌，而且还没有和他说过一句话，不论是好话还是坏话。此时，他们看他的眼神表明了他们并不欣赏他停下休息的行为，毕竟还有大半个地堡等着要挖，而且季风雨很快就又要肆意淋在他们身上了。

他露出微笑，还傻兮兮地冲他们点了点头，抓住铁锹便开始弯腰做工。他逼迫自己忽略他肩上、背上还有膝盖上的疼痛。大脑中的声音也被他调低了音量。

在马克看来，必胜堡看上去并不像一个要塞。它看着就像一个电影布景。它主要由一排排单调的橄榄色帐篷，一些沙袋垒砌的掩蔽壕——他推测这个掩蔽壕始于中间的练兵场，缓缓向外延伸——还有讲台与飘扬着旗帜的旗杆组成。水稻田包围了这座要塞界线纷乱的边缘，台球桌似的洼地被季风雨淹了个完完全全。群山有好几百米高，仿佛随意地拔地而起，山体呈完美的圆锥形，山林苍翠欲滴，绿得几乎刺眼。当卡车“哐哐当当”地驶过铁丝网之时，云朵短暂地散开，洒下一抹橘色落日的余晖，掠过西向的中央山脉，长山山脉[1]的土垒，使群山一侧变得色彩鲜活起来。

再往北走，根据马克偷听到的话——整整一天半，众人都在费力磨碎一号高速路的海岸线，没人和他说过话——到了岘港，那美国人建造的航空基地仍旧完好无损，仍处于苏联空军和越南人联合占领的状态，尽管苏维埃社会主义共和国联盟的海外帝国已经土崩瓦解。而在这之后的几千米处是沿海城市三岐市。

从胡志明市北上的一路上，军方车队常常被沥青公路边一堆又一堆的红土给拦下来，同时还要冒雨颠簸前行，那辆两吨半卡车的轮毂再次陷进了土里。马克的十二位鬼牌车友全都是美国人——其中一言未发的两位也有可能是例外，从外表来看，他们也许是没法儿说话——而且没一个看着眼熟，不论是来自瑞克那家店的，还是来自其他什么地方的。这群人大肆抱怨这路上的耽搁，抱怨组织方的忘恩负义，鬼牌们自愿为了他们的利益而做出了牺牲，他们竟未表现出一丝感激之情，尤其是在需要把卡车拖出泥坑，再次拖回破裂的沥青路面上的时候。

虽然马克做不到，但他其实很乐意站到保险杠旁去，把车抬起来。他所剩的朋友之中，仅有一位足够强壮，能帮上忙，但他多半不会帮，于是马克觉得他和他的朋友们此时此刻最好还是保持安静更好。

这群浑身沾满泥巴的疲倦乘客快速而失望地瞥了一眼他们的新家之后，黑夜和雨水几乎同时降临。马克跟着剩下的人一起行进，被分配到了临时营区，随后被赶到了军用帐篷里，没人对他说过一句友好甚至是不痛不痒的话，也没人看过他一眼——除了军需职员，一个戴眼镜的黑人，有着圆锥形的身子，看不到他的腿；他在军需帐篷（军

① 越南与老挝和柬埔寨的边界。

需帐篷扎在一个木地板铺就的平台上，电缆线轴的一端系在几个绕线盘上）里忙得团团转，他几乎是含着泪感激马克没有对他自己的疲劳问题提出任何异议。

马克穿上了时髦的美式工装裤和一件猜不出年龄的短衬衣，这使得他完全露出了脚踝和手腕，但是，腹部和臀部的地方却毫不意外地宽松。收拾完毕之后，马克“嘎吱嘎吱”地踩着地上的烂泥，走出了帐篷。吃的是煮烂的猪肉和米饭，一群阴郁得甚至不愿和同伴说话的鬼牌将饭菜装盘，似乎是由于他们那令人倒胃口的外表而被选中来做这份工作。马克并不怎么认为这是一份营养均衡的伙食，但他没有抱怨。他独自坐下，颇有胃口地用饭，十分符合一个经历了无数夜间任务之后而在食堂里用饭的男人的形象，然后动身前去他的防洪帐篷，这是一个由他和一个鬼牌共享的帐篷，而他踏进这个帐篷之时，这个鬼牌就拉长着一张犹如巨型芒松似的脸，一言不发地怒瞪着他。

马克收拾起他的行军床，弄出“嘎吱嘎吱”的声响，想睡得没那么难受。总的来说，他可以断言，加入新鬼牌旅的生活与在火箭堡的生活很大程度上是一样的。恶劣的住宿环境，糟糕的食物，周围能看见的人没一个不讨厌他：完美至极。甚至有一种被包围的感觉萦绕在他心头，尽管之前在路过一号高速路时——也真的可以说是这条交通要道路过了他们，当时他们坐在半挂车的车床上，拖着长枪，长枪都被遮了起来——遇到的所有坦克在表面上都是跟他们一头的。

至少这里没有神经病小孩，没有那种会心血来潮地把你的精神剥离出你自己的身体，然后又丢进鬼知道是什么东西里面去的神经病小孩[1]。而这里也没有布拉斯……

布拉斯……太阳大概落下去很久了，不过从东方吹来的季风仍然停留在内陆，所以这天依旧炎热。他想到塔基扬的曾孙子做到了夜晚

① 指传心者。

和雨水都无能为力之事：令他感到彻骨的寒冷。

英俊少年布拉斯。精神力量的天才操控者布拉斯。反社会者、杀人犯以及强奸犯布拉斯，在地球乃至塔基斯星球上都犯下了难以想象的罪行（塔基斯星人做出的这类事情在塔基斯星上甚至可说是屡见不鲜）。希特勒的榜样布拉斯，他在一名王牌——更准确地说，两名王牌，还有一位是困在地球女人身体里的塔基斯星王子——的伴随下，要征服塔基斯星球。他没有动用自己空前强大的精神力量，而是凭借一些陈腐老旧的政治冗谈便让他在伯克利连试用这份力量的机会都没再用上。塔基斯星人之前便知晓并应对过精通精神能力之人，但他们那古老的文化却没有抵御地球日常的煽动性言辞的抗体。

他想起了K. C. 斯特兰奇，也想起了罗克莎拉娜。那些在一群外星人的包围之中，觉得他身上有值得关爱与呵护之处的女人们（老天知道这是为什么）——总体来看，他心里想着，要在塔基斯星球和火箭堡上谈“外星人”这个概念，那还真是说不清楚。

他想起了斯普劳特，他失去的女儿。他想知道她在做什么。加利福尼亚现在的时间可能还是清晨——在任何给定的时刻，如果他知道他所在之地的时间，那他都能算准这个时间。她这时该起床了，会自己穿衣，会以小女孩儿特有的挑剔精心打扮自己，会细心梳理她的金发——长发，他上次见到的时候是一头长发——然后准备前往马克的父亲送她去的那所特殊学校。

*我还会再见到她吗？*他心想道。随后他心底一沉：*我该见她吗？*

尽管马克和他的父亲有众多不同，但他父亲是一个如铁甲般不可动摇的男人，后来这变成了他的优点，也是缺点。他曾向马克承诺过，斯普劳特会得到最好的照顾，而马克清楚这一点。

以往，马克向来对物质主义和追求利益不屑一顾。那自然是他在经历几个星期的贫民窟生活以及几个月的逃亡生活之前的想法。在还没有躺在潮湿不堪的行军床上听着季风雨拍打头顶的帆布帐篷，看到死虫子和一坨坨天知道是什么的鬼东西在及踝的水面上起起伏伏之前，你很轻易地就会蔑视舒适的生活。

也许金伯莉·安，他的前妻，他失去的爱人向日葵，她才是一直正确的人。他一向在斯普劳特身上倾注了他所有的关爱，没人能否认这一点。尽管披头士高歌着“你所需要的只是爱”，然而爱并非你所需要的全部。

梅多斯将军能够保证那个孩子的物质安全以及舒适生活，远胜过她父亲曾给她提供的一切。但是他还想看到她没有缺乏关爱，也不缺少她想学习的知识。

她在现在的家里过得会更好，马克暗自想道，内心痛苦地改变了想法。另一张行军床上的室友鼾声如雷，犹如一头浮出水面的海象。*她可能连想都没有想起我……*

他胡思乱想着进入了梦乡。第二天清晨，他们播放着磁带里的军号声，将他从床上吵醒，然后递给他了一把铁锹。

◆

下午临近傍晚的时候，季风雨重整旗鼓后再次落下——*和往日的节奏有些不同*，马克猜测着。令他惊讶的是，鬼牌旅的人对着昏黄不明的天色露出了担忧的神情。天空高远而一望无际，夕阳落入云霞之间，而云霞如水泥一般倾泻于西面群山之间，看到此等景色，马克自己倒有点想放声歌唱，然而他几乎连抬头的力气都没有了。

今天的晚饭是大米和鱼肉。和马克一起吃饭的人都对伙食满腹怨言。*马克觉得味道还凑合。*

晚饭之后，鬼牌们戴着袖标，随着人流走出去，来到阅兵场上接受政治教育。“真要命，”他听见一个满脸褶子，像只沙皮狗似的鬼牌咒骂道，“逼我们冒雨挖坑还不够。可我们一收工，暴雨就过去了，我们还得拖着可怜的屁眼到这儿来听课。”

瞬间就有两个大块头年轻鬼牌神色凶恶地出现在那个抱怨的人两边。“这是露出了反社会作风啊，是吗？兄弟。”

“资本主义作风。”两人中年长的那个说道。

“管他是什么。听起来你需要接受点自我批评教育才能帮助你纠正思想。”

马克快速地溜走了，同时又觉得自己的行为很懦弱。他认为那个男人说得不对，抱怨成那样——毕竟他们都是自愿劳动的，而且马克认为这是标准的午夜任务[①]规则：你想喝汤，那你就得听布道。都是这么回事，他并不想弄清那个自我批评教育是什么。

破天荒地头一回啊，马克，你做出了明智之举，旅行者的声音在他的头颅内响起。哎呀，那两个家伙可真会抓住时机，不是吗？

马克的精神全到他那双沾满泥的靴子上去了。旅行者认可他的行为。现在他知道他是个胆小鬼了。

头顶的云层依旧聚集重叠，显得十分厚重，遮住了繁星。马克如今已经可以挨过夜晚和星空了，之前在爱琴岛时他除了面对他们以外别无他法。大概可以这么说。当阴云挡住群星之时，他依旧没有心碎。

他们一列一列地排好队，面朝着讲台，多达好几百人——马克在估计人数这方面一直不在行。马克想他可以在社会结构上看出明显的差异。大约有三分之一的人至少是中年人里偏年轻的那一档，或者是刚好跨进中年人的门槛这一栏，就像马克自己。其余的人都又年轻又有热情，尽管他们大多数人的热情都表现为互相开玩笑，互相打闹。

接下来轮到马克了。到处都能看到一个男人，在一群百变王牌之中，他的个子高得出奇，几乎有十英尺，头上不长头发反而长的是绿叶，浑身被疑似粗皮病的干枯皱皮所覆盖，皮肤上还爬满了深深浅浅

① 洛杉矶贫民窟里的人道主义救助机构。

的紫色长颈鹿纹。基本上，就如马克远高于普通人那样，他也比这群人都高得多。这使得他成为一个十分显眼的少数派，视野中唯一一个耐特。

直到查尔斯·索贝尔出现，从帐篷之间踏步走来，仿佛他这是要去和黑鹰本人握手，身后还紧跟着一名随员，如同已故博卡萨皇帝的披风似的。他登上讲台，站在演讲桌后面。布鲁和鲁斯——鲁斯穿着多袖孔定制T恤，而布鲁打扮得好像他在集会结束之后要去夜店一样——也在讲台上，分别站在索贝尔的两侧。

“请就座，同志们——我对使用这个称呼感到无比骄傲，”索贝尔的声音宛如温润的车用机油一般，从麦克风里广播出来，“别担心，你们不用坐得像立正似的。”

他的话引起了一阵笑声，*大约是从那群戴袖章的人那里传来的*，马克性格中偏像愤世嫉俗的跃闪杰克的那一面如是想道。观众中的某一处响起一个声音：“让我们坐在椅子上怎么样？”

鲁斯探出他的圆脸。“革命不是为了你的个人安逸，兄弟，”他怒吼道，“那都是虚假。如果你连这点小小的不适都接受不了，那么你或许最好动身回到你那个白面包世界去，再次成为耐特的出气筒——”

索贝尔抬起一只手。“好了，卢修斯，我明白了。我明白你们大多数人——是的，你们是人，比那些看不起你们的耐特更是人类——都是新来的。你大概还不确定自己到这儿来干什么。我们对你们有什么期望，你们可以有什么期待。”

“我可以很简单地回答这两个问题。我们对你们有什么期望？你们的一切。一旦不竭尽全力，便是将自己出卖给了剥削者。”

“至于你们可以有的期待，一个词便足以：*胜利*。”

这一次的掌声覆盖面变得更广了，而且至少有部分是真心实意的掌声。马克依旧听到了一些零零落落的嘘声，还看见了有些家伙做出了下流的手势。

上校站在讲台上，双手放在演讲桌上，微笑着扬起下巴，等待人群的杂音逐渐变小。“今天晚上，我注意到很多新面孔，最近有很多新人加入到我们的事业里。我明白我的话对你们之中的一些人来说听着像空话。而你们的生活中充斥着政治家和浮夸的华尔街骗子许诺的空头支票。你们理所当然会抱有怀疑。”

“如今，我是一个相当公正的国家发言人——”戴袖标的男孩儿们又尽职尽责地发出笑声，虽然马克并没明白好笑的地方在哪里——“但我也清楚我看上去符合剥削者的形象：白人，耐特，男人，当权者。但是，我们之中有一人——你们之中有一人——他的天赋将会向你们展示我的话语背后的真相。”

“同志们，容我自豪地向你们介绍——埃里克·贝尔！”

人群中大部分人爆发出一阵欢呼——那是个警觉的老将，马克一眼看到。他先前的一位同行人就只是站在远处，脸上是一副“噢，得了吧”的表情。

有个人站出来，从后面走到了平台之上。索贝尔露出从容大方的微笑，从讲台上退下来，朝他点头示意，让他走上中央舞台，走上讲台前方。此人身形修长，身穿布鲁斯·斯普林斯汀[1]同款T恤和牛仔裤，从他走动的方式看得出来，他的年纪还很小。但他的脸却严重毁容，剩下一副凶残动物的吻部，和眉毛一起向外突出。

他伸出双手。人群安静下来，就连那群肆无忌惮的新人都闭上了嘴，徒留为公共广播提供电力的小发电机的沃里舍[2]自动伴奏。

仿佛有人在马克的眼睛后面放下了电影荧幕。他看到一座夜幕下的岛屿。在那座岛屿上有一座梦幻般的城堡，仙境般的塔楼和穹顶，

① 美国摇滚歌手。

② 美国著名钢琴品牌。

还有建有城垛的城墙。然而一个巨人来到了这个仙境，将这里踩得稀巴烂；塔楼倾覆，耀眼夺目的穹顶碎了一地。

接着马克看到了周围的环境，岛屿周围有一个阴暗悬崖似的阴影轮廓，上面布满无数的光点。那是曼哈顿的空中轮廓线。我的老天啊，那是火箭堡！马克心想道。但它的变化也太大了。

一切又要发生变化了。一道水形成的悬崖，在月光照耀下折射出闪闪发亮的银白，急速冲下哈德逊河。径直逼近埃利斯岛。

漂浮在波涛之上的是灵龟的战舰盾片龟壳，绝对错不了。

当那场海啸如同上帝的推土机一般冲垮火箭堡之时，人群中升起一阵哀号。在那片汪洋水面之上是一片狼藉。而在水面之下，不可能有任何生命幸存。

“看吧，”年轻人开口道，他的声音洪亮，根本不需要用到扩音器，“都看看。那正是我所目睹的。膨胀送我离开了火箭堡，远离了我的同志们，我的鬼牌伙计们，哪怕我恳求他让我留下来，和他们共命运。他把我送走了，如此我才能目睹这场灾难的全过程——也正是如此，通过我，你们也能亲眼见证这场灾难。”

人群暴怒，高声叫喊，在空中挥动着拳头以及不那么寻常的附肢。马克将头深埋在两臂之间，想要呕吐。他满脑子想的都是兴登堡号的遇难广播中，他记得模糊不全的话语——“噢，我的上帝啊，仁慈，仁慈！”

——那不是真的。他意识到自己不变的人类外表让他在这群人之中分外显眼，好似他的前额闪烁着“666”，他的身体内部有个地方收容了他全部的恐惧和羞愧。

“但那不是膨胀希望我给你们展示的全部。我的朋友们，我并非来此求得你们的同情，”年轻人说道，“我甚至不是来求得你们的怒火。我只向你们要求一样东西。用不朽的约翰·列侬的话来说——想象。”

“一个更好的世界。”索贝尔庄重地吟诵起来。而马克看到了——一个更好的世界。

一座城市隐隐约约地出现在远方，越过一片科技带来的恐怖场景：废弃的轿车宛如铬合金制的甲壳虫，在阳光下反射着白光，背景是高耸的烟囱刺破天际，飘出滚滚黑烟。

他意识到索贝尔的话把他的大脑搅得一团乱，犹如上等的泰国大麻，不过它们却没有留下一丝印记。他继续看，凌乱的轿车尸体褪去了，消失了，留下一片紫色和黄色野花花田，随风舞动似旗飘。紧接着，那些烟囱也都不见了，红杉树林取代了它们的位置，朝着太阳一路扩散开去。最后，城市中的钢铁和玻璃构成的高楼大厦闪着光消失了，留下的是一座山上的茅草屋村庄。人们身体健康，面颊微黑，在花园中劳作，还提着木桶去山上打水。视线拉近，你能看到他们全是鬼牌，幸福、自由且无所畏惧的鬼牌。

这幅画面实在太美好了，马克几乎难以呼吸。他感到自己的双眼满含着热泪。

雨水落在他的脸颊上，如口水般温热。他眨了眨眼，然后他再次看到了鬼牌们紧密排列在一起的方阵，以及再次开始凝结的夜幕与暴雨。

“这就是火箭堡真正的遗志。”埃里克说道。他的话音微弱得如同耳语，但却传播到了遥远山脉的山脚。

“你们现在都已经看到了我们所有人为之奋斗的美景，”索贝尔说道，“所有人与地球，与他人和谐共处，肩并肩地为共同利益而奋斗，不再纠结于个人利益。”

♣

索贝尔还有话要讲，但那都是些扫兴的话。会议一结束，马克竭力往前挤去，急切地想去和那个被众人称为“梦者”的男孩交谈，也不顾那些被刚才的火箭堡毁灭的画面勾起滔天怒火的鬼牌是否会拿他撒气。幸运的是，观众的反应仍旧不太敏锐，还没有完全脱离刚才的梦幻状态。

他赶到讲台时，艾里克正走下来，准备离开，身边还围着他的崇拜者。“等等!”他着急地喊出口，“等等，我要和你谈谈!”

艾里克转过身。“该死的耐特。”有人难以置信地说，语气中饱含厌恶之情。

马克跌跌撞撞地走到男孩身边。“那些画面……你给我们看的，”他说道，“都是真的吗？那一切真是那样发生的吗？灵龟——”

年轻鬼牌浓浓的轻蔑犹如一颗炸弹狠狠地击中了他。“你认为我用我的天赋欺骗了大家吗?”艾里克叱问道。

“不——我的意思是，我不是说那不是真的，我只是无法相信灵龟会做这样的事情。”

“谁在乎一个耐特相信什么?”艾里克反问道，随即转身离开。

马克试图追上去。一个小孩忽然挡住了他的道。他长着莫霍克人式的白色背脊，恰似豪猪刺。他的嘴是一道张开的裂口，几乎延伸到了他的下颌关节，四根竖直的肉条挡在裂口中间。他骨瘦如柴，裸露的胸膛套着件破烂的马甲。马甲上还有“我喜欢耐特的鲜血的滋味”这句话的火烧痕迹，似乎是用焊接的铁皮写出来的。

“消停会儿，你这个该死的耐特老头。”他咆哮道。

马克无助地将双手伸向两侧，他追不上了。艾里克和他的跟班消失在夜色里。

“哎呀，哎呀，”一个声音从他身后传来，“这些孩子的态度啊。”

马克转身后发现自己盯着一只人类大小的金色蜥蜴。他眨了眨那双巨大而美丽的黄宝石眼睛。

“还是一群听风就是雨的年轻人。”蜥蜴说道，从嘴里抽出一支雪茄，然后伸出一只有三只手指的手掌。“马克·梅多斯。世界可真小。你他妈的过得怎么样?”

♥♦♣♠

第二十三章

“是的，兄弟，那都是真的，就目前看到的画面来说。灾难发生的过程就如艾里克展示的那样——我自己倒没弄明白他脑子里的那些声光秀。灵龟带着那股大潮般的海浪摧毁了火箭堡。”克罗伊德·科伦森在他的地堡里提起一个有缺口的绿色搪瓷壶，给自己倒了一杯茶。一盏孤零零的煤油灯发出的光把他那身好看的鳞甲照得闪闪发光，就像猫王的外套。“当然了，那群联邦政府事先就把那地方炮轰得个稀巴烂。不过的确是灵龟造成了那场灾难。”

堆在地堡顶上的沙袋吸收了暴雨的大部分怒火，将暴雨的噪声降到了背景白噪音的大小。马克坐在一个开裂的木板条箱上，头埋在双膝之间，竭力保持正常呼吸，避免呕吐出来。

“失去了一些朋友？”克罗伊德发问。

“并不多，”他抬头看向克罗伊德，“我在火箭堡也不怎么受欢迎。但膨胀是——他是个好人。他和他的朋友值得更好的生活。可灵龟”——他摇着头——“我想不通他为什么要制造这等大屠杀。”

“他有他的理由。那群传心者失控了。一切都在朝着灭亡发展，非常地干涩粗糙，请别介意我语言中的修辞。”

“好的。”马克说道。此时似乎没什么可再说的了。对于汤米[①]的所作所为，马克仍然感到心神巨震。但是汤米已经做出了决断，那余生都要背负它的后果活下去。在知道汤米的故事之前，马克不会谴

---

① 灵龟的昵称。

责他。

克罗伊德那显而易见的超然态度也令马克有点心烦。但那是克罗伊德。没有经历过被拽离原本的世界，你也不会有克罗伊德那样的生活体验。

“那么，”他开口抛出话引子，“你在越南做什么？”

“基本和你一样，我猜：为了我的健康而在外旅游，”克罗伊德眨了眨他那黄玉似的大眼睛，又抽了口雪茄，“我做出了几项糟糕的事业决策，随后事态在纽约市里总体上变得有趣起来——就像东方诅咒那种意义上的有趣，也让火箭堡之战变得微妙起来。”

他向后靠去，用他的尾巴当作支撑——为了坐在一张椅子上，他爬行用的后肢姿势怪异地扭放着。马克看着他一手拿起茶托，另一只手拿起茶杯，第三只手指和小指优雅地向外翘起，马克不得不咳出声来阻止自己“咯咯咯”地笑出声。生活的变化发生得太快了。

克罗伊德透过垂下的粗硬眼睑看向他。“我真惊讶你竟然对灵龟、火箭堡还有其他发生的事件一无所知。仿佛你没有看到新闻报纸和电视还有其他传媒铺天盖地的报道似的。它们甚至还让扎帕将军出了一本类似那些‘一周奇闻’的平装书，叫《反恐胜利》。要错过这些可有点难度。那么我又要说了，有一段时间，你就像是从地球表面消失了似的，朋友。”

“实际就是如此。当时我在另一个星球上。”

“我还以为你早就戒掉了那些鬼玩意儿。”

“不，不是。你理解错了，伙计。我那时在塔基斯星球上。”

马克把整个故事告诉了克罗伊德，略去了部分细节，譬如星辉之死。他不觉得自己能聊这个，和他人分享这件事显得有点太私密了。克罗伊德和他是老朋友了，但他们二人的生活轨迹互相牵涉太多，以至于从未变得特别地亲密。

“所以塔克夺回了他的身体，还得到了新的手，就要成为伊卡赞还是什么家族的国王了，”克罗伊德若有所思地摇着头，“标准的童话故事。”

他突然停住，眼睛盯着下方。一只长着角的巨型黑色甲虫正爬过地堡里的船运木托板。

“等我一分钟，”他一边说，一边放下茶杯，“你可能会想看向另一头，朋友。”

马克耸耸肩，不去看他。克罗伊德四肢并用地趴下椅子，目光热烈地注视那只昆虫。紧接着他没有嘴唇的嘴巴张开了，一条苍白的舌头如同鞭子似的快速伸出去又收回来，然后虫子就不见了踪影。

“唔，”克罗伊德坐回原位，重新将尾巴竖起做支撑，又端起了茶杯，然后开口，“冠军的早餐。我得告诉你，兄弟，我必须解决我吃昆虫的报应——你是个老嬉皮士了，你相信因果报应的鬼话，对吧？我去年也吃了虫子，就在我处在巨型粉色蝙蝠的阶段期间。”

他摇了摇头。“另一方面，如果你不得不变成一个食虫者，这里绝对是地球上绝佳的居住地。到处都是虫子，像刚才那个那么大只的鬼东西，*而且味道不错*——兄弟，确实味道不错！”

他盯着马克。“哎，我的话不会让你想吐吧？你想吐吗？”

马克摇头否认。

“倒霉，*这可真少见*。我的味觉癖好是我独自居住在这个可爱地堡的一大原因。这个词用得太好了，*味觉*。大概十年还是十一年前，我记住了这个词，我发誓这绝对是我第一次找到合适的机会把这个词用到句子里。”

“很高兴派上了用场，兄弟。”

“而且你还告诉我那位好医生还生了个孩子。真该死。我不会嫉妒一个由既是自己母亲又是自己曾祖的人抚育长大的小孩。”他喝了口茶，咂了咂嘴（虽然他没有嘴唇），“那么我又要说了，我也不嫉妒任何有布拉斯这样的父亲的孩子。那这个变态的小疯子后来怎么样了呢?”

“塔克的表亲扎博杀了他，在瓦雅万德萨宫殿的最后一战的时候。”

马克像只狗一样趴着。布拉斯·让内·安德鲁的下场他再清楚不过了——他亲眼看到了那人的结局，而后每隔三晚就又在梦境里重放一次，让他汗流浃背，脸色惨白地惊醒过来。塔克重回那个他和百变王牌病毒诞生的星球的故事确实也像一个童话，因为它的结局还包含了一个怪异而恐怖的意外转折。

在他和塔基扬相知相识的这么些年来，布拉斯的命运才是第一次真正地让马克觉得惊世震俗，惊骇程度远胜于当初他最好的朋友告诉过他的那个真相：不论基因如何，*伊卡赞家族的缇希安·布兰特·扎拉王子不是人类*。

“那么，你为什么看不见艾里克的那些幻象?”马克极力想要改变话题。

克罗伊德耸肩，他的动作差点就让马克轻率地笑了出来。“蜥蜴不做梦——爬行动物的大脑的缘故。当老艾里克卖弄本事的时候，我什么都没看见。我觉得我也没错过很多东西。”

马克摇头否定。“那些画面很美好。我看见——”

*是啊，你看见了田野和森林还有飞鸟，哦，天哪。永恒的草莓地。平凡的城市。*这话听起来像跃闪杰克说的。

马克又摇了摇头。“语言难以描述。不过那的确很美好——比我生命中见过的一切都要美好。”

“对啊，所有忠实的信徒都坐在那里，脸上一副傻了吧唧的表情，口水都滴到了大腿上。我很高兴我最近没有参与那群百变王牌的集会，逃过了这劫。我从来都不是这种真情实感地相信他人的类型。”他的目光越过茶杯的边缘，锁定在马克身上，“读过那本霍弗的书吗?”

“读过。”马克答道，心里有一丝怒意，同时又有点气馁。一部分的他告诉自己说克罗伊德是个犬儒主义者，是那种会嗤笑全世界的人。另一部分说马克是一个标志。但凡星辉还活着，我都不会陷入这种怀疑人性向善的困境中。

克罗伊德低头注视他的茶杯，好像杯子里有虫子一般。或者相反，里面没有虫子。“这类东西麻烦的地方在于，开始的时候它尝起来就像煮熟了的大麻。可能因为它就是那种玩意儿。”

他把茶杯和茶托丢在自己肩上。它们没放稳，从粗糙不平的板条上掉了下来，“啪嗒”一声落在了淤积在木托板之下的红色泥水中。他朝墙边的一台荧光绿和白色的科尔曼冰箱走去，打开冰箱门，取出了几瓶酒。

“是时候喝点可口的老解放啤酒了。这是让胡志明市名声大噪的啤酒。”

马克皱起了脸。“它的味道就像福尔马林。”

“这就是它出名的地方。”他将两瓶酒放进他粗糙的嘴里，然后“噗”的一声揭开了两瓶啤酒的盖子。

马克毫不迟疑地接过了他的那瓶酒。大概是在火箭堡上和在圣战组织走私军火的那辆货车后部以及其他有趣地方的生活已经驱赶走了他体内的脆弱神经。或者那有可能是星辉曾经的所在，而如今徒留一个空洞。

克罗伊德举起他的酒瓶。“敬好朋友们。我们现在离地球上最后的共产主义国家近得要命，等着季风把我们，这一整个营的、来自纽约、由一个越南疯子掌管的嗜血鬼牌团伙，把我们都冲进东方的南海。我得说这值得我们干上一瓶。”

他将一整瓶啤酒一饮而尽，随即把酒瓶丢到角落里。“好了。你今晚可以就在这里过夜。该死，你也可以搬进来。这群男孩中的大多数人都不会交谈，如果你懂我的意思。年轻的那些人成天趾高气昂地四处打转，就为了找出哪些人的胆子最大，而那些老家伙把一半时间都花在高喊口号上，其余一半时间都在抱怨我们剩下的这些人有多么忘恩负义，丝毫不感激他们上次来时为我们所做的贡献。”

“我不想给你添一丁点儿的麻烦，兄弟。”马克一边喝酒一边说话。

“嘿，一点不麻烦。我可不担心你的呼噜声会让我整夜睡不着。”

马克神色防备地看着他。“那么，唔，过了有多久了？”

在街上，他们称克罗伊德为“沉睡者”。他是最初到的人之一，喷气机小子最后一次犯错的那天，他在公开场合被捕了。从那之后，他每次躺下入睡之时，他都会睡很长的时间——醒来之时会拥有全新的面容和形态，更会获得全新的王牌能力。事实上，这种事情也不是每次都发生——有时他也会抽到一个纯粹的鬼牌。显然，他从来没有抽到过一次黑桃皇后[①]。几年前，他遇到了更奇特的事情：在自己体内产生可传染的塔基斯外星病毒的能力，一种甚至可以让已经显露出百变王牌特点的人再次感染的能力。他曾经搅起了一连串的巨大混乱，直到他后来终于又瞌睡了。

当克罗伊德醒来之时，他通常可以保持一段时间的清醒，这段清醒期在数天到数周之间。当他的精神开始变得萎靡起来，他往往意识到自己一点都不想那么快就又回到梦乡。他可能会拥有一副极其有用或者搞笑的形态，或是拥有未完成的生意，而且他醒来的契机也并非总是那么令人满意——何况从他本人的那副百变王牌之中抽出黑婊子的风险总是存在的。

那是马克结识他的主要原由，就他本人的能力而言，他是街上资历过高的药剂师。一旦克罗伊德的眼皮开始打架，他就开始以创纪录的剂量狂吞药片。在一段时间后，药物开始对他产生影响——如他曾

---

① 指因为百变王牌病毒而死的情况。

经的兴奋剂伙伴亨特·汤普森提到过的60年代——就像满月影响狼人那样。

为了他自己的研究，马克手上储存了大量强力且不多见的兴奋药剂，而克罗伊德知晓他是一个会放任朋友被吊死的人。对他来说，马克做过实验，提出了一些兴奋剂类似物，能及时地让克罗伊德保持清醒，不至于变身为疯癫的神经病。然而，即便药物并非那些“只会说不”的懦夫们口中的“不可救药的魔鬼毒药”，但凡事过度必定产生不良结果——过度地吃饭、呼吸和睡觉带来的严重后果都不亚于安非他命。没有反噬作用的兴奋剂就和复苏激进者这个目标一样难以实现。

马克有足够的理由问克罗伊德他这次已经清醒了多少天。假若这位沉睡者即将转动那对黄糖霜似的大眼睛，要对那个啃咬他双腿的隐形生物咆哮个不停了，那马克想要，你也明白吧，有所准备。而且还有更突出的问题，要是戈登壁虎·克罗伊德掌握了什么能力该怎么办？安非他命引起的精神失常发作时，他这个人可没办法保持理智。

马克握紧裤兜里装着蓝黑粉末的那个药瓶，只是为了以防万一。要是克罗伊德进入了狂吞药片的阶段，那他可能变得非常敏感。

不过克罗伊德只是笑了笑。“好几周了。到这儿六周了。在一辆南斯拉夫货运车里醒来的，醒来就是这副模样。车队的人员都被家乡发生的民族冲突给吓傻了，紧张到不行，甚至没功夫来害怕我。从那之后我就一直保持这个样子了，连个呵欠都没打过。”

他抬起一根像吸管尖头似的手指，神秘地眨了眨眼。“你看，老伙计，”他说道，“这就是我这次的能力，我如今的最后王牌。我喜欢这个形态，目前而言——我都不必担心失去它，再回来时就变成了鼻涕人第二代，因为蜥蜴不睡觉。”

虽然蜥蜴也没有嘴唇，但他成功地露出了一个大大的坏笑，同时又坐回到他那金丝镶边的尾巴上。

“噢。”马克叹道。同时他心里想道，虽然我不是一个爬行动物学家，不过我觉得那不对。

他判断这不会是他的麻烦。他走向那面由山上伐下的树干固定的槽壁，槽壁旁边是一张上下床，他坐在床铺上，准备脱下靴子，此刻他真希望自己可以睡掉克罗伊德接下来六个月的睡眠。

克罗伊德走到门边，把头探了出去。雨滴在他宽大鼻孔间的口鼻处炸开。“我实际上还不完全是冷血动物，这是件好事，”他说道，“因为对我来说现在真是黄金时段。”

“什么？”马克一边躺下，一边将军毯搭在他的长腿上面。

“狩猎。它们都是夜间出没，就像那首歌唱的一样。”

“专辑名。是什么，伙计？”

“我要去狩猎了。很多大虫子会在这样的夜晚出来。我经常碰上那些大屁股的越南耗子——”

“我真抱歉问了你。”

♥♦♣♠

第二十四章

“好了，姑娘们，放下家伙，休息十分钟。”中士厌恶地看着这一对人，“也许我们最好休息二十分钟。不想引起任何心肌梗塞。”

“这是性别歧视。”橡皮头抱怨说，把背包放到水稻沟渠上，软绵绵的手臂如同温热的蜡，“把我们喊成姑娘们。这可不符合规范。”

“站出来，到灌丛这里来，我说的话完全符合规范，你这个屎壳郎。我说得够清楚了吗?”

眼前的一切都是绿的，绿到让人眼睛刺痛的地步，从周围臭熏熏的水洼到远处平地而起的起伏山脉（就跟玩具火车模型似的）。在季风雨浇灌过的水田里，农民们都在劳作，他们头戴的圆锥形草帽在空中不停地上下移动。没人转身张望这群踉跄闯入他们世界之中的陌生人，于他们，这群人与那些从岘港飞往东北的飞机没多大差别。并不是什么新奇事物。

那个被称作破坏者的鬼牌重重地抛下自己的背包。他是个高个儿小孩，就和生牛皮皮带一般坚韧，他的鼻孔被一片软骨组织和骨头挡住，而且颅骨向后突出。一如往常，他的暴脾气让马克有些不安。

“你这个狗娘养的东西!”他冲那个中士尖声怒骂，“这奴役的日子我不过了!”

他挺着皮包骨似的胸膛走了出去，好似要以这等神气打败中士。他身穿一件用英文写着“别烧石油，烧耐特”的T恤。所有让整个鬼牌旅统一服装的努力并没取得多大成效，尤其是因为那些统一服装大部分都是些旧衣服以及别人丢掉的衣服。他们头上戴着各式各样的帽子，从商店的赠品帽子到松垮的凯马特[1]圆边帽。有传言说共和国买不起给他们戴的头盔。

“混蛋!”破坏者冲中士怒吼，“该死的耐特同伙！你该被套上项圈。我们该看到你的狗脑袋被烧掉，你这个狗东西!”

接下来，他走到了中士的身边。中士朝他伸出两根干硬的棕色手指，直戳破坏者的心口。

年幼的鬼牌痛得佝偻下身子，重重地坐倒在地，像一只跳上岸的鲤鱼那般用力喘气。“滚回去，蠢货。”中士说道。他转身背对破坏者，然后走开了。

马克坐在一棵棕榈树下，背靠着树干，天气的炎热、肉体的疲惫以及这丑陋场景的反应都让他身心俱疲，心绪不稳。淹水稻田泛起的每一丝涟漪都是一束细小的激光，朝马克发射白色的死亡之光，刺穿他的眼睛直抵天灵盖。他去过寒冷的塔基斯星球，又从那里出发去过欧洲的高纬度地区。潮湿越南的高温就如一柄木槌狠狠地捶打着他。他都要开始思念季风雨了，而季风雨已经暂时撤离了。

中士重重地坐到了马克旁边。他长着一张口鼻凸出的脸，鼻子湿漉漉的，还有一双悲伤的眼睛，朝外眼角瞥去。他摇了摇头。

“这行为很过分，”他说道，“训练他人不应该跟他动手。这是我不对的地方，但去他妈的。在过去孩子们可不是这样子的。真不知这个世界怎么了。”

破坏者逐渐找回了呼吸。他厉声叫喊着坐起身。“他打了我！他打了我！我要去军事法庭。”

“你现在可不在你的白面包耐特世界，白人小子，”一个右手上有恶魔王子文身的鬼牌说道，“你没有人权。”

“那不是我的耐特世界。”破坏者火冒三丈地说道。不过以一种

① 美国零售公司。

阴沉的方式，他感觉到人群的态度对他不善。

“长官打了自己的下属。”斯里克中士说完擦了擦自己的额头。他被年轻新人称为“政治家”，这个词被年轻人用来指部分年长的鬼牌，他们大多数但并非全部都是老鬼牌旅的人。就像布鲁和鲁斯还有聚在瑞克酒吧里的其余人一样，斯里克中士之前也没有从军经历。“这种事儿一直都有，在隔壁炮兵营。纪律。”他弹了弹手指，甩飞那屎臭味的脏水，溅出的水滴将阳光折射出彩虹般的颜色。

“纪律?”橡皮头喘着气地说道，“我们要纪律做什么？我们都是老好人。”

“在过去的时候，从没有人威胁过军士吗?”马克询问道，“这和我听说的可不一样。”

“威胁？见鬼去吧。我们做的可不止这个。有一次，有一个耐特少尉，刚出西点军校的新人，他……不对。那是很久很久以前的事了。”中士把头搁在双膝之间，沉默了许久。马克从自己的水壶里倒了杯水给他喝。

“我不知道，”中士坦言道，“也许我只是在自欺欺人。但是今天的孩子们仿佛更机灵，更冷酷。比我们小时候更刻薄。”

“这很常见，”马克说，“生活对每个人都很无情，老兄。这整个训练也是。”

“无情？无情?”中士笑了起来，笑声中满是怀疑，“这根本算不了什么。跟基础训练比起来，这就是在公园里散步。”

“对。但至少，唔，你完成了基础训练。某种训练。这群孩子才刚来到冷……”

“是啊，于是他们有一肚子又老又酸的臭屁要放，这样他们才能做好热身准备，”他注视着马克，“你连去都没去过，是吗？你是个什么家伙，逃兵役的还是什么?”

“读书推迟了。唔，虽然我从没去过加拿大。也没进过监狱。”

中士勃然变色。“那是懦夫的鬼话，小子。”

是吗？你才有过几次在任务里丧命的经历，牛皮大王？跃闪杰克想知道。马克朝中士眨了眨眼。

“慢着。你来到这里，准备为北——呃，越南人们而战。而你现在说我是个懦夫，就因为我没有上战场去攻击他们?”

“这不一样。之前是之前。现在是现在。”

“这也算回答了。”马克和跃闪杰克异口同声。

“那么，至少我以前就在这里，屁股坐在草地上。我知道这是怎么回事，唔，我清楚这里发生了什么，而你们所有的反战者还在故乡——”

“好吧，我此时此刻是真的身处此地，老兄。再说了，我从没有改变过立场。”

中士怒瞪着他。有一瞬间，马克觉得这家伙要动手打他了。哇哦！我从没像这样说过话。

忽然之间，这位军官的话语和怒火一齐喷涌出来。“或许你说到点子上了。”

“我很抱歉，老兄，我不是说——”

“不。不用。你说得对。那就是相当混乱的情况。我在1971年来到这里为我的祖国效力。在那之前国家从没为我做过一件事，只是说，‘为了整个耐特世界，让他们去，分散他们，鬼牌’。1971年。他妈的，在那之前我们就已经输了；该死的尼克松认输了。我们什么事都没得做了，只能在桌子上开更多的会，让更多无辜鬼牌去死。对了，还有让耐特去死。”

他顿了一下，一道阴影闪过人群，还在他们之中炸开了，传来一声强有力的咆哮。那个头上长满鱼鳍的前恶魔小王子像老切维似的惊叫着跳进水里，遭到他的朋友们一致嘲笑。马克抬头望去，看见一架MiG－27型号的鞭挞者轰炸机在低空飞行，正朝南全速疾飞。他好奇这架飞机如此荷枪实弹的架势，到底要飞往何处。

“当我听说上校要回到这里的时候，”中士接着说他的话，“想要把老鬼牌旅再次集结起来……我的意思是，索贝尔，他总是那么与众不同。他从不把我们当成从《十二金刚》① 一类的老土恐怖电影里招募来的货色。他对待我们的态度就像我们是人类那样。他让我们觉得自己干净又勇敢。他让我们觉得我们就像——像英雄一样。”

他从马克那里又接过一杯水。“在那时，我才又开始觉察到一切。我们想要为这个国家、这些人们做的事，这场战争对这个国家、这些人民犯下的罪。还有耐特对我们的所作所为，之前与之后。我环视四周，伙计，我看到那个里奥·巴奈特在电视上的笑脸，我看到我的兄弟格雷格·哈特曼掉进大西洋里，脖子上还插着该死的塔基扬医生的刀，在那之后，那场该死的灾难摧毁了传心者和火箭堡，摧毁了一切，而突然间，关于百变王牌的话题仿佛要全面解禁了，比任何时候都还要公开。那个时候，上校就在这里了，深入越南腹地，说‘到我这里来，我会给你自由。让你再次获得做人的感觉’。”

他直视马克。“我猜就算是你们王牌，开始的时候也觉得很艰难吧。你是我遇到的第一个王牌，第一个看我的目光不像在看泥巴的王牌。或者是不把我当成‘本周使命’海报里的畸形小孩。”

他将头靠近马克。“很多人冲你摆出一副难看臭脸的原因是你不仅仅是耐特，你更是一个王牌，”他低声说道，“我想这不算什么新闻。但你说得对，兄弟。你此时此刻在这里，你的屁股就坐在这片草地上。你甚至不是一个鬼牌，然而你却和我们剩下的人一起站在正确的一方。我想这让你还过得去——在我这里，至少。”

他站起身，关节发出清晰可闻的响声。“哪怕你在老鬼牌旅成员

---

① 20 世纪 60 年代的美国动作片，讲述二战期间美军少校奉命挑选十二位犯了军法的重刑犯组成敢死队执行任务的故事。

的手里没能挺过五分钟。不过那时候，任何穿着这身胆小鬼打扮的人也熬不过去，好了，所有人听令，休息时间结束。时间到了，收拾好继续走。”

马克十分费力地提起他的包——他只是太习惯塔基斯星球上的低重力环境了，仅此而已——破坏者悄悄溜到他身边。

“马屁精，”他用气声说道，“别以为我们没发现……你这个耐特。”

等破坏者加入沿着水田堤行走的那支步履沉重的队列中去后，马克在他身后看着他。被人感激的感觉真是太棒了，他心想道。

♠

夜晚黏人的湿热拥抱着她，治愈了她双脚上的水泡。随着她顺应自己的形[1]摆动身体，活动四肢，随后白天赶路落下的酸痛便都消失了。在她的心灵深处，她能感受到马克对于这种走捷径行为——这般轻易地就摆脱了白天辛苦劳作带来的疼痛——所感到的内疚。

她仍感到疲惫；她那治愈伤口的能力并不能瞬间冲刷掉她细胞里的疲倦感觉，这一点和普通人一样。不过她知道如何利用这种疲劳，放缓那刚硬的跆拳道动作，减小动作的力道，直到所有动作基本上达到了太极一般的流畅优美。

“我还以为只有右翼分子才总在念叨‘如果你想要和平，那就要做好战争的准备’。”克罗伊德说道。他躺在那些垒在地堡顶部的沙袋上。他的身边挂着用来吸引虫子的放风灯，这让他看起来就像站在图书馆阶梯上的守卫，而这个图书馆所在的城镇的市民比起狮子，更喜欢蜥蜴。

“你不相信这些人是为了和平而献身吗？”月光之子问道，呼吸

① 基本身体定位及移动运动的系统，例如空手道或柔道。

如常，“我们——马克今天巡逻的时候，他在的那支小队可没携带武器。”

克罗伊德抬起头，冲低处的云吹出一口烟。“这就意味着新鬼牌旅是代表爱与和平的吗？是不是索贝尔还不信任这群新人，还没有把枪支给他们呢？这群男孩儿里面有一些看着就有点精神问题，我跟你说的可是实话。”

“他们拥有年轻人的激情。”月光之子郑重地说。

“没错。红色高棉也有。说到那群激情澎湃的年轻人，宝贝儿，你得找一个观众了。”

一群人正晃悠悠地穿过阅兵场，仿佛是被风吹来的沙子。必胜堡里没有电视机，食物全是鱼头和大米，啤酒更是受到严格管控——虽然克罗伊德总是能设法搞到很多啤酒放在他的冷冻柜里。掌上游戏机是非法物品，除了《工人日报》以外的外国杂志也都是非法刊物，就算是《工人日报》马克也从来没有读到过，理所当然的，大麻和其他的非法兴奋药物也全都是违法物品。没有人权法案，就连军事审判统一法典也没有，权力不受限制，再加上分布广泛的告密者网络，张罗着诸如好心检讨[①]自我批评小组，似乎成功实现了相反的结果——就目前来看。检讨和学习之外过度缺乏自由支配的时间导致了更多的打架斗殴，在马克看来似乎如此。大概只是他不习惯军旅生活。

甚至政府广播的声音都变小了，或多或少。出于某个原因，它一天到晚只播放不在调上的军乐。这个音乐甚至无法让鲁斯变得热情高涨。男孩儿们沉迷各种热闹活动，就如同被克罗伊德的灯笼所吸引的肥美昆虫。

“嘿！快看那儿。有个小宝贝儿！”

嘘声和口哨声随之而来。“哎，伙计们，这是性别歧视！”橡皮

① 原文为越南语，kiem thao。

头高喊道，紧接着便传来一声捶打肉体的闷响以及一句“干吗！你打我!”

“对，”另一个声音说道，“现在，闭嘴，不然可别想不通我为什么冒火，你这个小叛徒。”

“来个约会怎么样?”有人喊了出来。

“像你们这样的垃圾可配不上她。”克罗伊德说。

“是吗？怎么，她对大蜥蜴感兴趣吗?”

月光之子无视他们。她十分平静。

“她在看什么?”那个叫“恩特”的鬼牌扯着嗓子说，“跳舞吗?”

“她在练‘形’，”斯多德巴克尔·霍克答道。他是个头上长着鱼鳍的孩子，“她在练空手道。”

“那是在跳舞，”破坏者讥笑道，“除非你在想放狗屁。”

“不，看着她，破坏者，”霍克强调道，“她还真不赖。”

“她长得不赖，”破坏者说道，“但这和你的屁话没关系。听话，宝贝儿——我在跟你说话，耐特臭婊子。”

月光之子没有理睬他。“看来你以为你比我们这些垃圾鬼牌厉害得多啊，”破坏者说道，“也许你该给我们展示展示，你是不是有真货。”

她完成了她的“形”，停止了动作。她捋顺自己的浓密黑发，阴阳面具遮住了她的半脸。“我不会为了比赛和好玩而打架。”

破坏者那进风口似的鼻子下面的脸写满了不悦，然后他点头道：“好吧，那为了自卫呢?”

人群分开了，一个被他人称为“犀牛”的年轻德国鬼牌向月光之子发起挑战。他体形肥胖，但行动却不慢，他取这个名字的理由相当充分。

月光之子跳到一旁，跳出了犀牛的进攻路线。一记强劲的钩拳以及他脸上那只一英尺长的牛角擦过她的后臀。鬼牌没有笨拙地前往克罗伊德的地堡那边，相反，他卸掉了全身的力道，转身滑到一边，不再正面进攻月光之子，他一拳撑在泥泞的地面上，如同一名用肌肉发达的手臂撑住身体的前锋队员。

老天啊！太空旅行者尖叫道。他来真的！

这些德国佬玩鬼牌少年帮的方式和我们以前在纽约的时候可不一样。跃闪杰克回应道。他们没有极客杀手，也没有扭曲姐妹[①]。上一个闹出点儿声的德国鬼牌还是那个扭曲的小变态，那个1986年在亚特兰大的民主大会上被打了蜡的家伙。这小子还以为自己能露出一点货真价实的凶残本色，追赶他的前辈。

月光之子还不习惯这类马克不得不忍受的连篇废话。她试图将这些话屏蔽掉，集中精力收拾她的对手。他看上去就像是一张重达两百公斤的灰色沉重兽皮挂在了一个蹲着的架子上。他明显拥有超人类的力量，庞大的身躯能移动得这么迅速，而且动作十分敏捷，能够贴近月光之子，还能自如地捉住她。另一方面，他那张脸上长着一张并不锐利的凸嘴，影响了他的视力，使他看不清六米开外的月光之子，一双小眼睛只能双眼冒火地干瞪着她，两肋剧烈起伏，仿佛他是累得直喘气。

是的。我可以从他身边跑开，我还可以在他面前隐藏起来。一个侧移，一个冲刺，之后我就可以和阴影融为一体。这是她严格遵守的行为准则，但凡有丝毫的可能，走为上策。

哪怕太空旅行者极其热情地赞同此法，但她清楚她不能逃。她对马克还有其他人负有责任。行人们把她的存在视为一种挑战。除非她证明自己的强大，不然他们会一直来找她的麻烦——或者是找马克的麻烦，而马克这个人格没有一点王牌能力，身体离强壮差得远，哪怕是对耐特而言。

---

① 美国乐队。

我一定要胜过他，还不能让他受伤，她心想到。打败他，但不能羞辱他。从来没人说过当王牌是个容易活儿。

“离开，”她说道，“我们不是同志吗？”

那对猪眼睛左右转动，观望人群。毋庸置疑：它想要鲜血。“你是耐特，”他说道，“我是鬼牌。我们之间只有战斗。”

“我们难道不是应该同这种偏见作斗争吗？”

这次犀牛直直地看向破坏者，后者站在人群之前，双手放在臀部。月光之子也朝那个方向望过去，她看见布鲁和鲁斯也到了这里，待在了人群后面。还有那个严重毁容的年轻鬼牌，造梦者艾里克。

“现在是革命时代，”破坏者说道，“要么证明你自己，要么就死，耐特。”

就算是没有正式的军职，布鲁和鲁斯的地位也是受到众人认可的；他们本可以阻止这场打斗，只要他们愿意。但他们没有任何动作。

当她望向那二人之际，犀牛进攻了。月光之子飞身起跳，在他的头顶翻了个筋斗。

他低伏在地面上，但很快就调整好身体，迅速转身再次与她面对面。她感觉到一阵脱力，意识到自己没给这群看客留下什么惊艳的印象。他们在一大堆功夫电影里都看过这种动作。他们不懂大部分的电影动作都只是特效。

“你还算机灵。”犀牛咕哝道。他只有三根指头的手紧握成石块般的拳头，举到他低垂的牛角两边，摆出一个让人想到泰拳的姿势，然后开始围着她逆时针打转。月光之子怀疑他是否真能使出自由拳击手的惯性滑行，不过一旦她踏进牛角的攻击范围，他会给她一招击碎肋骨的顶膝。

围观的人开始发出嘲笑，对没有过招，没有流血感到失望。可以看出，犀牛逐渐占据优势，踩着泰拳小碎步朝她螺旋逼近。

当他靠近，他伸头一顶，刺出那恶毒的牛角。她出手防御。他使出一记回旋踢，踢中她的肋部，将她踢飞出去。

她收拢一边的肩膀，滚动了几圈，随后单膝着地稳住身形，与此同时他又进攻了。她迅速地抬起右臂，挥出小臂，拦住他的牛角，发出一声鸣枪似的响动。动力加速度让他“轰隆隆”地冲过了头，这时她出拳打中他的腰侧。

他身形晃荡，脚步不稳，跪倒在地。他紧接着便站了起来，弯着腰，一只手肘按住腰侧。她怀疑自己下意识地克制住了怒火，以至于她的那一拳没能发挥出十成的威力，并没能对他造成真正的伤害。

“我们可以停下了，在有人受伤之前。”她即刻便意识到自己说错了话；此刻停止会让他看起来像怕了她似的。*我为什么就是不会说好听的话呢？为什么和人交流竟然如此困难？*

他冲她打出两招快拳。她轻而易举地挡住了，甚至这两拳之后的第三招顶膝袭来之时，她早已单足跳到半步开外，不在近身攻击范围之内，还反身回踢了他肥大的肚子一脚。

整整两百公斤重的犀牛被踢飞到了半空。围观人群散开。他屁股着地摔到了十英尺之外的地方，发出一声巨大的闷响。

人群发出惊叹的杂音。她已经露了一手自己的能力和速度。他给她添了麻烦，可能力气也比她大。但速度和技巧则是她的绝对优势。

犀牛重新收拾了自己，行动之间都露出动一下都疼的样子。“我们的较量已经够了，甚至有些过了，”她说道，“为什么我们要互相伤害，就为了给别人找刺激?”

他摇晃着头，仿佛她的话是他一心想甩掉的水。屈服绝不会是这个骄傲的年轻鬼牌的选择。*我希望这个男孩还有脑子，能假装被打倒*，她觉察到跃闪杰克在她脑海里说话。

她很意外。印象中的跃闪杰克是一个好斗的自大狂，而不是富有同情心的人。接着犀牛朝她冲过来，迅猛地挥出一记回旋拳。

她躲过了，忽然转身，出手抓住了他粗硬的手腕。她拉直他的手臂，顺势将犀牛拉往他来时的方向，用手掌制住他突然收回的手肘，然后将他长角的长鼻子压进土里。

他挣扎了一会儿，但无力反击，否则肩膀会脱节——要么就是手肘会断。他的鼻孔大张，粗重的喘息在土里吹出一道道痕迹，随后他消停了下来。

“废了他！”人群叫喊着，“扯断他的手臂！”她放开他，退开了。

“真勇敢啊，你们所有人！”她冲着众人怒吼，“他有战斗的勇气。如果你们有勇气做除了嘲讽以外的事情，那就走上前来，证明自己！”

众人似乎被一条看不见的警戒线拦住了。破坏者已经无声无息地从人群前排消失了。那记回旋踢足以令营里的任何人心惊胆寒。

她朝犀牛伸出一只手。他握住了她的手，让自己站了起来。接下来，他怒瞪着她。

“我现在就可以用我的角把你刺个对穿。”他大着舌头说。

“我知道。”

他开始无声地哭泣。随后布鲁和鲁斯穿过人群，走了过来。“喂，”布鲁开口，以他那种轻柔又满不在乎的语气说，“你们所有人除了傻乎乎地呆立在这里之外，真的就没其他更好的事情做了吗？再说了，这里有什么事情是你们真正需要看的吗？”

鲁斯气冲冲地看着身后的鬼牌们。“如果你们都没事儿干，”他咆哮道，“那也许我们应该给每个人多安排点额外的检讨，怎样？”

众人迅速地融入夜色之中，就像月光之子能做的那样。“好了，混蛋们，”克罗伊德点燃一根“致死”雪茄，然后用他仿佛游艺团吆喝人员的好嗓子宣布道，“脚都动起来，竭尽全力打败这位暗夜王后吧。”

月光之子朝他露出轻蔑的脸色。布鲁和鲁斯将犀牛架起来，帮助这个哭唧唧的年轻人站起来。月光之子最后冲快速退散的人群投去满含不屑的一瞥。

她发现她和艾里克目光相接。在艾里克的眼里，她读到了同情与理解，深邃得让她惊愕。

她觉察到自己的时间即将结束，于是匆忙回到地堡里。有些时刻过于私密，无法与他人共享，就算是和同志们也不行。

♥♦♣♠

第二十五章

当他们手握苏联制的 RGD－5 手榴弹敲门时，J. 鲍伯·贝鲁还在睡梦之中。

在胶合板的碎片还没落地的时候，贝鲁醒了过来，滚动身体翻下了床。随后他握住他的帕拉军工手枪站了起来。爆破式闯入并不是像衣原体病那样由你传给你的朋友那么轻巧。

他迅速地朝头一个穿过爆炸气流的人连开了两枪，轻易地止住了那把巨大手枪的威力。闯入者发出一阵窒息的愤恨尖叫，丢掉了那把卡拉什尼科夫冲锋枪，踉跄退入身后的那个男人怀中。

贝鲁再往这个先头侦察兵的胸膛来了两枪。180 格令手枪子弹在血肉中穿行，在他的身上凿出了两条直径不小的贯穿伤。尽管他身材瘦削，但它们径直穿过肉体，还击中了他背靠的那个男人。

贝鲁是个有强迫症的修补匠，他之前给他这间可怜巴巴的后巷公寓做了好些改动，在墙上挂了好几幅颜色暗淡的亚洲黄色印刷品，上面是穿着 20 世纪 50 年代的过时比基尼的泰国俏妞。他抓起他的外套和轻型背包，急速冲向窗边。所有印刷品都给炸飞到了外面的巷道里。

巷道里又黑又窄，到处是奇形怪状的破屋烂房，瓦楞铁皮的房顶摇摇欲坠，仿佛随时会向右垮落。贝鲁抖动肩膀，掸掉身上的碎渣——又为这经年累月的积土添上了新的一层——随即双手握住手枪，靠近窗户，以防那群不速之客紧随其后。然而，屋内传来又一阵闪光和巨响，再次掀起尘土和烟雾；造成了至少两处凿孔之后，他们终于决定稳重行事，再发射一枚手榴弹。

此时正是一天之中天空最浑浊的时刻，地平线处溢出的光亮破坏了黑夜的完整，却又不足以真正照亮一切。这是警察和强盗最爱的时刻：破晓之前，“破晓突袭”的那个“破晓”。J. 罗伯特·贝鲁穿戴整齐（这是必须的），站起身，在歪歪斜斜的楼房之间狂奔，重重踩到及踝的水洼里，溅起激烈的水波。

枪声“突突突”地在他身后响起。他面前的那堵粗糙的土墙上炸开了好几个洞。他跑到这个简陋迷宫中的一个T形岔口处，奋力向右逃跑。他的重心很低，离地面近，并非为了加速冲刺，而是因为路面烂得要死。况且，虽然他在外表上如常人一般变老，但他的再生能力让他膝盖处的软骨组织保持着十七岁的活力。

在他身后很远的地方，一发慢而沉的卡拉什尼科夫自动步枪的子弹又毁了一面墙。有人开始尖叫，到底是因为恐惧、疼痛还是突如其来的悲哀，他无从得知。

J. 罗伯特·贝鲁向来笃信旅游就是要有一流的享受。只不过他对一流的定义与这世上的其他人有些不同，就如他本人一样。他好美酒，欣赏维瓦尔第[①]的作品，喜欢缎面床单，还喜欢和漂亮的长腿美女在缎面床单上缠绵。只要这些东西都符合任务概况。对于一个像眼前任务的临时工作——时间自由；风险又高；没有不良资产；他能期盼最好的结果之一是干净利落的死亡，以及对于最佳效果的成就感——他有不同的标准。眼下，他喜欢低调，没有好奇心的邻居，区域内的交通能够遮掩他的行迹，以及准备好了的逃跑路线。

在中产阶级居住区里，面对社会主义那侵吞财富的习性而仍旧设法活了下来的中产阶级居住区内，你是找不到这些要素的。你甚至在

① 意大利作曲家和小提琴家。以充满活力的协奏曲而闻名，尤其是一组小提琴协奏曲《四季》。

那些体面穷人的选区内也找不到这些要素，这些选区在几代以前是居民互相都认识的地方，而这些地球上的好人们都准备好展示他们的公民精神，抓住每个机会与当局合作。

你在贫民区里找到了这些要素。他在四区的边宜港滨水区找到了，那里昏暗破败，污秽不堪，危险四伏，到处弥漫着腐烂衰坏的气息，这并不是唯一在此处流浪的外国狗，没人提出任何问题——或者说有人问的时候也从来没有回答过这些问题——那条恶臭的东南亚河流划定了这个区域的范围，并赋予这个区域一种特殊气氛，帮助来往行人不会错认此地的氛围，为此安排了明显的证据。比如他自己携带的塔基斯 A 阳性外星病毒库。

在他冲到街上（至少是一条更宽敞的巷道，位于河边的一条短道）时，一阵人声在他身后逼近。他一路闪避那些装着鸡仔的板条箱、运蔬菜的马车、被捆绑住的抑郁肉猪、满实满载有如四分之一吨货车似的自行车、还有那些清晨出行的人民，不用等到第六次党代会来告诉他们，他们便早已从商，变身企业家了。交通状况此时还十分冷清，而这与时辰无关。前两天，这里爆发了反政府动乱，大部分的胡志明市还蹲伏于等待、观望的模式之中。

当他抵达街道的尽头，他的战斗直觉让他转身蹲下，而就在此时，一个身穿黑色睡衣的瘦竹竿男人一手紧握一把没子弹的 AKMS 自动步枪，从巷道混战中冲了出来。旧日重现啊，贝鲁心想，不禁心生一股怀旧的喜悦。他连发两枪。

只有在电影里人才不会脱靶，哪怕他是用枪高手，哪怕 J. 鲍伯正好就是这样的高手。子弹也没有打中那个穿黑色睡衣的男孩，不过他总算是及时地摔了个屁股开花。他迅速四肢并用地爬起身，他那把步枪在地面上磕磕碰碰地发出声响，与此同时，又一个枪手举起步枪，预备开枪射击。

这条街突然就变成了黄金时段下的一片废土。虽然众多的行人与骑自行车的人都是出生在 1975 年那场表面上的解放之后，但他们之中几乎没人是第一次听见这种全自动发射的枪声。

贝鲁在河滨处左转，绕开被水浪撞弯的破船和戴草帽的舢板船夫。不论那些来找他的友好访客是什么人——经过数天的仔细调查，他本可能闯进某座蜇人的蚂蚁窝里；又是那可恶的海森堡原理[①]——他们的嘴巴都闭得很紧。大部分政府的看门狗都只会成群结队地在一区市中心以南，以及华埠西南的两个动乱中心活动。在如此之北的地方，他们安置的人手少得可怜，基本无力阻止任何正在发生的枪战骚乱。当然，这并不意味着那些穿黑色宽长裤的杀手不是政府自己派来的。这个国家可能认为他有一大堆理由要解决掉 J. 罗伯特・贝鲁，甚至不必多加掩饰。

他一边逃跑，一边在心里快速思考一个又一个后备方案，就像翻阅闪示卡片一般。他提前查明了好些逃跑路线。但是滨河区是混乱之地，总是在流动，总是在变化，总是在来回往复。此地无法预测，于是也就成了他玩影子把戏的绝佳掩护。

反正他也从来没有依赖过既定的计划；只不过把它们当作精神训练的一种罢了。他眼中的机遇并不在预备逃跑路线的清单上。但是追他的人是六个年轻人，且不提膝盖，他们的肺也比他的更年轻。他们逐渐占了上风。

又是一阵枪林弹雨从他左边飞过，没有击中他，发出恶意的超声波与“噼啪”声，打碎了一堆贴有“西贡出口”的箱子。随之而泄漏的黑色臭气液体显然不是越南优质啤酒，也不是掺了福尔马林的

---

① 指人不可能同时知道一个粒子的位置和它的速度，粒子位置的不确定性，必然大于或等于普朗克常数除于 4π，这表明微观世界的粒子行为与宏观物质很不一样。此外，不确定原理涉及很多深刻的哲学问题，用海森堡自己的话说：“在因果律的陈述中，即‘若确切地知道现在，就能预见未来’，所得出的并不是结论，而是前提。我们不能知道现在的所有细节，是一种原则性的事情。”

“解放”啤酒。他没有停下来给这个液体做舌感试验。

碰巧一把蓍草棍闯入他的视线，一道超现实的闪光出现在河岸那堆快散架的建筑群之间。这就是混乱之中的可爱之处；一切本质上都是随机的，但又是在一定限度内的随机。只要你清楚定界符的所在，那你就有了测量所有不可预料的条件的尺度。目前的处境不过是某种可预期的情况，河流下游。

他一头扎进某个码头的棚屋之间，脚下发出如同维切尔·林赛①的鼓声般的响动。河流的这一边全是给穷人居住的破屋、仓库以及盖着锡皮顶篷的小船屋。远点的地方挤满了装有发动机的舢板，有的舢板安有桶形的木顶篷，有些安的是竹顶篷，所有舢板都朝着岸边缓缓驶来，如同海洋世界里的海豚朝一个提着一篮鲭鱼的游客游去那样。西贡河上零星分布着几座干净港口，而边宜港只是它们的穷亲戚。但它的左岸——边宜港、永济河、还有西贡共同形成的三角——却莫名地向上流动。在那一侧的船家全都在肥沃的三角洲上种植水稻，稻田延伸到了一度饥荒的西贡解放。屈服于那无形之物，也就是饥荒，政府最近承认了贸易为合法活动。船家们仍进行着私酒走私的勾当，就和其他最近合法了的商人一样。

有个船家弓着身子站在一只有顶篷的舢板的船尾，调试着一台不听使唤的发动机。这只船还在滑稽地摇晃，贝鲁就跳了上去。船家看着他。他惊得大张的下巴，就像一辆 C－130 飞机的舷梯后部。

“抱歉，杰克，”贝鲁开口说，“不过我也是急得火烧眉毛了。”

船上的人继续盯着他。他的嘴张得更大了。如果继续张大嘴，那他就要受点拉伤了。贝鲁用越南语重复了他的话。没有得到回答。他用那把口径 10 毫米的手枪指着他。这个船家一下就明白了：他转身，

① 美国现代诗歌史上有意识吸收民歌和爵士音乐并使诗歌具有美国特色的第一代中西部诗人之一。

半是俯冲，半是跌倒地进入了脏兮兮的棕色船身。

下游处传来叫喊声，接着是枪声。子弹让热水锅炉烧得更快，却并没有近到不舒服的距离。贝鲁将手枪插回皮套。他留意着码头上的其他动静，那些与他所在的这艘停火的船有关联的动静。

“我希望这个男孩儿够聪明，明白这玩意儿不是缺气。”他说道。他把左手放在船舷上，举起美国海军分发的宽刃刀（它原本被丢在了码头上），“锵”的一声挥刀向下。

带头追他的那个人还有整整五十米远。他突然停下，满脸震惊地看着那个美国人的手飞了出去，然后一道暗红色的光在空中划出一道弧线，落向了边宜港。他可没法儿应付这个。他丢掉了自己的卡拉什尼科夫枪，随即便朝反方向狂奔，还在不停地呕吐。

他的同志们拥有更坚强的胃。有几个跪在码头上，瞄准开枪。有三人继续追赶贝鲁。

他把还在喷血的断肢抵在舢板的发动机上。脏兮兮的金属一碰到生肉便发出了刺鼻的臭味，等到贝鲁的意识进入这个机器之后，他便感受到了一种连接完成的感觉。燃料运输管堵塞，他明白了。我可以处理这个。

他集中注意力，轻微皱眉。发动机咳嗽了两下，然后便轰隆作响地恢复了。

他的手臂暂时与发动机焊接在了一起，J. 鲍伯引导这个机器正常运转。他朝下游驶去，仿佛是他本人在朝三角洲走去。湄公河三角洲自古以来便暴躁易怒，而此时此刻它正处于一种公然作乱的状态之中。这是个非常特别的地方，但凡你要炸毁西贡，首先就得摧毁它。

三个袭击他的人在企图踏上他偷船的码头时，都摔得人仰马翻，导致三人站在河流下游边上。他们全都直愣愣地站得笔直，双眼冒火地瞪着他和他的电动舢板顺流而下。

几乎没人能够用突击步枪，在火力全开的情况下击中目标人物，更别说是一艘远在二十英尺之外，而不是三十米开外的船了。差点被打中的小型喷水嘴把贝鲁给淋湿了。一连串 7.62×39 毫米的铜套子弹的确击穿了木板船身，但是没有一颗近了 J. 鲍伯的身，他就背靠在船尾处。他将右手固定在船舷上，转身开火，然后非常满意地看到一个枪手把枪丢进了水里，之后便瘫倒在地。他可能是受惊过度，倒不是被子弹击中了，不过一直到舢板徐徐游出射程，他似乎都没有再动一下。贝鲁把手枪放回枪套，一只手在口袋里乱翻。

幸存的两个枪手和另外三人会合了。他们其中两人在追捕贝鲁无果后退回到了街上。其余人开始了一场老土的争吵，冲着彼此的鼻子挥动枪支。

忽然间，其中一人指着那艘远去的船。贝鲁朝他们的方向瞄准一根粗大的黑色管道，这东西极度容易让人联想到手榴弹发射器。

一人飞驰着逃离码头，回到边宜港。其余人四散奔逃。

"'恶人逃脱于无人追赶之时'。"贝鲁说完便扭开照相机上的镜头盖。*我可以把这些照片卖给《滚石》杂志，他心想，或者是《幸运士兵》杂志，到时候看情况。*他可以以投稿编辑的身份出现在两份刊物的刊头。伟人视正直重于利益，不过管他的呢？

烈火的考验是这次果敢行动的最后一击。那支恐怖袭击小队一定会认为他要前往三角洲区域。

但并非如此。超出他们的视界之后，他会在永济河左转，然后再次出现在西贡河上。向北行驶，前往必胜堡，前往那个澳大利亚醉鬼在瑞克酒吧里告诉过他的地方。

他仰天长笑。他从不为了金钱而赌博；他认为那是一种浪费。但是他乐意拿自己的生命冒险，然后大获全胜。

♥♦♣♠

第二十六章

“村庄被遗弃了，中士。”马里奥从前面领着小队走出水稻田的尖兵队赶回来说道。他身材瘦弱，性情严肃，太阳穴处还绑着一根兰博式的头带。他的皮肤上覆满了泡沫状的突起，使马克不由得联想起了一个人的名字——洛奇，虽然马克以前在火箭堡时并不怎么和他相熟。

中士停下脚步。小队从一个水田堤上下来之后没有归队，站在中士身后如同一只尺蠖似的。

“现在还荒着吗?”马里奥为人狡猾又机灵，而且在膨胀的据点遭到噩梦般的围攻之时，他见识过真正的战斗。中士认为他拥有成为一个优秀军人的潜力，因此他入选了这支重要的——而且在真实的战争之中，也是非常危险的——尖兵队伍。

中士指着一个牲畜厩，里面有一头长着硕大牛角的水牛，还有一只牛犊依偎在它身边，它盯着他们，眼睛里充满怀疑。“想想村民会抛下自己的牲畜吗?”

他再次动身。马里奥垂头丧气地站在原地，意识到自己搞砸了，心里七上八下的，心脏仿佛被放在了炽热阳光照晒下的沥青路面上煎烤。

“马里奥，跟上我。”中士伸出一只手放在男孩的肩上，并勉励他走进这座村庄。他不再使用“洛奇”这个名字了；他受到了卢修斯·吉尔伯特，也就是鲁斯的影响，他们认为鬼牌的名字全是虚假的——是奴隶的名字。

马克如履薄冰地跟着其他人前进。马克觉得愚蠢；他也以为这座村庄被遗弃了。他只注意到了那些竹子造的肮脏房屋，就和他小时候在六点新闻上看到的一模一样。这让他有了一种即视感。

“也许他们到水田上种庄稼去了。”斯里克推测道。

“放着一大锅米在灶上，开着火，锅里还沸腾着，就这么走出他们的竹屋吗？”中士又指着灶台问道。

马克后颈上的汗毛都立起来了。村民在哪里？他们在监视我们吗？他觉自己像个闯入者。

“在那儿！”橡皮头尖叫出声，刺耳得让所有人都跳了起来。他立马挥手去指，动作太快，他的手臂伸出得还不及他正常手臂的一半长。“我看见有人在那间屋子里！”

马克瞬间扭头，前后左右反复张望，仿佛在看一场疾速网球比赛——他或者是选手们的比赛，区别不大。是了，他看见他们了。阴影之中有一张张人脸。有些脸面色阴郁，有些脸上满是仇恨。大多数的脸上都是一副绝望的顺从表情，他想那是一个强奸受害者在明白自己无力反抗时会露出的表情。

“他们为什么要这么做？”破坏者高声质问道，“该死的，他们为什么要躲起来？”

“他们害怕我们，”中士答道，“他们觉得我们是怪物——哪怕是梅多斯，哪怕他只是看上去比他们见过的所有人类高了两英尺而已。况且，我们还背着这些东西。”

他拍了拍 M16 冲锋枪的枪套，和所有人一样，他是今天早上才得到这把枪。他们是马克变得极度小心的原因。他害怕这东西会自己走火。

中士笑了出来。“他们可不知道我们根本没有子弹。”

“可我们是来这里帮助他们的！”马里奥说。

中士对他做了个怪相。“他们早就听过这个了，孩子。”

♥

克罗伊德向后扬了扬他的解放啤酒。他和马克（马克所属的那支小队在中午工作一会儿之后就暂停了任务）坐在地堡前面的草坪躺椅上。午后的阳光令克罗伊德的瞳孔折射出泡沫般的色彩。

“据我所知，”他无比遗憾地说，“我这次没有得到任何王牌能力。”他半眯着眼，怒视着那群鬼牌，他们在附近晃荡，很明显想来讨要啤酒。“要是有的话，我一定立马就让这伙蠢货见识见识。”

“你真的喜欢壁虎的生活吗，伙计?”马克问道。他把 T 恤套在头上，裹成了头巾，袒露着胸膛。此时此刻，他不担心紫外线辐射。他只担心高温炎热。

“石龙子[①]，该死。我是一只石龙子。”

“我以为石龙子的体形瘦弱，眼睛歪斜，头比脖子要细。”

克罗伊德在椅子上一下挺直了身子。听到马克的话，他发现自己可以坐在躺椅上，只要用尾巴撑着背。

“听听你说的那些词，”他反驳道，“瘦削。歪斜。后一个字声母都一样。听着都像‘石龙子’。所以你才会把这两点看作是聋子的特征。”

马克脸上露出执拗的神情。“我不确定，伙计。”

“听着，谁才是这里的权威？你——好吧，你是个生物化学家。可我——*我是一只石龙子*。一目了然。”

他的滔滔不绝突然有了一位观众。“才不是。”一个长着三只眼的鬼牌旅老兵说道，众人叫他“塔巴斯科”，“你是一只该死的蜥蜴。”

---

① 一种石龙子科光滑发亮的蜥蜴，生有圆柱形身体和短小的退化了的腿，主要生活在温带和热带地区。

“好吧，”克罗伊德说，“去你的吧。”他对那个鬼牌大张血口。他的嘴里一片血红，恐怖异常，还长着令人毛骨悚然的牙齿。塔巴斯科愤怒地尖叫着跑远了，身后跟着一连串来自朋友的嘲笑。

“等石龙子咬上了你们这群蠢货的屁股，你们就知道‘石龙子’三个字怎么写了。”克罗伊德骂骂咧咧地说。他淡定下来，又端起啤酒。

“哦呀，”他即刻又开口了，“这会儿又怎么了？”

在过去的十到十五分钟里，营地中心的这栋木头建成的总部楼房周围一直有很多活动。现在，埃文·布鲁尔——布鲁——正大步越过阅兵场，朝克罗伊德的地堡走来。

塔巴斯科站在远离克罗伊德的那群游手好闲的家伙后面，拍开取笑他的那些朋友的手。他的手打到了某个又尖又硬的东西。他停手转身一看，发现布鲁的一只龙虾螯放在他的肩膀上。

“你。去一趟军需处。马上去。还有你，你和你。”他从原来的鬼牌旅里挑出了一些人。

他停在马克面前，伸出螯去碰马克的胸骨。螯的尖头冰凉得出奇，戳刺着马克裸露的皮肤。

“你也去，”布鲁说，“上校想要一个王牌跟着。虽然我并不清楚要是碰上了事儿，你的朋友们要怎样才能来救你。”

即便只是半天的巡逻工作也已经让马克筋疲力尽了。但他勉强自己站了起来。“发生了什么，老兄？”他询问道。

布鲁那张英俊的脸上露出阴沉的神情。“有人刚刚从受训的巡逻队里抢走了一些弹药。”

♦

“那群混蛋！一群狗娘养的！该死的耐特！”

太阳已经消失在地平线下，远处的南海上方翻滚着海啸般的云霞。苍白淡薄的天光仿若一只无边大手，消散在远方。克罗伊德缓慢地走出大厅——他独自一人前去用饭，尽力想表现得更像一名同志，同时也是因为有时这里会出现牙齿不齐的大竹鼠——他挥了挥手中的雪茄，示意他要去娱乐厅。

“破坏者今晚嗓子挺好。”

“是啊。”马克说。阅兵场上的泥巴粘住了他的脚，想把他的靴子给拔下来。他用尽力气才能把脚从地里抬起来。为救援任务进行了一小时的高空掩护之后，跃闪杰克只留给他下一身的疲惫。他们没有找到任何一个敌人，也没有任何人员受伤，但那种紧绷的气氛甚至比跃闪杰克那过快的新陈代谢更让他心累。

破坏者脱下了那顶布鲁克林道奇队的棒球帽，将它丢到地上。接着他脱掉自己的T恤，也丢到地上。“这是那群越南军杂种，你心里清楚！他们把我们鬼牌当成狗屎，你明白吗？狗屎。我们应该冲到他们营地里，把那里洗劫一空！”

克罗伊德停下来观望了一会儿。“噢，说得对。”他说道，虽然破坏者听不到他的话，他正在气头上，什么都听不进去。“你甚至还不会用你那把 M16s 开枪。人民军有机关枪。这会很有意思。”

马克注意到一支代表队从总部大楼那边走了过来。有布鲁和鲁斯，还有一群他们的密友，马克认出他们是瑞克酒吧那群人，奥斯普雷和佩普雷还有他们小队里的斯里克。

破坏者仍旧在那儿大发脾气，说要去修理整个越南人民军队，要么一次性把他们打得落花流水，要么一次教训一个。这时，布鲁尔高声喊道：“喂，这样浪费力气有意思吗？光嘴上说说能成什么事？”

破坏者原本在他那群朋友之间挣扎着要挤进娱乐厅内，估计是要去砸坏那张台球桌（可能这真是他的目的）。他转身面对那群年长的鬼牌，光着的胸膛如同一台辅助发动机那般起伏运作。

“就是那伙该死的耐特狗杂种，”他气呼呼地骂道，“就是他们今天伏击了我们的人。”

鲁斯的双颊鼓起。“你说的就是那支越南军队吗？”他发问道，“是我们同志的……？”

布鲁伸出手放在他朋友的肱二头肌上，安抚他。“今天发生的一切都是一场意外。意外总会发生。生活就是如此。”

“意外？放屁。你那群南边来的兄弟是来给自己猎点鬼牌肉的。该死的我们要在这里做个什么事？我以为我们是来这里接受训练，好保护各地鬼牌的权利的。该死，要是我们连自己都保护不了，那我们要怎么达成目标？”

鲁斯开始变换颜色，手掌紧握成拳。“如果今天的袭击是故意的，”布鲁巧妙地插话进来，并且让自己的语气变得更加坚定，“那么资产阶级分子必须负责。过去这些天，反动势力的足迹遍布南方。而如果是这种情况……”

他耸耸肩。“那么你们可能会得到一个为鬼牌权益而战的机会，这机会比我们预计的来得还要早得多。同时这也是为我们的东道主而战。”

“为什么我们要为他们战斗，伙计？”另一个年轻鬼牌问道，“他们恨我们。”

“好吧，那又如何呢？让耐特爱你这件事对你有多重要吗？这是不可能发生的事情。”

“越南人给了我们一个机会，一个鬼牌行动主义的全新阶段的集结点。然而更重要的是，他们给了我们一个为美国的罪孽而赎罪的机会。这里是越南，朋友。这很关键，绝对关键的一点。在这里发生的一切是我们国家意识的焦点。”

那个鬼牌男孩儿一脸茫然地看着他。“为什么？这里发生了什么事情吗？”

克罗伊德扯了扯马克暗绿色的袖子。“我们最好知趣地避开这一幕。破坏者已经停下势头，而接下来这里最可能发生的事情是我们的朋友布鲁尔脑子脑神经损伤。现在还用这个词吗，脑神经损伤？”

“现在叫它‘中风’，兄弟。”

“是这样吗？该死。要是你一生中三分之二的时间都在睡觉，那要跟上俚语的潮流可真是太难了。当然了，我想你们这些正常人的人生只有三分之一的时间在睡觉，不过并非如此，唔，一劳永逸，如果你懂我的意思。”

马克注视着克罗伊德，眼神中露出莫名的急切。“你确定你感觉还好吗，兄弟？你这话听起来比我更需要睡眠。”

“闭上你的嘴。这是我一生中感觉最好的时刻。这整个该死的一生之中。再说了，我告诉过你：蜥蜴不睡觉。”

“呃……”马克没有说下去，跟着人就往地堡走去了。

♥♦♣♠

第二十七章

夜晚，雨中有一个人影在练“形”。这一次，月光之子——还有半潜伏的马克人格——对自己休息得如此之好而感到内疚。雨水在午后回归了。月光之子肆无忌惮地继续她的武术动作，内心无比宁静，她那浓密的黑发披散在肩头，如海草一般飘动。

马克醒来时，太阳高悬在空中，地堡里热气蒸腾，如同一辆水泥浇筑的凯迪拉克汽车。他睡过了起床号，那个营地公共广播系统里遭到过分滥用的录音。它的音调十分怪异，马克·梅多斯，这位“最后的嬉皮士”兼迷旅队长，曾经弄坏过一个唱片播放器然后给他早已失去的“宇宙南瓜”药品店又买了一个，如此他便可以每天早上都在唱针刮擦塑胶唱片所传出的交战声中悠闲地醒来。也许他们觉得录音带上的裂痕比录好的军号独奏更能赶跑瞌睡。

那也没能叫醒马克。神奇之处在于，马克没有参加体能训练的集合，却没人赶来踢醒马克。他早上十点出现在司令部，衬衫穿得规规矩矩，扣子扣得严严实实，紧张得心脏都快跳出了嗓子眼，准备去报告他睡过头了，他以为自己会陷入大麻烦，可并没有。他只是被告知不要太劳累，还被交代了一些更清闲的工作。他们甚至没让他装填沙袋。

晚饭之前马克觉得自己差不多有个人样了。之后，有好几次夜间政治集会在几个大帐篷里举行，点着煤油灯，弥漫着湿帆布的气味，就像军国主义阵营复活似的。布鲁教育了之前马克和克罗伊德惹怒的那人，从社会主义视角解释了越南解放战争的历史。年轻血液们对此一直兴趣缺缺，不是发出噪声就是打瞌睡。他们遭到了革命警备监督员——其他对集会有兴趣的年轻新兵，他们被给予了袖标和权力——突袭，他们被记下了名字，然后被警告每天都要去参加惯例政治集会之后的、那可怕的自我检讨会。

老鬼牌旅的成员在听到了布鲁说的一些关于美国入侵越南的淡定而冷漠的评语之后，偶尔会变得情绪失控，开始大喊大叫。布鲁从不生气。只是他那张英俊的大脸上会露出似笑非笑的嘲讽表情，他会听取那个接受了再教育的人所说的一切，然后轻易地驳倒他、击败他，他甚至不必提高说话的音量。对科学至上的马克而言，他那些驳斥的话语并不总是逻辑严密，滴水不漏，但那些听众们鲜少能找到应答的话。布鲁处理语言的方式就和他的朋友鲁斯一样，也达成了同样的结果——克劳塞维茨[1]式的完全击垮敌人——不过他的技巧要更加不露痕迹。“就像开膛手杰克和贫民窟杀人狂[2]。”当马克对克罗伊德提及此事时，克罗伊德轻声评论道。

当布鲁和那个持反对意见的老兵谈完之后，老兵得到了一张黄色小纸条，要求他参与随后的检讨会。老兵们顺从地接过字条，似乎乐于接受这一额外的悔悟。年轻的新人们基本都受到了更严厉的威胁，比如被监督员痛打一顿，或者是被罚关小黑屋。小黑屋是基于直面录像的监禁影院的新发明：一间在阅兵场脚下的锡顶小棚屋。犯事的人会被关在里面大约二十四小时，忍受白天极致的高温以及夜间惊人的寒冷。

等到教育会议结束，太阳早就不在了。月光之子可以安然无忧地现身锻炼了。

她舞动身形，出手做出拦截和拳击动作，漂亮的高踢腿也令人惊

---

① 普鲁士军官和军事理论家，提出了总体战概念和战争是政治的工具。其论著有《战争论》。

② 美国连环杀手。

叹。她不缺少观众。这座训练营里充斥着寂寞男人，而她是其中唯一的魅力女性。那伙人窝囊又尊敬地保持着距离，像傻子似的伸长脖子望向这边，他们的倒彩声很收敛。他们都见识过了她打败犀牛的功夫——要么也都听过传闻，而传闻往往夸大了实际情况。

艾里克·贝尔独自站在一边，站在马克和克罗伊德共享的地堡那边，雨水淋湿他的头发，发丝湿答答地贴在他畸形的头骨上。他一言不发，双手和身体都处于放松的状态。

月光之子觉察到自己的时间快结束了，于是她结束了练习，转身进入地堡。艾里克跨步上前。“我可以和你谈谈吗?”他询问道，声音比他的年龄要更低沉。

她歪了歪头，冷静地端详艾里克。“你对今晚没有打起来感到很失望，是吗?”

男孩摇头。“我松了一口气。我并不热衷于暴力。”

“是吗? 那么，你为什么在这里呢，在这个军事营地里?”

出乎月光之子的意料，艾里克笑了起来。“我也可以问你同样的问题。答案是，我相信爱。但爱并不是人所需要的全部，哪怕披头士的歌是这么唱的。耐特骑在我们的头上太久了，久到我出生之前，依我的推测，也在你出生之前。*我们必须拥有力量*，保护我们自己的力量。然后我们的爱才能发挥作用——不是一心要对抗，而是自信而无畏地生活。”

她移开视线，凝视着地上的泥土。“那很美好。”

他又笑了。“在我来到这里成为一名和平游击战士之前，我可是布鲁克林的街头诗人。以前我学过一些演讲的花招。都是些花言巧语罢了。”

她心底浮现出一幅城市街角的画面，年轻的艾里克光着脚，穿着破洞牛仔裤，对着午后匆忙的行人讲话。一个戴着安全帽、身穿连体工作服的男人停下脚步，转身听他演讲，随后是一个身穿灰色休闲行政套装的女士，一个骑山地自行车的送货男孩儿，一个接着一个，直到回家的人潮都站在那里一动不动地聆听这个少年诗人的话语。

他朗诵完诗歌，那些诗句月光之子并没能听得太清楚，但它们意味深长，撩拨着众人的心绪。人群冲他扔出死猫和垃圾。

她笑了声。“那从没发生过，绝对没有！”她欢快地说，高兴地拍着双手，显然被逗乐了。

他扭曲的五官悄然拼凑出一个十分迷人的坏笑。“并不是全都发生过，”他说道，“你可以称其为花言巧语。那是我的另一个天赋。”

月光之子露出微笑，准备转身离开，她忽然感到一丝害羞。“你和犀牛交手的那种功夫……”他开口道。

她僵住了，每一块肌肉都紧绷起来，仿佛他接下来的话将会是一记重击。

“那可真美，”他说道，“你本可以重伤他，但你没有。你本可以羞辱他，你也没有。我猜其他很多人以为你这么做了。但我更清楚。我看到了，在帮助他起身的时候，你给了他一个袭击你的机会，你给了他一个做出正确选择的荣光。那是最了不起的事情。”

“你拥有王牌的力量，但丝毫没有王牌的傲慢。你拥有无比强大的力量，但你没有滥用力量——是了，在使用力量的时候，你的心中有爱。那正是这个地方”——他伸手指了指这个笼罩在黑暗之中、遭到雨水扫荡的营地——“那正是必胜堡存在的意义。你向我们展示了这点，正是如此，我们终将克服一切。”

月光之子舔舔嘴唇，咽了下口水。她说不出话来。

“我还想跟你谈更多的事，”他说道，“我想了解你。我什么时候可以来见你吗？”

她点点头，显得有点慌乱，某种她无法识别的情绪以及即将到来的人格变换让她内心激荡。“问马克吧，”她飞快地说，“他是个好人。”

她冲进地堡，消失不见，留下艾里克待在雨里。

♣

“将军。”克罗伊德一边说，一边移动手中的棋。这枚象棋碰倒了路线上的马棋。“原谅我，这些手指并不是真的用来操纵物品的。”

“嗯哼，”马克摇着头说，“不行，朋友。”

因为失去了表情肌这个事实，克罗伊德只能做出一种火冒三丈的表情。“该死，为什么不行？”

“我的后棋明显已经将军了。不能让你自己的王处于危险之中，朋友。”

“该死。”克罗伊德悔了那步棋，又一次碰倒了白棋的马，“我还以为我把你逼到了绝路。”

马克对他微微一笑。曾几何时，他是一个相当厉害的国际象棋棋手；高中和大学的时候，他都得到了大师级别的评级，参加过锦标赛和那些大部头书籍的记忆比赛。岁月以及大量的精神药物实验给他的知识留下了一定空白，并且自那以后他也没有多少机会来磨炼提升他的技巧。他仍旧将自己想作一个危险的对手。

倒霉的是，克罗伊德下棋时有一股业余者的极端狂热。马克曾经费力记住的所有经典开局，马克所有侧翼出动和尼姆佐－印度防御，他所有的详细分析，都在一个不清楚自己哪一步该走、哪一步不该走的玩家面前落了空。尽管克罗伊德当前的进攻没有成功，马克还是看出了以后的几步棋，就像冰川表面那般明显。

有人在用力急敲地堡的门柱。“喂？有人在里面吗？”

“有蜥蜴和老嬉皮士，如果他们算人的话，”克罗伊德喊道，“直接进来。”

布鲁和鲁斯进来了。布鲁收起伞；鲁斯的脸上流淌着雨水，T恤也被淋得湿透了，紧贴在他松弛的腰上。显而易见，那些雨伞是假冒伪劣产品。

在马克胸骨以上的空中飘散着近乎实体的蓝色烟雾，见状，吉尔伯特当即开始用好几只手臂拍散空气。“你竟然在这里抽该死的雪茄。我不明白上校为什么允许基地里出现烟草。抽烟是资产阶级恶习，资本主义蛀虫、法西斯主义所培养的恶习。”

“这一定是每个超过三岁的越南人吸烟的原因。”克罗伊德语气友好地说。

“吸烟并不能真正地帮助你。”埃文·布鲁尔用他那温柔又理性的声线主动劝说道。

克罗伊德笑了。“面对现实吧，伙计。或许我正在破坏我自己的细胞和珍贵的身体。但是每隔两到三个月我就会睡觉，然后百变王牌会给我一套全新的牌。危害在哪儿呢？”

“二手烟会对周围人的健康产生不良的影响。”鲁斯一本正经地说，同时收拢他下面几副手臂，上面的手臂依然继续在扇走烟雾。

“什么？梅多斯？他自己的坏习惯都已经够多了。一点点雪茄烟雾根本对他没有影响。”他抽了一口雪茄，朝着天花板的光束吐出一股气味浓郁的烟。

“好了，你们两位好先生有什么事要说吗，还是说只是来交际拜访一下？我们这些老家伙还需要睡眠呢。不过我想你们都清楚这点。”

鲁斯面露不悦。他乐于将自己想成一个叛逆的年轻人，虽然他已经老得可以当大多数二代鬼牌旅成员的父亲了。“上校想见你们。现在。”

“我们有麻烦了吗？”马克问道。

鲁斯眼中燃烧着怒火，仍旧对克罗伊德那句“老家伙”耿耿于怀。布鲁耸了耸肩。“是不是麻烦不知道，但他没有让我们拿枪指着你们。”他随意地答道。

“受不了这种老土的礼貌。”克罗伊德说着站起身，尾巴左右摆动了几下，如同他要抖落一些奇怪的感觉。他微微晃了晃身子，仿佛喝醉了的样子，随后便调整好自己的状态。“别让那个人等太久。”

♠

上校的办公室里装饰着一些黑斑硬木板条。马克猜那是柚木，但他不确定那是不是越南产的。这间办公室又还很小，里面装着三个人，三张椅子还有一张贵族气派的木桌，差点就要引发幽闭恐惧症。

房间显得格外拥挤，因为那些二维居住者，那些挂在四面墙上的人像，和查尔斯·索贝尔共享相框的照片。有年轻的索贝尔队长，表情认真得让人难受；骄傲地扬起下巴的道格·麦克阿瑟，同时威斯特莫兰将军正将一枚勋章别到他的胸膛上。有索贝尔少校的照片，看上去更成熟了一些，眼角多了一些皱纹，他摆好姿势，和他在 20 世纪 70 年代初管理的鬼牌旅成员们一起拍照。还有很多索贝尔身着便衣的照片，他和吉米·卡特握手的照片，和安德鲁·朗握手的照片，和罗伯特·雷德福德握手的照片，和危地马拉的英雄双子握手的照片，和格雷格·哈特曼握手的照片，穿回制服和鬼牌旅幸存者在越南墙下握手的照片，和阿富汗的苏联老兵一起急速漂流的照片。他很可能也和他们握了手，不过出于某些原因，他忘了留记录。

“想来一杯吗，先生们?”索贝尔上校询问道，靠在他那张拼皮椅子上。柔和的新世纪音乐从一台小型发电机启动的唱片机上播放出来。“我有一些不是很昂贵但是——如果我可以这么说的话——品质相当高的烈酒收藏。”

克罗伊德要了狂野土耳其，然后勉强接受了一杯杰克·丹尼尔。马克接过了一杯品牌不详的干邑白兰地。酒精并不是他会选择的药物。

索贝尔给他自己倒了一些白兰地，然后端着酒杯在鼻子底下来回摇晃，品味酒香。

“斗争不息，”他几乎是叹着气说出这句话，“抗争继续。”

他看着他们。“你们可能很好奇我为何会身处这等颓废之地。”

“那是我们最不关心的事情，上校。”克罗伊德接话道。

“真相便是，生活在我们原本那个物质消费倾向型的社会里，会让人习惯于某些特权，习惯于某种安逸之中。要完全避开那些东西是非常难以实现的。况且说实话，何必要为了阻止堕落就将人置于冻火鸡疗法的强压之下呢，尤其是在明明有更加紧急的事业要去完成的时候？”

“那完全没有意义，”克罗伊德说，“我们一直都在你身后，上校。”

他差不多是把脑袋偏向一边，朝马克用力地眨了眨眼。马克拼命忍住想给他一耳刮子的冲动。他这是有什么毛病？

索贝尔点点头。“你们两位先生都是王牌。强大的王牌。你们能为我们的革命做出极大的贡献。而且若是我提到了你们的年纪逐渐变大，我希望你们不要见怪。这并不是说你们老了，绝对不是，不过，简单地说，你们并不如曾经那么年轻了。我自然也是如此；嗨，我的年纪可能比你俩都要大。”

克罗伊德举起一只长有三根手指的手，手掌向下，左右摇晃。他快六十岁了；他十四岁的时候，托德博士和喷气机小子可以说就是在他头顶上举行了那第一个百变王牌纪念日。他长期的休眠以及百变王牌病毒的副作用让他的成长一直停滞在成熟边缘，保持着一种模糊的状态。他的过往并不那么符合常识。他在服用化学药剂之后的亢奋中将此事告诉了马克。一遍又一遍地说。

索贝尔似乎没有注意到克罗伊德的手势，他十指交叉，手肘撑在面前的桌子上。“我的意思是说，我们在这里都是平等的，但我肯定会乐意地将你们的年龄与你们所能做出的独特贡献纳入考虑之中。”

“我们想要尽我们的全力，先生。”马克说道。

你是完全疯掉了吗，你这个嗑药上头的神经病？太空旅行者想知道答案。除了反驳那个有能力决定我们生死的男人之外，你还知道什么？听他说话——难道你喜欢装填沙袋吗？

“你们要竭尽全力，还要付出更多。‘从人人按劳分配的社会变为人人按需分配的社会’。你们既有特殊需求，也有特别的能力。你，梅多斯医生，可以号召你的‘朋友们’——你得告诉我你要如何做到这一点，以同志的身份告诉同志，就在这些天之内。”

“呃。”马克支吾了一下。

“我也认识到了你优秀的科学背景。我们极度需要有资质的医药人员。共和国的医疗资源实在是紧张至极——这又是美国犯下的一宗罪，拒绝给予这个国家他所需要的救助，导致它无力建设自己的医疗服务。”

他们可得到了一大笔钱，全挥霍到了枪支坦克还有轰炸机上去了，派皮士[1]，跃闪杰克在脑海里说。马克稍稍松了一口气——马克此时注意力十分集中，他清楚自己没有真的把那些话都大声地说出来。随后他慌张地瞥了一眼克罗伊德，担心他会说出这些话，或者说些差不多意思的话。克罗伊德没有这么做，但他又冲马克夸张地眨了眨他那灯泡似的眼睛，这举动也没好到哪里去。

“因此，我先前就在想，”上校说道，“你是否愿意出任营地药剂师一职。这并非是全职；我只是想找个有能之士管理好我们的珍贵储备。你的资历显然符合——太符合了。”

“呃，”马克又支支吾吾地说，“当然，先生。我很高兴——”

“还有你，科伦森先生，你的能力——”

“非常独特。”克罗伊德将他杯中剩下的邪恶杰克一饮而尽，一副吞下了一只格外肥美的虫子似的表情。“这些年来，我已经学会了

① 年轻的市区或郊区黑人居民，拥有高薪的好职业和丰富多样的生活方式。

极其慎重地对待我自己的王牌能力，上校。耐特的世界并不总是那么通情达理，如果你明白我的意思。你可以放一百个心，我的能力任凭您差遣，不论何时。”

索贝尔用力地点头。“自然，那是自然，我非常明白。那段受压迫的岁月……”

他的目光飘向那些照片。“这个国家正在为了所有的王牌和鬼牌进行一项伟大的事业。一项伟大的事业。共和国对我们恩重如山。而我们或许正好遇上了报恩的好机会。”

他站起身，转身对着那一面照片墙，背对马克和克罗伊德。“共和国深受叛徒的威胁，先生们。在全世界的懦夫都背叛革命之际，越南还竭力坚持着这场正义之战。可就连她也有叛徒在内部啃噬她的生命。”

克罗伊德忽然抬起头，仿佛受到了惊吓。“叛徒，”他脆声地说道，“肯定有。”

叛徒？马克心想。他对上校与他林肯式的眼界怀有巨大的敬意，但他开始觉得自己就像《特务亲家》里艾伦·阿金那个角色一样。

“必胜堡里有消息泄漏出去，”上校说，“但我们都知道谣言是怎么摧毁一切的。你们现在可能都听说过这些事了：胡志明市里发生了市民暴乱，乡村里也发生了叛变，人民军队纷纷擅自离队。而且在我担忧散布谣言的人的同时，我必须承认这些事情很多是真的。”

他转身。“我们必须集合起来表明至少我们对东道主是忠诚的。”

“那是自然，上校。”克罗伊德说，而他没有嘴唇的蜥蜴嘴巴张大的同时，马克一瞬间惊恐地觉得克罗伊德仿佛是彼得·福克，“我们一直支持你。”马克只是点头附和。

“我就知道你们靠得住，先生们。”

♥

“那么，我们可能会，呃，上战场。”马克说道。事实上他是冲着克罗伊德吼出这句话的，就在他二人摇摇晃晃地走过被倾盆大雨冲刷的建筑群的路上。克罗伊德一直靠后肢小心翼翼地走路，虽然克罗伊德最喜欢的行走方式是四肢并用地爬行，但今晚爬行会让他淹死，或者至少他得游泳，而不是走路。马克不知道壁虎怎么在水里前进——好吧，石龙子。克罗伊德在恶劣天气里更擅长利用运动力学，即便他完全能应付水淹到脚踝的情况。

“有可能，”克罗伊德说，“有点意思，对吗？”

“也就是说，多年以前，我们的一伙人曾和越南人打仗。你认为他们真的愿意和这个政府站在同一边吗，如果向流星许愿有用的话？”

“谁知道呢？那是他们的协议，而这边是你们粉嫩嫩的越南老兵。我也还没有弄明白，说实话。有大半时间，老兵们走出来的样子仿佛就是为了要站在卢修斯·吉尔伯特的左边。然后他们灌下几瓶解放啤酒，就变成了‘我离开的时候我们还是赢家’。”

他粗糙的眼睑半垂，一根手指摸上他的鼻子。这是令人担忧的一幕。

“顺便一说，”他接着说，“我不太肯定我们的上校把所有门都封得死死的。难道你就没看到他手上画着张小脸吗？‘佩佩先生喜欢蜥蜴。你想不想要一个亲亲……？’”

“别说了。索贝尔上校是个了不起的人。他是个有远见的人。”

“他是那个在漏水房间里用橡胶管把你摁在地上痛扁一顿的家伙，马克。”

“我从没介意过那件事。他只是在做他认为正确的事；他以为我是中情局的间谍之类的。再说了，那群越南人才是真正下手的家伙。索贝尔只是在一旁看着。”

“如不久的将来替人找借口变成了奥林匹克比赛项目，那明年你一定要做好准备，打点好行囊前往巴塞罗那，因为你实在太有资格参赛了。”

“你不明白，朋友。有远见是好事情。我们这些百变王牌都需要远见。尤其是我们中间的一些人眼中只看得到下一只独角仙的所在，而对其余的事情一概不管的时候。”

他们到达了克罗伊德的地堡，低头走了进去。“我很抱歉，朋友。”雨声一被隔在背后，马克立即出声对克罗伊德说。

“没关系，公正地来讲，你的话一针见血。你的话对，那就是对的。”

马克向他投去警告的目光。“好吧。我不会再说《特工亲家》[①]的话了。”他躺到了自己用毯子铺的板床上。

“那么这次你的能力到底是什么呢？”马克问道，坐在故意摆放在一角的板条箱上。

克罗伊德笑了。“好吧，我能像个杂种似的爬上墙。我还能用舌头捕虫吃。”

马克瞪着他。“得了，你试过用舌头抓虫子。那并不像听起来的那么容易。如果你，或者其他鬼牌试过，那你们所做的一切不过是将虫子拍烂到地上。我可不想这么做；让它们浑身沾满泥沙。”

“嗨，”马克叹道，“你是说，你没有任何能力？”

“除了这些之外……我还没有发现其他的。没有悬空的能力，没有用手指发射闪电球的能力，没有诸如此类的能力。而且我曾一度虚弱得还不如耐特。我有一次以为我的鳞片在变颜色，但那不过是光的折射。我们在这风景如画的越南遇到过一次又一次的绿色闪电般的落日。”

“要是索贝尔发现你没有任何一种他谈论的这类‘特殊能力’，那该怎么办？除非他计划开展一个消灭虫子的宏伟行动。他会很不高兴。”

---

① 20世纪70年代末的喜剧电影，2003年翻拍。

“谁会告诉他呢?”

没有等他回答，克罗伊德一手叠在另一只上面，把头放到手上休息。他知道马克不是个会告密的人。

“对了!”马克说道，“你当时动作的样子，就像你喝醉了似的——”

“那我当时就是有一点点头晕。”克罗伊德头也不抬地说。

“你是不是困了?”

“鬼扯，”克罗伊德坚定地说，“我已经告诉过你了。蜥蜴不睡觉。”

♥♦♣♠

第二十八章

雨停了的间隙，一群新人被喊去步枪射击场接受训练，就在越南人民军军营旁边。那个嘴巴前面长着肉条的孩子满眼不屑地打量自己的M16步枪。

“为什么我们只得到了这种烂货？”他问道，“我听说这种枪经常卡壳。这儿的人难道不用阿尔卡特47吗？这阵子，那种枪才够厉害。”

指导员是个又高又瘦的老鬼牌旅，有一身亮绿色的皮肤。“你一定是《60分钟时事杂志》[①] 看多了，迪尔曼。媒体扭曲了那个故事，就像他们扭曲关于越南的一切那样——关于火器的一切，就此而言的话。”

“自从20世纪60年代中期，M16投入实战之后，一大批步枪都经历过填弹失败的故障，外行称之为‘卡壳’。这类故障往往给射击手带去致命的后果。军队和柯尔特做过一份调查，宣布枪支没有任何问题，进一步地修正了它。”

他露出不带一丝笑意的微笑。“自那以后，M16步枪经历了大量改进与完善——你们搞计算机的人可以称之为‘排除故障’。现在，你们将有幸得以配备最新型的版本，M16A2步枪。你们要为此感到庆幸。黑色来复枪是全世界最优良的突击步枪。你们要对它心怀

---

① 美国的一个新闻杂志节目，由哥伦比亚广播公司（CBS）制作并播出，始播于1968年。

敬意。”

“可阿尔卡特47怎么样呢?”另一个孩子想知道。

“举起你的枪，士兵。它很重吗?”

“呃，并不怎么重。”

指导员把手伸进他脚边的粗绒布袋，摸出一把木制枪托的阿尔卡特。“卡拉什尼科夫系列冲锋枪包括阿尔卡特47——它又旧又过时，虽然人民军队仍旧有很多这种枪——卡拉什尼科夫改进型自动步枪，伞兵用折叠式改进型自动步枪，以及全新的AKS-74系列突击步枪，不同于老款的7.62毫米口径，新系列的口径只有5.45毫米。它们有几点共同之处。在机械方面，它们都不如M16A2可靠，即便是在极端地形地况之下。它们都有安全设计/单发射击/全自动射击的换挡器，而这换挡器的声响大得能吵醒死人，这在伏击战里十分不便。更何况，各位，它们很重。”

他将那把步枪丢给迪尔曼。孩子接住枪，踉跄了一下，差点被武器压倒。

“一把装满子弹的阿尔卡特47可重达10.5磅。一把M16步枪的重量还不到7磅。等到你们要整日顶着我们美丽的东南亚骄阳，扛着枪在象草之中穿梭，不停地爬上山又爬下山的时候，那这3磅多的重量差会变得非常非常关键。

“现在你们明白为什么要背着这把黑色来复枪，并且学习如何用它开枪了吗?”

同意的态度表达得有些模糊。指导员没有在意这点，也没有发表任何评语，接着进行他的教导内容。

轮到马克进行射击了。令他震惊的是，他并没有即刻产生逃跑的欲望，而是一等到弹药安装好之后，就开枪击倒了越南学童，不论越南学童准备好了没有。这把步枪的后坐力小得几乎感觉不到，而且噪声也没有大得吓人。

这其实还挺好玩的。

“和最初公布时一样，”指导员说道，“M16A2 设有校准器，将全自动发射限定在三点发射之内。根据以往观察，军人在得到武器之后所做的第一件事情便是拆除三点发射的校准器。由此，发给你们的这些武器都是可以无限全自动开火的型号。不过我强烈建议你们别那么做。”

说得太对了。这些新兵统统朝目标区域以全自动发射模式喷射子弹，一次耗光了整个枪弹匣。马克注意到，在子弹飞速射出之后，就连在很近的射程之内，满匣的三十发子弹之中，击中星形靶子周围地方的子弹也寥寥无几。有好些年轻的枪手用尽了整个子弹夹，不仅没能击中那个可怕的黑色人形靶子，而且连纸板边缘都没射中。

马克乖乖地听从了指导员的命令，主要是因为他不知道除此之外他还能做什么，他一次只射出一发子弹，每次都尽力瞄准。虽然其他人哄笑着让他快点开枪，但他在二十五米远的地方让一半的子弹都打中了那个黑色人影。

“很好，恭喜，”中士指导员说道，“你杀掉他了，而不是像其他小男孩儿那样把他吓得屁滚尿流。猜猜哪个能在战斗中活得更长？”

马克心中满足感和罪恶感并存。虽然他的一些“朋友”也夺取过他人的性命，可是对枪击感觉良好这件事本身就让人不安又害怕。他怀疑若是真到了开枪的时候，他会朝着所有走动的东西扣下扳机，射光他的弹匣，击倒全部目标。他还很不放心自己是否都会抱着击中某人的想法而真的向他开枪。他懂得战斗之中那让人忽冷忽热的亢奋，也明白真枪实战和发射练习的区别之大就如同死亡与撒网的区别。

有朋友真是件好事情，当他们一齐涌进思绪之时，他暗自想道。大雨又一次开始落了下来。

◆

“我不知道，但我被告知——”

一辆乌拉尔 375 型号的卡车在坑坑洼洼的黑色路面上颠簸着，朝西南方向前进，进入西原地区。天空十分晴朗。阳光用力地射在帆布篷上，太阳仿佛近得要死，而雨声大得要命。

“耐特生出来的女人，没有灵魂。”

轮到马克所在的排要前往那个被克罗伊德——现在他刚转入马克所在的小队——称为“无睡眠军营”：在嘉莱省和昆嵩省之间的中央高地的山区里彻夜巡逻，巡逻时间甚至会延长得更久。有人把这次轮班视为必胜堡训练期间一次令人愉快的休息；听说山里比海湾凉快多了。另一方面，当地的居民多为蒙塔格纳德人①，或者是从胡志明市被强迫迁移到山里的越南族人，而且他们对外人一点都不友好。

“在我死之前给我找一个——”

索贝尔和他的那些监督员上周几乎一整周都在全力调查那些传言，有传言说高地地区正在起义。有叛徒在活动，毫无疑问是被中情局收买了。那里的民众——那里的海，那片游击战士像鱼一样潜游的海——都激烈地谴责他们。

“抓住她，试一试。”

虽然马克什么都没说，就连对克罗伊德都没话说，但他感到非常忧虑。他注意到，从岘港离开的满载船只往内地出发得比较晚，而且它们的硬点是空的。或许高地有测试范围，他告诉自己。

“报数！”

“一，二！”

两支小队，大约二十人，都挤在一辆乌拉尔上。它的木地板和金

① 居住在柬埔寨边境附近越南南部的山区和高地的一个民族的成员。

属边磨得马克的尾椎和后腰生疼。吉尔伯特——表面上的职位是一等少尉，但他掌管着整个排——吹嘘着说这是全世界马力最大、功能最强的通用卡车。这话也许是对的，但这类车的设计似乎并非用来装载人类。也许这是网际人秘密贩卖给苏联人的设计，专用于运输平行四边形的生命体。

“报数！”

“三，四！”

“报数！”

“一，二，三，四，一，二——三，四！”

“你懂的。”克罗伊德一边说话，一边在马克身边缓缓移动，他靠在那里已经有半个小时了，好像睡着了，也好像死了似的，“这可真上口。”

马克做了个鬼脸。那首进行曲包含着一种令人不快的气氛，那哼唱的曲调还有折磨他耳朵的响亮歌词都传达出这种气氛。让他觉得很不舒服。

迪尔曼坐在车厢对面，朝马克露出一个骷髅头似的坏笑。“你没有唱，梅多斯。怎么回事？不喜欢我们的小曲儿吗？”

“喂，”另一个小孩儿说道，“你清楚耐特都排外到了什么程度。他们总是在一群恶心、肮脏的鬼牌面前团结一致。”他和迪尔曼夸张地摆弄起他们的 M16 步枪的螺栓。这其实没什么——他们一颗子弹都没有——但对马克而言，重要的是想法。他在余下的路程上都把手揣在裤兜里，紧握着一个药瓶。橘色那瓶，他希望这场雨能一直下到路途的终点。

♣

他们即将到达的新基地位于一座严重损坏的教堂，在一座群山环绕、俯瞰一片无边无际的茶树林的山上。克罗伊德暂停了一会儿，点了支雪茄，凝视这片景色。就和马克曾见过的其他越南乡野一样，山林树海，满目皆绿，不同深浅的绿色超出他过往的认知，一切都是那么茂盛苍翠，绿得近乎刺眼。

泥土小道纵横于绿茶田地里，红色的粗糙道路仿佛一道道被鞭打后留下的疤痕。黑衣工人戴的稻草帽在及腰的作物之间起起伏伏。

“老天哪，看看那些人，都是在旧种植园里劳作的奴隶。”克罗伊德用糟糕的《先知安迪》似的口音说道。

“这不是种植园，”马克说道，“这是集体农场。”

直到这一刻，马克才知道克罗伊德可以扭动他那禁止直视的眉骨。他现在就抬起了一边的眉毛。这效果就像是斯波克拜访蜥蜴戈恩的故乡之时，瓦肯人的发情期突然袭击了他，然后由此而来的后代此时竭力模仿着爸爸的那个标志性表情，那个“这相当不合逻辑，你这个愚蠢的地球蠢货”的表情。

一阵雨飑横扫了眼前的植物园——不，公社——的工人们，如同冲走了他们似的。鲁斯·吉尔伯特从领头的那辆乌拉尔（运送这个排的车队有两辆卡车）里走了出来。他戴着一顶迷彩棒球帽，穿着一件迷彩制服，衣服上的褶皱多得你可以拿刀刮掉。显而易见，这件衣服是定做的；这件衣服上有专门为他上面两对手臂缝制的衣袖，功能性的衣袖，还有塞进去了但又往上卷了一点的小口袋，专为下面退化了的几对手臂而留。他开始喊出号令，让士兵们都从乌拉尔上下来，然后在满是弹痕的石墙与教堂倒塌的发黑梁木之间，将他的总部帐篷给支起来。

马克转身前去帮助搬运器械。有人拉住他的肱二头肌阻止了他。他扭头发现奥斯普雷站在他身旁。他的利爪黑得发亮，其间还有白色的羽毛。他的爪子轻轻地抓住了马克的手臂。

马克转了转眼珠。他的手慌乱地在口袋里摸来摸去。这双利爪足以割破一个人的喉咙。雨点打在他的脸颊上。不，橘色没有用，这场雨对跃闪杰克来说就是硫酸浴。而且太阳还在，那月光之子也不行……老天，难道说我唯一的生机只能求助于水瓶星了吗?

“别害怕。”奥斯普雷开口了。他那巨大的弯钩利喙实在令人难以安心。“我不会伤害你。”

他领着仍在发抖的马克走到一边去。“听着，在瑞克酒吧里发生的那事儿……我们当时都不认识你，伙计。都不知道你的身份。我们现在知道了。我们都记得在那伙耐特准备将面团男孩烘烤致死的时候，是迷旅队长救了他。我们不会忘记我们的朋友。”

“呃——谢了，老兄。”

“而现在，某些年轻人说话的方式——”他摇了摇他那巨大的鹰首——“记着你可以放心我们，朋友。但是要留心你的背后，就像你之前那样。这群小子里有些人在盯着你，他们只看得到你耐特的外表。懂我的意思吗?”

马克紧张地点头，在滂沱大雨之中扫视四周。没有人特别注意到他。“好的。谢谢你，朋友。”

“火箭堡还在，朋友。”奥斯普雷朝他竖起羽毛状的大拇指，随后便走远了。马克站在那里望着他，天空中落下的雨水浸透了他的圆边帽，不堪重负的帽子垮到了他的耳朵处，他的手指抚摸着口袋里的那些药瓶。

好吧。要是有人要找麻烦，那我就变身成水瓶星，祈求好运吧。

为什么做好事非得这么复杂呢?

♥♦♣♠

第二十九章

他们在丛林斜坡的低矮密林中一路磕磕碰碰地颠簸前行，嘴里不停地咒骂山地、雨林、彼此，还有成群结队地飞舞在他们周围的蜇人的小虫子。就连克罗伊德——弓着身子、四脚并用地跟着马克走在队伍的中间——都在抱怨那些虫子。它们个头太小了，他的舌头捕捉不到，甚至它们还钻进他的眼睛和鼻子里去了，就像它们钻进其余人的鼻子眼睛里一样。

二小队的尖兵叫“眼球”，他阴森的身影在鹿群走过的道路上移动着，二小队都跟在后面。走在他身后的第一个人是大块头哈斯凯尔，这人终于停止了抱怨被迫携带小队那柄体形大、重量沉的黑色 M－60 机关枪，还拿武器对着他。

小队一停止前进，马克就立马瘫倒在路边。他双肺排出的空气像玻璃似的割得他喉咙生疼。他大腿上的肌肉仿佛变成了碱液果冻。他的背包带犹如一把芝士切片刀把他切成了三等份。

“放松。放松，该死的。”中士从第三点往前推，想把 M－60 机关枪的枪管撑起来。他那把 M16 步枪上有一个粗厚的 M203 榴弹发射器吊在枪管上；他和哈斯凯尔一样，负责搬运小队的重型武器。他还负责携带弹药，那是为这两架复合型武器准备的弹药。“马里奥，他说了什么？”

那个尖兵没有嘴巴，他的头上全是密密麻麻的眼球，不同大小，不同颜色，一顶圆边帽别扭地戴在他的头顶遮挡阳光。马克总觉得这些眼球会逐渐滚动到一起，又再分开，但他也不确定。眼球是他遇到的为数不多的，他实在没法直视的鬼牌之一，哪怕只有很短的一点时间。

眼球很焦躁，他慌乱地挥动双手，而且并非是冲着那群能够把他逼疯的昆虫。他只能通过手语来交流。马里奥是他的官方译者。相当大一部分的鬼牌都没有说话的能力，于是手语成为了各地鬼牌非官方的第二语言。马里奥是小队里使用手语最流畅的人。

“他说他发现了点东西，”身形修长的年轻人汇报说，“他没办法说清楚那到底是什么。”

“它危险吗？”中士问道。

眼球举起右手，用大拇指、食指和中指做出一个像小鸡闭嘴的动作。“不。”马里奥大声翻译的同时马克也喘着粗气说道。

“什么？你懂手语吗？”部队停下的时候克罗伊德就坐了下来，此刻他正伸长脖子，越过马克去看到底发生了什么。他也戴了一顶圆边帽，而且还因为他的颅骨并不是戴帽子的理想头形，帽子已经落下套在了他的下巴上。有种码头寡妇在糟糕天气下醒来的感觉。“我从来不知道你会这个。”

“我有个听力受损的表亲。我小时候学过一些手语。像‘我爱你’，呃，‘鬼扯’之类的。”

后面突然爆发一阵吵闹，在山上。马克听到了破坏者的声音，从队伍尾端传来，音量高到不同寻常，尖声吼叫的声音里满是愤怒。

“一定是一小队的尖兵撞到了那个男孩，把那个小家伙吓坏了。”克罗伊德不带一丝同情地说。

“先生，”斯多德巴克尔·霍克站在马克正前方喊道，“先生，呃，是吉尔伯特少尉。他想知道延迟的原因。”

“胆小的政治混蛋。”中士骂道，走回去从前“怪异杀手军阀”——这人在他身边克制得到了乖顺的地步——手中接过手持收音机。没人真正弄清楚原因：鬼牌旅的老兵脾气暴躁，待人又很苛刻，可就连马克，这个敏感非常的家伙，都认为他不喜欢虐待别人。“叫我‘中士’，别叫我‘先生’。我是为了生活在工作。是的，查理二二六，完毕。”

“他被惹怒了。”克罗伊德抬起一只手挡住嘴巴，悄声说道。马克点头赞同。中士在无线电通信纪律上犯了点错；对他来说，“是的”二字是多余的，这无异于大喊大叫。

收音机设备看上去相当现代——比马克预料的要新，也比他预想的要小得多。旅队配有过时的制服以及象征性的医药配额，但他们拥有最新型的武器和通信设备。他有点想不通这是怎么一回事。

中士认真听了一阵子，开口说：“我们会调查此事。”他将手持收音机递还给霍克，“动起来，大家。我们可不想少尉把自己给弄中风了。”

他也并不怎么在乎官方默许的那些对鲁斯的军事职位的猜测。鲁斯接受的训练和积累的经验并不比……好吧，并不比大部分新鬼牌旅成员多。

马克和克罗伊德以及其他几个人跟着中士，由眼球带领前往他发现异象的地方。他停下脚步，指着一堆看似生长过盛的灌木丛似的东西。

中士皱眉，接着他猎狗般的五官放松了。“真见鬼。”他轻柔地说道。

他伸出手扯了一株藤本植物的一缕枝叶。它露出了自己的真面目，展示出叶片受损的根部。

忽然之间，它映入了马克的眼帘——一块块暗淡的橄榄绿表面从叶片之间透出，组合在一起隐约显出一个圆圆的物体。

“那是一层油膜，”中士说道，“一架老休伊。”

眼球站在旁边，一脸无比期待的表情。马里奥舔了舔自己干裂粗糙的嘴唇，用右手比出“直升飞机”的手势。

他们全都聚拢过来，拨开灌木与藤蔓，显露出一个精子形状的物体，绝不会认错，那是一台通用直升机，失修多年的直升飞机。好几个年轻人挤到前面，往挡风玻璃（虽然玻璃已经完全不在了）里面看。

“该死，”橡皮头失望地说，“里面没有死人。”

“别着急。”中士点评道，指着乘员舱上方鼓出的流线型护盖。“看起来，他们从引擎里的一架27重型机关枪里找到了不少子弹，然后机翼自转了起来。”

“你看上去有心事。”克罗伊德对马克说，在整支队伍“噔噔噔”地赶来看的时候，克罗伊德困倦地躺下了身子，“你在想什么？”

“我——”他摇摇头，“只是这一切，呃，我莫名感到一种真情实感的悲伤。”

“什么悲伤？最后的嬉皮士对一台机器的同情？这种辩证唯物主义已经深植在你心底了。”他把头放到前肢上，一动不动地躺着。

鲁斯·吉尔伯特穿着他那套时髦的迷彩服下了山，一只脚靠在那架休伊的鸭嘴兽鼻子处，就像为了画像而摆出了个姿势。马克就只是呆立在那儿，眼泪不停地流下脸颊。他也不明白为什么。

♠

马克平躺在一根长满苔藓的原木背后，他的来复枪就靠在那根原木上，他竭力让自己与身下正在腐烂植物的蓬松腐叶融为一体。它的气味中包含着衰败的气息，还带有发酵的味道，让马克大脑发晕。他的帽子里插进了大量枝丫，使他觉得自己就像一碗行走的沙拉。午后的阳光在树林的叶子之间弹跳，仿佛一颗光速运动的弹球。

“该死！”克罗伊德在他身边惊呼道。

马克惊得一下跳了起来。“哇哦，”克罗伊德说，“有那么一刻我以为你刚发现自己能飘浮。”

“你吓到我了。”马克嘶哑着说。

“你在嘀咕什么?”

“我们该做伏击训练。”

“对，但这是大白天。很难把这事当真。伏击难道不该是在夜晚发动吗?这不是铁律吗?”

“白天也可以安排伏击。”

实际上中士就曾抱怨过白天进行伏击训练。但是部队只在白天进行军事演练，因为他们前晚试行了夜间巡逻，然后鲁斯掉进了一条小溪里。由于某个原因，一小队的队员花了快十五分钟才把他拉出来，他浑身都湿透了，说话还语无伦次的。

“马克·梅多斯，”克罗伊德说，“丛林战斗专家。”

马克“哼”了一声没说话。至少克罗伊德这一整天似乎都醒着。最近他仿佛总在瞌睡的边缘徘徊；昨天的时候，马克发誓他看见他的外形开始变化了，就好像他就要在马克的眼前开始变身了。克罗伊德告诉他太阳要把他的脑袋烧沸了，这或许是真的，不过马克还是很高兴他喊醒了自己。

正当他把心思再用到融入周围景色之际，一声凄厉的尖叫又让他从腐殖土壤上站了起来。

克罗伊德好似惊醒一般猛地抽动身体。“现在发生了什么?”

三十米开外，穿过低矮灌木丛，哈斯凯尔蹦跳起来，抓挠着他粗壮的身躯。“有军蚁！军蚁!”他尖声叫喊着，“我要被活吃了！噫!”

马克大跳起来，被遗忘的虚假武术。他们之前也遇到过蜇人的讨厌白蚁。要是机关枪掉进了这群白蚁之中，那他极其可能产生严重的国民性休克。这意味着马克很快就要派上用场。中士接受过卫生员的交叉训练，但他并非真的够资格。

哈斯凯尔蹦跳个不停，绕着他的M60转圈，仿佛在表演怪异的致敬仪式。他嘴边的粉色纤毛不停地摆动，就像体育场里为附加赛激动万分的观众。

“哇哦，看看这群臭虫的个头，”克罗伊德叹道，他跟在马克的后面，“再看看它们下颚的大小。”

中士一手搭在哈斯凯尔的肩膀上，想让他站住身子，同时另一只手掸掉了那些爬到他身上的长达半英寸的昆虫。“好了，好了，都解决了，”他说话的声音低沉而平稳，“没事儿了。那些都不是蚂蚁。”

“我身上爬满了虫子，我身上全是虫子!”哈斯凯尔尖叫着说，“它们会吃了我，该死的!”

“不会，它们不会吃了你。”

忽然之间，哈斯凯尔停止了乱跳，也不在哭号。“它们不会吃了我?”他用正常的音量问道。

“你感觉到被咬疼了吗?”

“呃……没有。就只有昨晚被蚊子咬了之后的瘙痒。”

中士捏住一只从哈斯凯尔身上掉下来的昆虫，举到他面前。这种生物的弧形下颌张开又合上，看上去有它身子的三分之一长。

“兵蚁，”中士开口道，“它们不吃人。”

他的指尖深入到昆虫的两颚之间。两颚紧紧地夹住了手指，在皮肤上压出了一个凹痕，接着就松开了。马克觉得这只虫现在看上去应该很生气。

“亚德人——这是蒙塔格纳德人的简称——用这种虫来封闭伤口，而不是用针。他们紧捏住伤口，找一只兵蚁，让它的两颚咬住伤口，然后拧掉虫的身体，留下头在伤口处。效果很好。”

“哇哦。”马克感叹道。

“这类虫子不会吃掉你，但它们会吃掉除了金属以外的所有东西。包括你这个猪猡身上的东西，看那儿。”他伸出布面丛林靴的鞋尖，轻轻踢了踢那台 M－60。这台武器上爬满了蚂蚁，全都在啃咬着试探有哪些能吃的。

“好了，你们这群家伙。该走了。我们要在这条沼泽道上埋好我们的伏击。”

哈斯凯尔抓起那把机关枪，开始动手清掉上面的昆虫。中士的目光落到克罗伊德身上。“你还等什么，老弟？快来饱餐一顿。”

克罗伊德伸手捏掉了中士举着的那只昆虫。“过于辛辣，不符合我的口味。”他解释道。

♥♦♣♠

第三十章

夜晚漆黑一片，马克站在大雨里，他觉得自己真正意义上第一次明白了侵蚀作用的滋味。如果他就这么一直站在这里，一直站到，噢，大约中午，想必他整个人都会被冲走。

一个状似油桶，头如半球的鬼牌路过发抖的众士兵，递出装弹药的格子布袋。

“所有人要用你们的生命来保卫这些物资。”斯朗普罗科中士，整个排的负责人说道。他又是一个正宗的美国人，来自俄克拉荷马的勤劳石油少年，又矮又壮，力大无穷，脸上是一副扭曲的表情。没人知道“斯朗普罗科”到底是一个鬼牌名字，还是他的姓氏。“时刻把它们准备好。自觉把这些弹匣好好装进你们的 M－16 里，别让吉尔伯特少尉，汉密尔顿中士，还有我费工夫下命令。明白了没?”

“明白了，中士大人!”

他严肃地扫视众人，眉毛下那双波中猪似的蓝色小眼睛的瞳色十分浅淡，若不是黎明时的这场雨让这双眼睛变得深沉，它们就跟隐形了似的。他脸上的表情让人觉得他想对众人说那个老掉牙的“我听不见你”的笑话。不过和二小队的领队，汉密尔顿一样，斯朗普罗科并没真的那么沉迷于那些硬汉电影里军训指导员的把戏。你并不想指责这个男人什么，不过他也没有蹬鼻子上脸。

“行了。所有人，抬起头。现在，滚回卡车上去。”

♥

“村民们说这里没有逃兵。”翻译员彭说。他个头瘦削，也不太像当地人，穿着越南人民军队的卡其裤，头戴一顶被雨淋得湿漉漉的木髓遮阳帽。他昂着头，捏着鼻孔说话，看上去很滑稽，而且他看似一副自己都不确定怎么回事的样子，到底是鬼牌的模样，还是在鬼牌们刚刚装填完毕的枪火威胁之下，蒙塔格纳德村民可怜巴巴地蜷缩在一堆的样子恶心到了他。

马克站在克罗伊德旁边，握紧他那把 M－16，枪口却朝下耷拉着，这位突然的镇压者实际上陷入了泥泞中。就和排里其余人一样，他的手和脸上都有许多细小的伤口，血不停地往外流。他们在象草丛里艰难行进了大约半公里，意外地碰上了多疑不善的村民。象草没过了马克的头，而且草叶锐利堪比刀刃。

卢修斯·吉尔伯特身体上最高的两副上肢叉着腰，雨水源源不断地从他的棒球帽帽檐流下来，他的目光在这个越南翻译、蒙塔格纳德年轻人和蒙塔格纳德老人之间来回，他的脸色就像安南山脉的浮雕地图。“我和你说完，为什么你给他翻译了，他又要去和那个老家伙说话？”鲁斯质问道，“那个老东西不愿纡尊降贵直接同我们说话吗？”

“他做不到，”潘不屑地说，“他不会说越南语。他，蛮子。”

“那是‘野蛮人’的意思。”克罗伊德机灵地说。他用尾巴撑着身体，双臂怀抱着枪。他宣称一直保持预备开枪的姿势十分不舒服。“越南人根本不把亚德人当人看。当然了，亚德人也不把他们当人看。”

在马克看来，这约莫二十个村民，蹲在大雨里，身上披着或许是用彩色毯子做成的斗篷，要是光线够充足，能够看清他们的肤色，若不加以描述，这群人看上去倒不那么像东南亚山区部落的人种，反而更像安第斯山区的印第安人。而接下来他又不那么肯定这些人看起来到底是什么人种了。他们中的大多数人都是一副可怜兮兮的模样。

马克站在一间棚屋旁，将那柄 M－203 握在手中，做出预备的姿势，视线飘向中士那边。那双棕色的狗狗眼并没有注意到马克的目光。

我在发抖，马克意识到。

“告诉他们，”鲁斯对潘说，“我们有可靠情报说他们匿藏了逃兵。一定要跟他们说，这是很严重的违法行为。”

潘快速地对那个年轻人说了几句话，年轻人又将话转告给了老人，老人哼哼唧唧了几句。那些哼哼唧唧仿佛顺着锁链一般又传了回来。

“他说这里没有逃兵。”从潘瞪向老人的气愤眼神来看，马克怀疑老人说的话远不止于此。

鲁斯的右上肢突然伸出，抓住老人的腰，把他的手从毯子下面扯了出来。“果然不出我所料，”鲁斯得意地说，同时举高老人的手臂向众人展示，而老人眼中的怒火好似要在他的脸上烧出洞来。“一只天美时手表。轻轻一拍，滴答继续。某个部族。”

他松开老人的手臂。“戴着它吧，你这个出卖灵魂的老不死。好了，所有人，搜查这个村子。一定要查个底朝天。”

“我不想这样。”马克悄悄地对克罗伊德说。

“要记着，你是自愿来的。”

“喂！”吉尔伯特那刺耳的吼叫划破雨声所营造的白噪音，“你这个家伙！你有什么毛病吗，士兵？为什么不服从命令？”

说的是橡皮头，小队里的惹祸精，他仍旧站在村民中央，还背着一个童子军型号大小的玩具背包，那是他肩上唯一背着的东西，就像一坨造型黏土挂在他背上，而他那把 M－16 的枪柄插在了泥地里。

“我不去。”他说。

“你说的是什么混账话？”

橡皮头扬起圆圆的短下巴。雨水犹如串珠似的从他那张暗沉的橡胶脸上滑落。“我不会走进任何一间棚屋！我如今见识了这个部队，也看到了世界末日。他们很可能早已布置好弩箭、尖竹钉、各种愚蠢的陷阱，还有其他这类该死的鬼东西，就等着我们自投罗网。”

鲁斯跨出三大步便走到了他身旁，一把抓住他的肱二头肌。他伸手指向一间棚屋。“给我滚进那间屋子。就他妈的现在。”

橡皮头挣扎着要摆脱鲁斯。鲁斯坚持拉住他。橡皮头痛得发出凄厉的惨叫，他的上肢脱臼了。

“放开我！我不要进去!”

“你这个虚伪的小混蛋!”鲁斯怒不可遏地用四个拳头捶打这个男孩。橡皮头那具可延展的肉体在暴雨似的拳击下显出一个个凹痕和扭曲印记。

汉密尔顿中士出手挡在他们中间，伸出强壮的左手将鲁斯推开。鲁斯被推得站不稳身子，差点一屁股摔倒在泥地上，跌跌撞撞地找回了平衡。橡皮头坐倒在一个水坑里，嚎啕大哭起来。

“你他妈以为自己在干吗?”鲁斯大吼道。

“你没有权力殴打我的士兵，先生。”中士声音低沉地说。

“那家伙违背了上级的直接命令。”

“那么应该按照纪律程序处分。你不能对他动手。”

“听着，别跟我说什么小资本主义狗屁，懂吗?”吉尔伯特走上前去，好似要再和中士比试个头。

接着他定住了。他后知后觉地发现汉密尔顿的武器全都上了膛，对准了他小山似的肚子。

“你要负责汇报此事，汉密尔顿!”鲁斯怪叫道，表情扭曲得鼻子上那副列侬式眼镜都快挂不住了，“你会被关在小黑屋里烤上他妈的好几个星期!”

“那没关系，先生。要是想告我的状，你随便。但是要记住这点：如果再敢对我的士兵动手，我一定杀了你。”

他转过身，温柔地伸出手臂揽住橡皮头的肩膀，帮助他站起来。“你还好吗，孩子？没受什么严重的伤吧？那就好。要不你到我这里来，在我搜查那间旧棚屋时掩护我，怎么样？”

◆

他们离开了雨林，但还没有离开这场雨。他们爬上爬下巡逻的这些山脉都是陡峻的豚脊丘[1]，植被并不多。假如马克没有背着一个沉重的背囊，右臀上没有蚂蟥咬出的正在发炎的伤口，双手也没有握着一把和孔迪克手工艺品同样陌生至极的来复枪，那这本可能会是一场愉快的任务。要是他不用带着这把枪在这些陡坡上爬上爬下就好了，这些陡坡随着泥浆般的溪流伸向远方，如同一个污水滑道。

他刚才帮助斯多德巴克尔·霍克从一米高的台地上跳下来，结果两只脚一下伸了出去。他重重地坐倒在地。他开始滑行，一下就超过了霍克，霍克因失去平衡而惊惧万分，摔倒在一旁。幸运的是周围有灌木丛，他可以抓住灌木，稳住自己和无线电，避免和马克一起滑走。

马克顺着溪流，飞跃斜丘，四肢拼命摆动，同时继续前行，“哇哦！哇哦！哇哦！”好像这么乱动乱喊能起什么作用似的。马克就这样顺利地一路疾驰到山底。他最后停在了两山之间的一块狭窄空地，坐在已变成汹流波涛的小河之中。幸运的是河中有些岩石阻挡了那滑不溜秋的淤泥，不然他可能会顺水漂流，直到被冲进南海才停得下来。

克罗伊德一路滑到马克身旁。“你也太爱卖弄了，梅多斯。你就不能像其他人那样好好走下山吗？”

马克没有慌着回话，而是让克罗伊德帮他站住脚，离开湍急的水流。克罗伊德的皮肤摸起来黏糊糊的，而且尽管他在取笑马克，动作却显得有些迟缓和怪异。

“你还好吗，兄弟？”马克仔细清点自己的东西，随后惊喜地发现什么都没有丢：帽子、行囊、来复枪都在，脑子也清醒。

---

① 由于对高斜层破碎山背的侵蚀而形成的陡峭山背。

“还好。我很好。”

部队其余人也到达了山底。他们今天是独立出行。出于某个原因，在那场村庄突袭之后，鲁斯就紧跟一小队，还派这两个小队分别出去巡逻。

中士记住了他们巡逻的路线，于是他不用从拴紧的袋子里掏出地图来看，如此一来，地图也不会被雨水淋湿烂掉了。他派出今天的尖兵马里奥沿着这条出现不久的溪流前去探路。小队剩下的人都拖着沉重的脚步跟在后面赶路。

“你听上去可不好，兄弟。”

克罗伊德做了个半是耸肩，半是发抖的动作。“我觉得我并不完全是恒温体质。我对气温变化的反应远比我平时要严重得多。这大概是热经济性的问题，我猜。我并不真的明白这个词是什么意思，不过我在哪儿看到过这个词，而且好像能用在我身上。”

他看向马克。他那双金色眼瞳失去了其独有的光泽。“你懂这个词；你是科学家。我真希望我读过大学。该死，我真希望我读完了高中。我总是在计划要继续我的学业，但我从来没有贯彻过我的计划们。”他摇摇头，“我猜要是你一睡觉就睡上好几个月，那上学一定是件困难的事。”

“你有没有想过参加视频课程呢，伙计？我是说，你可以，呃，买一些录像带，随时随地都可以观看，等到你准备好了的时候再去参加考试。”

“嗨，那真是个好主意。我都没想到这个。这又是这种停停走走的生活方式带来的一个麻烦，很容易就落在了这种新科技应用的后头。”

马克正打算提醒他录像带并不完全是什么新技术，此时他们身后就传来了一个人的尖叫声。

♥♦♣♠

第三十一章

小队的后半截还一脚深一脚浅地走在小路上，有如一根树枝上的虫瘿。他们之中有人“扑通”一声栽倒在地上，像条鱼似的扭动身躯，还厉声尖叫着，仿佛他从没有呼吸过的样子。马克卸下行囊，朝他们飞奔而去。中士也在同一时间到达，他命令队员后退，让他通过。

橡皮头在泥地里打滚。他的右腿弯成了弓形——并不是特别糟糕的症状；虽然他的身体和四肢弯曲又伸展，但骨头都没有断裂。然而他有只腿消失在了路边泥地的一个洞里。

哈斯凯尔和霍克抓住他的肩膀。两人用力拖拉他。他的右腿不断拉长，直到他那条宽松裤子的裤腿被拉出了靴子，而他的腿，瘦得跟拉伸的橡皮筋似的，现在一丝不挂了。他的嘴唇被牙齿咬得血色全无，他的头剧烈地左右摆动。他双眼翻白，一点看不到眼珠。

“放下他！”中士大喊道，“你们这不是在帮他，反而害了他。把他挖出来，该死！”

“用什么挖?”只有马克和克罗伊德仍然带着他们的挖掘工具。其余人都偷偷摸摸地把工具丢掉了。

“梅多斯，克罗伊德，快用你们的工具。其余所有人，用你们腰带上的刀或者是用手。总之要把他弄出来。”

众人用力地挖掘这黏湿的泥土。橡皮头开始拿拳头重捶他那条掉入洞中的腿周围的地面，歇斯底里地叫喊着。哈斯凯尔和马里奥不得不压住他的肩膀。

“一口壶。”霍克喘着气说，同时用那双被铲子和刀子擦破而流着血的手不停地刨开泥巴，“他的脚踩进了一口该死的壶。”

“小心点，小心，”中士敦促道，“慢慢把它弄出来。来人——不，算了。破坏者，给我你那把卡巴匕首。”

破坏者和其他人一样脸色惨白，他毫无异议地将他那把沉甸甸的刀子递了过去。“还有刀鞘。”这位帮派老成员解开背带上的刀鞘，递给了中士。

中士把匕首插进刀鞘，翻转刀把，握住刀鞘。“扶稳这玩意儿。”他低声道。马克和眼球伸手用力地按住那个壶。中士小心翼翼地用刀柄的圆头敲击那个壶。橡皮头发出惨厉的尖叫。

在敲第三下的时候，那个简陋的壶出现了裂痕。中士又敲了几下，让裂痕变大。血水溢了出来。那烧制过后的黏土十分厚重，上面还有捏造它的手指印记。

他们打开了壶。里面的东西实在太恶毒了。壶内插满尖锐的竹刺，竹刺上还涂满了巧克力色的屎。

♣

众人不得不用雨具和那把黑色 M－16 长枪制作了一个担架，抬着橡皮头回到那座旧教堂。这花了七个小时。橡皮头一直在抽泣，哪怕破坏者冲他咆哮，威胁说要是他不闭嘴就杀了他。马克觉得他哭是因为害怕和些微的气愤，而不是肉体的疼痛，然而在他们把他带回营地之前，他的脚肿得比平时大了两倍，而且脚上那冒血的伤口还流出了血浆。

在他们抵达后没多久就开始下起了大雨。刚好在日落之前，一架从岘港起飞的蝌蚪形米 8 通用直升飞机飞了进来。它在教堂旁边着陆，一群身穿卡其色衣服的卫生员急匆匆地将如今安静下来的橡皮头运上了直升机。他们似乎都竭力与担架保持一臂的距离，仿佛是为了避免和病人有任何接触。大多数越南兵——呃，越南人——都不把黑人当人看，更别说鬼牌了，中士曾经告诉过他。而橡皮头既是黑人又是鬼牌。

马克一度想询问汉密尔顿中士，既然越南人歧视鬼牌和黑人到了这等地步——况且中士也是黑人，也是鬼牌——为什么他还要自愿回来，还要为越南人战斗？他没那个胆子。

“坚持住，伙计，”马里奥在橡皮头身后喊道，“火箭堡还在！”几个老成员露出冷笑，不过所有人都没有说话。

直升机起飞时，克罗伊德清醒了过来，在他们磕磕绊绊地赶回山上之后，他就陷入了再明显不过的昏睡状态。他从教堂斑驳的墙基处爬了起来，晃晃悠悠地来到马克这边，站在他身旁。

“好了，所有人，”在直升机的机翼旋转产生的轰鸣声逐渐远去减弱之后，中士对安静的人群说道，“别傻站在这里大张着嘴巴捕蚊子了，我们还有更重要的任务要做。就算没有，我也绝对能想出来一堆。”

“可是，中士，”斯里克发言道，“那东西，扎进孩子们脚的那东西——”

“竹枪陷阱。老把戏了，上次战争的遗留物。就像我们之前发现的那架遇难的休伊直升机，还记得吗？都不是事儿了。”

他走远了。众人开始休息。马克一心急切地望着直升机，望着它消失在一片深灰色云层之中，那片在露出半个落日的地平线上，与一个看不见的支点保持着平衡的深灰色云层。他油然而生一种孤寂与畏惧。他们的周围满是怪物，那整个绿色的夜晚。他们之中最年轻、最脆弱的那人被带走了，去往怪物的领地，而且那儿没有人会照料他。

空中出现了一颗星星，就在云层之上，清晰可见。马克止不住地浑身颤抖。

克罗伊德打了个呵欠，伸了伸懒腰，从他戴在长有光华鳞片的肚子上的迷彩腰包里掏出了根雪茄。“在想什么呢?”

马克打了个寒战。“我在想他之后会遇到什么事。”

克罗伊德把一根火柴拿到他胸前的鳞片上用力一擦，点燃了那根雪茄。“如果我们够幸运的话，”他在抽烟的间隙说道，“我们永远也不会知道答案。”

他甩了甩火柴，把它丢到脚下的红色泥土之中。马克因为热爱生态而怒瞪了他一眼，弯下腰捡起了火柴。

“干吗费这事儿，伙计?”克罗伊德问道，“这是有机物。只是木头罢了。兵蚁认为那是美味的开胃菜。异域美食，对过往老菜单的一点调剂。”

“得了。”马克挺直了身子，觉得有些困。同时他也觉得惊奇。他以为自己体内那个受到新潮思想影响的激进个性早已随星辉一同死去了，死在了那个轨道上，死在了那个遥远又冰冷的世界。

克罗伊德又打了个呵欠。“呃，你懂的，朋友，”他开口道，视线下移到他分叉的石龙子脚上，“我想问你是否愿意帮我一个忙，等明天我们回到了必胜堡之后。”

“你需要什么?”

“好吧，你现在是鬼牌旅的药剂师了。我在想你是否可以，悄悄给我一点帮助，让我保持，你懂的，敏锐。”

马克注视着他，叹了口气。也许一切还是老样子。

“我猜。”他小心翼翼地不带感情色彩地开口。

“听着，别误会了，伙计。我只是需要保持我的”——他又打了一个呵欠——“理智，假设你懂我在说什么。蜥蜴不睡觉。”

“当然不睡。”马克答道。

♠

“那句话是什么意思?”她问道，同时接过一盘热腾腾的米饭和蔬菜，“那些鬼牌说的‘火箭堡还在’?”

“那说明他们是电视一代，永远学不会区分现实和棉花糖史蒂芬·斯皮尔伯格的彩色印片鬼话。”“造梦者”艾里克回答道。在他地堡的那盏灯笼光亮的照耀下，他的双瞳流露出一种17世纪的日式杯子的釉质光彩和深沉。很难说清楚他眼睛的颜色——或许更难说清楚它们不是什么颜色。在她的内心深处，月光之子仔细思量之后，觉得这般多彩的眼瞳被称为“绿褐瞳”。

他朝着盘子点了点他那颗覆盖着硬壳的头，而他的客人还没有碰自己的餐盘。“饭里没有肉，如果这冒犯到你了的话，”他说道，“我本人不吃肉。”

“朝鲜人并不全是素食者，”她说，“我们在有些方面是一个严厉的民族，我想。”她向下看。她那副黑色的阴阳半面罩以及那头放下来的浓密黑发把她的大部分脸遮在了影子里。“不过我也不吃肉。这违背了我……不杀生的原则。”

他咬了一口饭菜，一边慢慢地咀嚼，一边打量着她。她发现自己不能直视他，一看向他，她的脸颊就烧得绯红。

“能在这个军营里找到你是件挺奇怪的事情，”他说，“我们是一支军队，月光之子女士。”

“伊希丝，”她飞快地说了一句，“伊希丝·穆恩。‘月光之子’是王牌称号。我不知道我从哪儿得到这个名号的……使用王牌称号貌似过于自负，但那是马克和他的其他朋友称呼我的方式。”

“伊希丝。如果我可以这么称呼你的话。”

“噢，当然可以——艾里克。”

“那么，你为什么会出现在这里呢？这里几乎是最不可能出现和平主义者的地方了。”

“也许‘和平主义者’这个词并不是最准确的词语——噢。如果我反驳你了，千万要原谅我。”

他摇了摇头，嘴里装满了食物。

“这菜棒极了。蔬菜脆嫩而清香。”

“谢谢你。思特诺罐头烹饪法十分适合煎炒炸。很抱歉我无法为你准备泡菜。这道菜的味道对你而言可能有些清淡了。”

“啊，不，完全不清淡。它美味极了。”

“你还没有回答我的问题。”

她再次向下移开视线。“我的语言技巧远不及我的格斗技巧。我没有逃避话题的天赋。”

她一言不发地吃了几口饭。他没有逼她。他只是密切地注视着她。

“我没有承诺放弃武力——这个词是这么说吗？我没有宣布要放弃使用武力。总有时候需要保护那些弱者和穷人，或者要保护自己。不过我的确许诺过不做任何害人之事。因此我会使用武力去压制攻击我的人，但不会伤害他，如此一来我便能保住他的尊严。于是，幸运的话，他能够冷静下来，排解掉怒火，而或许通过深思熟虑，他会想明白根本没必要使用暴力。”

“但是有时候暴力是必不可少的。不论多么温柔，你用来压制攻击者的手段仍旧是暴力的。”

她叹了口气。“我早说过了，我一点儿都不擅长辩论。暴力——我所使用的那种是克制的，也是自保式的。只要不存害人之心，那就没有人会因为这种暴力而吃苦头，而即便是有人吃了苦头，那也是尽可能轻的教训。”

他摇着头微笑。“那可真是温柔的多愁善感。为此，我真心地为你鼓掌，穆恩女士——伊希丝。可要是你的攻击者不仅仅是一时冲动地想要杀了你，那你会怎么做呢？他若是一心就想杀掉你，完全冷静不下来，那你会怎么做呢？若是他不断爬起来，拍掉身上的灰尘，再次冲向你呢，那你会怎么做呢？”

“你亲眼见过我对付犀牛的方式。他当时怒发冲冠，在他的伙伴面前，他害怕表现出一丝软弱，这一切使得他向我发起攻击，哪怕他显然不可能打败我，如果不是我放任他，他根本都不可能伤我分毫。我接下了他的攻击，而最终他停了下来。”

“那是很好，”艾里克一边说，一边用叉子做着手势，“可你是一个王牌，伊希丝。那我们剩下这群人呢？我们没有你这般超人的力量、速度和技巧，天知道王牌还有其他什么神秘能力，我们这些人要怎么办呢？”

她直视着他，伸出舌头润了润自己的嘴唇。她不知道该如何回答。

“这就是需要我们这伙人的原因。我们新鬼牌旅。耐特以后可不会满意他们的法律，而他们对集会的仇恨更是由来已久。他们心中的饥渴只能由鬼牌的鲜血——还有王牌的鲜血，别自欺欺人——才能平息。他们在火箭堡才尝到了这些鲜血的滋味。你认为那些丧尽天良的暴徒会冷静下来，开始关爱我们这些卑微的鬼牌吗？在你修理他们一顿之后，再给他们时间来考虑一下这事儿，你觉得他们会照做吗？”

她的脑海里塞满了各种画面，一群耐特暴民手举火炬，还拿着尖刀和绳子，要来抓她，他们白面团似的脸扭曲成了暴怒的馅饼。他们的人数有好几十，好几百，好几千——人数太多，即便她使出浑身解数，所有的格斗技巧和超能力，也无法应对，她被团团围住，无法逃脱。所有人都要来杀了她。

“可你要是伤害了他们，那你不就是让自己堕落成他们那类人了吗？”她的话音中渗透出一丝丝绝望。

“若真到了那步田地，为什么不让自己堕落得和攻击你的人一样，放开了使用暴力呢？”

“也许……”她此刻环顾四周，到处都是他，“也许我们能各自保留不同的意见，可以吗？我按我的方式生活与行动，因为我立誓如此。如果我造成了持久的伤害，如果我取走了他人性命，那我会失去我所拥有的力量。”

“胡说八道。你的力量源于百变王牌病毒，而不是某个神秘的誓言。”

“求你了。我知道我在说什么。游隼——她要是没有双翼的话，她还能够飞翔吗？”

艾里克露出若有所思的模样。“我曾经在哪儿读到过说她的翅膀太小，根本不足以支撑她的重量，而在实际上，她是通过心灵遥感来飞行的。就有点像灵龟那样。”

“但是她做不到。如果她的翅膀被束缚住了，或者是被损坏了，那她就飞不起来。如果她失去了自己的翅膀，她就无法相信她能飞翔，于是她就飞不起来了。我也是这样。”

“可这个世界并不会管你相信着什么。它只看重本质。”

她抬起头，直视他的双眼。“你真心认为如此吗？你，自称为‘造梦者’的你？”

一时间他注视着她。他大笑出来。“你这话难住我了。不过让我们看吧。我梦见一个更好的世界，然后发出疑问，‘为什么不要那么好的世界？’我不会胡思乱想地以为那个更好的世界真的存在于此时此地，仅仅因为我梦见它了。那是我在必胜堡做的事情。把我的生命交托于索贝尔上校和其余所有同志，投身于让这个世界变为我所梦见的那个更美好的世界。可以吗？”

“也许我的确天真。那正是我身在此处的原因，也是为了你那个更美好的世界而工作——是的，去战斗——的原因，艾里克先生。但我选择温和的方式。必须如此。”

“让我们祝愿你能够尽情地践行自己的温和之道。”

他们在沉默中度过了几分钟的用餐时光。这个地堡比马克和克罗伊德同住的那个要小些，天花板要低一点，同时也要整洁得多。

“你非常迷人，”艾里克对她说，“你是哪儿的人？”

“我生于朝鲜，”她说，“我的父亲曾为朝鲜人民军作战，那是朝鲜民主主义人民共和国的军队。他在南方入侵期间被俘虏了。在战争结束的时候，他拒绝回到北部，许多人都拒绝了。

“我的母亲是一名护士，她在父亲因为盲肠炎而住院时照顾他。他俩爱上了彼此。在他最终从俘虏营里释放出来后，他们就结婚了。”

她将勺子放在盘子上。她已经没有了胃口。她斥责自己：距离你上一次真正地用这张嘴，这条舌头进食过了多久了？她会认为你不喜欢他的厨艺。

“后来我出生了。我父亲在一家工厂里上班。关于父亲的事情我记得的不太多。在我很小的时候他回到了北边。他在南边过得一点都不快乐。”

艾里克点头。“要疯狂地满足西方消费——瘾君子文化的无穷胃口，物质至上且贪得无厌。”

“我亦有同感。我母亲甚少提起他……我们搬去了农村。她开了一家乡村诊所。我记得她是一个安静的人，话不多，只对帮助他人感兴趣。

“我的爷爷一直在照顾我。他给我讲那些古代花郎骑士[①]的故事，讲他们尽忠职守和重视荣誉的传统，还有非凡的武术技巧——他们和日本的武士很像，你明白吧。他本人就是夜卫苏拉的后代。那是花郎的一个宗派，都是精英，在暗中隐秘地受训。他们和忍者很相似，不过和忍者完全不一样的是他们从不违法乱纪。他教了我很多他们的东西；他不想那些技艺失传。”

灯芯的火苗在鱼油碗中仿佛悬浮着一般，那是屋内唯一的光源，她凝视着那一点火光。火苗映射在她那双黑色的瞳孔之中，如若舞动

① 朝鲜半岛新罗时代的武术代表，其武术被称作花郎道。

的“形”。

“十七岁时，我来到了美国，在伯克利的加利福尼亚大学读书。从那之后，我的记忆变得混乱起来。”

“那是最令人着迷的一点，伊希丝，”艾里克说道，一双漂亮的眼睛全神贯注地看着她，“我想尽可能地多了解你——我想知道你的一切，只要你愿意让我知道的话。而不是那些我向你询问的问题。”

看到她垂头丧气的神情，他露出了温柔的笑容。“不，你没有做错任何事。是我没有把问题表述清楚。我想知道你是从哪里来的——好了，现在。你是怎么进到这个防备森严的军事基地来而没让所有人发现的？在你进入梅多斯的地堡里之后你又去了哪里？还有，你和梅多斯到底是什么关系呢？”

“我是梅多斯的朋友。”她故意这么说。毕竟梅多斯就是这么称呼他那些变换的人格的，“朋友”。而她也是真心觉得自己就是马克的朋友，所以这不是谎话。“马克的王牌能力就是……召唤我们。”

艾里克的眉毛上挑。“我们？”

“他还有其他这样的朋友。”

“当然。好吧。我还记得在‘游隼的栖木’上见到过跃闪杰克，那是我在离开父母家之后，为数不多的一次看电视的经历。他是梅多斯的‘朋友’之一，是吗？还有星辉，他也是‘朋友’之一吗？”

月光之子露出痛苦的神情。她盘腿坐在地板上，眼睛紧盯着地板。“是的。”她说，然而她的声音轻得微不可闻。她渴望向这个畸形而俊美的年轻男人倾诉她心中的伤痛，他们的伤痛，与他分担这份痛楚。但她感觉到了来自马克和其他人的抵制。她不会违背他们的意愿。不是现在。

“我说错话了吗？”艾里克询问。

“没有。只是一些回忆……只是回忆罢了。”

“那么梅多斯如何召唤你呢？你这般美丽的女人怎么会来到我们

中间？你消失之后，你又去了哪里呢？”

他倾身向前，直到与她的脸近在咫尺。她呼吸急促，就跟练了好几分钟拳击似的。我能告诉他吗？我能信任他吗？我如何能不相信他呢？

一道惊雷乍响。月光之子叫了出来，“啪”的一声用双手捂住耳朵，挡住炸响的鼓声。地面震动起来。细小的红色尘土从低矮的天花板之间撒落下来。

她迅速起身，猛冲到外面，以为地堡就要坍塌，快砸在他二人身上。她抓住艾里克，想带着他冲到安全的地方。他一瘸一拐地行走，变成了重负。

她停下脚步。她的力气足以将他的身体拖出去，但这可能会让他的肩膀脱臼，她不想冒险。

“快!”她大喊，“我们必须到外面去。”

她看到艾里克正在嘲笑她。“那是应对炮击的绝对错误做法。”

“炮击?”

“别害怕。那是由隔壁人民军队的 152 毫米口径大炮向外发射的。”

她皱眉，放开了他，走上板条箱做成的梯子，向外望去。

整片南方的天空都被黄色的闪光照亮。她的心猛然一跳，噪声犹如一阵潮水袭向她。她咬紧牙关，迫使自己忍受这可怕的声响。

“相当可怕，对吧?”他站在她的身边。由于耳鸣，她几乎听不清他的话。

“他们在朝谁开火呢?”她觉得自己能够看清夜空中那一丝微弱的弧形光线。往西，进入了山区。

“并没有特定的对象。这只是发射练习，仅此而已。”

*只是发射练习，仅此而已。*而汉密尔顿中士也说过，那个让可怜的橡皮头受重伤的竹签陷阱是解放战争的残留物。那个年轻鬼牌跌跌

撞撞地踩到陷阱是一场糟糕的事故，一个还没能从长达十五年的恐怖军事动荡中完全恢复的村庄中所发生的巧合。

马克·梅多斯不是一个丛林战斗的专家。然而就算是他在看到青绿翠竹的时候也能认得出来，那个竹签陷阱是新布置的。

……起先她以为那阵遍袭全身的痉挛只是由回想起那个陷阱的真相所导致的，由真相背后的深意所引起的。又一阵冲击涌向她的全身，就和远方的炮火轰鸣那般明显。

天啊！我的时间到了！我要变身了……

她从艾里克身边挣脱开（他不知不觉地将手放在了她的手臂上，意在安抚她），一路飞奔过空地，黑色的发丝在空中飞扬。

“伊希丝！”他高声喊道，“伊希丝，快回来！这没什么大不了的，炮火不会伤到你。”

她感觉到眼泪从眼中流出，滑过太阳穴。她变身为马克的过程是极度私人的，必须隐秘。让其他人目睹这个过程违背了她的原则。

她对把艾里克拒绝在外感到很内疚。他以那样开放的心态面对她，她怎么能对他有这般保留呢——尤其是在诸如她来自何处、去向何方这种根本的问题上？

又一阵痉挛令她全身抽搐。她差点摔倒。她的分子结构在躁动，做好了重新排列的准备。变形就要降临了。

她抵达了地堡，一头扎进房间，扑向那扇克罗伊德不知从哪儿淘来划分私人空间的廉价印花宣纸屏风后面。

马克·梅多斯摔倒在地板上。为了弥补身材小巧的月光之子和体形高瘦的马克之间的巨大差异，变身过程中产生了一股变身旋风，此时空气一股脑儿地灌进马克的耳朵，替换掉那阵旋风塞进去的大气气体，使他的耳朵里回响起炮火轰鸣般的爆裂声。那扇屏风倒在他身上，如同一只超大型千纸鹤的双翼。

他站了起来。克罗伊德仰面躺在他的床铺上，吸管尖似的手指在肚子上“嗒嗒”地敲个不停。他那双金黄的大眼睛注视着马克。

“所以说，你那场约会怎么样了？”他问道。

♥♦♣♠

第三十二章

“老大说烧毁那座村庄，”中士说，“那我们就烧毁那座村庄。”对他而言，这是某种事后的咒语；众人身后的竹屋正在熊熊燃烧，滚滚浓烟升腾变作一团团黑云，飘往笼罩在头上的灰色天空。

中士那德国牧人一般的面容神情严肃。先前发生的一切振奋了他身后的整支小队，队员们都在激动地相互交谈。

“刚才点燃这些破房子时，你看到那群愚蠢的耐特脸上的表情了吗？”哈斯凯尔问道。他嘴上的卷须像拉拉队员的手臂似的舞动着。

“当然。”破坏者答道，手持来复枪向前走去，一下把枪口对向这边，一下又指向那边。他的双眼在他后仰的头骨里发亮。“我们可算是好好修理了他们一把，伙计。我们让他们吃了点苦头。不能烧死他们中的一些人真是太遗憾了。”

“火箭堡的报应现在要开始了！”斯多德巴克尔·霍克大叫出来，握紧了拳头冲空中挥舞。

“火箭堡永存！”整支小队都叫喊了起来。汉密尔顿中士皱起了眉头。

小路旁边，象草晃动，克罗伊德出现在中士身边，出现在他的后腿边上。他是唯一可以在这堆比人头还高又锐利如刀的草丛中行动自如的人。中士举起他的 M－203 掩护自己，然后又放下了枪。

“你怎么看，伙计？”克罗伊德问道。他那双金色眼睛湿漉漉的，在湿重的空气中有如两个发光的灯泡。“旧日重现啊，对吧？”

“闭上你那张该死的嘴，回到队伍里去。”中士低吼道。克罗伊德怪笑了几声，随后就消失在了高耸的草丛中。

他们在高低的村庄中发现了逃兵，两个，两个骨瘦如柴的平头青少年。其中一个满眼怒火地瞪着这些外国人，并且只要他们一伸手碰他，他就竭力甩开。另一个人则被拖出了屋子，浑身蹭满了泥，他被斯朗普罗科的两个队员丢到地上，躯体蜷缩成胎儿那样的球状。当搜查完毕之后，一小队准备把二人赶上卡车，带回那座旧教堂基地，只有用一把 M－16 的枪口制退器去戳地上那个逃兵的脚，他才动起来。

汉密尔顿的小队继续巡逻任务。不过首先他们还有一件事得去做。

“上面有命令下来了。”卢修斯·吉尔伯特宣布说。他戴着棒球帽，昂首阔步地绕着圈。“我们需要给这两个叛徒一些教训。”

考虑到每天的降雨情况，马克对这些棚屋被烧得这么彻底感到十分惊讶。一些白磷手榴弹造成了这个效果。它们燃烧时产生了体积惊人的烟雾，同时住户站在一边，看着这一切，脸上没有一丝表情，仿佛失去的不仅仅是感情，就连所有思虑都已经从他们的心里给抹消掉了。

马克独自一人前进，越南人民军队关于美国的争斗沉重得压弯了他的腰，还有那把他完全没有打算使用的来复枪压在他的背上。比起他灵魂的重量，二者不值一提。

我正在变成我反对的那一类人，他心想道，我到底怎么了？

如果他曾经希望重新变回那个在人民公园里因为光荣对峙而名声大噪、受人敬仰的激进者，那恐怕如今这些愿望都已死去了。他的双手变脏。他的灵魂已被玷污。

但我所做的一切都是为了正义！

“分清楚什么是正义从来不是什么简单得要死的事情。”克罗伊德从马克旁边的草丛里钻了出来。马克大跳起来，既因为他意识到自己再次把心中的想法大声说了出来，也因为他被吓到了。

"尤其是政治掺和进来了之后。"克罗伊德最近养成了超快速说话的爱好。这对马克来说并不新鲜，他以前就见识过。"人们老以为政治就是对与错。那是狗屁。*政治是力量*。"

"但是我们竭力改革这个世界，让它成为一个更美好的地方，伙计，"马克反驳道，"这可不是在争夺力量。"

克罗伊德拍了拍他的 M－16 枪套。"从这宝贝儿的枪管里射出去的东西是啥玩意儿，嗯？嘿，要是你没有力量，你要拿什么去让世界变得更美好？"

"那，呃，有好的力量和坏的力量，伙计。"

克罗伊德大笑，伸手拍了一下他的手臂。"嘿，嘿，马克，我的伙计。你开始上道了。很快你就会说有好的谋杀和坏的谋杀，是吗？"

马克舔掉上唇的汗珠，快速地眨着眼睛。他的眼中泛起了泪水，因为克罗伊德话里的不公正。*得体谅*，他对自己说。那些令人疲惫的药物和安非他命在争夺克罗伊德的新陈代谢，而且这场战争还在不断升级。

在他想出答案之前，克罗伊德就再次溜进了草丛里。

♥

雨下了一个小时又停了，落下的雨水滴个不停，地上又热得跟蒸笼似的了。队伍的巡逻路线把他们领进了植被茂盛的山脊，而不是遮天蔽日的雨林——在长山山脉里你也能看出来——但是参天大树之间的空隙大得足以让阳光照射到底下枝叶茂密、盘根错节的灌木丛，它们枝叶翠绿、湿润而饱满，林间弥漫着腐坏的气息。丛林之中的腐坏气息有许多细微的差别，这深浅不一的绿植也是如此。有腐叶和花瓣那葱郁气息、醉人的芬芳、生长过盛而产生的臭味，有发酵的气味，又大又圆的果实发出的果香，还有钻进鼻窦的林间动物腐尸的恶臭——只有一丝，不过哪怕只有一丝也很明显，不可能会忽略掉，就像一只谨慎至极的老虎出现在了假面舞会上。

下午的尖兵由眼球出任。他们来到一段平地上，这里的小路都在一小块空地上变得宽阔了。大家开始望着中士（他比平时行军时更加安静），希望他能允许他们在此离队休息一会儿。

他们大都进入了这块空地，同时眼球在远处，一棵倾斜倒地的巨大树干旁站定，那棵树的树根和树枝形成了一个小斜坡，上面还披挂着藤本植物。他貌似在听什么，这也意味着他正在特意察看什么，他头上的眼睛都在转动，滚动。

霎时间，他转身竭尽全力地跑过空地，一手紧握着来复枪，一手疯狂地给另外一个人比画。

中士没等马里奥或是马克翻译，便高声喊道："有埋伏！"与此同时，那棵倒地巨树下的帐篷残骸开始冒出信号弹的闪光。

"趴下！"中士大喊。然而巡逻小队却如摔碎的盘子一般散开，远离枪口焰，接连逃入空地边上临近的灌木丛中。

马克听到中士的手榴弹发射器发出的铿锵响声，猛地躲在那把M－16的枪管之下，然后听到树林中传来一声大概40毫米弹药爆炸的巨响。他探出头去，长鼻子稍稍越过那段长满苔藓的倒地树干背后的一堆黑色腐料，这段树干远不及之前拦截空地、堵住道路的那段。他都不明白自己是怎么过来的。

"伙计！看看那些虫子。"

马克的五脏六腑都在抽搐。他侧身滚了半圈，手忙脚乱地举起来复枪。克罗伊德·科伦森从上方来到他肚子旁边，全神贯注地盯着在腐木之中繁衍生息的各种昆虫，这群虫子离他们的鼻子只有几英寸。

敌人的火力密集，发出断断续续的爆裂声，如同一只巨型啄木鸟在快速啄击树木一样。"老天啊！"马克惊呼道，"你在这儿干什么？你会把他们的火力引过来！"

"什么情况？迷旅队长竟然表露出了自私自利的一面？"难以置

信，克罗伊德竟然掏出了一根雪茄，还从迷彩腰包里翻出打火机点燃了烟。

“你到底在搞什么鬼?”马克生气地低声说，“他们会闻到你的烟味!”

“才不会哩。除了火药味和他们自己身上的汗臭——还可能有屎臭，他们什么气味都闻不到。”因为命悬一线而飙升的肾上腺素似乎在嗜好安非他命的克罗伊德身上产生了镇静的效果。马克完全没有心情去赞叹这一现象背后所蕴含的微妙生物化学机理。“他们和我们一样害怕。”

“你到底在说什么?”他举高 M－16，细长的枪管越过了低矮的树干。一阵枪击把树干打了个稀烂，树干上的脆弱蠓木以及扭动的白色蛆虫溅了他一脸。

“他们没有打中一个人。要么就是你没注意到?”

仿佛得到了线索似的，中士喊道：“有人中枪吗？报数。”小队成员都给出了否定的回答。

“眼球也没事儿，中士。”马里奥从马克左后方的某处喊道。

“喂!”马克说，“他们停止射击了!”他伸头往树干上方窥探。

克罗伊德抓住他的手臂。他的手掌黏糊糊的，抓得并不用力，但表达的意思还是同样强硬。“拿稳了，小子。”

“开火!”中士大喊，“开始射击！立刻!”

马克望了一眼克罗伊德，举起 M－16 架在树干上，然后在一阵抽搐痉挛之中打完了所有子弹。

克罗伊德点头。“再次旧日重温。他们以前也是这么做的，在越南战争一回合的时候。”

回击的子弹呼啸着飞过头顶，比之前更加混乱，更没个准头。“为什么他们停止了射击?”马克问道，同时丢下用光的弹匣，换上一个新的。他换了三次弹匣。

“和你一样的原因。他们一次性用光了所有子弹。汉密尔顿中士命令所有人开枪，所以我们抓住了火力的绝对优势。”克罗伊德抽了口雪茄，“这大致上就是让他们低头的意思。”

马克伸手在黑色的泥土里翻扒，搜寻掉落的弹匣，他的手指就像某种巨型丛林昆虫的虫腿一样。忽然间，他停下来，深吸了一口气。他小心翼翼地拿起那管装满子弹的弹匣，把它装进手枪里，发出了清脆的“咔哒”声。

“你怎么会这么清楚这种事？”他问克罗伊德。

克罗伊德迅速地弹出他那条长舌头，把一只巨大的浅色甲虫送进嘴巴里，然后仰面打了个滚，就好像那雨点般的子弹没有带着微型声波在他鼻子底下炸开一样。“从书上读来的。我虽然没有完成学业，但我能阅读，”他直视马克，“你所有的恐惧情绪都消失了，对吧？发生了什么？”

马克盯着他。他曾经研究过众多关于思维的理论，足以使他对疯狂之人有深入的了解，而不会持有一些非理性的看法。疯狂之人心中净是疯狂之事。但不论克罗伊德是否处于安非他命的兴奋效果之中，他的神经都非常敏锐，几乎在死亡的绿色边缘。

“对。我排解掉了我的恐惧。现在我冷静下来了。”

克罗伊德看着他，眼中闪烁着饶有兴趣的金光。“你怎么做到的？”

“我死了。在塔基斯星球上——在塔基斯星球之外，我的意思是。在它的轨道上。我——有一部分的我死去了。我死了。”

“没有闪过一道白光吗？”

“没有。就只是死了。”

“那刚才发生了什么？”

马克耸肩。“眼球跑回来，接着那伙人又开枪的时候，我简直恐慌得快不能自已。但是和你说话，我突然就想到，‘管他呢，有什么了不得的?’他们能对我做什么呢?还有什么是以前我没遇到过的呢?”

企图把敌人打得抬不起头来的计划失败了,除非他们也熟知盲目射击的技巧;一场干脆利落的小型枪战蓄势待发。对马克而言,这一切都似乎是发生在别人身上的事情,离他十分遥远,遥不可及。仿佛他正身处那位于自大的加利福尼亚南部安全地带的父母家中,在电视上观看眼前的这一切。

克罗伊德在仔细端详他,眼神流露出一种瘾君子的热切。“噢呼。”他叹道。

“干吗‘噢呼’一声?”

“见鬼!”那是向来镇静的斯里克在说话,他的声音中带有一丝丝恐慌,“中士,他们正从背后向我们逼近!”

“原谅我,老兄,”马克一边说话,一边伸手解开迷彩衬衣上的一个口袋,“我马上会压平这堆灌木……”

“嘿,那很酷。我以前见过你变身。”

马克瞪着他。只有K. C. 斯特兰奇和塔基扬真正见识过他变身为他的“朋友”之一的过程。好吧,对,还有一半的纽约人都在晚间新闻上看到了这个过程,就在他和斯普劳特以及金伯莉·安度过的最后一晚,就在那晚发生的公寓火灾上,可那是一场意外。那个传心者女孩——布拉斯当时的主要女朋友,也是马克在火箭堡上认识的朋友——目睹马克变身过程的唯一原因只是马克当时半信半疑地觉得那不会成功。

“还记得我们爬上某扇窗户的那一夜吗?你试了一种你当时一直在研究的新药粉,然后就变成了巨大的浣熊。我以前还以为是我完全疯了呢。”

马克看着他。一个就连他都不认识的朋友?他摇摇头。不可能,肯定是他当时产生了幻觉……

从左边传来了新一轮的枪响——一把 AK。马克把一个小药瓶拍碎在他的背心上。

克罗伊德尖叫起来，连滚带爬地逃离那包裹马克全身的火焰。“老天啊！火里面的家伙是谁？”

“我。”跃闪杰克先生一边回答，一边伸展他的五指。火焰在他的指尖跳跃。

他望向克罗伊德，那人腹部着地，已经跑到了几米外的地方。“所以说，到底那个‘噢呼’是什么意思？”

“你从没读过约瑟夫·坎贝尔[1]吗？《千面英雄》？”

“读过。我当那是装模作样的胡说八道。”

他猛地飞升到离地十英寸的地方，悬停在空中，摆出两手叉腰的姿势。“好了，你们这群混蛋，你们根本什么都没有打中。跟着我碰运气吧。”

一时之间，所有人都安静了，只听得到雨水从树叶上滴落的声音。紧接着子弹纷纷从那棵瘫倒的大树后面射向他。

“你们的准头还是太差劲了。”他说道，摊开左手手掌。一连串火焰击中了大树的中心位置。

那棵树轰然爆炸，连树干中锁住的水分都瞬间烧成了蒸气。

跃闪杰克大笑起来，与此同时，六个身穿黑色宽松制服的敌人从爆炸中向后滚了出去。他们勉力振作，手肘不停地移动，纷纷逃进了灌木之中。

左边传来枪声。跃闪杰克感受到子弹飞过时的冲击波擦到了他的脸颊。他原地转身，手心中喷射出火焰。另一棵树，一棵挺拔的大树被炸裂了，树的碎片染黑了不断扩大的血泊。这棵树的顶端被摧毁之后，又一群敌人逃跑了。

---

① 美国研究比较神话学的作家。

跃闪杰克大笑不止，掷出一把又一把的火焰长枪，射程极远，攻击面积也很宽。火球如同一个个微型太阳，旺盛地燃烧并爆炸。更多的树木倒下了。敌人全数溃散逃命。

随后一切都静止了。一些山鸟开始迟疑地唱起了歌。

烟雾包裹住跃闪杰克，他低头俯瞰自己的队友。他们都瞠目结舌地望着他，露出一脸空白的神情。

他变出一把吉他，一把火焰护卫，在他的双手中凑出了激奋的音乐。他弹出一个和弦，响彻丛林。烟雾消散。他飘浮在低矮的水泥色天空之中，无比醒目。

“是煤气——煤气——煤气[①]。”他说。

一滴雨落到他的肩膀上。这突如其来的疼痛令他发出尖叫。“这都是我为过度自信付出的代价。”说完，他便猛冲到一棵完好无损的大树下避雨去了。

当整支小队的队员们脸色惨白，步履不稳地——不论是因为先前的伏击还是跃闪杰克的大显身手——到达跃闪杰克消失的地方时，他们只发现了马克坐在雨中，嘴里哼着《给和平一个机会》。

♥♦♣♠

① 跃闪杰克与“滚石”乐队的一支单曲同名，而这句话是单曲中的一句歌词：It’s a gas，gas gas.

第三十三章

“嘿，宝——贝儿！”

月光之子无视了从篝火那边传来的色狼叫喊，篝火烧得很旺，火苗飘得比长颈鹿吉拉夫那个长满斑点的紫色脑袋还高。通常来说，她会停下来斥责那群年轻男人的性骚扰行为。今晚不行。如果她这么做了，那她不得不和那伙人中的一个或者所有人都打一架，然后他们会凶狠地拼命攻击她，她担心自己会不小心伤到他们。摆出打架的架势之后，新鬼牌旅便处于战斗状态，这些战阵舞无疑点燃了这些男孩的士气，让他们处于野蛮穴熊的精神状态之下。

她继续走她的路，一场打斗就发生在她的身后。没有参战的人围到一起，咆哮着，嘲笑着，催促打架的双方快点出招进攻，还有“人民公敌”乐队[①]的音乐作配乐。军营里禁止饮用啤酒，但她怀疑这些年轻人的杯子和水壶里装的是茶或者化学香味浓厚的液体。就连关于边缘人物马克都听说了这军营的铁丝网中仍旧有秘密的传言。而聚集在大门之外的一大群穿得破破烂烂的贩夫走卒乐于提供所有物品来换取一叠越南盾，或者更愿意要一点藏在牛仔裤后兜而漂洋过海来的美元，不管索贝尔再怎么强烈谴责，也不管越南当局花再大的功夫，都无法阻止他们。

悲哀的是，她的出现正是多亏了这类商业行为。马克在雅典配制

---

① 美国嘻哈乐队，以其充满政治色彩的歌词和批判而闻名，被认为是最成功的嘻哈艺术乐队。

的药物快要用完了。而他凭借自己药剂师职位能够搞到手的药品又十分有限。他强烈担忧他能够白拿到手的药品的纯度；考虑到他的药物的强大威力，假若用了不纯的药品，那可能会导致何等可怕的旅行，这个后果他连想都不敢去想。不过目前而言他的运气都还算不错。

接着她转了个弯，去搬和她身子一样宽的盒子，这些盒子散发着污秽腌汁的恶臭气味。索贝尔现在有五个盒子。它们仍旧在候补名单上。

在她身后，有人发出尖厉的惨叫。她的第一反应是转身跑回去帮忙。但是擅自干预会违背越共社会成员的原则——是违背大众意愿的行为。于是她继续赶路。

她在这里，在必胜堡这个斗争中心，学到了很多东西。马克的所有人格都学到了很多。

她在艾里克独居的地堡门口停下。里面传出交谈的声音，男人们那有如黄铜一样粗犷的笑声。她花了一会儿功夫来集中自己的注意力。随后她敲响了外皮剥落的过梁。

“进来。”艾里克叫道。

她走入一片昏暗之中，低档的煤油提灯没有驱散黑暗，反而更凸显了这片昏暗。造梦者艾里克和三个新来的年轻鬼牌坐在一起。背对着月光之子的那个鬼牌盘腿坐着，在她进来时，他仍旧穿着怪异杀手的标志色——这违反了新鬼牌旅的政策。这让月光之子感到惊讶；艾里克是索贝尔纪律的代言人，在年轻一代中，支持这些纪律的鬼牌少之又少，而他就是其中之一。

她的决心有些动摇了。“我是不是打扰到你们了？”

身穿标志色的那个年轻人吹出了下流的口哨。“住嘴。”艾里克轻柔地说。

“喂，”另一个满嘴牙齿长得像弯曲的黄色编织针的鬼牌说，“我还以为我们和这里所有的同伴一样呢。分享，还要平均分享。没有私产。”

艾里克盯着他。那个牙齿奇怪的男孩儿刷地脸色惨白。他立马站起来，跌跌撞撞地向月光之子身旁的门框走去，设法在不碰到她的情况下挤了出去。他的两个兄弟随后跟上，彼此争先恐后地磕磕碰碰地逃到外面去，全都避免与这个苗条的年轻女人发生任何接触。

“你对他们做了什么?”她问艾里克，这人还像个瘦长的年轻佛陀似的，淡定地盘腿坐着。

“给他们展示了自己的错误行为，”他微笑着说，“我们这里不容忍性别歧视。”

“所以你拥有施展噩梦的能力，也有施展美梦的能力。”

他举起双手，伸开双腿。“*每一面阴都对应着必有的一面阳*。你是亚洲人；对此肯定不会感到意外。”

她使劲儿摇头，好似竭力驱走那些无处不在的飞虫，那些暴雨来临之前格外躁动的飞虫。“这不重要。”她说道。

“他们带来了一些令人困扰的消息，”他开口道，“有消息称美国那边，政府屠杀了在火箭堡上俘虏的鬼牌。”

“不!”

他点头。“这是传言。但是我相信它的内容。你不——真的，心里不觉得吗?”

“我无法相信。政府——那是美国！他们不会做这样的事！他们不会允许的。”

“那么，为什么，”他冷静地说，“你在这里，而没有留在美国?”

她靠在他的怀里，像一个小猴子似的挨在他胸前，啜泣不已。他如塑像一般坚实，如塑像一般稳固，将她抱在怀里，在她的发间呢喃着怜惜的爱慕话语，直到她放声哭出来。

她站起身。艾里克仰视着她，神态淡定，毫无惊讶之色。她的长发滑落在他的额头上，落在他的脸上。她伸出双手，捧起他留有伤疤的双颊。

她弯下腰，亲吻了他突起而长痂的双唇。

他震惊地睁大了双眼。她的舌头滑过他的嘴唇，伸入了双唇之间。他接纳了她，与她唇舌缠绕。

她停下来，挺直了上身。她伸手摘下半面罩，顺着她的长发将面罩取了下来。她的右脸上有一块葡萄酒色胎记，像一抹油彩染在面颊上。

“啧啧。”艾里克双手撑在背后，身体后仰，他摇了摇头，“在全是鬼牌的军营里，你还把这么小的缺陷隐藏了起来。我一点都不会为露出我的脸而感到羞愧。”

如果他是想故意激怒她，那她并没有上钩。“我的面具是有象征意义的。我戴着它很合适。你要明白，我是黑夜的造物。”

她退回阴影之中，不见了踪影。艾里克惊奇地发出一声轻柔的叹息，开始动身要站起来。

“慢着。”空中传来她的声音。她似乎离得非常近，但他眯着眼睛聚精会神地看却什么也看不到。

一只赤裸的脚出现在提灯那不断减弱的光影之中，然后出现了一条腿，接着她重新站在他的面前。她全身裸露着。她的胸不大，圆锥形的乳房上点缀着两抹粉色。她的体毛非常稀疏。

“我是光明与黑暗的造物，”她用一种低沉悦耳的声音说道，“主要是黑暗。”

她叉开双腿，站在艾里克上方，伸手脱掉他穿着的牛仔背心，又从头部脱下他的白衬衣。他胸膛的皮肤遍布折痕与皱纹。她用舌头舔过这片皮肤。

他粗糙的手掌抚摸着她的脸。她的手指并不那么灵巧地想解开他的腰带和牛仔裤纽扣。过了片刻，艾里克朝她露出一笑，将她的手引开了。

“我猜有些事情哪怕是王牌也做不到。”他说。月光之子站起来，脸上是一副不确定的表情。艾里克自己解开裤子然后脱掉了。

他抓住她的臀部，亲吻她的下腹。她喘息不止，双手抱住他的头。她的呼吸随着他的亲吻舔弄而凌乱起伏。

他的舌尖一路滑到她光滑而紧实的大腿，往深处挑逗。她手指用力地捏紧他的侧脸，都压出了指印。

艾里克挤出一声短促的喘息，抬起了头。她失望而困惑地低头看向他。

“轻点，亲爱的，”他开口道，“你快把我的头给压扁了。别忘了你有一身王牌的力量。”

“噢，亲爱的。我真是太抱歉了。”她开始抽身远离，满脸通红，差点就要为这点难堪而哭泣了。

他一把抓住她的双臀，将脸埋入她身体。她仰头呻吟，瘫软在他身上。

不到一分钟她就哭喊了出来，声音尖锐，几乎饱含惊吓。她将双臀往前挺，十指紧抓住他的肩膀，随即浑身一僵，又放松了双手，以免伤害到他。

她推开了他。“真快，”艾里克抬头看着她，那张畸形的脸上还有她的痕迹，“你很容易满足。”

她呼吸不稳地说，“我没想到会是这样。”

“可别告诉我之前从来没人为你做过这个。”

“没有……我想不起来。”

艾里克摇摇头。“那我敢自信地说你对男人的品味可是大大的进步了，伊希丝。”

他伸直了腿，双手放在她的腰间，将她拉了下来。

她坐在他身上，发出一阵喘息。

“啊——”他双手捧住她的脸，“你以前也没体验过？”

“我、我不知道。”她倾身向前，手臂环在他的脖子上。她把下巴搁在他的肩膀上，脸颊靠着他粗糙的颈部皮肤停歇。

他挺直膝盖，双手抚摸她的后背，开始抽动臀部。他斑驳的胸膛剧烈地摩擦着她，既让她感到疼痛，又让她感到甜蜜。她难以集中精神，难以呼吸。

她听见自己脑内那些没完没了的闹吵。她坚定地把这些声音给压下去了。她没有为自己提太多要求——她并不知道要如何去做。但这是她想做的事情。这一时刻属于她自己。

汗珠滴落在艾里克满目疮痍的胸膛上。然后她倒在他身上。他抱住了她，低声向她倾诉，爱抚她的发丝。

当她再次恢复自制——没过多久，太快了；她的自制如同钢铁般坚定且恒久不变，而一时的解放就和肉体的欢愉那般甜美——她抬起头，对着他微笑。

“没有梦吗?”她调笑似的问道，语气却也有几分犹疑，唯恐惹他生气。

他爆发出一阵大笑，笑得上气不接下气。“哇哦！我正在享受我们此刻相守的美梦。你就是这个美梦的编织者，宝贝儿，你做得很棒。”

过了一会儿之后，她从他身上滑下来，满身因汗水而滑溜溜的，她用手肘撑在一块粗糙的木板上。“这就是一个梦，不是吗?”她说道，同时压下脑海中冒出来的各种声音，不过记住了这些声音的内容。“这一切——都不是真的，是吗？只有外面的仇恨、不公与战争才是真实的。”

她的内心再一次充满了马克在第一次集会时所目睹过的那些犹如田园交响曲一般的画面，那是她和马克以及其他人第一次将目光聚集在俊美的艾里克身上的时候。一个和平的国度，与自然和谐共处，人民安居乐业，那里没有刺破天空的大烟囱，也不再有偏执狂把鬼牌当作丢掉的臭骨头来对待，对鬼牌严词辱骂，怒目相对。

“那是真的，伊希丝。那才是现实。其余的都是梦——噩梦。要打破西方价值观、西方物质主义、西方线性思维的黑魔法诅咒。”

非洲人国民大会上周用汽油烧死了一个镇上的二十个鬼牌，跃闪杰克暴怒的想法突破了防线，冲进了她的脑中。在那之前的一周，一个暴徒在加尔各答杀死了一百五十个鬼牌。我不介意你在这里跟一个大象男孩儿寻欢作乐，甜心，不过告诉我，这些暴行和西方那该死的价值观有什么要命的关系？

“发生了什么问题吗？”艾里克问道。

“有些声音……”

“所有过去的声音，”他表示赞同地说，“都告诉你存在即是合理。鬼牌和王牌是不一样的。他们一定都是坏人。重要的只是生得早罢了，这才是本质问题。自然存在就是为了被人类征服。”

这是在引用名言，你这个小讨厌鬼！跃闪杰克在脑子里说。

“嘘！”月光之子大声地说了出来。艾里克眨了眨眼。她理解为：已经有很长一段时间没有人让他闭嘴了。

她飞快地亲吻了一下他。“不是说你，绝不是对你说的。是对我脑子里的那些声音说的。”

他由于受伤情绪而产生的怒火自然而然地消失了。他回吻了她。“我们脑子里都有那些声音，宝贝儿。”他说道，话音中只流露出一丝丝疑虑。

她伸出手去触碰他的前额，他那卷曲的暗金色发丝的发际线。她的指尖温柔地滑过他的脸，抚摸过每一道褶皱与凸痕，仿佛要将它们刻印进自己的中枢神经系统。她亲吻他的双唇。

“你是我见过的最俊美的男人，”她艰难地将声音挤出喉咙，说出这句话，“我爱你。”

他露出一笑，将脸埋进她的锁骨处，开始舔舐锁骨之间的凹陷并轻咬她的锁骨。她抽了一口气。他的双手在她的身体上游走，给她带来奇妙的感觉。

一道警铃在她的脑海深处响起。变形快开始了。

“啊!”她使出超人类的力量，双脚一动便轻而易举地站起身。艾里克抬头望着她，完全不明白这是怎么了。

“我做错了什么吗?”

“没有，我——”她惊慌失措地抓起先前堆放在地堡墙壁处的衣服。假如她再次变身离开时，没有把来到这个世界时所携带的一切带走，那只有她的祖先才知道后果是什么。“我必须得离开了。”

她把衣服紧紧抱在胸前，倾身飞快地亲吻了他的嘴唇。“你什么都没有做错，”她说，“我爱你。”

“你要裸着身子出去吗?”他惊讶地问出口。她已经离开了。

◆

一阵短暂而安静的旋风之中有一个人影跌倒在克罗伊德的地堡门内的木条地板上，那人正是马克·梅多斯。因为紧张、羞耻还有力竭，他急促地喘着气。

月光之子冲出艾里克的地堡时，快得像一道月白的闪电，似乎并没有人注意到她。然后她找到了暗影之处，接着便消失了踪影。成为一名夜行王牌还是有很多优势的。

克罗伊德坐在他行军床的一角，戴着一副深色太阳镜，前后摇晃着身子。不同以往，他手里没有拿着啤酒——去他的禁令。他不介意；此刻他服用了过量的镇定剂。

“发生了什么?”

马克坐下，收拢膝盖，脑袋搁在双膝之间。他感觉很奇怪。他刚刚，嗯，被人侵犯了。他觉得自己的那话儿肿起来了，还有点疼。

他从未怀疑过自己的性征，至少没有怀疑过自己的取向。他并不受到与他同性别群体的吸引，也从未有过一丝特别的冲动去实验这一点。然后在这里，他刚刚和一个男人有了性行为。

好吧，当时那并不是他本人。最糟糕的感觉是他实际上仍然感觉到了“性趣”，月光之子残留下的“性趣”——他希望如此。为什么我就不能有正常的性生活呢？他很高兴自己变身之后身上的衣服都穿得好好的。要是克罗伊德看到他在月光之子和造梦者艾里克的约会之后，身上一丝不挂、身下“金鸡独立”，还踉踉跄跄地赶回屋里，那只有老天才知道他会说些什么话。

克罗伊德还在不停地摇晃，在他自己的世界里飘荡。此时此刻，他就像那些阿兹特克舞者一样，在疯狂的边缘悬荡，握住一根马克深知其磨损逐渐严重的绳索一端而急速飙升。

克罗伊德扭动身体，瞪着马克，仿佛是第一次见到他。“感觉怎么样，老兄？”他开口问道，忽然用力地抓挠自己。“说话，兄弟，下次你看到我浑身都是这些该死的虫子，可以随意说话。”

马克咬紧嘴唇。克罗伊德身上没有虫子。

一切分崩离析；中枢无力支撑了。

他甚至不清楚这是引用自跃闪杰克的话，还是他自己说的话。但它真实得不能再真了。

一场赛跑即将上演，就看哪一个会最先崩溃：他本人，还是他周围的人。

♥♦♣♠

第三十四章

“战斗的准备已经就绪。”查尔斯·索贝尔上校的话音如同一道正义的波浪翻滚过去，横扫他那支整装待发的军队，“反动势力已经向越南共和国进军了。全世界的目光都聚集在我们身上；千万不能弄错这一点。

“还有一点也不要弄错：我们此刻还深陷于为各地鬼牌争取权利的战斗之中。这不仅仅关于政治。这关乎生存，受到百变王牌病毒影响的所有人的生存。”

克罗伊德·科伦森舒舒服服地站在军队的大后方，大拇指和食指圈成环，抽打空气。

“快住手，”马克生气地低声说，“有人会看到。”

“不可能。他们的眼睛只会盯着那个魔法师，还有他一连串关于奇迹的屁话。”

在他们的左右面和前方，鬼牌旅的队员们貌似都沉浸于索贝尔上校的光辉表演之中。眼前景象确属奇景：火炬在他的讲台两侧熊熊燃烧，火光在他的脸上剧烈扭动，还照亮了讲台周围的年轻鬼牌仪仗队那一张张花脸和他们裸露的胸膛。

“那不是屁话。”马克执拗地说。他眼中的迟疑削弱了他这句话的可信度。

克罗伊德仔细打量起他来。“你是军人的儿子，是吧？你爸爸才从航空司令部老大的位子上退下来，对吧？老查尔斯现在是在砸烂你父亲的所有军功章。”

马克的脸红了。“这两件事一点关系都没有。”

“我们从美国帝国主义的罪行中学到了很多，他们的罪孽要由我们来赎清。我们在这里没有收到任何禁令，没有任何法规禁止我们做正确的事情。我们深知什么是正义，在上帝的见证下，我们会践行正义。”

人群爆发出一阵激烈的掌声、粗粝的欢呼和叫喊。“火箭堡永存！复仇的时机到了！”年轻的新人组成了新鬼牌旅的多数派，他们对老鬼牌旅的人心存疑虑并多加提防，尽管表现得像十足的敌意——而且这份敌意日渐明显，尤其是在老鬼牌旅的人一致嘲笑了年轻人的乐观主义新口号“火箭堡永存”之后。

这份恶意似乎一点都不针对索贝尔。他会告诉这群男孩儿那些他们想听的话。

讲台旁边稍远的地方，艾里克沉默而修长的身影站在跳动的阴影中，静候召唤。马克没法儿直视他。

“我们是正义之士，”上校高声喊道，“我们有正义做武器，我们有不可抵挡的历史动力在身后。

“耐特压迫你们。现如今，他们还要再次迫害你们，要害这个越南社会主义共和国为我们提供的安全地。战斗的准备已经就绪；你们所有人都目睹了担架上的鬼牌兄弟——或者是在运尸袋里的！

“不过胜利的波涛会回头。它正在转变，正在转向这里，转向必胜堡！我们的战斗是为全世界的鬼牌而战，而正如这个要塞的名字向全世界所宣示的那样，我们定会取得胜利！”

掌声雷动，音浪比之前更高了一倍，马克心中浮现出最终之战的全景：土地被鲜血浸满，战火弥漫天空，耐特和鬼牌在战场上鏖战犹酣。当梦境达到高潮，双方刀枪劈砍，赤手肉搏，炮火烧杀，鬼牌狠狠击败了敌人，新鬼牌旅迸发出震耳欲聋的咆哮，表达出激烈的赞同之意。

接下来，一切结束，一群疲倦又负伤的鬼牌，身上的制服都破破烂烂的，还被烧焦了，他们撑在武器上，来检查自己的胜利。整个战场的地面覆满了鲜血。耐特的鲜血。

人群彻底疯了。马克紧闭上眼睛，双手捂住自己的耳朵，徒劳地想阻止这可怕的场景进入他的大脑。

“一场好戏，对吧?”克罗伊德的点评穿过暴躁人群的剧烈狂喜，透过他的双手传进他的耳朵。

他放下手，睁开双眼。眼泪源源不断地往外流。“我不明白，”他啜泣着说，“我们应该为了我们的兄弟和包容而奋斗。可是在这里，上校却故意极力地挑起针对耐特的种族仇恨!”

他摇头。“这到底是怎么了，兄弟？到底怎么了?”

克罗伊德取下嘴上的雪茄，带着一种安非他命所致的超然审视眼前的一幕。“我觉得这看起来就像是善恶大决战。”他说。

“听起来好像你赞成这所发生的一切!”马克提高了音量，好让这句指责越过暴徒们的嗜血呐喊。

克罗伊德做出一个蜥蜴耸肩的动作。“喂，我可一点不介意教训耐特这件事。耐特又没为我做过什么好事；放屁，他们追捕我，把我当狗似的，就在以前我还是伤寒克罗伊德的时候。他们都去死吧；我又不会掉一片鳞。”

他顿了一下，露出困扰的神态。“我的家人除外。不过他们，他们不在了。对，就是这样。他们都不在了。所以去死吧，耐特。都去死吧!”

他现在浑身发抖，唠叨个不停。他为了逃避睡眠而摄入体内的安非他命混合物开始让他进入一种极度兴奋的状态。

马克为他这位朋友提供兴奋剂，因为克罗伊德向他提了要求；克罗伊德用它们做了什么，那都是出于克罗伊德的考量，由他自己承担责任。虽然沉睡者克罗伊德从不明说，但他对睡眠的确有着深刻的恐惧，近乎病态的惧怕，马克也清楚原因：谁也不知道克罗伊德什么时候醒来就发现自己抽中了黑桃王后这张牌。要说这世上若是还有比变成一只巨大的粉色蝙蝠，或者超大石龙子更糟糕的事情，那就是变成死人。

然而马克想让克罗伊德保持清醒则是出于完全自私的理由。在这艘漂浮在奇怪又凶险的海域里的同志木筏上，克罗伊德是他唯一的朋友，唯一的同盟。要是他睡着了，一睡睡个几天、几个星期，甚至是好几个月，那马克就完全孤身一人了。

当然了，还有艾里克。但他是月光之子的朋友；他对马克没有兴趣。马克怀疑要是艾里克知道了月光之子的来头，他也会失去对她的兴趣。

他会关心，他感受到了她的想法。他依旧会关心。他非常有爱心。

马克望向艾里克，朴素又强壮的艾里克。他打了个哆嗦。

♣

“上校？索贝尔上校，先生？”

马克努力想要在索贝尔回到总部之前截住他，上校那楔形护卫队中的一人出手拦住了他。索贝尔认出了马克，朝护卫队点头，示意他们退开。护卫队后退，双目愤恨地瞪着马克。

索贝尔一手揽住马克的肩膀，将他带到一边。“和我一起走吧，小伙子。你想说什么？”

“先生，我，呃——我不，呃，我一点都不想指责什么，但是今晚你的讲话，你似乎在极力挑起仇恨耐特的情绪，是吗？”

“见鬼，是的。我的确在这么做，”他看着马克困惑的表情，笑了起来，“我极力想将战斗激情灌输给这支仍旧过于礼貌的军队，这支第一次全力面对生死存亡的军队。只靠在丛林里的打斗无法实现这一点。”

“但那不是种族主义吗？我原本以为鬼牌旅是要去包容的。”

“新鬼牌旅要做的有两件事。其一：赎罪。其二：生存。是我们要反抗耐特，孩子。在越南这里，我们有机会来打造一个为百变王牌所准备的避难所。建设一个更美好的生活的地方，建立在分享与关爱，越南社会主义原则与团结的基础之上。铸造一个与整个腐败的资本主义白面包耐特世界较量的滩头堡。在这一议题上，我不觉得有太多余地去考虑这样的多愁善感。你觉得呢？

“再说了，包容是一个死去的白皮男人的概念。它与受压迫的人民没有关系。也和现在，和我们在这里所做的一切没有关系。”

马克想哭。这并非他所期待的道路。此时此刻——该死的克罗伊德！——怀疑不受抑制地在他体内上涌翻腾，现在他觉得自己仿佛正在背叛他的父亲。

心烦意乱之中，他抛出了另一个在心里折磨他的问题：“为什么军营里一个越南鬼牌都没有？”

“越南社会主义共和国没有鬼牌。”

“那疯——我是说，这不可能吧。百变王牌病毒当初扩散得非常广，足以——”

索贝尔面对面地看着他，双手握住他的肩膀。“孩子，”他开口，“你问了很多问题。我欣赏你对此的关注，也敬重你的品德。我真心如此。但是要记住，你把一般耐特的那些文明自由的概念都抛下了，在你离开白面包美国的那一天，你就舍弃了这一切。同时还要记住，如今的许多集体都在采取措施保护自己，对付那些提出错误问题的人。”

“错误问题？”

“毁灭性的问题。麻木不仁的问题。那些激起糟糕感觉或者异议的问题。如今，许多我们美国的大学正在牵头搞这个。

“问太多问题会削弱我们，不利于我们在这里的事业。那会伤害到全世界的鬼牌。”

马克想要说话。但不知道如何组织语言。

“孩子，别用这些问题来困住自己，”上校露出微笑，拍了拍马克的肩膀，“过去才是问问题的时候。”

他大步离开了，留下马克站在那里。

♠

相较于越南的非同派邻居，越南社会主义共和国经济发展落后，再加上压迫、抛弃、种族和地区紧张局势的刺激下，全面游击战火热开展起来。下定决心不做最后几块坍塌的多米诺骨牌，共和国带着满腔怒火展开反击。新鬼牌旅被投到了战火之中。

小队启程返回必胜堡，心中满是激烈交火与夜间伏击的恐怖传说。还有其他更多传说。有几个年轻人戴着人类耳朵做成的项圈神气活现地打转。那些关于虐待、断肢还有屠村的狂妄言论在食堂里传个不停。

并非每个人都同意这些残暴的言论，不论是老鬼牌旅的人还是新来的小孩。食堂里总发生吵架辱骂、推搡事件、打架斗殴。

之后，在马克和他的小队结束了这长达两周的痛苦巡逻，从高地回来之后的那个夜晚，一个名叫塔巴斯科的老鬼牌旅成员在操场上被捅了一刀，就这么死在了那里。

♥

“怎么会发生这种事情？”月光之子问道。她赤身裸体地侧躺在艾里克的身边，盖着一张毯子抵御夜间冷得出奇的寒气，同时听着雨水落在沙袋加固后的房顶上，击鼓般的雨声。

艾里克双手压在头后仰躺着，两人的影子被一支鱼油蜡烛投射到了天花板上，吸引了艾里克的目光。“什么事怎么会发生，宝贝儿?”

“一个男人被谋杀了。塔巴斯科。谁会做出这样的事情?”

艾里克耸肩。“塔巴斯科压迫过很多人。他树立了很多敌人。”

月光之子支起一只手肘，撑起半边身子。“压迫人? 怎么回事? 他做了什么?”

“有些事情发生在丛林里。他总是沉迷于过去的峥嵘岁月，纠结于一定要新鬼牌补偿他和他那群兄弟以前做过的全部坏事。”他摇头，“他貌似没有意识到之前的战争早已结束得干干净净。那都成了历史。早就没了干系。”

她皱起眉头。“这话听起来就像是你支持这场谋杀。”

“但凡有人开始尝试，那尝试就会改变他们。你要批评他们，那就是在冒险。”

“我真不敢相信你竟然这么冷漠。他以前是在批评那些吹嘘自己犯过杀人罪和强奸罪的人。那都是残暴的罪行。”

他似笑非笑地看着她。“这些行为在战争中真的算得上是罪行吗? 你看，那些遭罪的人都是逃兵和叛徒。他们是这个越南社会主义共和国的威胁。”

他伸手去摸她的下巴，抬起她的脸。她脸上的泪痕还亮晶晶的。“再说，他们并不认为我们是人类。他们认为所有被百变王牌病毒感染的人都是魔鬼。他们会对我们做更残忍的事情。”

“那些越南政府的人会把我们想得好一些吗?”

他耸肩。“可能不会。不过那没关系。他们支持我们，不论他们喜不喜欢我们。他们给了我们需要的东西。”

“那会是什么东西呢?”

“一个容身之处，亲爱的。这是一场浩劫——在你的朋友梅多斯经历了这么多之后，你应该和所有人一样明白这一点。耐特害怕我们。他们清楚我们的本质：超人类。我们才是未来，宝贝儿。”

“你不会信这个吧!”

他抬头直视她。他的瞳孔就如琥珀色的烽火，融化了她。“我相信。这是真的。看看你——难道你不比任何耐特都高级吗?”

她咬住嘴唇，极力控制住自己的思想，想组织出一句听起来不傻的反驳。“我只是比大多数耐特更强壮、更快速，”她说，“我可以在阴影中隐藏身形。我有非比寻常的恢复力。但这些特点都不会让我更高级。不在道德层面让我更高级。”

他笑了起来，漂亮的脑袋又躺了下去。“道德层面？种族灭绝就道德了吗？那是耐特心里的计划——针对我，针对你，针对全世界所有的王牌和鬼牌还有鬼牌幼儿。睡吧。”

她颤抖起来。她能明白他所说的多半是真的。但那不会让他说的一切变成对的。

“越南人给了我们容身之处。一旦战争结束，它会是一个栖身之所。一个筑梦之地。”

“那就是他们拿来收买我们灵魂的硬币吗？土地?”

“只要你开心，你可以称它为空间。称它为包容；称它为奋斗机会。那是其他任何人都不愿意提供给我们的东西。所以我们欠他们。”

“事情就仅此而已吗？我们欠他们，所以我们要为了他们去杀人?”

“那个梦，宝贝儿。那个梦。它比一切都重要——你、我、整个鬼牌旅。”

她的脑海里再次塞满了那些无比诱人的田园画面——幸福而自由的鬼牌们，还有他们适当的技术追求。月光之子甩了甩头。

“别，停下，求你了。别再展示这些漂亮图片了。我们谈论的是此时此地的痛苦，痛苦和杀戮。”

“那真的是错误的吗？如果一只脚趾生了坏疽，你难道不得切掉它吗？不然就得失去整只脚。如果那只脚生了坏疽，难道不得切掉这只脚吗？不然会失去整条腿。如果那条腿生了坏疽，难道不得截掉整条腿吗？不然你就会死。你不会因为不喜欢就切掉你的脚趾。但是总有些时候无法拯救部分，部分会危害到更大的整体。”

“可是一个人不是一个脚趾。他是一条生命。”

“难道你忘了‘道’了吗？难道你不是成为了西方假象下的猎物，觉得个人大于集体？”

她垂下头。“我们正在变成我们反抗的家伙。”

“才没有，”他亲吻她的额头，“那不可能发生的，亲爱的。因为我们心怀正义。”

♥♦♣♠

第三十五章

在一连排的竹屋外面围着一圈竹围栏，围栏之外站着一群村民，凄惨地蜷缩在二小队的枪口之下。山谷清晨的雾气在他们身边缭绕纠缠，犹如飘动的薄纱，不停变形扭曲，将周围的山顶从大地上分离，让它们看起来如同飘浮在云间。马克油然而生一种陌生的感觉，就和他曾经在塔基斯星球上感受到的同样强烈；就好似这个山谷、这座村庄、这片山脉都在另外一个星球，一个地球遥不可及的星球。

证据就摆在他们面前的潮湿地面上：一只古老的美式 M－2 卡宾枪枪托架子，这枪托架子可能在生锈之前就给包了起来。尽管它十分破旧，但是嗅探测试表明枪上带有烧焦的火药和润滑油的浓郁气味，暴露出一个事实：它，作为一柄武器——或者武器之一——曾经朝巡逻队开过枪。众村民都声称不知道枪的主人是谁。

为什么村子里没有年轻男丁？他们都被强制征入了人民军队，再明显不过了。村民窝火地应付着由潘尖声提出的问题，潘趾高气昂地在他们面前来回走动，仿佛一只监视自己的众多母鸡的公鸡一样，但是他们都回答了问题。

只是没人相信他们的回答。

哈斯凯尔蹲在一道历经风雨摧残的破石门旁边，从克罗伊德背到这里后卸下的无线电设备往上看。他嘴边的粉色卷须颤巍巍地抖动着。

“上帝亲口说的就是，”他开口道，“杀了他们。”

“好吧！”破坏者喊道，一拳打在空中，“报仇！”

马克感觉肚子里长出了一个塔基斯星球那么大的冰球。不要！他心底的几个声音喊个不停。

“放屁。”中士说。

哈斯凯尔一脸固执。“那是他们说的。我只是传话罢了。”他的表情表明了他传的那句话没有给他造成多少不快。

中士抿住黑色的嘴唇，露出公式化的皓白犬齿，他大步走上前，从年轻鬼牌那里一把抓过耳机。他背对小队开始说话。

马克望向克罗伊德。克罗伊德背靠着他的尾巴，吹着口哨，哼着《杀人歌》，马克认为这歌的品味相当低劣。他停止吹口哨后开始自言自语。至少他还是保持着安静。马克设法让他意识到了不要大叫出声的重要性。鉴于克罗伊德的状态，这是相当了不起的外交壮举。

黎明前的一场细雨使克罗伊德身上的白色T恤依然紧贴着他背脊上的鳞片。他一只手伸进衣服，抓挠那些看不见的虫子。衣服正面用不规则的泼墨写着“弱者才睡觉”。这是在向那位臭名昭著的不法之徒沉睡者的致敬。克罗伊德上次在必胜堡休息的时候，塔巴斯科出事的时候，他曾见过一个新人穿着这件衣服到处乱走。他找新人要这件衣服。在和同志快速地商量之后，那个小孩脱下了这件T恤并递给了他，没抵挡住克罗伊德那巫师般的名声，也是这名声为克罗伊德赢得了独享地堡的权利，也助长了他难以预料的粗暴。再加上，克罗伊德就是沉睡者。

克罗伊德注意到了马克的目光，对他露出了一个怪异的蜥蜴微笑。马克不知道要怎么解读这个微笑。

中士丢下耳机后转身。“不行，”他说，“绝对不行。”

“你他妈的什么意思？”破坏者厉声喊道，他摸上了M－16的螺栓。在这座迷雾与山脉构成的回声亭里，“咔哒”声大得惊人。“我们接到了该死的命令！”

中士脸色严肃地面对他，双手垂在身侧。“纳粹党在纽伦堡也是这么做的。”

“这关我们什么事？老家伙，你又在谈历史了。该死，这不是历史。这是现在。”

他转身面向其他人。“谁要跟我来？谁要支持鬼牌，支持为火箭堡报仇——还有谁要支持这个喜爱耐特的家伙？”

队员们面面相觑，表情就像烧红的铁棒。哈斯凯尔的坏笑透过卷须露出来，伸手摸到了背上的 M-60 的枪套。两个新兵，斯图尔特和兰姆，偷偷摸摸地朝他靠拢，手上握着他们还不太会用的长柄黑色来复枪。斯图尔特瘦脸一红，但被脸上的脓疮给遮掩住了。兰姆的头向前耷拉着，头上两侧生出几只沉重的弯角。他粗大的鼻孔都张开了。

潘伸出大拇指和食指，做出一个手枪的手势，指着村民们。“砰，”他叫道，“你们都死了。”

克罗伊德抽动了自己那把 M-16 的拉柄。马克转头看向他，震惊得脸上的肌肉都垮下来了。“克罗伊德！你不会照做吧，朋友？”

“摇滚一下呗。”克罗伊德说。他右手握住手枪握把，举起来复枪，左手伸到衣服背面，漫无目的地搜寻不存在的害虫。“摇他妈的滚啊。耐特都行动起来抓捕我们，而且他们无处不在。潜藏在周围的迷雾之中——你感觉不到他们吗，马克？”

“我仍然是这支队伍的长官，”中士说，“我们不会杀死任何人。破坏者，在你冷静下来之前，完好地收起你的家伙，然后上交给我。”

“上交给你？”年轻的鬼牌顿时暴跳如雷，他喘着气重复这句话，“上交给你？你这个老混蛋！你不过是个该死的耐特支持者。该死的耐特支持者！”

“把家伙交给我。”

“你想要这东西？”破坏者又重复说了一次，语气就像是内脏遭到重击似的，“你想要这东西？好啊，就他妈的在这儿！”

他瞬间举起 M－16，朝中士的肚子和胸膛开了枪。鲜血和肌肉组织飞溅到他的脸和湿透了的迷彩服上。中士重重倒地，他那件衬衫的正面被枪口焰烧得冒出了烟。

破坏者举枪对着躺在地上的中士，前臂的肌肉都鼓了起来，直到确定汉密尔顿不可能用自己的力量站起来了，他才收手。紧接着他转身双手握住武器，高举过头顶，模仿拳击手胜利姿势。

“耶！我给这个混蛋了一点颜色看！”

在想清楚自己干了什么之前，马克就猛冲过好几米的湿滑地面，舞出拳头狂风暴雨般地重捶破坏者。他往破坏者脸上砸出了两条大口子，把破坏者流线型的头骨打得左右翻滚。打得他的指节生疼；这是他有生以来第一次真正对他人动手。

这感觉很棒。他想再做一次。

马克正处怒气最盛之时，他的攻击更是出乎意料，破坏者被打翻倒地。他的 M－16 被丢了出去。现在，他强化了右手手指，随即狠狠扇向马克的心口。

马克握紧拳头。这感觉就像是他又飞到了太空之中，无边无际的真空世界“嗖”的一下吸走了他体内的全部空气，而且还在用力拉，想把他的内脏都拉出他的嘴。

破坏者“啪”的一下扇了他耳光。他的头侧向一边。他修长又笨拙的身体开始伸直，同时耀眼的光点在他的大脑周围跳动，仿佛一个个弹球。*看看你要是失控了会有什么后果，你这个蠢猪！*太空旅行者尖叫起来。

破坏者转身，往马克要害上来了一记猛力侧踢。马克再次身子弯成了九十度。他开始觉得自己就像某种弹性玩具。破坏者迅猛出脚，以脚为轴心，使出了一记相当漂亮的回旋踢，正中马克的太阳穴。

按一般规则来讲，你哪怕是头遭到重击了也不会出局，*除非有地方被严重打烂了*。马克现在还没有出局。只是这个星球出其不意地撞上了他，而他的四肢都不听使唤，他的胃认定他的身体太危险了，不适合居住，于是想要逃出去，随后他的大脑似乎松了锚，在头骨内晃荡起来。他的眼睛没办法好好聚焦，也没法说清楚话。

破坏者的声音传了过来，仿佛是来自旁边山谷的声音，吹嘘着他是怎么给他点颜色看看的。“你想我们给他们挖一个大坟墓吗?”哈斯凯尔问道。

“不用。干吗嘛那事儿?嘿，我知道了——来玩儿一个小游戏吧。潘，你要不让那边那个老太婆滚到山上去。我们可以用上一些移动的靶子来做练习。”

马克扭动起来，呻吟着。有一瞬间他的意识飘到了群山之巅，与它们混为一体。现在它开始再次聚合了。身体上的疼痛给了他收拾精神的契机，就像是一只牡蛎为了保护自己而把刺激物裹成了珍珠那样。

“他要怎么办?”他听见哈斯凯尔说，“这个耐特老头?”

“滚他妈的，”破坏者说，“我们可以慢慢扒了这个耐特杂种的皮。现在，娱乐时间到——潘。”

马克听到那个翻译用越南语大声喊着什么。村民们像一群惊恐的海鸥那般爆发出阵阵哭号。他尝试移动自己的手。他感觉自己的手就像是一只铅蜘蛛。一滴雨落在手背上。马克知道他可以用此刻体内的剧痛交换某个可怕得超乎想象的东西。他继续设法移动那只手。

“潘，告诉她，让她快走，不然我就要散射这群歪斜眼的人!”

“喂——我的天，破坏者，那个耐特老头着火了!”

破坏者转身看到马克的身体在橙红色的火焰中扭动。“呵，所以说他不知怎么回事儿自己把自己给点燃了。省了我们的麻烦——”

那个火人站起来了。

有人发出了尖叫。那个燃烧的人影比马克矮了一个头。就在小队和村民呆看着的时候，火焰貌似又被它吸收了。

破坏者看见橙红色的汗水飞速闪过，便明白他被骗了。他犯下了一生中最严重的错误。

他拿起自己那把 M－16。

等离子气体霹雳击中他瘦弱胸膛的正中间。他嘴中爆发出一声惨厉的尖叫，音量之大，足以超越人体所能发出的音量极限。那并非破坏者自愿发出的叫喊；他肺部里的所有水分顷刻之间化为了过热的蒸汽，蹿升到喉管中，迫使他后仰起脑袋，从他的嘴巴里喷射出一股肉眼可见的高温蒸汽云雾，熔化了他的嘴唇，同时产生了巨大的哨声。

一时间他还站着，脑袋往后仰，胸口中央是一个烧穿了的正圆。随着一声犹如狂风刮过晾衣绳上的床单似的巨响，他整个身体都烧成了一团火焰，空气飞奔回到他的体内去替换等离子喷气弹中的火焰。

破坏者即刻倒下，他的神经元细胞最后跳动了几下，他那燃烧的躯体在地上随意地抽搐。他都没有感受到被火烧的痛苦。那股等离子喷气弹瞬间就烧沸了他脊椎中的液体。那巨大的瞬时超压力就在他的大脑之内爆炸了。

哈斯凯尔发出一阵像重伤的马似的嘶鸣，将那把硬汉兰博风格的巨型武器 M－60 提到腰间，疯狂开火。跃闪杰克一个单足旋转，将一只手转动对向那个魁梧鬼牌露出了手掌。变形的火焰堵在了枪管，弹药便在弹腔之中爆炸了。回压炸飞了枪套。高速气弹烧出了武器侧边，如同利刃一般割裂了他的双臂与肋骨，令他发出阵阵惨叫。伤口处的剧烈抽痛让他丢下了武器，任其在地上滚动。

此时雨势变大了。每一滴雨珠都在跃闪杰克精致的犹太人面孔上砸出一个红肿伤痕。他举起自己的双手；双手开始长出水泡。

“还有其他人吗？”他高声喊道，“你们杀人的技巧不是炉火纯青了吗？来，让我露一手给你们瞧瞧火是什么意思。”

潘躲到雨淋不到的地方，伸手去摸他塞在裤子里的托卡列夫老枪。跃闪杰克长着水疱的嘴裂开一个笑容，做出了个手势。一股火苗烧没了潘的衣服正面。潘尖叫着丢掉手里的枪，不停拍打自己烧焦的胸口，仿佛是为了扑灭火苗。

“快滚，你这个小马屁精，不然我就把你烧成灰。”潘连滚带爬地跑过大豆田，每隔几步就摔一跤，然后又爬起来接着歪歪扭扭地狼狈逃跑。他的样子显得非常积极。

“你们这些村民，全都滚！”跃闪杰克大喊道，“快走！”他们站起身，望着他，就像许许多多的绵羊。他们完全不知道这是怎么回事。

他往村民脚下丢了一串烈火。他们立马就转身往山上跑去了，朝村庄两边奔流而去，就如奔逃的牛群。

“火焰，”跃闪杰克开口道，满布裂痕的肿胀嘴唇露出一个得意的笑，“宇宙共通的语言。”

无线电设备躺在地上，卢修斯·吉尔伯特的声音正从隔壁山谷传送过来，叱问着这边到底在搞什么鬼。他不怎么记得正确的无线电通信纪律。

“来个人拿起那玩意儿，”跃闪杰克说，声音藏不住他此时的痛苦，“告诉那个臭东西，我们在赶路。要翻过这座山。”

他环视周围鬼牌的脸。“还是说，只剩我一个人了吗?”

他看向克罗伊德。“你要怎么做，科伦森？你要和我一起，还是我们继续‘绕圈圈’下去?”

克罗伊德丢开来复枪，抓住跃闪杰克的前臂，拉着他跳起了华尔兹，疯狂地转圈。“是煤气！煤气！煤气!”克罗伊德大叫着，“摇滚！妈的摇滚起来!”

“好，”跃闪杰克一边说，一边挣脱出来，“冷静，好了，兄弟，不然你手上的肉要掉了。还有谁?”

“我跟着你。”斯里克说。

“我也是，”斯多德巴克尔·霍克说，“这些混蛋对我来说太疯狂了。而且，我以前经常和魔鬼王子们打交道。迷旅队长向来都在他们的好人名单上，因为你救了面团男孩。我觉得你为鬼牌做了更多好事，比那个疯子索贝尔做的更多。”

“好的，嘿，感谢表扬。”他现在在摇晃，双手塞在胳肢窝下，以免它们遭受更严重的伤害，“还有谁吗？”

新人斯图尔特和兰姆早在看到破坏者被光荣烧死时就逃跑了。哈斯凯尔在地上左右翻滚，他那双小眼睛里包含的浓浓恨意足以表明他的答案。其余人一个个地逐渐加入跃闪杰克的临时兵变之中。

“很好，”他点头道，“是，是煤气－煤气－煤气。唔，艾里克，你可以暂时接管一下吗？表现得你就是路易－路易——我现在得走了。”

艾里克不明所以地点点头。

以跃闪杰克为风眼，突然生出了一股小型飓风。泥土和残渣甚至还有雨水都被旋转的云雾卷入了他身边。当这场迷你龙卷风消散之后，马克·梅多斯站在那里，一副站不稳的样子。他的脸和双手依然长满了数量惊人的水疱，就和之前跃闪杰克一样。

“革命万岁。”他哑着嗓子说，然后无意识地向前倒去，摔在克罗伊德·科伦森张开的脚丫旁边。

♥♦♣♠

第三部

我觉得我是一个注定要死的烂人[1]

① “乡村乔与鱼”乐队的同名单曲。

第三十六章

“马克。”

马克双腿交叉坐在铺着席子的地板上，抬起了头。卢·恩门那颗长满羽毛的大脑袋卡在门口。

“我们有了伙伴，”奥斯普雷说，“情况可能不太好。”

马克的血液冰凉。这不是他第一次许愿希望克罗伊德起来陪在他身边了，不过不是像包裹似的被叛徒拖出来，浑身冰冷地躺在外面。确实如此，要是他们被发现了，要帮助一只巨大的蜥蜴是个不小的麻烦。但马克至少不会觉得这么孤立，这么寂寞。

“政府军队?”他询问道。自从脱离军队之后，他们这几个星期以来就一直在走钢丝，极力想让他的小队接触到必胜堡的逃兵，同时避免暴露在人民军队和索贝尔那伙死忠士兵眼前。

奥斯普雷摇头。“还在好几码之外。他们才刚出现。让村民们极其紧张不安。”

一个瘦弱的中年越南人悄悄溜进棚屋，尽可能地远离奥斯普雷——在最初的警惕之后，村民们逐渐开始将他们的鬼牌客人们当作了好心的怪兽，虽然仍是怪兽。

“麻克[①],”村民说，“暗影姑娘会出现吗？暗影姑娘会帮助我们吗？整个蛮子十人，偷走我们的女人，吃掉我们的狗。”

马克叹了口气。蛮子的意思是野蛮人。越南族人把蒙塔格纳德人

---

① 此处应是越南人喊马克的名字发音不标准，固译为“麻克”。

看成动物——害虫。我原本以为种族主义和不容异己是欧洲白种男人才特有的毛病，马克疲惫地想道。他一直都在学到新东西。

“你不应该这么称呼他们，释。他们也是人。”

释看上去一脸怀疑。“他们偷。暗影姑娘来吗？”

马克站起来。“如果需要她，她会来的。”释点点头，随后退出了房间。马克走到门口。

外面有六个人，蹲在村子中间，腿上绑着卡宾枪和猎枪。天空一片暗蓝色，沉重的夕阳斜落在两座山的山顶之间，在晚霞的映照下，他们在吸烟。就和马克见过的大多数越南人一样，他们的个子都很小，而且都仿似被人形支架上的牵线给缠住了。有两人包着头巾，而每个人都缠着手链，头上披着像瑟拉佩[①]一样的破烂毛毯。

他匆匆扫视他们一眼。人群中央那个左手上有绑带的男人个子很高，相对越南人而言，但他就像一块巨大的电磁铁一样吸引了马克的注意。

马克迅速将手伸进他迷彩衬衫的一个口袋里。接着他发出一声叹息，随后收回了手。

“布洛克先生，”他开口道，“你真是个执着的人。”

◆

“上次我见到你时，你还在帮助那些缉毒局特工追捕我，”马克一面说，一面用手指抓起热腾腾的米饭，“我为什么要像对待朋友那样对待你呢，布洛克先生？呃，贝鲁？”

J. 罗伯特·贝鲁抬起头。鱼油灯的柔光照着他的眉骨，将他的五官塑造出撒旦般的狰狞感。“若是我说我赶来这里之前就，唔，怎么

① 一种毛毯似的长披肩，色彩常常是亮丽多彩的，而且在底边上加有穗边，尤指由墨西哥男子披用的。

说，就留好了保我周全的后手，你要怎么办？”

“我会说你在放屁，伙计。我们正处在一个到处都是我朋友的地方，而且我并不是在说王牌们。如果你在这里搞任何小动作，那你最好是带了整支人民军队来给你撑腰。而假若你真这么做了，他们也绝对没办法及时赶来救你。”

“你在威胁我吗，医生？这听起来可不像以前那个温柔的迷旅队长。”

马克耸起一边肩膀。“我也不如过去那样能够承受伤害了。”

贝鲁笑了。“我是和六个蒙塔格纳德人一起来到这里的，他们大概有十二发弹药。如果我没有活着走出去，那绝对没有什么好事儿会发生，除了我年迈的母亲会十分自持而有教养地表达她深切的悲哀。如果不出什么意外的话。”

他把自己的碗放到一边。“满意了吗？还是我们需要做出更多硬汉式的装模作样？”

“我没有装模作样，伙计。我只是在摆明我自己的立场。”

“那很好，梅多斯医生。让我把自己的意思表达得更清楚一点：如果我不是你的朋友，那为何缉毒局的特工从来没有真正地抓住你呢？”

“这和我有一点点关系。当然了，还有我的朋友们。不过和你说实话——我知道他们就像美国以前那些大英雄一样，但我从来不觉得缉毒警察的脑子全都那么聪明灵光。”

贝鲁笑了出来。“你应该见过两个了。哈克尔和杰克尔。”

“那么他们现在在哪里？”

“在某个糟糕的伊斯坦布尔贫民区里提心吊胆地对付土耳其国家王牌吧。”

“你猜我会去那里。”

贝鲁严肃地摇头否认。“我设计他们去那里的。直到土耳其人在他们的行李中发现药粉之前，他们都没有一丝一毫的怀疑。而从头到尾他们都以为是他们摆了我一道。”他窃笑了一会儿，“美国和总督自然而然会把他俩给弄出来。最终会做到的。”

马克大笑出声，笑了很久。当他笑完以后，摇了摇头。“我明白我应该为他们感到抱歉。但他们想要杀了我，他们伤害了无辜的人，而且还危害到了更多的人。就让他们见鬼去吧。”

“的确如此。”

“你为什么要这么做？你为什么会想帮我呢？”

“我可以跟你坦白说吗，医生？”

马克向他投去一个饱含疑问的眼神，一只眼睛半眯着，另一边的眉毛却挑了起来，弯成了斯波克先生那样。“为什么我有种你话没说完的感觉？一下都说完吧，朋友。”

现在轮到贝鲁大笑了。“我喜欢你的风格，梅多斯医生。我原以为你不过又是一个幼稚而疲惫的嬉皮士。不过你拥有某种特质。你有铮铮铁骨。”

“我还更情愿你把我看成一个嬉皮士，如果没什么差别的话。”

贝鲁也对他挑起了眉毛。“一个嬉皮士，和一个统领了一百名武装士兵并准备对抗整个越南共和国的领袖？”

“那么就称我为战斗嬉皮士吧。这并不是我长久以来想成为的角色。但是你打算坦白说，贝鲁先生——”

“千万不要这样跟我打直球，医生。不过，是的。请恕我直言，我的帮助其实和你个人并没有多大的关系。更像是往追捕你的人的轮胎底下丢那么一个钉子。”

“你和美国缉毒局有过节吗？呃，你想来点啤酒吗？”他的手指夹起几瓶解放啤酒。

“不用了，谢谢。我正在尝试减少摄入福尔马林。不，我和禁毒执法机构没有一点过节；我以前为他们工作过。那是我隐约怀有一些疑虑的一个事业决策，而它从此之后就彻底结束了。

“我和他们要对付的人有过节。”

马克拿着酒瓶的手顿在半空中。“你这是在暗示我美国政府背后有个大阴谋正在悄然进行吗?”

“不，我是在暗示你有一个事关全球的惊天阴谋。并不完全是在美国政府背后，它的爪牙伸入了全球各地的政府。”

马克放下啤酒。“这非常有意思，贝鲁先生。但我最近的生活非常忙碌，所以我希望你不介意我打断——”

“我以为嬉皮士都天然对阴谋论感兴趣。”

“所以说我并不是典型的嬉皮士。我所知道的所有阴谋家，他们，呃，都很难做到在晚上六点之前想清楚午餐要吃什么。”

贝鲁又笑了。“听着，医生。我冒了巨大的风险就是为了来这里和你谈话——正如你本人费力指出的那样。在你随便把我当做个疯子，打发我走之前，为什么不听听我要讲的话呢?”

“我绝对没有随便把你当成个疯子。对我而言，你看似是个率直的疯子。但是，好吧。我会听你说的。”毕竟唯一让他不听的理由只是月光之子的夜间锻炼，而马克也一点也不想让她出来为艾里克苦恼忧愁。更何况，今天天色明朗，意味着晚上会出现星辰。马克依旧不会对错过它们而感到遗憾。

“太好了。你必定已经发现当今对百变王牌的厌恶情绪格外高涨。这种厌恶情绪的形式多种多样，有语言上的暴力，有法律上的限制，甚至还有暴徒似的暴力和暗杀。但是难道你偶尔不觉得，这场仇恨运动来得过于有组织有计划吗?”

“你的意思是，就像里奥·巴内特和那些基要主义者?”

贝鲁笑着摇摇头。“巴内特是个好心的傻瓜——好吧，你不必赞同他的目标，显而易见，你的确不赞同，但他是真心实意地认为自己在做正确的事情。当然了，正如那个恶毒又机敏的矮子亚历山大·蒲柏告诉我们的，通往地狱的道路是由善意铺就的。不过巴内特是局外人，一个门外边儿的野蛮乡巴佬。我这里谈论的是根基深厚的人，权势滔天的人。核心人物。”

“那你是怎么查出这个阴谋的呢？”

“我想如果我告诉你我曾经为中央情报局工作的话，你一定不会感到意外。”

“一点都不，”马克说，“他们也牵涉其中吗？”

贝鲁用他那只完好的手做出一个手势。“牵涉了，也没有牵涉其中。中情局也并非铁板一块，就和全世界的大多数政府乃至政府机构一样。集体动态比这要复杂多了；大多数阴谋大家就是在这点上大意犯了错。

“不过，中情局的确与此有关。中情局里面有相当大一部分人都和这个阴谋有关。禁毒执法部门里也有这么一部分人。”

马克眯眼看着他。“你是怎么查出这一切的？”

“你还记得 1980 年一支全王牌突击队在伊朗进行的那次人质援救任务吗？”马克点头。“那是我指挥的任务。那是我第一次意识到这场针对百变王牌的阴谋。”

“我以为你们军方都把过错怪到了卡特头上。”

“不。卡特是个没骨气的家伙，还是个蠢货，哪怕他承担任务失败的责任时展示出了一定的风度。这个做法自然也是错的；我是地面上的指挥官，我失去了将近一半的下属，所以当时的过错按理应该是我的。”

“我没法儿告诉你这让我感到何等的自信。”

“我这是在跟你实话实说，医生。我需要你去相信那些难以置信的事情。除了将我的失败坦诚相告之外，还有更好的办法来表明我的诚意吗？”

马克挥手表示对此不作评价。

“为了节约你的时间，我就不多说细节了。我想说我找到了理由去相信那次任务从一开始就注定了要失败，不仅是为了让所有王牌出丑，更是为了羞辱卡特，有些人认为他对百变王牌过于温柔。”

“那你为什么不，呃，上报这件事呢?”

“给谁上报呢?”他露出浅笑，“众人之中我所怀疑的那一个——嫌疑人——当时是国家安全顾问，人脉相当广。我是一个牛仔，一个被操纵的影子——一个联络员。谁会相信我呢?”

“你指望我相信你。”

贝鲁笑了。“你可是亲身经历了那场诡计。”

马克揉了揉下巴。胡楂摩擦着他的手心。从庭审上逃跑、开始流浪之后，他基本都保持了剃光胡子的造型。近来他纠结了好几次要不要留个络腮胡。

“所以那就是他们对我紧追不舍的原因吗?”

“从执行层面来讲，是的。那两个小子追你追得这么紧的原因是他们中的一人笃信自己和你有私仇。以前在纽约，他的搭档在你楼上的实验室里被枪杀了。”

马克张开一只手用力地拍在地上，震得啤酒瓶和陶碗都跳了起来。“我当时根本就不在那里。”

“西方线性思维可不是这小子的长处。你是个坏蛋；在他心里你就该负责。”

“我是个坏蛋？有多少路人是我用机关枪在阿姆斯特丹和雅典杀死的?”

“缉毒局特工的世界观就是这么简单粗暴，哪怕是按照警察的标准去看待他们。话说回来，萨克森特工被安排来抓你是因为缉毒局里基本确信他会毫不犹豫地杀死你。”

“为什么?”

“你是世界上最厉害的王牌之一。杀了你就是一石三鸟：这能让你以重罪王牌的身份重回有线电视新闻网的头条——得了，省省你愤慨的否认吧；我知道那不是真的——但这能引导公众把王牌想象成可怕的威胁。这会抑制潜在的危险反对派。还会是禁毒战争里一次喜闻乐见的胜利，要知道禁毒战争的支持率只增加了微不足道的一点点。”

马克盯着他那瓶快喝光了的啤酒的瓶颈，专注得就跟他在那上面发现了神谕似的。他现在明白了。他一直没想通为什么缉毒局会对他怀有这等敌意，竟然跨过了整个亚欧大陆来追捕他。就算他们认定他是药品的主要提供人——他从来不是，只会偶尔提供给克罗伊德——这种程度的抓捕行动似乎也太过分了些。

贝鲁在他心中埋下的种子开始发芽。就事实而言，他心底里的确倾向于阴谋论。哪怕他的理智知晓得更多。

同时，贝鲁像阅读一块路标一样读懂了他。“真正的阴谋家是一群聪明人，精于谋划，因为嗜血而玩弄权术。你无法用你对狂热分子的标准来看待他们，他们不会像你妻子曾经参与的共生解放军的那群神经病那样，不会佝偻在某个地下室的烛光下，按照《无政府主义手册》来制造炸弹。”

马克抬头直视他，眼睛睁得又大又圆，活像一只受惊的猫。“你怎么会知道这个，老兄?”他发誓这个世界上不会有另一个人知道这件事。

“我研究你很长一段时间了，医生，”贝鲁答道，悦耳的声音几乎是在呢喃，“我非常擅长我的工作。‘军事情报’可不是矛盾修辞法。那正是我能够取信于缉毒局的同时还指挥他们次次都让你溜走的原因。你在我的脑袋里有一个非常清晰又准确的形象，我基本上可以猜准你会采取什么行动。他们只会查找他们的资料，而这从一开始就大错特错。”

在一阵不断蔓延的沉默之中，一只独角仙爬上了地毯。马克盯着它，心中许愿克罗伊德能在这里，而不是进行他漫长的睡眠；他会为这道小菜而开心的。然而现在，这一切可能都是过去式了，除非他还没有厌倦他的吃虫宿命。

他抬眼看向贝鲁。“好吧。看来我暂时得相信这个阴谋的存在了。你在这场阴谋里面里扮演了什么角色呢？为什么他们会放任你独自前来兜上一圈呢?”

“自从 1979 年我到了而立之年后，我就再也不是美国政府的正经雇员了。我是一名联络员，正如我之前提到的。一个雇佣兵，如果你愿意这么想的话。”

马克“哼”了一声。

“我的雇主通常是中情局。正如我说过的，我也给禁毒执法部门打过工。”

“所以怎么会——”

贝鲁露出一个坏笑。这让他年轻了四十岁。“我默许了缉毒局把我想成为中情局工作的人，而中情局则认为我是——”

“禁毒署的人。”马克摇头。摇头并非意味着不相信；他清楚这些间谍机构在玩这些斗篷与匕首的间谍活动时可以有多狡猾。

“那么，你对我最大的兴趣是什么呢?”他提问道。

“和那些阴谋家对你感兴趣的理由相同：你是一名强大的王牌。再加上他们对你感兴趣这个事实本身。如果他们想要你死，我就想要你活下来。你的敌人想要什么，你都不会让他得逞。‘敌佚能劳之，饱能饥之，安能动之’，孙子说的。”

“为什么，老兄？为什么你会在乎他们要怎么对付百变王牌呢?”

“因为我也是其中之一，马克。”

马克怀疑地眯起了眼睛。贝鲁轻声笑了。他亮出自己的左手，开始解开绷带。

“他们在西贡追上我了，”他说，“而我不得不动用我的王牌能力来迅速脱身，离开是非地。并不怎么体面，我承认，但每个人都会碰上临时发挥的时候。”

绑带被取掉了，露出一截皱巴巴的残肢。五指从残肢上凸出来就像一组苍白的块茎。“再生只是我的天赋之一。”

马克点头。“好吧，老兄。你是一名王牌。你想要我做什么?”

“我想来帮你。”

“帮我什么?”

“帮你做你正在做的事情。”

“我正在做的事情是什么?”很不幸这个问题并不是什么修辞手法。马克完全不知道他下一步要做什么。他后悔就这么坐在垫子上把这个问题直截了当地说了出来。

“为搞垮越南社会主义共和国而做好准备。”贝鲁回答说。

♥♦♣♠

第三十七章

“或者说是解放‘被解放了的南方’。”贝鲁补充道。

马克伸出双手在贝鲁面前随意地晃了晃。他真不知道该说什么；他的双手放在了自动驾驶仪上。“你疯了，朋友。”他最终吐出了这样一句话。

“你不是第一个这样说我的人。我或许是疯了吧，但你不得不承认，我能干得要命。”

“我为什么要推翻这个政府呢?”

“因为你如果不这么做，那他们就会杀了你。你，还有你那些抛弃了新鬼牌旅转而投奔你的鬼牌。还有所有这些把你当朋友的村民。这不再是一场游戏了，医生。上周，人民军队在昆嵩省使用喷火器灭掉了一整个蒙塔格纳德人的村子，就因为他们抵抗强制迁移。这和以前的苦日子没什么两样。”

马克最后看了一眼他的双手，把手放到了大腿上，僵硬得像两只死鸟。

“你在自绝退路这事儿上做得非常棒，孩子。你无法回到以前的世界。你无法前往任何可以把你引渡回美国的地方，也无法前往秘密特工可以轻易接近乃至抓住你的地方。你无法留在这里，因为军队，或者你那群必胜堡的疯狂队友，他们迟早会找到你。你不能回去，也不能坐以待毙。”

“那我能做什么?”这句话从他干燥起皮的嘴巴里挤了出来，语气干涩得犹如油画脱落的碎片。

“孙子还说过这么一句话：‘死地则战’。你身处杀戮地带，马克。你必须战斗，而且要为了赢而战斗。”

马克再次摇头——同样的，这次摇头也不是否定的意思。它更像是马克拒绝理解这句话的意思而已。“我还是不明白你到底想要做什么。”

贝鲁举起他的左手。“一，”他一边说，一边伸出刚长出的食指轻敲着，“我是你口中的坚定不移的反越共者。我这一生都致力于同他们做斗争。如今我发现自己刚好没了工作，只有少之又少的几个业务。越南正好是其中之一。”

“二”——他碰了碰中指——“我们拥有了一个机会，可以彻底击碎这个阴谋的某一环。你已经开了个好头了。我想继续进行下去。”

“你在说什么啊？”

“新鬼牌旅，”贝鲁答道，“完全由仇视百变王牌的一伙人所组织的附属帮派。”

马克站起身。“不可能。你这是鬼扯，老兄。我遇到过索贝尔上校。他是我加入鬼牌旅的原因。他绝不会是这种阴谋的一环。他全身心地投入到百变王牌的事业中。全心全意地献身。”

“‘他们说他很正派，’”贝鲁引用别人的话说道，“‘所以或许他的顾问很困惑’。”

“这又是孙子说的吗，老兄？”

“其实是《抚养亚历桑纳》[1]。好好想想，医生。究竟是为什么越南社会主义共和国会给王牌和鬼牌提供庇护所呢？”

“他们关心这个，老兄。他们是在竭尽全力地抗击不公。”

贝鲁缓缓地露出一个微笑。“那越南人对百变王牌们怎么看呢？”

---

① 美国喜剧片，该片讲述了笨贼麦克多诺改过自新与女警爱德相爱成家，却因妻子不孕，麦克多诺偷走富翁亚历桑纳的儿子，由此引发的一系列故事。

马克咬住嘴唇。“他们大部分人都仇视我们。他们认为我们是，呃，魔鬼之类的。”

“有些鬼牌的样子的确和魔鬼十分相似，医生。你知道吗，现在必胜堡的练兵场周围安满了哨站，每个哨站里都放着一个人类颅骨。你知道吗，有些新鬼牌旅的队员在巡逻的路上会吃掉他们杀掉的人，这都成了一个仪式了。”

马克扭头看向别处。他想说眼前的矮个子男人的话是一派胡言，但他从许多逃兵那里听到了很多故事，他们都是在他出逃之后加入进来的。那是驱使他们在一片不友好的土地上选择一条不确定的道路的原因：新鬼牌旅的转变令他们震怒，也令他们恐惧。

贝鲁暂时停歇了一阵。“你以为，比起他们住在村庄里的表亲们，那些恰好身处政府机构中的越南人对百变王牌的喜爱会多上一丝一毫吗？”

“他们是越共者。这是他们的信仰——”

贝鲁冷哼一声。“说得对。信仰。我们所有人都知道百变王牌们在这些革命天堂里的伙食有多好。哪怕没有广泛讨论过，但斯大林即将推行一个计划，要在他死的时候消灭苏联境内的所有百变王牌，这事广为人知好几年了。而公开性[①]政策展示了大量证据，证明了不论是在那个老怪物住手之前还是之后，全体鬼牌都处于艰难度日的状态中。就说近点的事情，越南社会主义共和国有承认过任何一位百变王牌是自己的国民吗？”

“没有。”这声回答微不可闻。

“你已经见过那些画满孢子的地图。它们正好是你的专长。从数据这方面来说，是否有很大的可能性——有没有可能——当时越南没

① 指戈尔巴乔夫于 20 世纪 80 年代在苏联倡导的允许公开讨论国家所面临问题的政策。

有人暴露在病毒的扩散范围内？”

“不可能。越南肯定有……至少有数百人。”

“数千人。他们都死了吗，医生？或者他们有在军营里吗？那些人可不是乐于助人的替代品，梅多斯医生。”

马克只能摇摇头。

“我认识索贝尔，在很久以前，”贝鲁接着说，他此时的语气更加温和了，“他以前是个好人。那时他也是一个傻瓜。我认为这两点都不会变。”

“那——”

“他是工具。这场阴谋的联络员们——在隔板背后操纵绳线缔造鬼牌旅的那双手——是O. K. 卡萨代和中情局泰国情报首领。有极大的可能性，我觉得他就是在伊朗轰炸我们的那伙人之一。另一个人是人民安保部队里的越南上校，叫武。”贝鲁笑了，“我想你已经认识了后面这位绅士。”

马克点头。“他的……人曾经狠狠殴打过我一顿。”

“那么还有谁当时也在呢？”贝鲁以一种他早就知道答案了的语气提问道。

“好吧。索贝尔当时也在场。可是你难道不明白吗？他那是自我防御。武也是，我猜。我当时在那儿，刚到一个国家，声称自己是一名王牌——”

“噢。所以实际上是你强迫他们来打你。”马克闭嘴了，“你可真擅长给那些伤害你的卑鄙小人找借口。不用怀疑，我在未来的会面中会好好利用你这个优点的。”

马克深吸了一口气。“就你我的现状而言，是什么让你以为还会有未来的会面？”

“你还有什么选择吗？”

马克挥动双手做出拍打的动作。“行吧，老兄。我有什么选择？

你继续说，告诉我吧，该死。你赢了；我完全没有主意。”

他感受到一阵忏悔后的轻松。他已经纠结好几天了。二小队的士兵以及一小队的大部分人——他们是在二小队用无线电说了他们要翻过大山后投奔而来的——很多很多绝望的士兵在这几周里设法赶到这个逃兵小队。就连一个月前还是他们的敌人的村民们都加入了进来。他们似乎全都注视着他寻求答案。

而他之前什么答案都没有。

“好极了，”贝鲁说，“你可以战斗。你可以投降。如果你战斗，那你可能会死。我不会美化这一点，可你要是投降——?”

他的声调拔高，变成了疑问语气，说了一半停住了。马克若有所思地点了点头，补充出了答案：“按共和国如今的情形，他们很可能会索性把我们灭个干净，以绝后患。或者——或者把我们交还到鬼牌旅。”

“那到时他们会怎么对待你们呢?”

马克耸肩。在他的脑海里有个声音喊道，不！不对！艾里克绝不会让这么可怕的事情发生。

“所以说我们不得不战斗?”马克摇头。泪水模糊了他那双苍蓝色的眼睛，“可要怎么做，朋友?我是个博士，却不是战士。”

“你的身体里潜藏着一名战士。千真万确，根据事实来看，还不止一位战士。”

马克看向他，又露出诧异的表情。“我都没有使什么伎俩去搞到这个情报；我可以看到最优秀的电视新闻。在街角变身为跃闪杰克可引起了不小的骚动。”

还让斯普劳特身陷地狱，一思及此，马克感觉被负罪感狠狠击中。更别提让他踏上这漫长的异乡之路——目前——最终来到长山山脉的山村茅屋里。

贝鲁举起他发育成熟的那根食指。“首先，相信你自己。自从你转入地下，你已经成功完成了好些冒险之举，足以媲美训练有素、久经沙场的特工了——况且当你有一大帮猎犬紧追不舍时，保住性命就已经是一项重大成就了，我的朋友。你拼了老命把你的孩子救出了里夫斯诊断研究院。你让缉毒局追了一万多英里。你带着一群没有接受过训练的小屁孩和几个老弱士兵在战斗任务中活了下来。你没有受到索贝尔那颗黑暗心灵的阻碍，走出了你自己的道路，新鬼牌旅和整个越南社会主义共和国竭尽全力想一劳永逸地解决掉你，而你度过了这一切磨难。

“由于某个魔咒，你消失了踪影——十分巧合的是，几乎在同一时间，布拉斯·让内·安德里厄、塔基扬医生转生的那具身体、还有塔基扬原本的身体，全都消失了。塔基扬医生那艘宠物飞船也差不多在那时消失不见了，而随后不久西南沙漠地区的天空中便出现了一些异象。想必你之前经历了一番非同寻常的冒险，医生。千万别低估你自己。”

“你接下来要说什么？”马克隔了一会儿才开口说话。但他并没有抬头。

“我不会说什么‘相信我’的话；那是对你智商的侮辱。不过利用我吧，医生。我就是干这个的，我精于此道。”

“的确，你们那伙人上次就做得非常出色。”

贝鲁笑了。“我完成了我的工作。尼克松犯傻，把我们都赶了出去。我没有参与商议。重点是，我了解那片土地，我了解那些人，我了解那些伎俩。”

“那么我们百变王牌从中能获得什么好处呢？”马克质疑道。

“你的意思是，除了活下去的机会之外？”

“我的意思是除了我们，伙计，除了我和我的同类之外。你说这场阴谋和越南社会主义共和国设计要灭亡我们。好吧。那还有什么能让我们留在这里呢？我是说，如果性命受到威胁，那我们可以，呃，设法前往泰国或者什么地方，逃到天涯海角去。”

“你就没有厌倦逃亡吗？”

“我也厌倦了战斗。给我一个理由，朋友。一个救我命以外的理由。”

贝鲁深吸一口气，又缓缓地吐出来，吹动了他那漂亮的八字胡。“很好。你起初为什么会同意加入索贝尔的战斗呢？”

尽管月光之子的那些关于艾里克的记忆让那个词在他嘴里化成了灰烬，但马克还是开口说：“一个理想。一个——一个百变王牌们的容身处。一个我们可以自由生活的地方，朋友。”他露出苦涩的神情，摇了摇头，“我猜这听起来并不像什么卓越的军事目标。”

“这听起来像是一个直白而了不起的目标，医生，”贝鲁说，“值得为之奋斗。为什么不为了这个目标而坚持奋斗呢？只是——真正地为了它而战，而不是为了某个骗局去战斗。不是为了你脑袋后面的那颗子弹，武和那场阴谋利用完你之后会射向你的那颗子弹而战。”

马克的脑海中闪现出一幅画面，就如同艾里克的那些梦境般景象：一个百变王牌不必怀揣着对耐特的畏惧而坦然生活的地方。那是艾里克的一个梦境，那是理想。但是——真正地，正如贝鲁所说的。

贝鲁倾身向前，灰色的双瞳眼神炽热。“那是你要实现的理想。你要紧握住它”——他伸出那只完好的手，掌心向上，五指张开；然后他紧握成拳——“就在这里。”

马克被深深吸引了。他无法拒绝贝鲁话中的诱惑。你也没办法拒绝索贝尔言语中的诱惑，脑内响起一个冷嘲热讽的声音。但这次真的不一样；这次是马克自己掌握自己的命运，踏上他自己实现理想的道路，而不是跟随其他人的道路。

但是过去这些年的经历，在地球上和在塔基斯星球上的经历并没有像鸭子背上快速滑落的水珠那样在他身后远去。他明白心中的理想，也明白眼前的现实。而眼前的现实就是他和他的快活朋友们身陷困境，而他并不了解这个教皇派来的人。

马克松开咬紧的双唇，做出一个疑心重重的鬼脸。“我不知道，老兄——”

“我已经在帮你了，梅多斯医生。帮了你相当大的忙，就算是我自己我也要这么说。”

马克挑起一边眉毛看着他。

“好好想想你遇到的这些村民怎么这么容易就接纳了你。”

“我们正在开发一片新的土地，一片我们之前没有巡逻过的土地。当地人以前伏击我们，因为我们之前是政府的人，但他们对我们并没有多少私怨。现在还没有。”

“这真的能解释他们为何如此迅速地就接纳鬼牌们吗？在亚洲，身体畸形是很严重的缺陷。它不仅仅令人厌恶，还意味着超自然的邪恶存在。可在这儿——”他伸出那只完好的手，指着整间茅屋画了一圈——“他们似乎给了你们通往城市的钥匙。我很好奇，这一切是怎么回事？”

“我猜你觉得自己知道答案。”

贝鲁那华丽的八字胡下露出一个坏笑。“这是自然。我曾下过的赌注只有傻客赌注，我的朋友。当你遇到第一个村民时，是谁在领导你这群快乐小鬼呢？”

“我——不对，是月光之子。”当他恢复意识——十分幸运，正好在日落之后——他做的第一件事便是打碎了一瓶银黑药瓶。他担心如果不赶紧治好那场雨给跃闪杰克造成的烫伤，那伤口会感染发炎，要治伤就意味着召唤月光之子。

那是一次艰难的召唤。她基本上才刚想清楚他们的叛变会对她和艾里克的关系造成什么影响——虽然他们在那之前不欢而散。在他们一行人来到村庄之前，她一直在尽力劝说其他人回去向索贝尔辩解清白。

“他们看起来是不是显得异常有包容心?”贝鲁问道。

“她也是东方人。这大概让那些村民对她敞开了心扉。”

“但她是朝鲜人，如果我没弄错的话。生活在这一带的人们对朝鲜人可没有什么好印象。南朝鲜的军队在越战期间曾在这里作战，而那些军人不会区分什么友好越南人和敌队越南人。他们比我们的胆子更大，比我们要粗鲁多了。”

“好吧，老兄，”马克接话道，“你告诉我吧。”

“二征夫人。”

“你说什么?”

“征氏姐妹的传说。其中一人嫁给了一个越南领主，这个领主在公元 39 年，被东汉朝廷处刑了。这两姐妹领导了一场起义，反抗数倍强大于己的占领军。两年之后，东汉军队最终击败了她们，于是她二人自溺于现今河内的一座湖里。随着时间流逝，这里便产生了敬重起义女领袖的传统，哪怕越南人和亚洲其他任何地方的人都一样是典型的大男子主义者。”

“他们把月光之子看作起义领袖?”

“一个抵抗组织的领袖，这么说更准确一些。”

“这不就像是，呃，无条件地相信?”

贝鲁笑得嘴巴快裂开到脸颊了。“他们的确也得到了帮助。”

“‘帮助’?”

“在你离开新鬼牌旅的时候，我已经逃离西贡整整六周了。你不会以为这所有的时间里我都在无所事事吧?”

“你现在根本是在跟我撒谎，伙计。你不可能知晓所有事。”

“噢?”贝鲁的头偏向一边，“‘暗影姑娘’这个名字有没有敲响你的回忆呢?”

马克倒吸一口气。

“好吧。你赢了。你可真是狡猾得要命，我永远也没办法证明你在骗我。”

贝鲁的上身向前探，越过了他盘着的双腿。“你说你想要一场革命？你加入了新鬼牌旅是为了让世界变得更好。很好，医生，”他伸出右手，掌心向上，“现在你的机会来了，抓住它。你没有什么好失去的，你很清楚这点。”

“怎么抓住它？”

“把这个机会发展到最大化。越南已经做好了爆炸的准备。你要点燃引信。”

“我不能替其他人做决定，伙计。”

“那就不替他们做决定。你先行动；他们会跟上来。”

“你为什么不来领导这场革命呢，既然你这么热切地想要革命？”

贝鲁摇头。“那不是我的风格。我是个影子拳手。幕后操纵的类型。我不想要王座。”

“但是你想要当王座背后的势力？我不会成为你的玩偶，老兄。”

“我不会做任何一件你不让我做的事情。”

“你可真是个鬼鬼祟祟的讨厌鬼。”

“而你是一个魅力无穷的天真鬼，也是一个无比强大的王牌。”贝鲁的脸上又露出一个裂开的坏笑，“承认吧，我们合作的话可以组成一支无敌的队伍，不是吗？”

♥♦♣♠

第三十八章

“软弱姐妹。”阮上校开口道，他坐在月光之子左边的椅子上，头傲慢地偏向一边，抽着一支带黑色烟嘴的美国香烟。他比一般越南人要高，身长五英尺十英寸或者十一英寸[①]，而且身材精瘦，脸上留着美国空军式的八字胡，身穿卡其色的越南人民军便服，衣服上的全部军衔徽章都被小心翼翼地取走了。马克——此刻正处在表象人格之下——认出他外套翻领上别着空军上校的飞鹰徽章。他的英语非常优秀，即便他的措辞偶尔有些已经过时。他显然觉得自己英俊潇洒，其实也差不离。

他扭头，目光直截了当地看向月光之子。她不喜欢他。她对此感到内疚。

“软弱姐妹是我们的最大威胁。”

会议在一间点着灯笼的舞厅中举行，那是一栋法国殖民时期的度假别墅的舞厅，而这栋别墅位于一个偏远的高地小村庄。硬木地板上长着深一块浅一块的霉斑，石灰墙的墙面剥落了一块又一块，露出的斑驳墙体上有蜥蜴跑来跑去。这些蜥蜴让月光之子生出一丝对睡眠中的克罗伊德的怀念。

十一位反抗活动的领导者和月光之子围坐在一张进口橡木制作的大长桌上。J. 罗伯特 · 贝鲁在长桌的首部主持会议。虽然桌子的形状和座位安排长期以来都是越南人谈判争论的起因，不过贝鲁仅凭指着

① 177 ~ 180 厘米。

这张长椭圆形的桌子，告诉众人座位在哪儿就解决了这个难题。与会者毫无异议地顺从了指示，这大致上是因为会议的东道主目前拥有最强大的一支力量，约有一百人的新鬼牌旅成员，还有一支最近加入了多达百人的柬埔寨非正规军连队，这支连队曾经是——根据马克已知的情报，可能现在仍然是——臭名昭著的红色高棉成员。

“那么说所有关于大屠杀的信息都只是帝国主义的宣传操作，是吗，兄弟？”在柬埔寨小分队到达的那个下午，马克提出了这个问题。

“噢，不是，”贝鲁回答说，“要说有任何不同的话，那些故事还都是被淡化了的。他们是一群灭绝天使，曼森家族做梦都比不上。他们的领袖，波尔布特①，在人口统计方面来说，堪称有史以来最厉害的种族灭绝刽子手。斯大林？窝囊废。希特勒？娘娘腔。红色高棉清除了柬埔寨三分之一的人口。”

马克目瞪口呆地盯着他。就仿佛他的所有血液都流干了，流到了他胃里翻滚的沸腾池中。“*这群人都参与过屠杀吗？*”说完他发出了一声如同窒息的抽气声。

贝鲁耸肩。“我不确定。可能吧。他们大部分人现在才三十出头，1975年的时候，他们还都是毛头小子。红色高棉的黄金时期，这些人都还是青少年。”

“*他们在这里做什么？*”

“1979年越南入侵柬埔寨赶走了这些红色高棉之后，我们就一起打击越南人。”

“但是——这些大屠杀凶手——*他们是你的朋友吗？*”

他又耸肩。“战争，和它暗淡的倒影政治一样，会产生出一些奇怪的盟友。”

---

① 原柬埔寨红色高棉总书记，极左主义者，执政期间实行农业集体化，将所有城市居民强行驱赶到农村的集体农场劳动，并下令屠杀持不同政见者，发动了“红色高棉大屠杀”，造成柬埔寨170多万人死于非命，是柬埔寨历史上的大罪人。

“那么他们现在为什么会在这里?”

“他们是战斗老兵。我们有合作的历史。血浓于水；我可以指望他们。”

马克想问他们一起放过的血有多浓厚，但一想到这个问题都让马克痛苦不堪，况且他并没有遗漏贝鲁话语中的第一人称单数代词。可不知为何，他没有进一步发问的勇气。

或者更准确的说法是，他没有面对更多答案的勇气。

此时此刻，月光之子目光犹疑地望着红色高棉的领导，一个圆脸无害的矮个眼镜男，他名叫素昂桑，坐在桌子的另一头，他旁边是贝鲁的蒙塔格纳德同伙，名叫伯特和厄尔尼，这两人的对面坐着阮上校。他对月光之子露出一个微笑，近似害羞而有礼貌地对她点了点头。

阮上校“啪”的一声猛拍了一下桌子。“所有勾结敌人的人都必须付出代价!”

月光之子左边的那个男生发出一声轻笑。“这话说得好，不愧是仍旧身穿人民军队制服的男人——还佩戴着那些从没授予过他的军衔徽章，嗐，他甚至都不属于任何一支军队。”

上校气得脸发紫。说话那人甚至比他还高，也比他更瘦，穿着一身白色亚麻套装，戴着一顶圆冠阔边帽。他的名字是东。他是一个不折不扣的犯罪大王，在胡志明市里横行霸道，他的爷爷曾是犯罪团体平川派的首领，这个帮派后来被吴庭艳[①]给扫除了。

“其实不管怎么说，我们全都在通敌。”他左边的一个人说道。阮高知相当年轻，他的西贡口音也相当明显。他代表他的父亲来参

---

① 越南社会活动家、政治家，曾任越南国首相和越南共和国总统。掌权期间，实行军事独裁统治，派出军警镇压越南劳动党和越南南方民族解放阵线的游击队活动，实施偏袒天主教和迫害佛教的宗教政策，导致社会矛盾空前激化，最终引发了 1963 年 11 月的军事政变，在军事政变中被杀身亡。

会，他父亲很有势力，在西贡解放里一支颇受敬重的反对派中身居高位。虽然他父亲的追随者大都是商家——“生意人”（“想成为雅皮士的人，”这是贝鲁对他们的称呼）——而这位小阮却以军士自居。他在义务服兵役期间当了军士，在人民军队里这可不是容易的差使。

“我就没有通敌。”坐在J. 鲍伯左手边、挨着阮上校的一个男人开口道。他不高，但长着一身西方人似的肌肉，孔武有力，一头铁灰色的头发被修理成了平头发型。他是阮文福，这个房间里第三个姓阮的人，但这几人没有一点关系。他是一位老天钦定、真正的越共战士，他把自己的一生都奉献给了反抗运动。在他年轻的时候，他曾与法国人、美国人、南越共和国军打过仗，还和北约人打过仗，北约人胜利之后一直苦心抹煞他们前任越共盟友的存在痕迹，力图使他们消失得比历史上的任何团体都要干净。他在一座共产主义再教育训练营里度过了八年时间。他一瘸一拐地走进了这间舞厅；他左臀里还有一枚美国人的子弹，大腿里有一枚越南人民军的子弹。

“或许你想来丢出第一块石头。”坐在桌子对面的吴安东说。这位南部高台教的年轻军阀脾气暴躁，他身穿拼接的军队制服，浓密的黑发之间绑着一根红发带。贝鲁对高台教徒的形容是“疯癫而滑稽，但干劲十足”。吴之前也是一名越南人民军军士。

“我毫不介意采取强硬行动。”那位前越共人答道，许是他不知道那句话背后的典故，又或者他故意无视了。

“你这是在宣扬恐怖主义。”年轻的阮高知说。

“恐怖的目的就在于恐吓他人。”

阮上校大笑。“*真高兴这里至少还有个人在*。要是不给蠢货足够的——”他停顿了一下，想了想用词，“*抑制*，那他们就会受到诱惑，把我们全都出卖给政府。我们现在的重中之重就是要确定背叛我们所要承受的惩罚，要确保惩罚的恐怖程度压过一切好处的诱惑。”

“我不同意。”月光之子迫使自己出声反对。

他眯起眼睛看向她。“女人说话了，”他故意这么说，“这是因为你从小就被这么教的，不是吗？你那颗女人心会为我们要惩处的那些不幸之人流血难过。”

他说对了，但她意识到争论的方向不会顺着这个男性专属群体延伸下去。她觉察到贝鲁的目光，那双灰色眼睛正看着她。他在桌子的那头气定神闲地端坐着，就像一尊东方的佛像。他在考验她。她为此讨厌他。

但凡他们听了我的话，回到必胜堡跟上校解释清楚跃闪杰克杀死破坏者的原因，鬼牌旅都会继续为正义而战斗，哪怕帮里有个别成员迷失道路走偏了。

事到如今，我还怎么能退出？

“我有怜悯心，是的。”她缓缓开口。出于某种原因，她无法忍受自己在贝鲁面前落败，而她为此更讨厌他了。“如果我们要伤害别人，那我们还怎么帮助他们？不过更关键的是，从你们男性视角来看，对非战斗人员采取恐怖手段，我们就输给了自己。”

阮吐出一口气，似乎想出言打断。她一边想自己是否失了礼数，一边抓紧时机发言。“如果我们对市民施暴，那他们就会仇视我们，害怕我们，比他们对政府的仇恨和害怕更甚；他们会视政府为两个恶魔之间较为温柔的那一个。正如村民在看到他们的家园和爱人被凝固汽油弹烧杀屠尽之后，他们激愤之下就加入了越共。”

随后她瞟了一眼贝鲁；她这话包含着挖苦。这话是否刺中目标了呢，他没有给出任何反应。“而且，”她继续道，漏了一拍，“这么做正中政府的下怀：让他们可以把我们描述成一群土匪。”

“全世界的媒体惯于给政权找借口，”贝鲁开口，“他们已经这么干了七十年了。他们有强烈的倾向性会把我们当成坏人。别让他们轻易得逞也许更明智。”

虽然阮上校的肢体语言表露出了他克制的怒气，但他随便地挥了挥手。“我们为什么要在意世界的看法。”

“我们希望得到认同。”董灵说。除了贝鲁之外，这位也是集会的发言人，他还要年长一些。他身材瘦削，头发稀疏，戴着一副圆眼镜，长得十分像胡志明。他出生在河内，是越南境内一个颇具规模的天主教秘社团体的领袖。20 世纪 60 年代时，他还是个年轻人，他逃往南方，逃到了顺化。他在神学院里待了一段时间，之后辍学了，结了婚，开始养家糊口。他的老婆、三个孩子，还有他母亲都在 1968 年新年期间的大屠杀中被杀害。他自己九死一生地逃了出来。他在令人闻风丧胆的“trai cai tao”——“集中营/改造营/再造营”，再教育营——里过了五年。从 1987 年起，他就过着隐姓埋名的生活。

虽然他才四十多、五十出头的年纪，但他的外表看上去要老得多，这或许就没什么好大惊小怪的了。

“这使得全世界对我们的看法会对我们产生直接影响。”董说话的音量堪堪让人听见。他的口音中更多的是顺化那边的软绵绵、慢吞吞的语气，而不是河内这边的粗粝。

阮上校“哼”了一声。“那好吧，”他毫不客气地说，“那么顺理成章地，我们都必须同意我们的首要任务是在争斗中消耗政府的武装力量，尽可能快地取得一场大胜，建立我们自己的可信度——”

“不。”在月光之子阻止自己之前，她的反对就已经脱口而出了。

“你这等无礼言行是在侮辱这场议会。”阮扭头直视着她说。他的姿势依旧懒散随意，但是他这话却说得咬牙切齿，跟用力挤牙膏似的，暴露了他的怒火。他忽然挥动左手，反手扇向月光之子的脸。

她右手一动，在距离她脸一英寸的地方抓住了阮的手。

他即刻站起身，木椅“哐当”一声被推后，吓得墙上的蜥蜴急忙爬到了藏匿在阴影之中的房梁里。他气得脸都白了，用另一只手拿出他那把美国 45。

月光之子早就站了起来。就在上校手背肌腱鼓起，收紧压在扳机上的食指的同时，她抬腿就是一记后旋踢，动作快得让人看不清。

她的脚踢中那把手枪。武器摔了个稀巴烂，就像一个橡胶球掉进液氮里，被锤子砸烂了。

阮上校呆立在原地，震惊得脸都垮掉了，手还紧握着残余的枪柄，手指不停地扣动此时已变得松弛的扳机。他丢掉手枪的残骸，怒不可遏地跺脚走出了舞厅。

在一阵死寂之后，越南领导周说话了："他会回来的。"周在种族上是东方人，为了在胡志明市的明命陵大学里当法学教授，假扮成了军阀的模样：头发往后梳成一溜辫子，留着旧时的八字胡，两把象牙枪柄（月光之子深恐那是真正的象牙）的左轮手枪拴在他大肚子下面的腰带上。

一个代表越南中部的安南独立势力的农民笑出了声。"他不回来也不是什么大事儿。"

与会者都安静异常地坐着听月光之子反对和人民军队直接作战的发言。这些话虽然有些东拉西扯、含混不清，但大致说明了一个事实：越南人民军队依然兵力庞大，作风残忍，除非越南人民军遭到极大的削弱，不然在正面冲突之中他们必将一败涂地。这是个很有说服力的观点，就连低调至极的伊希丝都不得不承认。诚然，她观点明确、条理清晰的提议或许并非听众如此恭敬地专心听讲的唯一原因。

讨论进行到非直接策略的细节上。月光之子心怀感激地交出了谈话的主导权。她不习惯引人注目，这让她不安。而且她的时间快结束了。她将不得不离开一小会儿。

素昂桑手下的好几个罗圈腿小枪手护送着一个上身穿黄色美式马球衫，下身着白色长裤的男人走了进来。他比大多数参加会议的人都要高，体形也更加壮硕。贝鲁微笑着站起来向他问好。

"这位是金耀明，"贝鲁一边介绍，一边和新来的人握手，"他是我们正在讨论的这类战斗的专家。在柬埔寨时，他曾是一名反叛乱突击队员。他的父亲是一名北朝鲜工程师，在人民军队服役期间，这位金先生被派往北朝鲜的知名学校研究恐怖分子，在那里他研究过北爱尔兰临时派成员、埃塔民兵队和真神之光教的教众制造的死亡和破坏案例。”

金挨着桌子和人握手，微笑着冲他们点头致意，看上去有些腼腆，好似被这巨大的表扬弄得有些难为情。他来到月光之子面前，眼睛都亮了起来。

“我听说了很多关于你的事，”他用英文说，用力地摇晃她伸向他的那只手，接下来，“初次见面，请多关照。我叫金耀明。”

她站在原地，盯着他，惊恐的情绪从她的脸上和身上溢出，仿佛血液从头皮的伤口渗出来。她一个字都听不懂。

他还说了些其他的话。这些话没能勾起她大脑里的一丝火花。

他握住了她的双手。“你还好吗？”他询问道，担忧地皱起眉头。

“我很抱歉。”她说完抽回双手，转身跑掉了。

她盲目地冲出了这座废弃的别墅，跑到宽敞的游廊上，就在离铺在红土地、防止昂贵的欧洲鞋沾到红泥巴的花岗岩石板路几步远的地方。她跪倒在地，双手放在腿上，无声地哭泣着。

站在门道左边的红色高棉成员松垮垮地背着一把卡拉什尼科夫枪，准备向前走去。站在门另一边的卢·恩门清了清嗓子，警告似的伸出一只爪子，随即摇了摇头。那个柬埔寨人停下了。

爷爷，他肯定是在跟我说韩语。而我一个字都听不懂。

我到底是什么？

她深呼吸，用力地运用横膈膜①，竭力找寻她的中心。她不确定自己是否能够再次做到。

伊希丝。

---

① 两肺和胃之间的一处肌肉，呼吸时使用。

她屏住呼吸。她没有在想她的名字，而这个名字就浮现在她的脑海里。

伊希丝。你听到我了吗？

仿佛有一个声音在她的心里说话。一个……熟悉的……声音。

“艾里克？”她喃喃道。

“对，伊希丝。是我，惊喜吗？”

“是的。”

“有限的心灵遥感是我的天赋之一，亲爱的。非常有限。我想我们的，亲密关系，让我和你之间的心灵遥感范围扩大了。顺带一说，你不用真的大声说出来。只需要想着我，我就能听见。”

你在哪里？

“不是很远，我猜，虽然我也说不准。你在哪里？”

——为什么？——

“我们一直在找你。我们想你回来。我们想你回家，伊希丝。”

就，就这些？

“我不会和你耍花招。有传言说你——你本人——要与共和国内最恶贯满盈的罪犯和叛徒参加一个会议。上校特别想查清楚这个会议的举行地点。”

你想让我告密？

“我想让你牢记你是站在哪一边的：我们这一边。百变王牌这一边。这些人会危害我们的东道主。这让他们也会危害到我们——我们所有人，亲爱的。包括你在内。”

她强迫自己恢复平常的呼吸节奏。她朝门廊回望了一眼。恩门站在那里，那颗巨大的猛禽脑袋侧向一边。那个红色高棉成员倒是看着她，眼神里带着不加掩饰的兴趣。

我——是，我们之中的一人，马克的朋友之一杀了破坏者。

“不用担心这事儿。破坏者是个莽夫。哈斯凯尔告诉我们说他招惹了跃闪杰克。那不是跃闪杰克的错……顺便告诉你，哈斯凯尔没事。我们控制住了他手臂上的感染。”

我为她高兴。跃闪杰克并不想伤害他。

“我们都觉得，或许他也像破坏者那样是自找麻烦。你看，所有过错都被原谅了。请快回家吧。”

马克引起一场哗变——

“没什么大不了的，宝贝儿。他是逼不得已才出手的。上校说那不值一提。回来吧。我们想要你。我们需要你。”

那你呢？

一阵停顿之后。“当然了，宝贝儿，我也需要你。这无需言明——”

“伊希丝？”

她猛地起身，单脚触地转身。贝鲁站在她背后。

“你还好吗？你十分仓促地离开了会议。”

“伊希丝。就告诉我们你的地点。你什么都不必做；我们会找到你。”

她摇摇晃晃地站起来，头还有点晕。“如果我冒犯到别人了，我很抱歉。”

“你将成为英雄——”

贝鲁摇头。“没有。事实上，我得说你踢烂阮那把玩具枪的举动令他们叹为观止。哪怕给我一年的时间和不限量的啤酒，我都想不出一个更好的方法去跟他们解释你的身份。”

“伊希丝——”

艾里克，我爱你。不过她感到连接伸展开，然后“啪”的一声断开了，随后沉落到她体内的某处虚空之中。她顿觉天旋地转。贝鲁一把抓住她的手臂，帮助她站稳。

她不会对他露出自己的痛苦。“我，我说得怎么样？”她对他提问，退开了一步，并抬起一只手预先拒绝了更多帮助，“是否我也通过了考验？”

他咧嘴一笑。“大获全胜。”

“那么你同意我的观点？”出于某种原因，知道这些答案对她来说很重要。她也想不通为什么。

“好吧，我认为你有点心软，这是实话。而另一方面，要是那位上校和那个冷血阮二号如愿了，那么半个国家的人都会来追查我们的藏身处。就和你指出的一样。”

“但是我说的那些关于轰炸机的内容呢——你没有被冒犯到吗？我——对着你说的那些话。”

他耸了耸肩。“抱歉。不过它完全没有影响到我。特种部队都是一群全心全意的男孩儿；我们看到过民众在老奶奶和小妹妹变成烧焦生物时的反应。”

她努力挺直了身体，抬起头，双肩打开。她想让他明白她已经恢复了常态。

“那你觉得策略怎么样？”

“你都说到了点子上。我们需要极大程度地软化越南人民军队，不然他们会将我们一网打尽。”

“噢。”她本来准备好了应对抨击、吹毛求疵的批评。突如其来的认同令她毫无防备。

“顺便告诉你，”贝鲁说，“金还不清楚他做了什么事情惹你生了气。”

“我很抱歉。我——”

“没关系。我安抚过他了。我明白；总有那么些时候——”

“你这话是性别歧视！”

“并不是一个月里的那么些时候，孩子。一天里的那么些时候。你的时间差不多到了。”

她盯着他。“你怎么会了解这么多?”

“我完成了我的家庭作业。现在，快准备吧。”

♣

十分钟之后，马克跌跌撞撞地回到了舞厅。贝鲁先前要求他在变回自己之后就回舞厅。参加会议的人都抬头看向他，随后又低下了头。

“大家好?”他试探性地说。

那个叫伯特的蒙塔格纳德人站起来和他握了手。“请允许我成为第一个恭喜你的人。”他说着一口完美无瑕的牛津英语。他有一颗金门牙。

马克冲他眨了眨眼睛。他完全不明白状况，就好像这个亚德人说的是越南语似的（尽管他没让这个亚德人说越南语?）。

“大消息。指挥委员会刚才已经投票推选你的朋友月光之子出任抵抗军的领袖了。她不在的时候，你就是她的副手兼官方代表。”

他站起来拍了拍马克的后背。马克觉得自己的眼珠都要掉出来，落到地上，滚进桌子底下了。

“但我不是——”

“你是，”J. 鲍伯打断道，“恭喜你。你总是说你想要一场革命。现在你得到了。”

♥♦♣♠

第三十九章

夏拉金中校放低飞机副翼，准备着陆。苏－25强击机——北约称之为“蛙足”——在地面效应的作用下开始摇晃。那架矮胖的小苏霍伊飞机的两翼上安有两台喷气式发动机，装在机身外侧，不像它那位性感亲戚苏－27侧卫战斗机，这架飞机并没有前者那么巨大的推力，但是它更轻巧，起飞时的滑行也更加流畅，便于在崎岖不平的长山山区——叛乱应该发生的地点——升空，即便机身的挂载点处载满了凝固汽油罐和火箭发射器。

而“应该发生”这个词用得再恰当不过了，夏拉金暗自想道。人民军队的越战心结比美国人的心结更严重。越南军官都记得他们当初是何等恐惧美军的空袭，每一次空袭都把他们的巡逻队炸得人仰马翻，吓得他们惊叫呼喊空中支援。这意味着空军中校和他所领导的、执行地面空袭任务的空军连队花了大量时间来启动他们的引擎。

难题在于那伙叛军大有可能不会傻到干等着空军飞到他们的头顶去轰炸他们。夏拉金就没这么傻。曾经的越共也不傻，就和阿富汗那些黑鬼一样，夏拉金在阿富汗赢的勋章可以装满一箱子，当他穿着军服便装出去喝酒时，整个胸膛都戴满了勋章（就和莫斯科的每个可怜酒鬼一样），同时也是背负上了这支部队的耻辱。

人民军队自然没有这样的经历；他们聚集成庞大的华沙条约组织

——美国的轰炸机能找到的模仿集团，照着那个蠢货武元甲[①]的构想，他的全部策略都建立在一套连环打击上：为了支持英勇的解放力量——这股力量从来没有出现——而掀起一场规模巨大的人民起义，通过一次猛烈攻击，一鼓作气地狠狠挫败敌人，这计谋在之前奠边府战役[②]里奏了效，而之前每次把这个策略用在美军身上时，越南兵遭受的损失也不小。

当然了，最终美军自己也会厌倦战争，然后所有人会把那个头长得像乌龟的老骗子武元甲称为天才。接下来越南军队进入了柬埔寨，花了十二年的时间来证明美国不是唯一一个没有在越南战争里学到一丁点儿教训的家伙。况且今天的人民军专家们还以为他们如今的那伙敌人和以前那么白痴，会乖乖等在原地，方便他们来泼洒一场凝固汽油雨。一群没开化的蠢蛋。

跑道刨开了中央高地高原的红土，表面上铺设着打了孔的镀钢板。苏联产的飞行器能够在极端糟糕的地况下成功着陆和起飞，苏联飞机的高性能向来能让西方分析家欣喜若狂。夏拉金也对他这架飞机的结实耐用感到十分自豪，但这并不意味着在这等恶劣的飞机坪成功着陆是一件有趣的事情。落地时的颠簸能让你瞬间明白有一根滑轮的支架即将挤进飞机底部，直捅你的屁眼……

“请注意损坏的跑道还没有完全修复，库利科沃队长。”指挥塔通知他说。全靠他对无线广播和其他各种纪律的热情才阻止了他朝那个越南调度员破口大骂。黎明之前，叛军往跑道末尾发射了六枚迫击

---

① 越南共产党、越南民主共和国、越南社会主义共和国和越南人民军的主要缔造者和领导人之一。

② 越南抗法战争后期，越军对法军实施的战略性进攻战役，武元甲任前线总指挥，先后集结4个步兵师，1个炮兵师及其他兵种部队共4万余人，从南、北合围奠边府，然后向奠边府法军发起攻击，共歼法军1.6万余人，击落、击毁法军飞机62架，俘法军卡斯特里准将及其全部参谋人员，加快了战争进程。

炮弹。那些弹坑自然还没修好了。夏拉金过去习惯了苏联空军的标准——这就是说他从未学过要将效率视为自己与生俱来的权利——但这些斜眼笨蛋实在是太不靠谱了。

他甚至不确定他和他的下属开着飞机飞进险区、支持这样的一个政权到底意义何在，就连像他这样无足轻重的士兵都清楚，要是叛军真的被抓捕，那他所属的政府将不会再站在后面。祖国纪念碑让东欧一览无余。波罗的海各共和国都是一副他们或许也要建造能表明本国态度的退出纪念碑的样子。除了变态大男子主义的邪恶帝国情怀之外，到底是什么想法让最高指挥部觉得有必要到这个湿热的瘴乡恶土来胡搞一通？这群尖脑袋的家伙看起来没有一点儿要回报他们这场解放战争对苏联社会主义共和国联盟的亏欠的意思，并不会报答她，更别说——

一连串越南语异常激动地在他的耳机里炸开，仿佛受到天电干扰似的。“说英语，你们这群黄猴子。”他冲着指挥塔咆哮，瞬间把纪律抛到脑后。

随后他听到了领先他五百米的僚机飞行员①的声音，高声喊着中校的左翼什么的。

他瞟了一眼仪表台。没有亮红灯。没有预先录好的女声响起。要是真出了什么状况，这架该死的飞机不会不知道。难道是电路出了问题，导致左舷引擎着火了却没有任何指示灯亮起来吗？他戴着头盔，扭头往后看。

一个穿着一身橘色的男人飞在夏拉金后面，和他排成一字形。

问题在于这个男人他忘了带上飞机。

“操他妈的！”中校大声惊呼。

跃闪杰克先生向右回头望了一眼。这只青蛙一定是朝着它的目标

① 偏队飞行机群中位于领头飞机后边或外围的飞机的飞行员。

助跑过了；它爆炸变成一个令人无比满意的黄色火球，“啪”的一声落在跑道上，像一波火焰形成的海啸一路向前猛冲。随着飞机的零高度弹射座椅飞到了它的极限高度，降落伞弹了出来，一包绿色的伞衣和红色的仪器盘在他头顶上炸开了花。

他一边咂舌，一边摇晃脑袋。越共的色感显然不行。

好几个醒目的巨大绿球迅速从他右侧飞过。他身后那架蛙足很明显想要测试一下自己的 25 口径格林机关枪。*天哪哪哪，我太太太害怕了*，他心想。这些男孩的飞机尾巴上的星星都是血红色的，而不是代表越南社会主义共和国的黄色。看来，和越南人比起来，苏联人的枪法也不怎么样。

他减速了，在他的正下方，跑道在飞速后移，而他能够感觉到自己离上午的太阳越来越远，热度正在从温暖腹部的金属片上消散。他乐得看到弹簧吊架上的炮弹碎片都掉落下去。他还没有珍爱自己的工作到不想让别的坏蛋帮他完成的地步。

我非常开心我们能都站在这群混蛋的对面，马克。我以前也不喜欢战争，但那绝不是说我喜欢越共。

谨遵苏联的军事指导，机场的飞机都受到了严密的保护，每架飞机的停机坪上都垒砌了马蹄形的土堤，用以保护飞机不受爆炸损害。土堤敞开的出口全都对着跑道。*任谁都没有想到过这会变成一个麻烦*：一般来说，空用武器都是垂直投放，轰炸目标……

跃闪杰克一边沿着跑道缓慢地飞行，一边冲他经过的这些小乖狗喷射出一股又一股“噼啪”燃烧的火焰。他没办法耽搁太长时间去检查每个目标烧剩下的熔渣——那些穿着卡其色短裤、头戴木髓遮阳帽的家伙开始跑动起来，手上还拿着卡拉什尼科夫枪朝他开枪。但是他听得清背后的爆炸声，也感觉得到爆炸的速度和热浪。灵敏的航空电子设备暴露在超热等离子气体面前可不会有任何好处，就算是在飞机没有起飞的时候……

一架蛙足从后面冲刺起飞，发出震耳欲聋的轰鸣，飞过头顶，一边加速一边将着陆装置收进机体。

在遥远的跑道尽头的一侧，两架攻击机打开了驾驶舱盖，等候起飞命令。跃闪杰克冲两架飞机的机尾分别丢了一个火球，绕飞了一圈又朝下一个目标飞去。

有台相当有分量的重型大炮朝他开炮；自动高射炮的炮火震得空气都瑟瑟发抖。就和所有的越南空军基地一样，这个基地周围也架满了防空大炮和地空导弹——天知道他们以为坐在飞机里追击自己的人到底是谁；可能是他们警惕的东方人——东方人有多讨厌越南人，越南人就有多讨厌他们。问题在于就连最严密的航空防御都不是设计来对付人形大小的飞行目标的，更别说还是高速飞行在基地头顶的人形飞行目标。基地的大炮差不多在往四面八方开火，唯独没能对准他。

别让它打中你脑袋，他警告自己。他可不防弹，再说了，要是一个直径 57 毫米的炮弹爆炸后击中了他，就算月光之子的再生能力都没办法把跃闪杰克的身体复原。

在他耀武扬威地重新返回战场之际，他注意到飞行员们都逃出了待机的苏霍伊，穿着战斗服，屁股后面还拖着配套的软管，马不停蹄地跑过飞机坪。“机灵的小家伙。”他说完就点燃了那些被抛弃的飞机，把它们变成了真正的火炬。

他飞在跑道中间，恶作剧似的喷射出炙热的火弹。就在这时，他发现一架蛙足倾斜着复飞转弯，仿佛是要飞回来的架势。

“噢，哇哦。”他大叫出声。他一直想和战斗机玩一场试胆游戏。

不行！你这个不负责任的傻瓜！你不会是认真地——

跃闪杰克露出一个坏笑。在他现身的时候，太空旅行者基本上是没法成功插嘴的；退一步说，人格不同。他一定以为我要说些冠冕堂皇的荒唐话。

那必须的，我绝对会。

他停止扫射，返身冲飞机飞去。确定自己没有飞到那些高射炮上方后，他飞到了跑道沿线的建筑上空，越过那些防护土堤。他一边飞，一边迸发出猛烈的火焰。他将自身包裹在一团熊熊烈火的耀眼光轮之中，直至变得像一颗剧烈燃烧的末导制陨石。地面上的人群停止了尖叫和瞄准射击。

蛙足已经将它的鼻子对准了他，似一道闪电般迅猛地飞回。是时候出手了，他不惧地面上的炮火，飞速冲向那架归航的攻击机，浑身火光大作，犹如一群仙神。

蛙足右侧机翼下方冒出一阵白烟。导弹发射，跃闪杰克清楚得很。唯一可以锁定他，并且能够自行爆炸的导弹只有热导导弹。而他现在给了红外传感器一个可扫描的图像。

他飞快地甩出一个一百八十度的大转弯，随即径直朝着控制塔飞回去。

他一点都不清楚那枚导弹的打击速度。他知道那些该死的玩意儿速度很快，比任何一个全速前进的战士还要快——而他倾尽全力也只能堪堪赶上一架准备降落进场而减速飞行的肥胖蛙足。

他朝控制塔直线飞行了足足两秒，觉得自己的阴囊都要缩进肚子里去了，还以为那枚导弹抓住他了。旅行者在他的脑子里疯狂哀号，急得就像热锅上的蚂蚁。

透过控制塔的偏振玻璃，他看见了一张张惊恐的脸。他看见了张大的嘴，一群蠢瓜，还有他们惊慌的手肘，然后等这群人终于意识到他们被利用了之后，他们纷纷奔向出口。他急速改变火焰的方向，猛然垂直上升了百来英尺，随后悬停在空中。

那枚热导导弹忽然没了猎物，惯性让它沿着打击目标原先的路径飞驰，接着它就突然爆炸了。

导弹击中了控制塔，顷刻之间玻璃四溅，火舌狂飙。

跃闪杰克握紧拳头，振臂一挥。“耶！是煤气，煤气，煤气！”

攻击机飞行员掉转机头，加速飞离机场，往东向海湾飞去，似乎目睹导弹失误这一幕令他备感难堪。

这对跃闪杰克来说就像是冰球队终于将冰球弄出场的那一刻。越南人往空气里投放了足量的铅微粒污染，足量到某人可能会好运到中招的地步。也有人可能会变聪明，然后派出战斗直升机，而他知道自己对付不了直升机。

他往下飞，飞得相当低，低得他能够伸手触地，低得只要他想就能让手掌的所有皮肤蹭到红土上去。他全力加速，在建筑之间飞梭，虽然还远远达不到喷气式飞机的标准，不过在地面上的人眼中，他看上去令人惊叹。弹簧吊架的装置墙疾驰而过，他的举动又把太空旅行者吓坏了，在他的脑子里“嘤嘤”哭泣。

他的前方有武装的士兵。他重新点亮了他那身焰火光晕。士兵全都丢盔弃甲，像受惊的兔子一样逃跑了。

两台高射炮朝目标打开炮口，却没法压低炮口对准目标。与此同时，他在两架炮台之间迅速穿梭，经过时展开双臂，对两台高射炮分别伸出一只舞动的手指。

他以前也给社会主义共和国还有它们的苏联混蛋弟兄们造成过一点点沉重的损失，但那都是小打小闹，甚至都比不上这次这样的微型战争。观察仪发出一阵“哔哔”声。越南人民军队在其他机场上的指挥塔派出了新的攻击机。

但是没有人会觉得自己比此处的人更安全。当他飞抵高原边缘，他任由体内那股狂热而激奋的能量奔腾翻滚，随后化作一道刺目的超新星闪光，如此一来他便可以冲出众人视界，仿若凭空消失了一般。正是这等大胜令他长笑不止。

若是说这世上跃闪杰克先生还精通一门技艺，那便是如何惊艳退场。

♥♦♣♠

第四十章

一只大象身躯般粗硕的巨大手臂一拳砸在吴安同的侧脸，发出“砰”的一声巨响，他的脑袋都被打得转了个圈。片状闪电在他的脑子里炸开。他那根红色的兰博式头巾松落掉到了双眼处。

犀牛一边揉搓着自己粗硬的拳头一边退下，人民武装安全部队的观战三人组相互对视，眼神中满是惊喜。“这些怪物还真是各有所长。”一人说道。

“是啊，”又一人接话道，“不过我们应该让他轻点。我们不想他杀了那条狗。”

“现在还不想。”第三人补充说道。

吴的脑袋里充斥着一片红又一片黑的迷蒙，透过这片迷蒙他昏昏沉沉地意识到你也可以变得过于勇敢；这和变有钱或者变瘦不一样。只用一场无关紧要的小突袭，去袭击海湾附近的补给仓库，然后在突袭中被抓住就证明了这一点。此时此刻，这位年轻的英勇军阀只企盼自己能在崩溃之前找到求得一死的机会。就连伍德罗·威尔逊[1]的精神——他所属党派所推崇的信念——如今也帮不了他。脑子中的迷雾变得浓重，将他的意识挤了出去。

“你们这群叛贼里有多少王牌？”第一个军官质问道。吴尽力想啐他一口，以示反抗，然而只有鲜血和一颗碎牙从他合不拢的下嘴唇淌下来。

---

① 美国第28任总统。

“孔?”审讯官问道。不是?接着他转向美国鬼牌小队，和他们讲话，用英语。人民武装安全部队的每个军官都勤奋刻苦地学习这种英语，直到某个快乐的清晨，美国人幡然醒悟，要去履行他们的义务，开始把重要战利品运往社会主义共和国，以便共和国尽忠职守的警察们能像《迈阿密风云》里那样，和犯罪作斗争，直到那个快乐清晨为止。他说：“再教训一下他。只是这次别那么用力。”

门打开了。人民共和国安保部队的武文松上校抽着香烟，气势汹汹地走了进来，一双细长的眼睛不满地扫视四周。

审讯的官员们变得激动起来。虽然之前没人有幸拜见过他，但他们都瞬间认出了他的身份。武上校十分有声望。他是一个令人快活的家伙，比起令人畏惧，他更喜欢受人爱戴，不论对象是他的同志还是他的敌人。

“有什么进展了吗?”他用英语低沉地叱问道，显然是照顾前来折磨俘虏的客人。他这句话的发音模糊，声音暗哑，语调也很别扭，就和鬼牌一样。“这就是人民武装安全部队所谓的现代警察技巧吗?”

第三个军官走向那张摇摇晃晃的木桌，接着拿起一对固定在红黑绳缆的大号鳄鱼夹。“我们只是在软化他，在我们把这些用在他身上之前，先生。”他轻快地答道。

“噢，是吗?大概就连在我们说话的时候你还让人从地下室搞来了一具铁处女?也有可能是一副拉肢刑架?”

他从人民武装安全部队军官那软弱无力的手指上夺过绳缆。“我们抓到的第一个重要叛军头子，而你要拿这玩意儿审问他?”

三人组耷拉着脑袋，脸都要埋到夏季棕色的轻便军服的衣领里去了。他们清楚后果。在越南内部安全组织的复杂食物链里，人民共和国安全部队占据的地位远高于人民武装安全部队。而且人民武装安全部队是出了名的容易被别人抢走功劳的一伙人。

上校打了个手势。两个身穿人民共和国安全部队的卡其布制服的打手迈着沉重的步子走了进来。他们解开了那些将已经失去意识的高台教领袖绑在椅子上的厚重皮带，有力的双手伸到他的腋下，把他架了起来，随即便拖了出去，他光着双脚一路刮蹭着水泥地离开了房间。

“共和国感激你们的辛苦工作，”武的声音让人害怕，他说话的同时又伸手摸出一支烟，“她还十分庆幸你们的愚钝没有令她失去这等价值不菲的战利品。再会。”

他把烟丢到地板中间爬满绿锈、轰隆作响的排水管旁边，然后走出了审讯室。

“祝你今天过得愉快。”鬼牌小队冲着他的背影说。大门“砰”的一声摔在门框上关死了。

“小气的北方杂种。”第二个军官愤恨地小声骂道。人民武装安全部队全都是安南人，当地的小伙子。

“你们听到他的声音了吗？”第三人问道，“他说话的声音就像一个兔唇患者。令人害怕。”

第一人露出洞悉一切的神态，点了点头。“的确如此，别人都这么说他。”

“傲慢的东京①混蛋。”第二人说。

“那些跟着他的人里面，有一个根本一点都不像越南人的家伙，”第三个军官愤慨地说，“他看上去像……朝鲜人。”他几乎是咒骂着说出了最后三个字。

“确实，”第一个军官站在原地，双眼紧盯那道门，“聪明人大概会思考，像我们这样对国家忠心耿耿的军官竟然让一个被扫帚长柄捅穿直肠的北方佬对我们呼之即来、挥之即去，就想把我们当成他的狗

① 东南亚一历史地区，位于东京湾沿岸。该地现在组成了越南北部的大部分地区。

了一样，这到底是为什么?”他最后提出了这个疑问。

“对啊，为什么!”

“世道不公，这就是一切的根源。”

“难道从那些东京人赢了那场短暂的胜利之后，一切就变得不一样了吗?”第一个军官继续低声说话。

“一点都没有变!”第二个军官迅速赞同道。他不是气象播报员，但他明白风在往哪边吹。

“就是!”第三人说，虽然还不清楚情况，但他已经下定决心要顺着别人的话说。

“别人称之为‘解放战争’，”第一个军官说道，之前武的无情打击令他心生颓丧，此刻他决心振作起来，“征服战争才更名副其实，你们不觉得吗?”

第三人跳脚似的站起来，仿佛那些鳄鱼夹从桌子上一跃而起，飞去咬住了他。“但那是——”

“忠心，”第一个军官开口道，吐字清晰，语气坚定，“对我们的祖国——安南的忠心。是时候了，该认清这场侵略的实质，该醒悟那场暴行的本性了。”

“我们必须活得像个人样，”第二个军官说，“我们必须拒绝被当作受害者。”他一直在研读美国人写的自救文章，那是他学习计划的一部分。

“理当如此!”第三人几乎是吼着说出了这句话。他终于抓住了前两人谈话的重点，他希望他们别把自己的后知后觉当成他有异议。“像个人样!不是，呃，不是狗。”

“我们，”第一个军官说，“只有一件事要做。”

他们三人同时转身，对那个可怕的苏联鬼牌露出微笑。那个鬼牌全程都站在审讯室里，但对话的内容他一个字都听不懂。他挤弄自己那粗糙皮革似的丑陋嘴唇，对三人回以微笑。

“感谢你，”第一个军官再次用英语说话，“你帮了我们一个大忙。现在回到你的小队去吧，然后告诉你们上校，让他等我们的报告。”

“在地狱里等个够。”在那个生物慢悠悠地走出审讯室时，第二个军官用越南语补充道。

因为这三人都在心里揣着一个共同的想法，一个无比清晰的想法：今晚他们就要逃跑，跨越田野，加入叛军。报告就让它随风飘散吧。

♠

苏联制的嘎斯吉普车从警察局离开时，吴安东迷迷糊糊地恢复了部分意识，运气实在不好，吉普车那糟糕的减震装置让他的尾椎骨颠簸不停。他已经逐渐理解了现状：他已经从米锅里跌落到了炉火上。

那两个把他从审讯室里拖出来的家伙正坐在前面。司机的后脑勺让他觉得有一丝眼熟；莫名有点像越南人的方脑袋。吴在离开军队之后曾进入西贡大学，可以说是一个见多识广的人；他觉得打在他头上的那一下可能弄坏了他的脑子，他现在产生了幻觉。他祈祷硬膜下血肿在那个传说中的武上校把他带到随便什么鬼地方之前就了结了他。

上校坐在他身边，整个人裹着一身黑色斗篷，头藏在大风帽里，还冲他露出一个不怀好意的笑。这让他感到有些古怪。他的脸庞光滑无毛。*皮肤也是蓝色的*。

“那些蠢货完全上钩了。你看见了吗，金？”他伸长手，搭在司机的肩膀上。

金耀明点头表示肯定，他扮演着司机这个角色。戴风帽的男人坐回后座。吴瞥见他的斗篷上仿佛有无数碎光。那些碎光宛如……星光。

“我可真机灵，”他边说边搓起了一双蓝手，“太机灵了。我都不明白马克为什么不多选选我。我能派上的用场真心比其余人要多多了。多才多艺得多。你难道不觉得吗？”

吴点头，虽然这动作让他的头一阵轰鸣，就像寺庙里的钟被撞了一样。逃脱折磨、受辱、背叛以及死亡这一明显事实开始穿过脑中的迷雾。就算那个蓝皮肤男人让他认可他是维多利亚女王——高台教的另一位神圣存在——他也会点头。

蓝皮肤男人近距离地注视他。“你不会有一个姐姐吧，你有吗？我不怎么常出来。”

♥

黎明时分，遥远丛林的上空飘浮着灰蒙蒙的云层。在夏日季风的吹拂下，水草长得繁密高茂，长满了河流两岸，巡逻船便在其中潜行。不顾夜间巡逻的疲惫，船员们全都把手放在扳机上。太阳真正从地平线上冒出来之前的半小时是伏击的黄金时间。

巡逻船是一艘苏联仿制的老式美国河道战船，专为克格勃①的边防部队委员会而制造。由于苏联从阿富汗撤军，这种巡逻船便不再行驶在中亚的阿姆河②上了，这个巡逻船和其他同等级的舰船曾在这条河流上阻止军火被走私到河流南边的斯坦国（可能是土库曼斯坦），还要拦截北边运来的毒品。这些船在这两件工作上都没有取得显著的成果。不过越南的武装部队执意要效仿与他们对抗接近十五年的美国人，所以他们在打入市场时必须得有船。

水兵笔直地站在12.7厘米口径双炮筒舰炮的炮架前面打着瞌睡，他猛然晃动了一下，完全清醒过来。“你们感觉到了吗？感觉到了吗？”他尖着嗓子问道，在河面上升起的迷雾中左右挥舞枪管。

---

① 苏联情报和国家安全委员会。

② 亚洲中部河流，流程约2574公里，通常向西北流经大部分苏联－阿富汗边界注入咸海南部。

领队的准尉从装甲舱里探出头来。“怎么回事?”他的叫喊声盖过了引擎的轰鸣声。

“我感觉有什么东西击中了我们！你们没有感觉到吗?”

“王!”一个站在机关枪底座后方的士兵大喊道，“是的！我也感觉到了。”

“那不过是一根残桩罢了，灵，”准尉断言道，“一截沉到河底、插到暗礁上的树枝。在季风季节，各种东西都会出现在河里。都回去睡觉。”

“咚!”长达五十英尺的舰船晃动了一下，所有人都感觉到了。准尉失去平衡，不得不抓紧舱门以支撑身体。“这该死的到底是怎么回事?”

撞击似乎是从船首右舷传来的。一名离开装甲舱的士兵俯身仔细观察着深不见底的河水。

“快看!”他伸手指着河面高声喊道，“我看到下面有个灰色的东西。灰色的，正飞快地离开。”

灵移动双炮口对准他指的方向。“要开火吗？要射击吗?”

“要是开火，你会把苏炸成碎片，你这个白痴!”准尉大声说，“舵手，关掉油门。我们得查清楚到底发生了什么——”

“它回来了!”苏尖叫起来。

引擎声消失了。船的行驶速度以肉眼可见的程度减慢，好似它只是随着水流滑动，左右晃荡。而突然之间，它剧烈颠簸起来。

苏撞到横杆，一头摔进了水里。

他立马挣扎起来，双手拍打着河水，不停地尖叫。要是他会游泳，那他真是把这个事实藏得密不透风。

“阮，给他丢根绳子。灵，警惕袭击。要是你看到任何异样，直接开火。”

苏的惨叫又升高了一个八度，而且他差不多有半个身子都离开水面了。“噢，佛祖啊，噢，耶稣啊，它抓住我了，救命，救命，救命!”

准尉跑到船的侧边——不像苏先前那么近。水兵歇斯底里地挣扎起伏，挥动着双臂。“开火!”准尉一边喊一边跳着后退。然后又说：“不！别开火!”

灵的拇指本来已经按下蝴蝶状的扳机，还好灵及时扭转了那架重型机关枪的枪管，使其打中河岸上那些高茂的水草，而不是苏本人。

苏摇摇晃晃地出现在浅滩里，一股看不见的力量将他推到了相对安全的区域。“啊啊啊！啊。啊?”他喊着四肢并用地爬上河岸，随后坐在地上，并将脸埋在双手之中。

“现在，开火!”准尉下令。灵尽职地开始扫射河岸不远处的浑浊河水，激起大片大片的褐色河水，溅到苏的头顶。苏尖叫着跑进了草丛里。

灵停止了射击。一声可怕的巨响传来，声音之大，让准尉一瞬间以为舱内的炮弹爆燃了。这艘小船摇晃着后退。

当它再次向前落回时，它仍旧继续移动着。速度虽慢，但确实在动。

一个水兵从甲板下跑上来。“船身全塌了!”他嘶叫道，“船要沉了!”

“荒唐!”准尉说。一个巨大的空气泡涌到了河面，就在船头的正前方。

一个金属弹药匣向前滑到了甲板上。整艘船此时正朝船头那端严重倾斜。准尉恶狠狠地把他的木髓遮阳帽摔在甲板上。

“那些卑鄙下流的美国穷鬼为什么要卖给我们一艘金属船身的船?”

一个东西从水中一跃而起，体积庞大呈流线型，通体光滑呈银灰色。它在空中滞空了大约一个心跳的时间，吻突微张，对所有人露齿一笑。随即它又落入水中，溅起一阵巨大水浪，淹没了整个甲板，漫延到炮架下面。

灵转身逃跑，同时惊叫道：“海怪！海怪！”准尉一把抓住他，给了他一拳。

“那只是一只海豚，你这个胆小鬼！”

“海豚不会凿沉船。”灵哭泣着说。

巨兽在五十英尺以外的地方再次破水而出，在水面上穿行如梭，如同在参加障碍赛。准尉巡视一周，松开了灵，自己跳到双炮管机关舰炮上。那只海豚的移动速度快得难以置信，按固定的间隔冲出水面。

准尉用光了军火罐里的所有弹药。那些弹药都没能近海豚的身。它消失在河流的一个弯道处。

他不得不蹚过及踝的河水，放弃巡逻船。

◆

“这个该死的狗东西在烦躁什么？”哨兵问道。

他搭档双脚站定，拒不让步，双手用力攥紧皮带，不准那只龇牙咧嘴低声咆哮的德国牧羊犬离开他身边，也不许它将自己拖离这片照亮军火库周围的探照灯的刺眼白强光。

“我不知道，”他在喘息之前吐出这句话，“它之前从来不这样。”

“愚蠢的动物。我应该往它的耳朵之间来上一颗子弹。这样它就能冷静下来了。”

“不！它一定是觉察到了什么。它是一条好狗狗。”拉绳的人听上去有些难过。他和这只狗一起经历了训练；他这位哨兵同事不过是今晚才分配来执行任务罢了。这只狗是他的伙伴。

“我不信它。”

“好吧。我会放开它。它会带你去看。”他松开了那只动物。

军犬飞奔出去，一下就成了一个黑棕色的模糊影子。他们看见它冲进楼房的一团黑影中，看见它的身影一跃而起，疑似朝着一个受害人的喉咙袭去。然而那里什么都没有。

军犬忽然在空中翻了个身子，背朝地重重地摔倒，两个哨兵甚至听到了空气从它肺里摔出去的响动。除此之外，那里什么都没有。牧羊犬翻起身后就夹着尾巴跑远了，露出害怕的神情回头望。

两个哨兵对视一眼，开始解开他们的突击步枪。

一个女人出现在黑暗之中。真是如此；这一切就像她在有光亮的时候才开始存在——此前两个哨兵都没有看到一丝动作，她就那么突然地出现在了那里，朝他们奔来。她穿着一身黑色的紧身衣。她的脸有一半都被黑色的面具所遮挡。

牵狗人使劲攥住皮带，力气大得手都麻木了。他差点丢掉了自己那柄卡拉什尼科夫步枪。他的搭档先就准备好了自己的武器，然后举起了枪。

女人飞奔向他们，轻身一跃，冲两把步枪来了一个连环踢，踢飞了它们。她冲到他们两人之间，朝着三米高的围栏冲刺。

她跳到半空中，竟不可思议地腾空而起，越过了那般高的围栏，同时收拢身躯缩成一个球，快速旋转着飞过了安在围栏上的刀片刺网。就在哨兵们还目瞪口呆地看着这一切时，她安全触地，继续奔跑。

当她跑到光亮边缘时，她貌似又在眨眼之间就消失不见了。

两个哨兵身后的军火库爆发出滔天的火光与雷霆般的巨响。

♣

村庄的安保官沿着夜间小路回家，他甩着腿，大摇大摆地走路，一副刚逛完妓院的男人姿态。那正是他之前做的事情。

在最后一个看见他还活着的人的眼中，他的脸色绿得惊人。那是因为这人是通过一架 AN/PVS－2——也就是所谓的星光镜——在观察他。

J. 罗伯特·贝鲁收拢握在扳机上的食指。美国产的 M－21 狙击手步枪发出一声重响，猛地撞在他的肩膀上。那名安保官摔倒在草丛里，脸上露出呆笨的生硬表情，一看就知道这是一个在审判日之后不会复活的男人。

贝鲁把步枪放在两脚架上，站起身，轻手轻脚地走向前去。安全起见，他带了两个红色高棉的成员。他们个子虽矮，但警惕性很高，在他们的青春火焰还远没有熄灭之前，他们曾在这气焰的驱使下提着枪将医院病房里的老人、病人和残疾人驱逐到金边的街头上，狂笑着枪毙这些连走路的力气都没有的人。过往的经历让他们愤世嫉俗，让他们时刻警觉，为了生存而不择手段。或许这便是青春火焰所留给他们的一切。

虽然红色高棉作为一场运动而言，对他们古怪的革命仍旧过度狂热，过度投入，但参与过集体强暴和种族屠杀的士兵之中仍然相信他们信仰的人寥寥无几。他们见过的事情太多了。如今他们是战士，纯粹又简单，没有可指望的价值观，也没有可倚靠的过去。他们的道德准则是全人类历史上的原始战士所共享的道德准则：对同伴忠诚，对领袖献上合格的忠诚，如果领袖够幸运的话。在那之外，他们要和全人类斗争。

在他们的眼中，贝鲁既是一个同志，也是一个幸运至极的领导。对他来说，他们很有用，这使得他们的道德缺陷无关紧要。有他们守在他背后，贝鲁觉得很安全。

贝鲁带着他的帕拉军工手枪，以防错判了形势，而他的猎物还有朋友跟在后面。他停下脚步，蹲在尸体旁边。他伸手去摸尸体喉咙，手背放到男人的鼻子和嘴巴前面。没有脉搏，没有呼吸。已死的安保官之前走过的象草墙里也没有传出任何声响。

有声音从另一头传来，大约从几百米外的村庄竹围栏里传出。贝鲁从口袋里摸出一张纸，将纸塞进死人那被血染黑的上衣口袋里，然后动作轻巧地回到了他的步枪所在之处。

他拾起武器，收拢两脚架，将它随手一丢。随手乱丢东西通常是懒散军队的标志，但凡有一点自尊自爱的特种部队士兵做梦都不会做出这样的事情。除非是贝鲁遇到了真正的麻烦，没办法用笨重而点火巨慢的 M-21 狙击步枪进行战斗。

这时，有起起伏伏的火炬从村子里朝他这个方向靠近。"'偏执会深深影响你'[①]。"他轻声呢喃。他的格言也不全是古话。

村民们会在这位丧命的安保官身上找到一张政府告密者的名单。运气好的话，这会引起后续事件。

比如，村民们可能会认为这位安保官企图叛逃加入叛军，然后政府烧死了他。安保官的家人会怪罪政府。政府会掘地三尺，审问这片地区的每一个人，就为了查清有没有其他不忠诚的村民，同时还会发疯似的要坚决查出到底是谁开枪杀了这个王八蛋，因为他们清楚自己没有动手。

与此同时，附近村庄的安保官会大发雷霆。他们自己人中的一员丢了性命，这个事实将使他们担忧自己的安危。即便叛军不为此命案负责，这可能会让他们产生一些异样的心思。而如果真是政府干掉了这个家伙：那要是政府突然疑心他们不忠的话，该怎么办？

最后，还有那些名单上列出名字的主人，他们的日子也不会好过。

这场刺杀行动，如此看来，便不仅仅是一场随随便便的午夜谋杀；这是一场精心策划的午夜谋杀。是一台可以产生最大限度的偏执与恶意的发动机，它会拧紧万千民众的思绪，让他们一次又一次地叩

---

① 电影《阿甘正传》插曲《不论如何》(*For what it's worth*)的歌词。

问自己的灵魂：他们的忠心到底要给谁。在这次暗杀之后，他觉得许多人都不会死心塌地地追随越南社会主义共和国了。哪怕大部分的人不会做出任何事情，他是在播下种子，播种子。

当他回到曾经一度是年轻的种族灭绝屠夫的同志身边，他对两人竖起了大拇指，这二人也对他回以敬重的目光与露齿的笑容的时候，最好的是，他心想道，马克绝对不会从这个行动联想到J. 罗伯特·贝鲁少校，他这位退休了的美军特种部队战士。贝鲁打心底里喜爱并尊敬这个男孩，但他对这个世界来说还是过于善良了。

他不知情的话就不会感到受伤了。

♥♦♣♠

第四十一章

当电视摄像头对准月光之子时，她退缩了一下。在镜头下，她觉得自己脸上露出的皮肤红透了。她受不了长时间摄像，她心里清楚。她会强迫自己竭力忍耐。

“我们是自由越南革命监督议会。我们有统一的目标纲领。我们旨在为越南人民谋求自由，各种形式的自由。良知的自由、表达的自由、享受自己劳动成果的自由……”

她感觉得到，在那些灯光和摄像镜头背后，有一群年轻却又满腔热血的记者；她感觉得到他们怀疑的目光。来自 CNN①、CBS②、RTL③ 还有法国国家通讯社的新闻人员不远千里来到这个位于安南山脉④崎岖嶙峋的山脊上的前采矿营地，还有几家纸媒也赶来了。这自然是 J. 鲍伯一早就安排好了的；他的熟人遍天下。

贝鲁竟然安排了这么多人，她一边想，一边念出纸上写的文字，这可能太夸张了吧。

要念的声明不长，没有一个字暗示了写作过程中的激烈争吵。这份声明很强硬，足以防止越南各民族互相残杀，比如高台教和安南分裂主义者，还有蒙塔格纳德人，达成一致就别想了。少数民族可不比那些目中无人的越南人更容易对付。哪怕是早在 1960 年就成立受压

① 美国有线电视新闻网。

② 哥伦比亚广播公司。

③ 卢森堡广播电视台是欧洲最大的视听媒体集团之一。

④ 原文为法语，即长山山脉。

迫民族统一战线（FULRO）（贝鲁的朋友伯特和厄尼是该组织的代表），还在它与越共和南越政府作战时，战线里的柬埔寨人和蒙塔格纳德人对彼此的仇恨便不断加深。他们只在联手教训海湾地区的占族异教徒的时候消停了一会儿。

联盟的继续几乎全仰仗月光之子这个和平使者的存在。起初的时候，她一次又一次地发现需要用武力干涉，才能制止打斗，或者是把激烈的武斗控制住——就像当初她对阮上校那样，如今阮上校已经成了她最热情的拥趸。现在动武的情况要少些了——漂亮地解决拿手枪对准你的敌人，她的实力极大地震慑住了这群越南人，这些越南人都足够清楚这种致命力量通常是属于某种在电影里才会出现的东西。但她仍算是不可或缺的控制棒，她的存在是必需的，只有她才能防止这群坏脾气的叛军头子达到临界点。

这意味着革命议会只有在晚上召开才能让对紫外线异常敏感的月光之子参加。万幸夜晚正是阴谋家和叛军的天然媒介；没人会对此多想一秒。她扮演着苏拉，那位忍者式的夜卫角色，这巩固了她在叛军之中的地位，还塑造出了一位传奇人物，一种神秘感——而这其中必然有 J. 鲍伯 · 贝鲁的推波助澜。

然而这也意味着马克一晚上得不止一次地使用月光之子的药粉。偶尔现身，主要在众人需要时才出现，其他时候均不见人影，这增添了月光之子身上的神秘性。尽管如此，她有时也不得不现身超过一个小时，为了维持她的信誉，阻止内部流血事件。

很久以前马克就清楚，在二十四小时内多次变身，哪怕只是两次，身体和精神上都会产生严重的事后反应。他在爱琴海里变身水瓶星游往小岛的那次经历让他事后虚弱生病了好几天，说话的声音都变得不是他自己了。这次，伊希丝 · 穆恩发言这次对马克和其他朋友全都造成了糟糕的不良影响。就连月光之子的治愈能力都无法修复这些伤害。

并且他离配制药粉的可靠药源地越来越远。贝鲁在金三角的贸易中有老熟人，可以帮他搜罗药品。J. 鲍伯不会为药物的纯度做担保。这让马克很开心，是的，确实很开心。

月光之子讲话完毕，抬起头等人提问。正如贝鲁先前警告过她的那样，这些人并不友好。

“那环境要怎么办？”一名记者问道，“你所谓的这个自由政权要如何保护环境免遭污染和剥削呢？”

她微微一笑。虽然她担忧贝鲁是个魔鬼，但她不得不承认，他是个狡猾的魔鬼。此地偏远，增加了政府军队斩除叛军的难度，而这不过是选这地方召开媒体大会的原因之一。

“请问你在来这里的路上观察过周围吗？”她反问道，“你肯定看到了这座山的侧面有一道巨大的裂痕。那是一个露天的采矿营。越南全境内有许许多多这样的露天采矿营，正如全国上下许许多多污染严重的工厂和被砍得精光的森林。对那个社会主义共和国来说，大自然是一个被残酷支配和被残酷掠夺的对象，其残忍程度就连最贪婪的西方资本主义家都闻所未闻。所有人都见识过在这种思想指导下环境所遭受的可怕消耗，回忆一下这种思想让前东德所付出的代价。同样的一意孤行此刻就发生在这里。”

“那些无家可归的流民要怎么办？”另一个记者迅速提出新问题，着急想摆脱之前的那个话题。

“社会主义共和国政府制造了诸多事端，创造了许多流民，而没有想去解决流浪人群无家可归的问题。征服的安置政策完全不够满足城市人口的需求。他的解决办法就是将没有房屋的大众人民驱赶到‘新经济区’，那地方就和过去南越政权建立那些耻辱的‘新生活村庄’没什么两样。你可以称其为集中营。况且，为了建造这些新经济区，社会主义共和国强迫洪族[①]、苗族、侬族还有高棉族等少数民族迁居。顺带一提，这种强制迁居被联合国定义为种族屠杀。

“同样地，还要明白就算在苏联，在社会主义共和国，贫困是一种罪行。在西方，你们看到过的那些生活在街上的人，在这里是会被逮捕的，他们会被运送到再教育营。和环境问题一样，自由越南无法提供魔法一般的万全之策。但我们可以承诺，我们绝不会像当今政府这般残暴无能。”

记者们交头接耳，低声嘀咕。月光之子对他们心生一丝不屑，随即便对自己感到惊讶，心怀愧疚地压下原先那阵轻蔑。可她所讲述的那些事实对她和马克来说算是新闻，这些人肯定早在之前就已经亲眼目睹过了这些真相，早就知晓了这些真相。然而他们却选择表现得仿佛这些都是假的，选择把那些虚构的假象当作事实呈现给普罗大众。

她渐渐开始理解贝鲁对媒体抱有的那种恶毒的鄙视了。这让她有点不适，认同那位极端保守主义的间谍总是让她心里不舒服。

她舔了舔嘴唇，她觉得嘴唇有点干涩，还有点奇怪，嘴唇似乎传来一阵阵冰冷的疼痛。她讨厌这些灯光。

“各位还有其他的疑问吗？”

♠

“为什么他们想让我做他们的发言人？”月光之子一边问，一边小心翼翼地走下陡坡。她在晚上有月光或者星光时视力更好，比在人工照明下的视力更好。但是山坡上草深树多，落脚处看不太清。

“让我逐一给你说说。”贝鲁说。他其实走得比她更自信。她没有想到的是，她固然拥有更优秀的体能，但他才是有更多路上行走经历的那个人。她仅仅是为这个现象感到羞愧。“你是一名王牌。你很

① 居住在中国南部及邻近的越南、老挝和泰国山区的民族。

漂亮。你很有领袖魅力。你很上镜。而且你不是越南人。越南人在甩脱罪名上是内行高手——看看他们对我们美国人做的这些事。如果这场起义遇到了挫折，他们可以拿手指指着一个外国人然后说，‘这全都是她的错。’”

“啊。”她脚滑踩偏摔倒了，双手撑地才稳住，砾石“沙沙”地从她脚下滚走，“抱歉。我太笨拙了。”

“一位绅士永远不会反驳淑女。”贝鲁在说话的同时伸手去扶，而她拒绝了，“幸运的是我知道什么时候别当一个绅士。别说傻话，亲爱的孩子。你比所有耐特和大多数王牌的身体协调能力都好。你只是在生气，勉强自己。”

她重新站直身体，靠近他。“你若真知道那么多，那就告诉我我是谁!”她恶狠狠地低声说。

“你，用现在的时髦话来说，就是个小妞。”

她握紧双拳。“不对！你明白我的意思。金和我说话的时候，为什么我说不了朝鲜语?”

“或许是因为你并非朝鲜人。”

她觉得自己的膝盖失去了所有力量，仿佛连接她身体肌腱的所有胶原蛋白都融解了一般。就连群星，都犹如细针似的穿透清透稀薄的山间空气用力扎到她的身上，没能用它们古老的光芒治愈她。她感受到了马克对群星残留的畏惧。

“我是谁?”她呢喃道。那些鬼牌和红色高棉护卫一心想尽快离开媒体大会的会场，于是大步走在起伏不平的山道上，结果纷纷踩滑，沿着小路滚过她二人身边。

“我是谁?”她泪流满面地发问。

“我不知道，亲爱的。你认为你是谁呢？你是如何解释自己为何会被困在世界上最后一个嬉皮士的六分之四男性的身体里的呢?”

她摇头。“我不知道。一定有特别的缘故。我和其他人都有。我们都……迷失了。我们莫名其妙地在马克的精神世界里找到了——庇护所。”

“你是否在分离出来的过程中丢失了对韩语的理解能力呢?”

“你这是要对我做什么?”她哭哭啼啼地问道。

“引导你找到真相,”他神态平静而语气强烈地答道,“我并不知道具体的真相。可你若只是偏离重点、一味地胡思乱想,而不去直面你的身份和使命这样的事实——不管这些事实到底是什么——那你永远也没办法支撑下去。你会失去支点。到了那时候,所有的自我阻抗都会消散。”

她双手掩面。“你认为马克——怎么说来着?——有分裂人格?”

“现在流行的说法是‘多重人格障碍’,除非在我没有关注的时候又有了新称法。”

她伸出双手抓住他的肱二头肌。“那么说我就是个幻象?*我压根就不存在?*”

“*无*,”他淡定自若地开口道,“禅宗里的不存在。从没有人问过那个问题,就像承周上师从来不问狗是否有佛性这种问题。一个把阮上校的 45 口径手枪打烂成无数碎渣的幻象吗?一个快把我的双臂捏断的幻象吗?”

“啊,”她惊呼道,随后放开对方,退后了一步,“我很抱歉。”

“也许你是时候停止躲在道歉的背后了。马克在哪里,就现在而言?”

她一只手指着自己的胸膛。“在里面。”

“很好。当你没有现身的时候,你在哪里?”

“在……马克里面。”

“对的。那么,马克不是真人吗?”

“他是真人。”

“那你呢?”

“可是，马克是真实的那一个。他会变成我们——”

“傻话。”

她闭上了嘴。

“马克是底线人格，他是这么称呼自己的。有什么区别吗？你在他体内的时候并没有失去意识，对吗？我知道他听得见你们所有人的声音。有时候他甚至在他们体内说话。”

她垂着头，觉得眼泪一滴一滴往下掉。“是这样。”

“所以说你从来就不是不存在，只是有些时候没有实体出现罢了。看得见的，随便怎么说——我百分之一百不是在假装理解你来去的原理。

“听着，孩子。你真实存在，你就在这里。你真正的来处和你在这里做的事情，又都有什么重要的呢？而要是你沉溺于‘你到底是谁’这类无法回答的问题，还有‘究竟谁可以完全解答这个问题’这类的，要是你让这些问题把你变得软弱，那你会让依靠着你的许许多多人都失去救生衣，然后淹死。”

她开始发抖。他伸出一只手臂将她揽入怀中。她浑身僵直，接着便停止抵抗他的触碰，靠在了他身上。

“伊希丝。伊希丝，你感觉到我了吗？”

她呆住了。贝鲁把她抱在怀里，有力但并不紧逼。他的左手又成了一截绑着绷带的残肢；他耍了些花招，让这个国有矿地变成叛军召开媒体大会的地方。

“伊希丝，你在哪里？”

艾里克？

“将就接受吧。”

艾里克，我这是怎么了？

“一次精神攻击，大概？”

我做的是正确的事情。

“真的吗？那这些悲痛情绪是怎么来的？这些愧疚？我能感觉得到，就在你内心深处，犹如波涛汹涌的黑色海浪一般不断上涌。”

你可真是一个诗人，艾里克。

“我是你良心的声音，亲爱的。你为自己做的这些事情感到开心吗?”

——是的——

“那你为什么哭成这个样子，宝贝儿？你这是在帮助那些剥削者、偏执狂。那些想看到我们被烧死的人，那些想看到我们鬼牌的血肉烧得焦黑、烧得只剩白骨的人——”

她发现画面开始在她的脑海里浮现，一幅火光滔天的画面。她压下了脑中的画面。

“怎么了？你拒绝了我？你无法忍受直面真相吗?”

我不会再受人操纵了。就连你也不行。不论你有多么正当的理由，我都不会再让这种事情发生了。

火光又回来了，挥之不去，愈演愈烈。她使劲摇头，拼命抵抗。她的身体不受控制地颤抖起来。一道道光刺痛着她的大脑，这些光本身就掩盖了艾里克极力塞进她脑海里的梦境。

“你不可能永远逃下去，宝贝儿。你无处可藏。你那群反动滥刑的暴民也一样，你们不可能永远和我们、和人民军队玩拖延战术。我们会取得胜利。我们才是正义的一方。

“你为什么不回到属于你的地方呢?”

她扭头侧向一边，吐了贝鲁满胳膊。“伊希丝，你怎么了?”

“我怎么了?”她尖叫道。

贝鲁双臂抱住她，侧身拖着她偏离了小道。两人一路颠簸着滚下了山坡。

♥♦♣♠

第四十二章

月光之子滚动时把贝鲁拉到了她身上，一只脚轻轻踢到贝鲁的肚子，将他抛进了夜色之中。然后她停了下来，停止了滚动。

她四肢并用地爬起来。她的双臂和双腿都在剧烈颤抖，仿佛就快飞散似的。她再次吐了出来。

她听见树丛晃动的声音。贝鲁回来了。她不明白他为什么要袭击她。或许是他保守的大男子主义激发了他的强暴行为。她用尽全力想站起来，起身战斗或是抽身逃跑，但她的身体就是不听使唤。

接着贝鲁的手臂重新环住了她。滚开！她想要尖叫。可她发不出声音。

一阵风呼啸而过，一阵残渣飞过带来一阵刺痛，而在贝鲁怀抱中的人就变成了马克，浑身哆嗦的马克。

“现在你明白我想干什么了吗？”间谍轻声提问，“我以为你可能仍把变身当作一件私密的事情。”

马克清了清嗓子。“发生了什么，老兄？我以前变身从来没有这么激烈！”

“月光之子遇到了存在危机，存在主义者做梦都没想到过的情况。她的情感状态让变身过程变得很艰难。而且——”他摇了摇头——“貌似还有其他的东西在侵蚀她，就好像她当时在听远方的话，那话让她更加恼怒了。”

马克紧张起来，又强迫自己放松。他知道的太多，他看到的太多。我能相信他吗？

我有选择吗?

你向来都有选择的余地，大个子，跃闪杰克总结说。他用力摇了摇头。“我一点都不记得了，老兄,”他开口，“只记得她很生气。”和往常一样，他嘴里的谎言尝起来就像铜一样。他一直讨厌谎言的味道。

贝鲁站起来，伸手扶起马克。“你要怎么处理这个情况?”

“我……我不知道。”这是真话的味道，“我必须得把这事弄清楚——”

北边的天亮了，他们才走过的黑压压的山峰边缘被勾出一道白边。过了一会儿，他们在清冷的空气中听见远方传来一阵“轰隆隆”的响声。光芒越来越亮，声音也越来越大，声音的间隔一点也不规律。

“空袭!”马克喊道，拔腿就跑。

贝鲁轻轻拍了一下马克的手臂。“不是。那没什么。苏联的飞机不会在夜间飞行。那是炮兵。”

他驻足片刻，观望了一阵。“我们那些不偏不倚、公正无私的媒体朋友向人民军队告发了我们。我告诉过你什么来着?”他伸出拇指理了理胡子。

“我知道我这人很坏……”他说。在他精心打理的胡须下面他的牙显得非常洁白。“不过希望炮火攻击能击中一些人是不是太过分了?”

♥

手电筒的光照出了一些奇形怪状的影子，飘忽的影子在帐篷和地堡之间互相碰撞，就像波许[1]画作里的小恶魔。一群鬼牌一拥而上围着那两个深入必胜堡腹地的男人，那些没有被百变王牌病毒变出羽毛、鳞片，或者是没被病毒毁容的鬼牌全都裸着上身，大汗淋漓，脸上不是涂满油彩，就是满脸疤痕。

“王牌，王牌，面对面单挑。”一个鬼牌反复叫起来。他手握电筒，手上长满又短又硬的刚毛。

“我听到你了，伙计，”另一个鬼牌嘲弄道，“王牌不过是撒了香料的耐特。”

“不过是肉，兄弟。”

“给我来六个。”

“你再把那支该死的手电筒舞到我面前，”一个穿白衣的男人开口道，“你他妈的就给我把这玩意儿吃下去。”

这人大约中等身高，肩膀魁梧，胸肌发达。他身上那件紧身白色连体衣的后颈处耷拉着一个黑色兜帽。他一头黑色短发；眼睛是绿色的，看上去很危险，而且两眼不在同一水平线上。他的整张脸仿佛是用随便从垃圾箱里掏出来的东西拼凑而成。他走路一瘸一拐的，却是一副大摇大摆的步态。

他们来到阅兵场，经过一根又一根柱子。他伸手弹了弹他们头顶那个发白的人类颅骨。“连我都有点跟不上你们的装饰风格了。”

他的搭档慢吞吞地跟在他身边，沉默不语。搭档比他高了一个头。从脸上戴着的面具到牛仔靴的鞋尖，他完全裹在了黑色的衣物之中。当然了，那顶插着孔雀羽毛的白色牛仔草帽除外。

一个鬼牌少年挡住他们的路。他张开双臂，左右手都拿着手电筒，脸上长着指纹似的螺旋纹路。他露出的胸膛和手臂上的皮肤倒是

---

① 荷兰画家，其大量的宗教作品以糅人造型怪诞而富于想象力的怪物而独树一帜。

正常的人类皮肤。似乎是为了抵消差异，他的身躯上遍布竖直的凿痕，从锁骨延伸到迷彩绿布长裤的裤腰处。

“所以说你们就是外面世界来的强大王牌，”他开口说，“听我说：我们不喜欢王牌。而且我们也不再是你们那个该死的世界的一部分了。我们找到了自己的新世界秩序，就在这里。你们看着就是一副不属于这里的样子。”

“噢，是吗？”白衣男人说，“我们会考虑考虑的。混球。”

高个子男人取下牛仔帽，递给了他。接着高个子从头顶抓起面具，用力扯了下去。

那个鬼牌尖叫起来。

人群猛然后退。有人转身呕了出来。那个螺旋脸鬼牌丢掉自己的手电筒就跑了。

黑衣男人只有半张脸。从旁观者的视角来看，他长着这张脸实在不幸。剩下的脸看上去就像一个在餐台上放了三四天的汉堡被拿到炭烤炉烧了之后的样子。

“既然那家伙跑了，”白衣男人一边说话，一边把帽子还回去，“我们还和你们的老大有一个约会。现在，你们是要让我们进去，还是要让我们动手修理你们这些丑陋的蠢货呢？”

他十指交叉，把指关节捏得“咔咔”作响。“我其实真心很讨厌这么做，”他说道，“把娱乐放到工作之前，这可不够专业。”

◆

“先生们。”查尔斯·索贝尔上校从他那张宽敞又空无一物的桌子后面站起来。众多照片严格地按顺序挂满了整间办公室，这似乎让办公室成了必胜堡这片混乱海域中的一座正常岛屿。“你们不知道我有多高兴能看到你们来。”

随后他把头偏向一边，他那麦克阿瑟式的高贵侧脸上出现了些许皱纹。“什么味道?”

白衣男人扯了一下黑衣男人。“是他。他是死人。你不知道吗?”

索贝尔摸了摸自己的下巴，慢慢地点了点头。“我当然知道，我读过你的卷宗，雷先生。”

“叫我刽子手吧，先生。”

索贝尔顿了一下，再次点头。“很好，那么你是鲍比·乔·帕克特。”

黑衣男人点头。

“也就是克里普特·基克,”，比利·雷说，“他可是个开心果。”

“两位请坐。”上校说。

“我站着挺好。”刽子手说。

“死人不需要坐着。”克里普特·基克说。

索贝尔挑眉看着他，似乎很惊讶他竟能够开口说话。“早期报告暗示你二人在上次火箭堡袭击中失踪了，基克，呃，先生。”

“他被一头龙给油炸了，火箭堡消失时，他从哈得孙河的河底下离开，之后就被灵龟的浪潮打中了,”刽子手说，“找到他的时候他的尸体缠在了斯塔顿岛上的一根路灯杆上。”

“听起来你似乎经历了难熬的一天。”

“他告诉刨坟者说在袭击火箭堡之前不用洗澡,”刽子手说，“因为他知道他会被冲上岸。”

“刨坟者先生，对了,”上校说,“我非常感激你们的主管派你们前来帮助我们。你们来了可真是解了我们的燃眉之急。”

“对，他把我派到这里来，站在你那群该死的怪物面前，我真是高兴得快吐了，上校。还给我配了个怪物之最做搭档。”

他倾身向前，戴着黑色长手套的手指撑在办公桌上。“我还是不太明白，上校。你在这里给地球上最后一群左派分子当什么大家长。中情局的人到底死哪儿去了，寻找特殊濒危物种吗?”

索贝尔那张光滑的棕色脸庞轻微地扭曲了一下，仿佛皮下有一只活老鼠在爬。随即他的脸又恢复了平整。“不论你相信与否，创坟者先生确有社会良知。如果你像我这般了解他，那你也会理解的。”

他双手抱胸。“我发现了，事态变化使你来到了这里，而你对此心有不解，也心有不忿。我希望你不会心怀芥蒂地和我们一起工作。”

刽子手僵住了。“我会完成这该死的工作。我可是精英，”说完他低下头，又抬起来，“没人说我得喜欢这份工作。”

“创坟者先生吩咐的事情，我会做，”克里普特·基克开口道，“他说要听你的。”

“如果要我修理人，我会照做不误，上校。”刽子手说。

索贝尔露出微笑。他掸了掸自己整洁衣袖上看不见的绒毛。“我想我可以跟你保证这点，雷先生。”

他向前靠去。“我们目前的情况非常严峻，先生们。叛军们虽然自给自足，但他们的兵力依然不值一提——一部分是贪得无厌、剥削同胞的城市资产阶级，一部分是仇视社会革命的现代化影响的落后少数民族。一群人民军队的士兵投奔了他们，这是事实，但他们全都是懦夫和病夫，这显而易见。

“不过在精神上”——他摇了摇自己聪明的脑袋——“叛军分裂了我们。不是常规的刺杀、暗中搞鬼，也不是其他恐怖主义行为。你们都不会相信我们收到的报告：在黑影中穿梭的漂亮女人，而且还刀枪不入。可以在空中飞行，并且用手发射火弹击落喷气飞机的火人。袭击河流巡逻舰的海怪。上周叛军举行了一场媒体大会，就在一个矿营——那是个被弃置的矿营，在那被弃置之前，有工人和安保队报告说一把巨大的矿石铁锹动了起来，还开始自动攻击他们。就连管理人员和技术人员都声称那是真的，他们都是目击者。”

他摇头。“某人——或者某个东西——假扮成一位共和国安全机关的高级官员，一位坚定而忠诚的官员，我个人十分了解的官员，有人假冒他，帮助叛军的一个主要头目逃出了政府监管。”他身子后靠，“我们的人很强大，先生们；他们都是正义之士，就和我们新鬼牌旅一样。然而他们开始丧失信心了。他们害怕了。他们觉得自己是在跟某个超自然的敌人战斗。”

比利·雷看着克里普特·基克，把手指关节捏得“咯咯”响。“才不是，”他露出一个满含恶意的坏笑，“你们只是遇到了我们称之为‘重度王牌侵扰’的情况。”

他的坏笑变得野蛮而狂暴。“你们很走运，上校，我们正好是‘王牌除灭者’。”

♥♦♣♠

第四十三章

“多谢了，伙计们。”马克勉强挤出笑容，筋疲力尽地说道。他盘腿坐在地板上，手肘撑在大腿上，他一边揉搓凹陷的眼睛，一边猜想自己以后还有没有可能再坐到椅子上。

最先跟着他逃跑的小队成员要么站在棚屋门道上，要么围成一团站在外面——斯里克、斯多德巴克尔·霍克、马里奥和一小队的卢·恩门与奥斯普雷，他们的眼睛都在发光。眼球不见了；他仍旧坚持担当尖兵，后来在赶往一场弹药转储的突袭中意外撞上政府的一支巡逻队，结果被杀害了。

他们有了新消息；大新闻，马克猜想道。目前战地指挥所所在的这座村庄附近有一个蔗糖种植园，种植园里有圆盘式卫星接收器。它能接收消息。

苏联人在越南社会主义共和国拉了一个东德。他们没有给这个政权讲清楚：只要叛军露出颓势，他们愿意保证歼灭叛军。不过他们还宣布无限期地中断给越南兄弟的所有援助，立即生效。海防港口[①]里的货轮收起船锚，迅速驶进了东京湾。管理人员以及技术专家都退出了那些破坏环境的大型伐木营、矿地以及建造厂。星辉会感到骄傲的。

在整个越南境内的永久军事基地内，越南工作人员恳求他们的苏

---

① 位于东南亚的越南北部，是河内重要的门户和中转站，也是北方最主要的港口。

联同事快进入战斗机驾驶舱，去打击犹如肠道蠕动一般蔓延全国——就连在越南战争的实际获胜者，好战的北方地区，在东京湾——的抵抗运动。对此，苏联人只是不痒不痛地摇头拒绝。必胜堡附近的岘港空军基地司令毫不客气地命令越南人全部离开基地。大批苏联民事和军事编制人员正忙着撤离，容不得外人挡路。据称，苏联十分乐意在离境前把各种设施设备移交给越南政府——不论这个政府是哪个政权建立的。

马克感到他的脑袋向前耷拉了下来，仿佛脑袋里装的人太多，沉重到肌肉无法支撑。眼泪落到他的双手手背上。其他人误会了他的身体语言，纷纷背对着他，让他独自消化自己的胜利。

马克的唯一感受就是麻木。脖子两头都没有知觉了。也许这是一件好事，他心想。他大脑里的声音此时此刻都静止了。

J. 鲍伯·贝鲁站在阴凉处，端着一只有裂痕的旧法式瓷杯，慢悠悠地饮茶。“我们要赢了。”他说。

马克摇头。他觉得自己好像不止五个——如今只剩四个——人格，而是有好几十个、好几百个，每个人格充斥着不同的情感，多到要爆炸了。他无力地将双手举到半空中。想要全部释放这些如火山般喷发的蓬勃情感，他能想到的唯一可能的办法就是将头后仰，大张开嘴巴，把所有情感化作一声长啸。

“……怎么……”他发出像是被人扼住喉咙的声音，勉强开口道，“怎么——可能——呢？他们人这么多。我们——人——这么少。”

“孙子曰：‘兵非益多也，’”贝鲁引言道，“‘唯无武进。’”

马克摇头。“话是这么说罢了，老兄。我需要……答案。”

贝鲁笑了。“好吧。首先，别以为你自己——或者月光之子——有天大的功劳。此处发生的一切都与万事万物有不可避免的紧密联系——它就像是马克思主义者所热衷的‘历史进程’说，只有他们才是被历史进程碾磨变成科托香肠的一群人。迟早——今年、明年、1999年——眼下发生的一切不论如何都会发生。你、你的朋友们、我们所有人都仅仅是催化剂罢了。”

马克瞪着自己的双手。跟越南人的灵巧小手比起来，他的双手似乎显得更大，也更笨拙。就连月光之子在他们中间都显得臃肿。

他并不确定自己对贝鲁所说的话是感到不满，还是感到轻松。他内心的一部分想敲锣打鼓地大喊，*我也是很重要的*！

另一部分则是很开心能躲过责难。

“其次，”贝鲁一边说话，一边拿绑着绷带的左手残肢去扳右手手指，“不要忽视‘我们’的数量。我们的名号是军团。如果你把被动的支持算在内的话，那我敢说站在我们这边的人占了总人口的一半——还有过去的南部非军事区、安南的绝大多数人。而且要是河内的游行示威活动算是一点暗示的话，那即便是在北方都也有人支持我们。就在征氏姐妹自溺的那座湖，你知道的，湖边有人进行了长达二十四小时的静坐示威，当局都不敢驱散示威活动。”

“得了吧，70年代的时候我去过人民公园[①]。我们当时也有民众支持。*他们有枪*。”

“当时那种情形也没有阻止你啊，我注意到了，马克。或者说，你真的不是激进者吗？”

马克只能把脸埋在手掌之中啜泣。等他再次恢复视力，能够说话的时候，贝鲁以非常越南人的姿势蹲在附近的坐席上，他俩之间的距

① 指20世纪60年代末美国的一场学生运动。1969年4月20日，数百名激进的学生在加州大学伯克利分校克利附近的一块空地上插起了一块手写的人民公园（People’s Park）的牌子，宣布要在这里建造一个理想的社会。在此后的几十星期，他们在那里种花植树，并搭起帐篷，准备在那里建造房屋。5月15日，250名加州警察及坦克车、直升飞机将公园内的学生包围，要求学生离开，否则将被逮捕。最终学生与警察发生冲突，人民公园仅存在了不到3个星期。

离不至于让马克感到有威胁，但近得足以使马克感到他的存在。

“我不知道，老兄，”马克结结巴巴地说，“我一直都不清楚。在那之后，我做的一切，那些实验，变身成为我的朋友们，所有这一切——都是为了让自己弄清楚。我想知道，在我一团糟的生活里，无用的生命里，有那么一次经历，想知道，我曾经是一个英雄。”

他轻揉自己的眼睛，直到看得清楚，然后抬起了头，双眼直视贝鲁。“不论我是不是，老兄，这都不重要。激进者赢得了那场战斗，这毋庸置疑。另一边赢了战争。”

“你开始理解策略的本质了，孩子，那是赢得一场战役和一场战争的区别。不过还是老样子，我不得不与你保持不同意见。你赢了。相信我；我是另一边的人。我知道。我们之前慌忙逃走，将南越弃之不顾，因为尼克松一遇到动乱就什么胆子都没了。你——不管是激进者，还是谁——帮他把魂儿给吓没了。你也可以为此感到自豪。”

马克笑了出来。并不是很夸张的笑。但他确实笑了。

“好了，总之，我们并没有大获全胜。革命还没有爆发。我们有人，但是他们有枪。”

“你说得没错，”贝鲁说，“你没有大获全胜。但你给政府施加了压力——当然，这主要还是因为我们政府的意志力少得可悲。不论在国内还是国外。

“这也是巴亭屠杀中人民力量全都凄惨收场的原因。人民以为把沙①逐出伊朗、把马科斯②赶出菲律宾是和平表达的人民意志。可其实完全不是这么一回事。军队和秘密警察——执法人员——对执政中

---

① 旧时伊朗国王的称号。

② 费迪南德·爱达林·马科斯（1917—1989）：菲律宾总统（1965—1986年），他与美国建立了密切的联系，并对他的国家采取独裁式的统治。在一次针对科拉松·阿基诺的欺骗性选举（1986年）之后，他和他的妻子伊梅尔达（生于1930年）逃离菲律宾。

央的大人物失去了信心。要是大人物下了台，军队和秘密警察就不会再是最大、最坏、最无可匹敌的暴力团伙。他们会变成一群独立的个体，而在很久以前，他们为了维护上面的领导，杀了许多人，而现在每个成员都很有可能会遭到那些人的朋友和家人的追杀，很可能会被杀死。西方民众都低估了存在于这些使用天花风扇的国家里的血海深仇及其社会效应。

“危地马拉就发生了这样的事件。那对双子英雄利用苏联援助，发展已有的地下运动，还挑起了印第安人混血儿和西班牙人之间的极端民族仇恨。他们给自己弄到了枪，还扩充了人马。那正是我们想在这里做成的事情。那是我们夺取胜利的原因。”

“可我们做的一切——我们只是小范围地、零零星星地进攻。就和这里的虫子一样。”他一下想到了克罗伊德，他依然在沉睡之中，仍旧被当作行李一样捆绑着，“它们咬你一口，再咬你一口，然后你走开，就像，半疯了似的。但你不会停下你在做的事情。”

“确实如此。因为不同于你说的那些成群乱撞的虫子，我们不会随便出手攻击。每一次进攻都经过了精密计算，要确保让敌人惊慌失措，不安至极，要让他们以为我们似乎是某种超自然的神威——然后对大众而言，我们要和他们携手合作。民众想和赢家走。我们这边貌似拥有一百名王牌，而且我们想袭击哪里，就袭击哪里。袭击有多大规模，突袭还是全面打击，这些很重要吗？我们生活在玛雅的世界里，马克，一个幻想的世界。感觉就是真实。我们正在创造的感觉就是我们攻无不克，战无不胜。

“在此之外还有北方人，东京人的惊人成就，他们已经把怨恨源源不断地灌注到他们‘被解放’的南方兄弟心里了，还有把经济和生活折腾得乱七八糟的越共统治，而你拥有了非常乐于倾听的听众。村庄和胡志明市街道上的越南人看着罗马尼亚和东德，甚至是苏联，会问：‘为什么不呢？这正是我们赢的原因。’”

“那么我们到底赢了什么？一个让兄弟去剥削兄弟的机会吗？”

“行了，马克。这不是你的脑内对话，这是20世纪60年代怀旧情绪作祟。你以前生活在鬼牌镇的边缘，而现在你生活在这里。谁的生活会更好，是生活在纽约贫民窟里受尽歧视的少数派——就算和巴内特和他的疯子们一起无拘无束，还是生活在村子里种族分布无比适中的越南人？”

马克低下头。“美国要好些。”

贝鲁点头。“*我不是说前者的生活是完美的*，马克。在很多方面那样的生活都糟糕透顶——我也是一个百变王牌。而那是我出现在这里的原因。”

“鬼扯。”

贝鲁忽然靠后。马克和他一样基本不骂脏话。

“你这是在偷换名目，老兄，”马克指责道，“在60年代和70年代的时候，你并没有获胜。你再次企图在这次的战斗中采取正确的策略。你这就像——像……”

他的声音渐渐消失。他无法说出那个在他脑海中浮现出来的名字。

“就像查尔斯·自以为是正义的化身·索贝尔上校？”贝鲁笑着接话，“罪名成立。我们都是想要擦除自己年轻时犯下的过错的中年混蛋。你以为你能让我感到羞愧难当吗？我清楚我的本性：我永远只会做自己认为正确的事情，而且顺便说一下，我这人确有一些不那么高尚的天性，而我向来不把这些天性视为可耻之事，当我认为的正义之事碰巧能满足它们时，我完全不会为其难堪。我想让越南变得自由，这是合情合理的——我在第一回合中为了这个目的抛头颅洒热血，那这一回合我也会这么做。再说了，*我是百变王牌*，马克，我清楚怎么区分鹰隼与苍鹭。”

“见鬼，到底什么是苍鹭，老兄？”

“没人知道。不过别让一个专科学校的《哈姆雷特》评论员告诉你‘苍鹭’这个词到底是什么东西。那是胡说八道。”

他伸手去碰马克的膝盖。“我也明白那不是真正困扰你的问题，孩子。我明白你觉得自己像是沃恩·博德的那本老漫画《死骨色情》里，走在云里的两只蜥蜴之一，就像那些突然发现自己所做的一切都不可能实现之后就一心求死的男孩儿。”

“你看过《死骨》？”

“你以为保守党就不可以很酷吗？好吧，大多数保守党确实不酷。但他们大部分其实也不是真正的保守党。他们是加热后凝固下来的新政分子。或者说你只是有年龄偏见？想想吧，如果年轻就等于时髦，那香草冰[①]会是个餐馆打杂工。”

马克大笑。他花了一辈子去和 J. 罗伯特·贝鲁所代表的一切抗争。但他确定自己喜欢这个家伙。

“可如果从长远来看，不可能的事情根本不会让你迟疑不前，不然你就不会在这里了，不是吗？你就不会变身成为那些了不起的朋友们，不会行走在阴影之中，不会在天际翱翔，也不会将真面目藏在他人面容之下了，不是吗？你也不会飞到另一个星球后又回来，天知道你在这趟旅途中又做了些什么。那些飘动的云彩也不是你心烦的东西。”

马克叹了口气。“好吧。我再也不清楚自己到底是什么了。我是一个男人吗？我是四个——呃，三个——男人和一个女人吗？我是个疯子吗？”

“伊希丝·穆恩那点儿小纠结仍然困扰着你吗，嗯？我十分怀疑。”

“唔，她的纠结有道理，老兄。我总是相信她对你说的话，她的

---

① 20 世纪 90 年代美国红极一时的白人说唱歌手。

出生，成长还有她自己之前的生活经历，而接下来不知道发生了什么，之后的事所有人都知道，她被困在了我的身体里。”

“这听起来似乎有点牵强？”

马克看着他。片刻之后贝鲁笑了出来。“好吧。说得对。聊到现在你的话变得挺有禅宗的意思了，马克。淡定。”

“行吧。我也在想，除非我脑死亡了，不然我没法儿不思考这个。我做了点调查。

“全美国有三个人叫‘伊希丝·穆恩’，至少我查到的是这个数字；见鬼，其中一个就住得离我很近，我有了斯普劳特之后经常去那个社区，就在陶斯镇外面。”

提到女儿的名字令他停下来深吸了一口气，就好像他撕开了身上的痂口，看到了一道如同大峡谷似的裂口。他忍不住移开视线，连忙逃离自己的过去，以免他头朝地摔倒，再也起不来。

“他们都是些前嬉皮士，新世纪人，或者两者皆是。他们之中没一个是韩国人。

“跃闪杰克——他真正的名字是约翰·雅各布·弗拉什，你可能已经知道了，他在‘游隼的栖木’里提过一两次。曼哈顿就有个约翰·雅各布·弗拉什。他是华尔街的经纪人。杰克——跃闪杰克——曾经碰到过他，就在‘游隼的栖木’这个节目上。他们是同一个人。我的意思是，那个经纪人的肚子要突出一些，虽然他看上去经常锻炼身体的样子。但他们是同一个人——同样的外貌，同样的姿势，同样的能说会道。

“但跃闪杰克是个律师，不是股票经纪人。经纪人弗拉什不是王牌——他做过测验，他没有感染百变王牌病毒。而跃闪杰克也不认为自己是王牌，他有自己的说法。在他来的地方——他以为自己来的地方——他被称为‘超级英雄’，就像以前的那些漫画书里写的那样。”

“你喜欢的那些漫画书。”

“还有什么关于我的事情是你不知道的吗?”

“你现在正在说呢，马克。”

马克又叹了口气。“没人知道是怎么回事。就连——就连塔基扬也不知道。但这事儿就这么发生了，现在，老兄，不然我的脑袋就要爆炸了。”

“我们可不想这种事情发生。别让我打断你说话，你继续。”

“我查过达蒙·斯特兰奇——很酷的名字，你得承认。但太空旅行者是一个货真价实的胆小鬼，胆小得要命。我是说，我甚至把他的名字给弄错了，他的王牌名号——真正的歌名是‘神秘旅行者’，那是戴夫·梅森的一首老歌。现在，新墨西哥的阿尔伯克基市[1]有一个达蒙·斯特兰奇，是一个律师，与这儿毫无干系。佛罗里达州的劳德代尔堡有一个保险理算员也叫这名字。我搞到了他的照片，他确实和旅行者很相似，虽然他并不是蓝皮肤。他在 1983 年发生了一场车祸，从此成了一个植物人——佛罗里达州的法庭不允许他们撤下生命维持设备。抱歉我说得这么无动于衷，老兄。”

“你是一个生物化学家。你清楚脑死亡的意思。为何这般小心翼翼?”

马克深呼吸了一下。“是的。问题在于，佛罗里达州的这个斯特兰奇发生车祸的日子就在太空旅行者出现的两天前。当我查得越来越清楚的时候，他的脑电图变成了一条直线，就在我第一次吞下药粉的前十分钟。

“旅行者不愿告诉我关于他的真实过去的任何事——水瓶星也不愿意，尽管我觉得他是法裔加拿大人。但是那吓到我了，老兄。之后，我又试图查清楚为什么月光之子一句韩语都不会说——”

---

① 美国新墨西哥州中部格兰德河上游的一个城市，位于圣菲西南方。于 1706 年建市，是著名的疗养胜地。

他摇摇头。“我到底是谁，老兄？”

“你觉得呢？”

“我不知道。有时候我觉得我只是莫名其妙地把这些脱离自己身体、漫游在宇宙之中的灵魂给吸进了我自己的身体里，就像，来自其他维度的灵魂之类的？”

贝鲁点点头。

“可是月光之子的情况——也许我只是得了全世界最显著的多重人格障碍症，老兄。虽然我向来以为有多重人格障碍症的人，各个人格不会保留其他人格的记忆，不会意识到其他人格的存在。我的其他自我这些天基本没有闭上嘴巴。”

他注视着贝鲁。“现在，你知道我的一切故事了，老兄。告诉我我是谁吧。”

“行。”

马克身形一晃，惊住了。他本来以为贝鲁会说个什么“无”之类的。

贝鲁站起来，双手放在屁股后面，向后拉伸。他看向草棚敞开的大门。

外面天空已经变成淡紫和灰蓝，夜幕犹如巨蟒剧团[①]的喜剧短片中的铅锤一般即将落下。昆虫们纷纷出动，还有那些在夜晚出没的飞鸟，快活地释放野性，冲破云层。不知何处的收音机播放着“人民公敌”乐队的音乐。

那是贝鲁很欣赏的乐队，“人民公敌”乐队。他不喜欢他们的音乐主题，也不喜欢他们的歌声。但他们不是畏畏缩缩的懦夫。

“我不知道你的朋友们来自何方，马克。我不知道他们是不是失

---

① 20世纪60—70年代在英国爆红的六人喜剧组合，代表作为《飞翔的马戏团》。

了锚的灵魂，碰巧栖息在你的产后忧郁症里，也不知道你到底是不是个精神病。这些我全都不清楚。

“但是，马克，我知道你是谁。

“你是一个英雄。”

他走到马克面前，双手拍在呆愣的马克的双肩上。“那是你毕生的愿望。聪明人——自以为聪明的那些人，都行——总是告诉我们要防备自己的欲求，因为我们有可能真的得到欲求之物。现在来看，你早已做到了。

“现在，你只是不得不面对它。”一声惊雷之后，他走出了大门，融入嘈杂的夜色之中。

♥♦♣♠

第四十四章

套着绳把手的木箱又高又宽，只有老天爷知道它到底有多少年头了。箱子侧面的文字经历了风吹雨打，几乎快磨没了：美国军用 81 毫米口径 M301A3 照明弹。箱子就放在波来古市东部昆嵩山麓的林间空地中间。食草的水牛快把这里的草坪啃秃了。大量废品凌乱地散布在空地边缘，其中还包括一辆破旧的乌拉尔卡车。

一个下巴明显突出的蓝黑发高大男子站在空地的边缘，全神贯注地注视着那个箱子。一缕蓝烟扭扭曲曲地从箱子里飘出来。

箱子爆炸了，火光四射。

肌肉发达的男子身边站着马克，马克不由自主地跳了起来。“嚯!”他半是惊叹，半是吹口哨似的叫了出来，“呃……是了。是的。所以说你也可以，唔，做到。”

“马克，”克罗伊德·科伦森开口，他那男中音嗓子足以使迪斯科[1]出卖灵魂，“现在的问题貌似是我得找到一件做不到的事情。”

他从胸腔发出一阵低沉的笑声，十指交叉握紧。裸露的手臂肌肉与上身那件暗沉的橄榄色 T 恤之下的肌肉剧烈抖动，如同洛马普列塔地震一般。

“我感觉棒极了。真的太棒了。我以前从没有过这样的感觉。可能除了我才开始用安非他命的时候，那些药让我上头，但没让我把好状态给保持下去。”

---

① 世界著名男中音。

马克舔了舔嘴唇，尽管这里湿度大，但他的嘴唇还是很干，就跟开伯尔山口那些数千英尺高的峭壁似的。“那太好了，朋友。”虽然很费力，但他还是说出了这句话。克罗伊德是他的朋友。有这种感觉——

“梅多斯医生。”

马克叹了口气，随即转过身去。至少他说服了联盟的那些普通越南士兵停止称呼他为“阁下”。

来人是安南农民游击队的成员之一，他是个棕色皮肤的矮小男子，穿着一条黑色宽松束腰长裤，一顶圆锥形草帽罩住了他整个人，脚踩着一双胡志明便鞋，一根电工黑带子缠住了他那把前握把开裂的 AK－47 挂在他的肩上。大概在 1966 年，他会是《时代杂志》上典型的越共成员写照。

“怎么了，裴?”他也是领袖的一个堂亲，或者是那个庞大家族的一分子。就马克知道的情况，越南常见姓氏大概有二十个。按照西方媒体的习惯，用姓氏去称呼越南人并不利于区分人。在大多数亚洲文化中，姓氏包含在个人姓名中，但并非区分家庭成员的名字。因此，那位已故北方领导人的称呼——“胡大叔”在那些以为“胡”是像弗兰克或者艾德这样的名的人看来，这个称呼就有了一种诙谐的熟悉感；也因此胡的麾下先锋武将军，则普遍被称作“甲”。

不管怎么说，这位裴确实与叛军领袖有血缘关系。他点了点头，露出一个微笑。他谦卑地用手挡在嘴巴前面，不过马克还是可以看到他嘴里镶满了苏联钢牙。

“有人来找，”他说，“或许你会想去见见。”

“欢迎[①]。”马克答道。他一如既往地被自己学会越南语的速度给震惊了。月光之子面对这些升调、降调还有“破”调远比其他几个

① 原文为越南语。

人格要从容得多——这又是一个谜团，毕竟韩语并非一种音调起伏的语言。“谢谢。我这就来。”

他回望了一眼他的朋友。克罗伊德正盯着那辆废弃的乌拉尔卡车。他直直地伸出右臂，手掌向下，五指打开，然后轻微地摇动手指。

那辆卡车听话地悬浮了起来，距地面约有四英寸的距离。

马克咽了咽口水。“等会儿。”他说道。

♣

新来的人四仰八叉地躺在棚屋的垫席上，一副精疲力竭的样子。他看上去十分憔悴。他的衣服破破烂烂的，有的地方被烧焦了，有的地方被撕烂了，有的边缘被磨破了，露出这人身体上渐渐变浅的青黄瘀痕，还有流脓的疮疤。原本是右手的巨大龙虾钳的尖端碎掉了。原本是盛气凌人的眉毛如今只剩两道突起，他那双眼睛凹陷，木然地瞪着棚屋的竹墙，视线飘往外面的无垠天空。

今天的埃文·布鲁尔看起来并不那么衣冠整洁、泰然自若。

“他们蓄意谋杀我们，”他说话的声音就好像每一个字都是从他的喉咙内膜里撕扯出来的碎片一般，“我当时不在地堡里，但我认为他们会袭击我们所有人。他们不想再听到关于越南社会主义的任何内容；他们想谈论的全都是耐特的鲜血尝起来是多么美妙，用鲜血擦洗皮肤的感觉有多棒。”

马克看了贝鲁一眼，贝鲁耸了耸肩。马克吩咐为他提供最好的医疗护理——几个无国界[1]医生加入了叛军随时迁移的总部。事实上，医疗护理本身并不是很大的问题，尽管供给很少：专业课程在抛弃北方和南方的政权，而医师们是领路人。

---

① 原文为法语。

但愿马克的特殊制药需求得到良好关照。药粉纯度的问题是另外一个长期存在的限制。对此他也无能为力，只能孤注一掷。

布鲁尔挥手遣走医护人员。在治疗身体之前，他需要拼尽全力地强迫自己用语言说出他脑子里的全部记忆。

一时间，马克油然而生一种难以自持的依赖之情，竟想跪在那个曾经折磨过他的人身旁。现在，他坐下了，注视着，倾听着，收起了一切评价。*也许我的良心已经和星辉一同死去了，他心想，也许这就是我变得这等铁石心肠的原因。*温柔战士月光之子自然要除外，她向来是他的怜悯之声；而星辉是正直的义愤。

“我当时在营地外面的厕所里。纯粹是运气好。卢修斯当时睡在他的行军床上。他们把一枚白磷手榴弹丢到他的身下。”

一阵抽搐打断了他的讲话。马克心生一股冲动，想要伸出双臂抱住他，安慰他。这股冲动很快消散，都没让他动一下。

“手榴弹炸掉了他的两只手臂。我用毯子拍打火焰，把他裹了起来。基本上灭了火。”

他摇头，然后将他茫然地目光从地平线移向地底。“一个半小时之后直升机才赶到。基地距离必胜堡只有十分钟的飞行距离。它花了就十分钟。

“我们给他用了最后一只吗啡——药库几乎被洗劫一空，但是上校有他的私人存货，安全地放置在他的办公室里。没人去找上校的麻烦——目前。有些年轻人谈话的语气——”

他用力甩头，甩掉了想说的话。那是次要信息，并非他必须涤清的毒液。“所以 Hip 进来时他没有尖叫，只是扭动身体，偶尔呻吟几句，开始想要从毯子里出来。当他们把他送上直升机时，你还是能看到有些白磷燃烧的微粒在侵蚀他，像小星星一样发光。就像放射性癌症，就这么一点一点地侵蚀他。”马克不寒而栗。

“那么在越南人把他送去治疗之后，你——”贝鲁开口道。

布鲁尔的视线转向贝鲁，这是他第一次定睛看向身旁的人。他的双眼是黑色的，那种黑色如果加热到一定程度，它会在紫外线中发出光亮，过于炙热而无法直视的光亮。

“他从来没有得到任何治疗。索贝尔上校第二天亲自前去看望他。他根本没到医院。你明白了吗？他们把他带到了一两千英尺的高空，把他丢出了直升飞机。”

这一瞬间让马克想冲出门外呕吐。他难受极了，但他午餐时吃的鱼头和米饭还是待在原来的地方。实际上他忍不住思考它们在那里待了有多久。

“上校召集了那些越南人。说他们杀害了他；直升飞机离开必胜堡时他是在上面的，而飞机降落时他却见鬼的消失了。而你们知道他们对上校说了什么吗？你们知道吗？”

“什么？”贝鲁轻声问道。

“他们说现在在打仗。他们说药物储备严重短缺。他们说，‘如果你那些怪兽宠物想要自相残杀，那不关我们的事’！”

……马克发现自己站在棚屋门外，大口大口地呼吸空气。季风消失得干干净净，但是叛军住在地势低矮之处，这里的空气仍旧黏稠闷热。最终他回到了自己的位置。

布鲁再次双眼无神地移开视线。他一动不动地坐着。“一切都疯了。太疯狂了。年轻人告诉我，当着我的面告诉我，他们很遗憾把我给漏掉了，而且他们会很快就补上，”他摇头，“上校只会说什么这些他带来的新王牌之后会怎么扭转局势。他简直就像是活在他的个人世界里。”

贝鲁朝马克投去意味深长的一眼。我明白你认为上校是个疯子，伙计，马克想道，可是他承受着巨大的压力，他眼睁睁地看到自己的梦想破灭——

而我们是推动这一切的人，月光之子无比悲哀地总结道，我是可恶的那个。噢，艾里克……

“什么王牌?”贝鲁轻声问道。

布鲁尔摇头。“他们其实并没有表露能力。那是一个巨大的谜团。之前我也不明白是怎么了，我就是不想去弄清楚他们的身份。我当晚就逃跑了。”

布鲁尔的话语盖过了马克脑子里的那片。谢天谢地。

“我别无他法。也许我就是个胆小鬼，老兄。可是那里已经没有任何值得奋斗的了。我无法理解那里发生的一切。我可以留在那里，然后死在那里，可那毫无意义。我以前觉得自己完全准备好了为事业而牺牲，你知道的，在战斗中牺牲。可不是……毫无意义地死掉。

“他们追捕我。那群男孩儿中的一个，鬼牌王牌，以前和极客跑过，他可以像猎犬一样嗅探气味。你可能还记得他。一个小家伙，他的脸上全是悲哀的眼睛和巨大的鼻孔。”

马克点头。“麦迪森。”

“就是他。在他到达营地之后，他用本名称呼自己，不再用他的鬼牌名号‘嗅探者’了。我劝过他别这么做；我真的很担心他的自尊。

“他们让他来追捕我。他在一座废弃的甘蔗种植园旁边的荒村里找到了我。你可能也知道是哪里？在我们迁往高地之前，我们以前巡逻时常常去那里。当时那个村子还没有荒废。叛军，他们——你们——现在每晚都面临着必胜堡的监听。村民全都逃跑了。他们想远离我们。我听说的时候觉得这事儿真他妈恶心。但那是在我不得不逃跑之前的想法。

“我杀了他。我手上沾了鬼牌的血。”他举起那只钳手，“当时他压在我身上，拼命地想掐死我，高喊着他找到我了。我拿这只钳捅了他的双眼，然后用尽全力戳进去。我拼尽了全身的力气。他尖叫挣扎起来，从我身上滚了下去，满地打滚，接着他忽然就不动了。我不得不弄碎自己的钳尖才把手拔出来。”

他把脸埋在那只人肉手掌上。“我走进那片甘蔗林里。甘蔗林里十分干燥又杂草丛生。我听见追我的人在周围抽打作物的声音。然后有个家伙解开了喷火器的阀门。我不知道那到底是鬼牌旅还是人民军队的人。有些男孩儿被抓了；我听到了他们在惨叫，那是我听过最凄惨的叫声。比鲁斯的叫声还要惨厉——他绷得太紧了，没办法叫得很大声，哪怕是在他还清醒的时候。”

他抬起双手。“我逃脱了。我藏在树林里。最终你们的一些匪徒——叛军——找到了我。我还以为他们要杀了我。但他们把我带上了卡车，还送我来了这里。”

“我们仍然会接到从必胜堡逃来的士兵，”马克说，“当地人都知道要留意他们。”

布鲁尔偏了偏头，仿佛还有话要说。眼泪划过他的脸颊。贝鲁看了马克一眼。马克摇摇头。

他们站起身，走到午后烧炉般炎热的外面去了。“听起来貌似你那位英雄索贝尔上校就要开始脱离管控地飞行了。”贝鲁说道，语气中包含着一丝生硬的恶意。

马克倍感空无，都懒得回击他。“他是个好人。”他干巴巴地说。

“是啊，他是个好人，”贝鲁说道，“那又怎么样呢？数年来，很多好人都造成了很多伤害。”

“那我想你一定情愿当个坏蛋。”马克气冲冲地说，他的脾气终于上来了。

“不论怎么说，你还记得马克·吐温形容地狱的话：那是有趣之人会前往之地。就算是在死后的时光里，我都不愿错过一场有意思的对话。”

“喂！你们好呀！”

贝鲁和马科看向不同的方向，又望向对方。然后，他们同时向上看去。马克顿时觉得自己仿佛处在某个糟糕的电视短剧里。

克罗伊德飘浮在三十英尺的半空中，正挥着手。

“我刚刚才发现我还能飞起来，”他语气轻松地说，“哎呀!”

他像慢动作播放一样地前倾，以大概六十度的角度着陆，过了一会儿才站稳。

“抱歉，”他喊道，“我在垂直同步上还有点不熟练。或者你们称之为‘配平’?”

♥♦♣♠

第四十五章

“没门儿。”贝鲁对革命监督议会说。

树林外有一座L形的炉渣砖建筑，从外面看起来十分笨重，而且外墙上爬满藤蔓，就在克罗伊德实验自己醒来后的新能力的那块空地不远处。建筑内什么家具都没有——摇摇欲坠的长桌和大堂座椅是之前邻村的执行委员会（那是村子的管理组织）的财产，委员会的成员全都很机灵，不是溜走了就是加入了起义。尽管如此，马克还是认为这是一所美国人建立的学校。他有一种熟悉的感觉。

就在法国人和越共遭遇到明显失败的时候，除了美国人，还会有人会想在雨水充沛的越南建一座平顶楼房?

改造营里的阮青年冷冷地瞥了贝鲁一眼。董那个衣冠楚楚的暴徒不动声色，不过他额头发际线处冒出的汗珠暴露了他的情绪。

“我对来自西贡的代表没有丝毫的不尊重，”贝鲁继续讲话，“我只是认为如果这次将起义军集中起来，组织成大部队去保卫西贡，其结果并不利于起义军的发展。军队分散是我们的优势，鬼火幻影般的优势。政府有很多目标，但不可能将所有目标一网打尽。如果我们集中到西贡，他们将只用对付一个目标。”

马克在桌子另一端的重要位置——贝鲁的正对面，吞了下口水。他说得有道理，他站直了身体。

“你可能会错失一个绝佳的机会，我的朋友。”董发号施令似的低声说。他言谈举止间的那种习气让马克想到一个越南人，威廉·巴克利[1]。“我国公认的首都已经全副武装做好支持起义军的准备了。市长准备声明支持我们了。”

“西贡的士兵把他们的长官全都驱逐了，”阮高知激动地开口，“他们呼唤月光之子前去领导他们。那是我们所有人翘首以盼的事情。”

“大众人民起义也是党政军领导人期待已久的事情，”贝鲁说，“他从没成功过。而他当时判断时机已经成熟，于是他放手一搏，就像 1968 年的春节，他输得倾家荡产。哪怕全球媒体不顾实情，把他捏造为胜利者。”

“但是我们已经有了一场起义了。”马克指出。

贝鲁耸肩。“西贡的那群乌合之众一点都靠不住。暴民到处都有。但是西贡的暴民更糟糕。顺便一说，董，你放轻松，”他露出一个淡淡的坏笑，“我说的‘暴民’是指街上那些闹哄哄的乱民，不是指你的人。”

貌似这句话也没怎么安抚到那位犯罪大王，虽然他看上去一副足够冷静，不会明显表露他的急躁的样子。其他几个西贡代表吵嚷起来，一下站起身后又坐下了。厄尼不得不让自己挤到阮高知和那个同样强壮，也同样年轻鲁莽的吴安东之间，才掐灭了一场打斗的苗头。这位高台教领袖是个南方人，自然对那些大城市的男孩儿们没有一丁点儿的好感。

“先生们！”马克大声喝道，连自己音量陡然升高造成的尴尬都不管不顾了，“我们聚在一起是要抗击政府呢，还是要放任我们的敌人重整旗鼓，还让他们嘲笑我们在这里痛揍彼此的脸呢？”

沉默如同断头台上落下的刀刃。吴阮二人满脸惭愧之色，各自退开，不去看对方的眼睛，也避开马克的目光；马克站在桌子一端，神

① 美国媒体人、作家、保守主义政治评论家。

态严厉，犹如一位威赫十足的教师在管教他不听话的三年级学生。他们都忘了对一个肮脏的蛮人竟敢伸手碰自己这一情况发火。也可能是他们心里清楚在这个时候展露种族歧视真的会惹这个高得异于常人的美国佬生气。

马克站在原处，眨了眨眼睛，走神了一秒。议会桌上的争吵让他有些失控，总是如此。马克一直以为亚洲人都是内敛讲礼的。从他的经历来看，基本上亚洲人也是这样的。可是一旦有什么事情激了他们一下，他们就一发不可收拾了，就像一笼子的松鸦似的。也不是他以前抽的那种①。

好了，他脑中响起一个声音——是他自己的声音——你站到舞台中央了。你现在要做什么？

众多黑洞洞的大眼睛如同聚光灯一般盯着他，以前的马克可能嘴巴会打结，脸会变红，然后木愣愣地坐下。现在这个马克双手握拳，侃侃而谈，滔滔不绝。

"我认为这是个千载难逢的好机会，不可错过，"他逼自己尽可能地说得又快又流畅，"西贡具有非常，呃，象征意义上的重要性，对全世界而言，也对越南全国而言。"

你又开始了，你这个拼字狂魔，旅行者坐在马克头骨深处的包厢里，讥诮地说。又一次轻率地让我们全都成了一个靶子。你有一个瞬间说错话了，是不是？难道常识没有扯着你的袖子，让你三思而后行，别无缘无故地拿我们所有人的安危去冒险吗？

它做到了。马克深吸一口气，让他六英尺四寸的身体鼓了起来。

"我认为到了要么行动，要么闭嘴的时候了，"他语气坚定地说，"如果说我们想要一场革命，那等到革命来了的时候我们就不能只是闲逛，不能懒散行事。"

① 原文 jays 是松鸦的意思，但 jay drug 是糖尿病人的一种药。

他环视房间。“你，吴；你，阮。你们以为自己在干什么？你，裴——你说让那些大城市里的南方人自行抵御攻击；你质问他们为安南做过什么？但问题不是他们为你做过什么。那是北方人和越共对你做过的事情。对你而言，你那点儿嫉妒的小心思难道比移开脖子上的东京靴子，比活下去更重要吗？那些拴住你的锁链就那么舒服吗，只要你的邻居没有打破他的锁链，你就愿意永远戴着自己的锁链吗？”

他伸出拳头重捶在桌子上。这个举动把他自己都吓到了，让他无言了几秒。哎唷！太空旅行者哀叫道，那好疼。

他的听众站了起来，似乎都没注意到他节奏中断了。也许他们觉得那是为了达到效果而故意暂停的。

“我告诉你们我接下来要做的事。”他继续说，他的话犹如子弹一般从涂着厚重涂料的炉渣砖墙上飞快地射出，“我会出发去西贡，尽我所能地提供援助。”

他愤怒地扫视桌子一圈。“你们其余人可以留在这里，互相做怪相，直到地老天荒，白发苍苍，如果那是你们想要的话。我会离开这里。”

整个议会的人立马全都跳起脚来，叫嚷起来。起先，马克——他其实有点用力过猛，跺着脚走出了这所学校——以为他们都在嘲笑他。随后他发现他们都在欢呼。

所有人，除了阮上校，他双手紧紧抱胸地靠着椅背。好极了，马克心想。这是生活的作用——他的生活。阮上校现在觉得伊希丝·穆恩无所不能。但他用不上马克，当马克出现在议会面前，而不是月光之子时，他的荷尔蒙素急速飙升。

这个越南人民军队逃兵眼中的光芒犹如魔术师手中的闪光纸，令马克在心中恍然大悟：他以为我和她睡在一起。行吧，上帝啊。

“月光之子对此怎么说？”上校用他最为自豪的命令语气问道。参加会议的人停下了欢呼，扭头看向他，一脸困惑的表情。“她是革命的陆军元帅。”

革命的陆军元帅？马克心想。

不得不承认这称号听起来不错，跃闪杰克评论道。

桌子尽头的J. 鲍伯·贝鲁站起身，清了清喉咙。

马克郁闷地看着他。他登场了。他能够驳回我的一切言语和行为。而我还觉得自己做得那么棒。

话说回来，到底怎么做？

“容我提醒一下革命议会。”贝鲁开始用他最为动人的演讲家语调——相当好听，相当有用，马克感到一种“还有什么它做不到的事吗？”的嫉妒情绪在他心底起伏——“梅多斯医生是月光之子全权托付的发言人。”他说“医生”这个词时发音很重。越南人对称号，尤其是学术类称号，有一种近似德国式的尊崇。

“伊希丝·穆恩曾亲口说过：‘他的话就是我的话。’难道不是吗，上校？”

上校发现桌面上有某个极其迷人的东西，头也不抬地答道：“是的。”

贝鲁点头。“那么他的话，就是她的话；她已经对此发言了。而现在我有话要讲。

“之前我提倡要谨慎。谨慎是有道理的。而之后有时间驱散了这些谨慎的想法。梅多斯医生向我们表明时机到了。容我提醒大家蒙特罗斯公爵那句著名的祝酒词。”

他举起他先前喝茶的那只有裂纹的白色搪瓷金属杯，随即宣布道：“‘若非过度惧怕自己的命运，那便是餐后的甜点太小，不敢触碰美酒之人，要么一切，要么全无。’

“先生们——敬西贡！”

♠

马克低着头在走路。月亮高悬在空中，蒙蔽了那些想要逃离她的星辰与碎云。他希望那些云别跑得太远。他之前差不多已经不再为星空感到焦虑了，但他仍旧还是少看那些星星为妙。

水牛在一人来高、叶面锋如刀的野牛草丛中的小路上行走。在经历了新鬼牌旅那偏执的一周巡逻之后，能够如此自由地穿行在这些小路上让他感到有些奇怪，不用担心遭到伏击，也不用担心踩到愚蠢的陷阱。然而那些设下陷阱的人如今都变成他忠实的同伴了。

更确切地说，是月光之子的同伴。那也很好。他并没有成为一个了不起的队长的雄心壮志。从前非军事区到湄公河三角，起义军统治了夜晚。他们应该跟随月光之子，这再合适不过了。

他身后传来脚步声。他停下，快速转身，手中握紧那瓶用牛皮绳挂在他脖子上的熟悉的银黑药瓶。如果他马上又变成月光之子，他确定自己会疯掉——那也是之前他亲自出现在议会上的原因——但是一想到把他的月光游行浪费在一支政府特遣队上，又或者，可能是新鬼牌旅的那支新的重磅王牌队，他就觉得难以接受。他并非担忧自己的性命；他是感到恶心。

“是我，马克。”J. 鲍伯平静的声音传来。

马克立定看着来时的路，贝鲁从黑暗之中现身。他并没有立即松开他那只手。

贝鲁咧嘴笑了，伸出大拇指理了理自己的胡子。“你还是不信任我，是吗?”

马克舔了舔嘴唇，像被烫了手似的松开了药瓶。随即一种不服气的情绪油然而生。

“不信。”

“很好。‘子曰：君子之于天下也，无适也，无莫也，义之与比。’我很喜欢你这个人，马克，但那我绝不会为此而放弃去做我认为正确的事情。绝不会。”

“我也不会。”这话或许不总是真实不变，但目前确实如此。

“很好。”他走到马克身边，拍了拍他的肩膀，邀请他继续散步。马克照做了。

“几天前我告诉过你，别把功劳都算在自己身上。”贝鲁说。

“我记得。”马克答道。

“我确信这点。我敢说你记得别人对你说的每一句负面的话——或者是你觉得是负面的话。并且我也敢说你基本不去记别人对你的称赞。不过记住这句话：别太快就把自己给卖了。”

马克忍不住在空中做出一个侧劈的手势。“月光之子才是做事的人。我只是陪跑的人罢了。”

贝鲁停下然后转身。他这个人自带的磁性让马克也停下脚步，转身面对他。

“胡说八道，”贝鲁说，“面对议会——还有那个驳倒邪恶的我——的人可不是月光之子。”

马克耸肩。“我不过是她的传话筒罢了，你自己都是这么说的——”

“我那是要对付那些拖后腿的人，马克。每个骑在马背上的人都需要骑士护卫，就算历史往往会忽略这个事实。是的，月光之子是起义的领头人。而我们最好的证据就是她仅仅是你的一部分。”

马克抿紧嘴唇。他将头偏向一边，又转向另一边，但看得出来，这并不是摇头。

“这一点还有争议。实际情况是，你在这里做到了。全靠自己。你知道你是什么吗，孩子？”他一掌拍在马克的肱二头肌上，“你是一个领袖。”

“噢，不，老兄，你完全弄错了——”

“我从来没有弄错过，虽然我在年轻时遭遇过某些灭顶之灾。”

“某些什么？”

“老话罢了，不用在意。重要的是，我清楚我在说什么。”

贝鲁伸出食指，用力地戳到马克的胸骨。“你才是这场起义的真正领袖。永远不要忘记这点。”

拒绝的想法把马克的脑子搅得天翻地覆以至于他找不到合适的语言去表达。他只能摇头。

“你会明白的。”贝鲁说。他拉起马克的手臂，然后拉着他又走了起来。

“现在，说点其他的。别把一切当成理所当然。像这样走在外面——”他摇头，“那些坏蛋之前交过好运。而且也不是所有坏蛋都穿着越南人民解放军的卡其军服；你和你那位戴着阴阳面具的狡猾人格已经勾起了某些人相当强烈的嫉妒心。不是每个人都认为让外国人来领导这场革命是一个棒极了的主意。而且牢记孔夫子说的关于君子、适还有义的那句话。我们不会总走在同一条路上，或许，况且等我走上另一条路时，我没有必要去提醒你。”

“我也是。”马克完全是在虚张声势。

“好极了。”贝鲁把手放在嘴巴上，吹了一声口哨。

小路两边的象草丛分开了。右边的是身披斗篷、手戴臂镯的蒙塔格纳德人，左边站着头戴红头巾的红色高棉士兵。

“你很安全，”贝鲁说，“今晚。你的守护天使J. 罗伯特一直在为你提防。但是你应该牢牢记住，孩子。”

“记住什么？”

“蒙特罗斯公爵的下场。”游击队员们全都回到高高的草丛中去了。贝鲁转身走下小路，吹了声口哨。他本听出来了口哨的调子是《马尔伯克出发去战场》[1]。但对马克而言，那就是《小熊越过山头》。

♥♦♣♠

---

① 法国民谣。

第四十六章

贝鲁之前警告议会，如果给政府提供一个方便的目标，那仅需一次重创便足以摧毁起义军，这完全正确。实际上，月光之子不需要被告知这一点。令他意外的是，马克也不需要。

接下来的几天，他都在分派起义军的武装力量：哪些人应该留在丛林之中继续制造麻烦，而哪些人应该去西贡；起义军的力量应该如何分散才能渗透进南方首都，才能在哪怕是最糟糕的情况下使政府无法将他们一网打尽，一切进展顺利得出奇。马克过去总是听人说那些陈词滥调“绝不可分散军力”。也许在某个时期那句话是对的。但在他心里，他明白，*此时此刻*，那句话绝不是正确的。心中揣着这个想法，他无比自信——信心到令他自己都惊讶的程度——他采取了行动。

当他结巴时，月光之子在他的脑海里为他提供建议，以及安抚和鼓励的话语。跃闪杰克自然而然地接受了这场反政府的战争冲突，将其视作一点即燃的火焰，而他所能提供的基本见解就是要扑灭一百个小火点可比扑灭一个大火堆困难多了，而等到小火点们都变大后聚集到一堆时，火势就变成了滔天的烈火风暴。

就连太空旅行者都冷静下来提建议了，有些建议其实非常有用。谁还能比一个有着无数面孔的胆小鬼更清楚如何抵挡危险呢？尽管有人民大众的支持——这给全球媒体造成了不小的惊愕——这都依旧是一场弱者反抗强者的战争。*旅行者比任何人都要弱小。*

马克怀疑他的主要目的是回到西贡。现在他有时间来思考了，旅行者发觉与其待在田野、山地或雨林之中，还是待在城市里要安全得多。西贡有四百万张面孔，他可以随意模仿其中之一。他可没办法把自己变成一根竹子。

只有水瓶星，坚定不移地厌恶着陆地居住人和他们的一切所作所为，仍旧无动于衷，十分冷漠。那其实还好。马克所有的人格里面，水瓶星基本上是唯一一个对马克随心所欲行事没有任何怨言的人格。现在最好是闭嘴，而不是在花生长廊里多嘴。

贝鲁目不转睛地观察马克的一举一动，他的观察仔细而不惹人注意，却如盘旋的松雀鹰一般洞察秋毫。他本人一言不发。要么是马克的决定都正确无误，要么就是这位美国军人早就预料到了，选择将计就计，利用马克的错误实现他自己的安排。马克发现自己并不在意，他发现自己已经丢掉胡思乱想的习惯了。

队伍聚在一起之后又分散开来，就像云聚云散。风暴以各种方式朝西贡行进。

敌人并非完全瘫痪。尽管苏联已经叛出，人民武装部队仍有能力继续用强袭机和直升机进行空袭。起义军大都保持着良好的散布情况，他们躲藏起来，不会被空军找到，即便被发现，也只是一次暴露了一小部分人。他们在夜晚行动，因为都清楚苏联的低地面攻击飞机、直升机，还有喷气机都只能在白天飞行。

不过政府的飞行员偶尔也能走好运。而且越南人民军队的巡逻兵随处可见，虽然有些人主要盯着荒漠，但还有其他人尽忠职守，主动出击。政府还有间谍和线人。它还是能带来巨大破坏。

但是游击部队继续缓缓向西贡行进，如同一千条细流，就像从悬崖壁落下的瀑布，政府似乎无力阻止它们。

稍作休息之后，马克发现自己使用黑银药粉的频率比以往更高了。或许贝鲁是正确的；或许他有能力当一个领袖，或许在他下决心迁往西贡时他便获得了尊重。然而月光之子依然是起义名义上的元首，一位能用沉静的语言平息所有怒火，化解一切干戈的神秘王牌。

偶尔月光之子现身时，她感觉到艾里克在搜寻她的思想。她将自己封闭起来，躲避他。她选择了自己的道。而改变方向为时已晚。

之后离开夷灵高原后，进入了胡志明市东北部的交趾低地，马克的分遣队遇上了举白旗的使者。

♥

“我们有话要跟月光之子讲。”三个鬼牌中领头的那个说。他们脸上满是疤痕，画成了花脸还装饰着羽毛。在光影斑驳的森林中，很难分清到底哪些是由百变王牌病毒造成的，哪些是自己人为留下的伤口。

J. 鲍伯·贝鲁扭头，小声地和人说话。然后他回头看着三人。

“我刚才跟我的人说了，”他谈话似的正经说道，“如果你们想找麻烦，就下手杀了你们。他们都是红色高棉的成员。以前听说过他们吗？还是说任天堂游戏还没有出柬埔寨内战这款游戏吗？”

“省口气吧，你这个耐特支持者，”有一个鬼牌开口说，“等你尖叫的时候会需要这口气的。”

领头鬼牌举起三根手指。“放松。我们是举着停战的旗子来的。”

马克走上前。“冷静行事。”他赞同地说。他意识到贝鲁安排了一出标准的“马特与杰夫”的戏码，还让他扮演了“好警察”这个角色。他没看出来这有什么必要。

领头的使者对他皱起眉，随即又松开。“我们来——”

“我是月光之子的个人代表。你们可以问问其他人。”

年轻鬼牌还是一副执拗的表情。“我们有我们的命令——”

“给我狠狠地教训下面这些蠢货。”贝鲁粗野地喝道。一听到他说话的语气，红色高棉们都举起了卡拉什尼科夫，还“咔嗒咔嗒”地解开了保险栓。“我们有要去的地方，还有要信守的承诺。”

“——可是，嘿，我们不是奴隶，”带头鬼牌说道，“我想我们可以给你带个信儿。”

马克竭力抑制住笑容，说道：“好吧，说来听听。”

“上校想要个约会，”他说出“上校”这个称呼的时候没有一丝敬爱之情，“他想要亲亲然后讲和。”

“他觉得月光之子会背叛她的使命。”

“月光之子是一名百变王牌。”那个鬼牌在打量贝鲁，这个男人即使在酷热的中午也永远是一副凉爽的样子，“所以说，你是，我猜的话——你是被他们称作‘机修工’的那个人吧，是吗?”

贝鲁嘲讽似的举了个躬。“我很荣幸。”

“如果你这么说的话。那我们把消息说给你听。”他朝马克看去，“我们都是百变王牌。不论你们怎么想，那都是我们的使命。上校认为我们应该团结在一起。”

“我们要推翻越南社会主义共和国，”贝鲁说，“我不认为你们的上校会想与我们共举大业。”

鬼牌男孩耸肩。“那些该死的越南人把柬埔寨人看作黑人，”他说道，“他们会有多关爱我们这些鬼牌呢?”

马克觉得他的心跳加快了一下。年轻鬼牌坏笑道：“形势变了，和我们加入时预想的不一样了。上校想的可能和你们更贴近，近得超乎你们的想象。”

◆

“我乐意承认上一次你是对的，孩子，”贝鲁说道，“可别得寸进尺。”

马克站在原地凝视着那片黑暗。这是一个山地国家，植被丰富，还没有被全部开垦为田地。昆虫们正在演奏它们的先锋派交响乐当作配乐。

“百变王牌不该彼此斗争。”他说道。

“这是个陷阱。”贝鲁说。

“我会以月光之子的身份前去。她可以照顾自己。”

“她并不是黄金男孩。她不是刀枪不入。而且就算她是黄金维尼——只要足够多的人想让你足够惨，那就没有什么超能力能够永远拯救你。”

马克耸肩。“哪怕有个机会也好啊。你难道不明白吗？我来这里是为了实现一个梦想——新鬼牌旅背后的梦想。我心中依然怀有这个梦想，老兄。”

“难道你没听见你朋友布鲁尔说的那些话吗？难道你没看见今天那些混混吗？梦想已经变成噩梦了。”

“也许梦想还能变回来。我——我只能这么相信。”

“你也只能相信牙仙故事呢，”他转身走了几步，“是因为索贝尔，是吗？你在寻找一位全知全能、能告诉万事安好的父神人物。”

马克感到自己的脸变得绯红。“怎么了，你因为自己无法扮演这个角色而羡慕嫉妒了吗？”

贝鲁大笑。“好吧。你又说对了。虽然可能，仅仅是可能，像这样争彼此的上风有点认真过头了……”

“这本来就是很认真的事情，”马克说，“我想我要是指出是你先开始的话，那我就太认真了。”

贝鲁走了三步后又回来。他举起双手。浪费这么多情感这很不像他；马克从没见过他这么激动。

除非，当然了，他在故意演戏。

贝鲁放下双手。“我阻止不了你，是吗？”

马克握紧一个药瓶。里面装着银色和黑色的药粉。“除非你的红色高棉手下可以看见红外线，否则就不行。”

贝鲁深呼吸了一下，他那有时受伤却仍旧贵族气十足的鼻子愤怒地呼出气。“没有谁是不可或缺的，”他说，“不过我们中的某些人确实比其他人更重要一点。我希望你能重新考虑。”

“这是我必须去做的事情。”

J. 鲍伯挑眉，凑近马克，紧盯着他。“你有没有瞒着我什么事——”

克罗伊德模糊的身影蹦了出来，出现在他二人身旁。“这用得着说吗，只要情况不对，我向来都在。”

他俩看向他。“麻烦你再说一遍？”贝鲁说道。

“我不小心听到你们的小讨论啦。马克想去见索贝尔上校。我还以为我突然出现能让你们放心呢：我可以照看他。听他的动静，怎么都行。”

“你怎么知道我们之前在谈什么？”马克发问道。

“噢。我刚刚才发现的一个新天赋。超感听力。还有，呃——”

“瞬间移动。”马克接话道。

“瞬间移动。对。”他伸出双手，“所以不用担心。没什么会出错。”

♣

森林里有一座庙宇，很小，灰泥墙，弧形的木梁佛塔顶。由于政令规定，这座庙已经废弃多年。建筑上的木料历经日晒雨淋，已然发泡褪色。

月光之子站在入口处，双手置于身侧，将自己的五感发挥到极致。按照先前协定，她独自一人前来。

什么都没有。她的夜视能力优越异常，就像猫一样，但她的其他感官并不比耐特敏锐到哪里去。她集中精神的能力增强了她感官能探测的范围。在这座森林的噪声、气味和声响、风吹的响动以及窸窸窣窣的动静的联觉作用下，月光之子没有感觉到任何异常。

这并不意味着此处就什么都没有。她应该有点信心。不论是对索贝尔上校和他的梦想……还是对她自己。她走了进去。

在一对蜡烛的光亮之下，她看到那些仇视传统的越共将这座寺庙洗劫一空。寺庙中仅剩下一座一米来高的佛像，大肚便便地静坐其间，蜡烛就立在他两边膝盖处。他面前摆放着散开的供奉：一些蜡烛、鲜花，还有越南盾，越南盾上用17世纪时越南采用的罗马变体字写着潦草的愿望和祈祷，都是那些没有被官方禁令所吓倒、心怀希望的忠实信徒所留下的。

“你能加入我们真是太好了，穆恩小姐。”一个站在佛像右手边的高个子男人说道。

“谢谢你，上校，”她答道，“只要能让我们携手共同为理想奋斗，而不再彼此争斗，我愿意做任何事。”

又一个人从佛像左边的黑暗中走出来。烛光在他脸上投下迷人的阴影。“我很高兴听到你这么说，亲爱的。”

她看着他，双手握成拳头，又缓慢地打开了。这是她曾经所期盼的一幕，也是她曾经所畏惧的一幕。

“艾里克。”他说道。

他走向前拥抱她，亲吻她。她向他贴上她的脸颊。

“怎么了？现在已经不愿亲吻一个丑陋的鬼牌了吗？”

“艾里克，别这样。我——”

他退回一步，冲她露出不怀好意的笑容。“还是说，你只是觉得羞耻？”

“我没做任何能让我感到羞耻的事情。”

他直视着她。她垂下目光。

“我一直想做正确的事情，”她说道，“要弄清楚什么是正确的事情并不容易。”

“不，这很容易，”上校的声音低沉，含有弦外之意，令人不由自主地想听他的，“在这个情况下，很容易弄清楚。回我们身边来，伊希丝。”

她的舌尖短暂地伸到唇间。“那么你愿意抛弃政府吗？”

她听到一声犹如融化的巧克力那般顺滑醇厚的笑声。“绝对不会。世界革命是我们百变王牌唯一的希望。真正的革命，社会主义、马克思主义、列宁主义……不是你那些小朋友当作革命来推行的虚假法西斯行动。”

她下意识地后退一步，困惑地摇晃脑袋。“我不明白。你的使者们说——”

“说上校想的可能和你们更贴近，近得超乎你们的想象，”艾里克接话道，“是吗？那是因为他们被要求这么说。”

“那——”她堪堪勉强自己说，“那是一个骗局？”

艾里克摇头。“不，亲爱的，”他一边说话，一边拉起她戴着手套的双手，“因为我了解你。在内心深处，你所想的就是我们所想的。你明白我们的道路才是正确的道路。和耐特之间是没有妥协的，没办法和他们的世界、他们的道路妥协。你明白的。”

“我的人民——”

“害怕你、仇恨你，就和他们害怕仇视政府一样。或许还更多。你难道不明白他们在利用你吗？一旦他们的起义成功，他们就会把你撕成碎片。到那时候他们就不需要王牌了。”

“不！他们需要我。他们爱我。”

“我也是，”艾里克露出悔恨的笑容说道，“难道这什么都不是吗？”

她下一秒就紧紧地抱住了他，她滚烫的泪水落到了他的脖子上。“噢，艾里克，我真的好想你！可我没办法忍受营地里发生的一切，我们正在变成——”

他轻柔地推开她。“我之前就告诉过你，”他温柔地说，“我们在打一场生存的仗。战争里没有我们多愁善感的余地。”

她摇头甩掉自己的眼泪。“怜悯之心总是要有的。”

“你轻而易举地就能说出一大堆怜悯，穆恩小姐，”索贝尔说，“在你破坏了我们之间的团结之后，耐特又会对我们流露多少怜悯之心呢。”

我们？她想到。她想朝他尖叫，你就是个耐特！你知道什么？然而她仍然觉得他就像长辈一样，让她心生亲近。她不能向长辈发脾气；她只能希望改变他的想法，让他理解……

“那些滥用私刑的匪徒在晚上出没，伊希丝，”艾里克激动地低声说，“那些猎犬为我们的鲜血而号叫。不要让他们危害到我们的生命，亲爱的。别成为——”

她的脑中充满各种恐怖的画面，被火烧死的婴儿和流血致死的女人。“不!”她尖叫起来，徒劳地用手捂住耳朵，“艾里克，停下来！我不会再让你进入我的思想了！那是强暴。”

艾里克退回去，毁容的脸上神情严峻，双手向两侧张开。他看向索贝尔。

“我很遗憾你的想法和我们不一样。”上校说道。

庙里挤满了鬼牌和枪炮。

♥♦♣♠

第四十七章

月光之子的第一个想法是，我一定不能让他们伤害到对方。

在这件关键大事之外才是别中弹太多以免超出她的自愈能力范围。她十分小心，并没有低估那些不具备王牌能力的人：李小龙说过，在武术中，所有招数都是后天习得的。耐特和鬼牌都有可能成为她的师傅。更何况新鬼牌旅的某些鬼牌虽是鬼牌，却也有王牌能力。

但他们人太多了，十二个或者更多，纷纷摩肩接踵地逼近。她飞快地移动，动作干净利落，双手推开武器，抬腿对准敌人的神经元猛踢，麻痹他们的手臂和大腿——看起来真的是神秘的亚洲武打技巧，虽然对那些被打中过笑穴的人来说，神经元应该不是什么深奥得要命的东西。

她的大脑里再次充满了骇人的画面，一瞬间充斥她的视野。一把来复枪的木柄狠狠击中了她的脑袋。她跪倒在地。

那些撕心裂肺的图像都消失了，取而代之的是心跳起搏的一片白光。她迅猛出腿，横扫了一圈。那个拿枪托打她的男人还没来得及举起武器再打她一下就被踢倒，和其他六个人纠缠在一起，互相踢打、咒骂，双手挥舞个不停。

又一幅画面进入她的脑海：她被压倒在破败寺庙的木地板上，制服被撕成了碎片，同时一群鬼牌按住她的腰部和脚踝，而其他有的人跪在她的脑袋旁边，也有人跪在她的两腿之间蹂躏她。“不!”她厉声叫喊，剧烈摇晃脑袋，她的黑色长发如同刷子一般左右摆动，打在汗如雨下的面庞上。

就在她分心之际，一个年轻人跨步向前用力拿卡拉什尼科夫枪的枪头戳进她的腹部。哪怕是艾里克制造的最丑陋的梦境也没能减缓她的反应；在年轻人扣下扳机之际，她挥出左手，一把抓住枪口制退器下方，将枪管移向天花板。

男孩把武器设置为了全自动模式。枪声之大，足以轰爆你的头。所有人都滑稽地僵住了，在挤满人的房间里发射数枚口径为7.62毫米的子弹让所有人都惊呆了。房椽上的大量红土被枪弹震落，埋伏的士兵们纷纷咳嗽起来，拼命眨眼睛，暂时失去了对月光之子的兴趣，拼命检查自己身上的各种孔洞。

该离开了。是时候离开上校，离开这位她几乎视为“父亲”的人，他背叛了她的信任，是时候离开艾里克和他那些有毒的梦境，离开疯狂咒骂与嗜斗的新鬼牌旅了。她朝一扇窗户走去，双手握拳捶打那个男孩，接着反手击中他头两边的太阳穴，力道刚好能让他眼冒金星，暂时失明，而不至于给他造成永久性脑损伤。她抵达了墙边。

墙面的砖石和石灰倾泻到她身上。

一个身穿黑衣的面具人步伐僵硬地穿过墙上的洞。他就像一棵红木似的站立在她面前，单眼俯视她。

一股恐怖的衰败气息笼罩了她。她听到身后传来一句怒吼：“给我滚开，你们这群蠢货！如果不是你们该死的开了枪，那个臭女人早就遭殃了！”她回头望见了一个野蛮家伙像个打谷机似的前进，同时数名鬼牌被抛飞到各个方向去了。

指挥的精髓，正如J. 罗伯特喜欢指出的那样，在于能够在紧急关头迅速作出决定。月光之子心里有了好几个主意。她认定墙上的洞是她最近的出口，尤其是在洞口的高个守卫貌似行动很迟缓的时候。她也断定这人肯定是索贝尔上校所夸耀的新王牌之一，于是她决定冒一点点取人性命的风险，集中全身的每一分每一毫力量，给他的上腹全力一击。

她走到那人右侧，然后出拳。他吃下这一击，退后了一步，眼窝过滤器上那只无神的黑色洞眼转向了她。紧接着，他的右臂以雪崩般迅猛不可抵挡之势反手抽打过去。

没有人，也没有任何东西能在承受了她全力一击之后还安然无恙。哪怕是杜尔格·阿特莫拉克也做不到，那是她知道的最强大、最狠毒的敌人。哪怕是有新房子那么高、进化到第二阶段的翼爪虫也做不到。*毫发无伤*。她完全惊呆了，竟然只傻站在那里接收反击。

那道反击将她击飞过那个高大的人影，飞到外面炎热的黑夜之中。她降落在压得紧实的沙地网球上，多亏了脚上那双看不见的可靠凉鞋。大惊之下，她实在难以平稳落地，她的脸颊和肩膀都被摔伤了，还像一截原木似的翻滚了几圈。

真臭。她干呕了几下，睁开了双眼。一片阴影挡住了星辰。一只怪物般的手向她袭来。

她猛然踢向他的双腿，企图将他铲倒。这招就像泰拳里踢打椰子树的激烈练习一样：*即便是最狂热、最凶狠的拳击手也无法击倒那棵树*。她也没能做到。

他咕哝了一声，弯下腰，抓住她的肩膀。疼痛如同火光弹一般在她的肩上炸开。她滚向右侧，甩开他的手，跪立起来。

他碰触部位的制服消融了。一缕轻烟飘了起来。暴露出来的皮肤又红又肿，甚至长出了水疱。

他朝她走去，想将她按在寺庙的墙上。月光之子的肩膀火烧火燎的痛。痛楚激起了她心中一种全然陌生的情绪——马克·梅多斯一直尽力压抑的情绪：愤怒。她遭人背叛、被人蹂躏，还受到了精神上的强暴。而现在，这个戴面具的奇怪魔鬼烧伤了她，还毁坏了她的制服。*她现在是相当郑重地生气了*。

“我很高兴你把我逼到了绝路，”她一边说，一边抽搐地站起来，“我必须赢你。”

她朝他猛冲过去，任由她满腔怒火驱使她发达的全身肌肉。她的助跑并不长，但她也不需要助跑。就在他原地立定，张开双臂准备抓住她时，她飞身跳到半空中，随即侧身双脚连环踢打这个生物的锁骨凹陷处。她感觉到一下沉闷的断裂，然后他便形如一棵被砍断的大树巍巍倒下了。

她回落地面，弹跳起身，接着向右前方一个空翻猛冲过去，越过那人仰卧的躯体。她朝树林和那片阴影冲刺，冲进那片安全之地。

就在她差点进入树林的时候，她的长发被抓住了，她就像一只被绳子拴着的狗一样给拉了出来，那股力量大得快把她的脖子拉断了。

光针刺入她的大脑。在她内在惯性和抓着她头发的那股力量的作用下，她没有经过任何思考，没有任何计划，做出了最直接的反应。她做出一个后空翻，让自己向上腾空，把抓住她的那只手当作支点，在眨眼之间敏捷地翻身站在她身后那个男人宽广却不平整的肩膀上。她再次后空翻，随后落到地上，直面敌人。

他快速转身，抖落手上的一把黑发。“这个花招还挺可爱的，”他嘶哑地说，声音十分怪异又粗粝，“没人在刽子手面前扮可爱，还是两次，宝贝儿。”

他一身白衣。一双绿眼睛里闪烁着愤怒、仇恨以及残酷快意的火焰。他看起来就像是以前被肢解过，然后又被一个马虎的小孩子重新组装起来的样子。其他人或许会把他当作鬼牌，但是月光之子那双战士的眼睛足以看出他的本质：一堆旧伤的聚集物，但愿是治好了的旧伤，哪怕不完美。

他仔细地审视她，脸上露出一个扭曲的微笑，如果他的嘴巴完好的话。“通常来说我打架时会戴上兜帽，”他说完便伸手指着自己的后颈，“但我之前以为像你这样狡猾的狐狸值得一睹我英俊的面孔。”

“你是那个在亚特兰大民主大会上被德国王牌马奇·梅塞杀掉的家伙。”她说道。

他的脸扭曲了。“他没有杀掉我，宝贝儿。他只是让我受了些伤。我回来了；我总是能回来。而且当我们在火箭堡再次较量时，我狠狠地把他这个瘦竹竿修理了一顿。”

她一点都没听懂。那个年轻的刺客用他那双电动圆锯手把刽子手的脸搅得稀巴烂，之后马上就在电视直播上爆炸了。全球大约有一百万人都看到了那一幕。

刽子手不怀好意地对她笑。“让我想起他只会给你带去额外的痛苦。”他开口道。

她悄悄移动身形，摆出猫一样的姿势，重心放在后脚，伸出右前肢并翘起，双手比成刀刃状，然后在左肩和脸进攻或防御之前保持姿势，屏住呼吸。“等着瞧吧。”她说道。

“对，”他低吼道，“*你会感受到的*。”

他冲她猛扑过去。迅疾的攻击仿佛是从无数个角度随机袭来。她的手臂在他的强力撞击下麻痹了几秒，为了抵挡他的飞踢，保护腹部和腹股沟——对女人来说这里也是一处易受伤的部位，虽然不至于像男人那样被踢中会变瘸，她的右腿已经有了大片瘀青。

她即刻就明白了，他比她更强壮。一般来说这并没有多大影响——*所有招数都是后天习得的！*——因为他并没有强大到毁天灭地的地步，星辉，或者是黄金男孩，又或者是哈莱姆·铁锤也很强大，就和这个散发出死亡气息的傻大个一样强大。她动作更快，只快一丁点也好，而且她的格斗技巧更是能甩他一百条街。

当面对他不知疲倦地如暴风骤雨般袭来的重拳攻击时，她像拳击手那样弓起身子，*突然意识到这并没有什么影响*。刽子手的攻击就像克罗伊德下象棋：肆无忌惮，随心所欲。然而这并不是由无知无畏的业余者的轻率散漫所致。这个人技艺高超，而且身经百战。*他只是觉得他没必要害怕*。

一旦明白了他有多快多强大，她的想法就改为防御为主，用防御去瓦解他的怒气。她的腹部被踢中了一次，左膝一次，前额靠近发际线的地方有一道伤口在流血，她的左眼肿了。他的攻击还是和之前一样凶狠。

她出过几次拳，也有过几次试探性的踢打，大多都喂给了他的火焰，很快就撤出了，没有造成多严重的伤害。她的攻势很明显没有奏效。虽然他起初就相当不注意防备，但她没有回击只让他变得更加疏于防范。

那就这样吧，她想道。她靠近他，右手用力挥出，使出一记背拳，捶向他的右脸。

他岿然不动，丝毫没有停手。他转身回了一记右直拳，正中她的鼻子，将她打翻倒地，口吐鲜血。

他飞快地向她逼近。她翻身跳起，使出一脚侧踢，狠狠踢中他的心口，把他肺里的空气都挤了出去，又轮到他摔坐在地上了。

“所以说你并非不可战胜。”她一边说话一边不停转身。

她环视四周，想要找到一个可以快速撤退的开口。鬼牌们包围了战斗的两人，形成了一个警戒圈。他们用手电筒和火炬不断逼退影子。*艾里克出卖了我*，她心想。这点发现令她如坠深渊，仿佛全身的关节都同时散开了。

“杀了她！”鬼牌们喊叫起来，“把她撕烂！”

刽子手抬手擦了擦嘴，看着手上的鲜血，笑了。“跆拳道，嗯？”他开口道，“行吧，试试这一招。”

他头朝下地朝她猛冲过去，将她抱离地面，就像一个拦截敌队队员的橄榄球后卫。她双手握拳砸向他的头顶，同时用力顶膝，痛击他的脸部。

他发出一声痛苦的呻吟，全身跪倒在她面前。他的右手突然伸出，抓住她的大腿肌肉，*使劲掐了一下*。她从没遇到过这种攻击，连想都没有想到过。比起疼痛，出乎意料的惊诧扰乱了她的呼吸，卸下了她的防御。他又把左手伸向了她的小腹。

她摔倒下去。他处在她的上方，火热的呼吸与坚硬的肌肉压制住她，想方设法要按住她。她想不到任何技巧，全凭着突触反应般的速度，拼命地甩脱了他的束缚，滚了一圈又一圈。她迅速起身，一阵不适的感觉令她有些站不稳。阵阵疼痛涌遍她全身。

他倒是慢悠悠地站起来。

“够了吗?”他问道。

她向左右瞟了一眼。鬼牌们手持手电筒还有枪，站在高个子男人背后，这个高个子气定神闲地站在那里，好像她从来没有踢断他的锁骨一样。她降低重心，摆出一副战斗的姿势，瞬间垂直向上跃起。

刽子手咕哝道：“我希望还不够。”说完便和她一起跳了起来。他们一下飞到二十英尺的空中，面对面，出手过招犹如刀剑一般。

他们进攻又退后。她恢复得更快。雄鹰展翅式对峙蜘蛛式防守，她趁机往他脸上快速踢了三脚。这三下并不凶狠；这种姿势下也无法施展强力的袭击。这三下攻击只是想让他丧失方向，为自己挣点余地。

她向上一跃。他紧跟其后，不过他此时已经不再摇晃，就连一丝晃动都没有了。他朝她靠近，伸手去抓她。

她张开双掌，同时凶猛地打在他两边面颊上，给了他一次震破耳膜的攻击。他大声吼叫起来。她转身逃跑。

他伸出右手一下抓住她的腰部右侧，左手搭在她的胸廓上，把她的一只手臂硬生生地扯脱臼了。

♥♦♣♠

第四十八章

在十分钟之内，贝鲁已近查看了三次怀表。十分钟之内第三次发现连一个小时都还没过去。他做了个怪相，把表收好了。

我真是离开丛林太久了，他暗暗责备自己，都快变成一个杞人忧天的胆小鬼了。

就在西南方向三公里之外的地方屹立着那座月光之子与索贝尔上校会面的寺庙，从那个方向传来了一阵“砰砰砰”的枪炮声，距离遥远因而声音很小。接着它变成了一声巨响，逐渐减弱，然后又再次变成一声巨响，响声并不规律。那是交火的节奏。

“或许我可能并不是那么的杞人忧天。”他说道。一起站在废弃种植园主屋门前的鬼牌们和越南起义军全都神色紧张地看向他，接着又望向声音传来的方向，好像只要他们全神贯注就能看穿一万英尺的树林和木丛。

贝鲁拿过放在他脚边的无线电话的话筒，用降调曲折的柬埔寨语对着话筒说话。

什么都没有。没有回复，哪怕是一点表明能接通的嗡鸣声都没有，他明明派了一支高棉小队去跟踪马克参加会面。

“向你们致敬，并与你们告别，士兵们。”他低声说道。他们是有自己特色的优秀军人，是忠诚的同志，但他不太相信这个世界会有多么怀念他们。他不再想他们的事，转身走向这座墙面不停剥落的豪华别墅的一个角落。

有个家伙可以看见，或者说至少可以听见三公里以外的事情。科伦森坚持要独处才能集中精力，所以他把自己藏在主屋背后的一间工具库里。贝鲁好奇这种极致的嗅觉能力会不会被当作平衡其他闻所未闻的各种天赋的小能力，被贬低到不值一提的地步：一群岩石猿猴栖息在这个库房里，直到游击队员今天下午把它们赶了出去。这里臭得可以熏晕山羊。

当贝鲁到达库房门外时，炮火声开始逐渐减弱。库门开了一条小缝。*我会怀念那个男孩的，如果那就是他的最终结局*，他意识到。牢记着用嘴巴呼吸，他伸头探了进去。

“克罗伊德？科伦森？”

他听到一阵呼噜声。

“该死的！”他一下走了进去，掏出他裤袋里的笔形手电筒。

了不起的克罗伊德，那个极有可能是整个已知的百变王牌世界里最强大、天赋最多的王牌，正缩成一团躺在之前那群猴子撕烂用来拉屎的褪色《花花公子》杂志上睡得香甜。

♠

“喂，婊子！你喜欢鬼牌的玩意儿吗？大快朵颐的时间到了！”

月光之子拼命用双手遮挡住脸，极力想要躲避手电筒那可怕到刺目的光束。狭小的笼子让她无处可逃，也无处可躲。光照得她的手掌都快出水疱了。

那些满身是汗的鬼牌将牢笼团团围住，不停地挤压笼子，从四面八方发出嘘叫和嘲笑声。他们的面孔好似一块块黏土模型，扭曲变化为仇恨的具象。他们的肮脏欲望恣意地袭向她，就像手电筒的刺眼强光。

伊希丝·穆恩是黑夜与暗影的生物。*如此暴露出来*，无助地暴露在一群叫嚣着要夺走她身体与鲜血的鬼牌暴徒眼前，实在太痛苦了，就和手臂脱臼同样痛苦，锥心之痛。

“够了，小子们。”那是查尔斯·索贝尔上校的声音，悦耳又沉稳，如同手工打磨的红木。“不要一下把她给折磨没了。我们之后还用得上她。”

“去你的，耐特！”一个鬼牌怒吼道。月光之子感到非常吃惊，新鬼牌旅的成员竟然会用那种饱含恨意的愤怒眼神去看他们的长官。但他轻易地就把这份仇视抛在了脑后，就像鸭子抖落身上的水珠那般轻松。他仿佛根本没注意到一样，他眉开眼笑地站在那里直到所有鬼牌都撤退。

牢笼是由竹子和黑铁打造的。虽然抓住她的那个人，那个相貌怪异不平的绿眼睛男人在粗暴地卸了她的胳膊之后又装了回去，但她已没有打破牢笼逃跑的力气。况且周围一圈都有火炬，把暗影牢牢锁住了。

她对越共时刻准备着牢笼这一点丝毫不感到意外。

她开始注意到雷鸣般低沉的轰隆声，这声音似乎是从四面八方传来的。她想不到那是什么的声响。她有更要紧的事情要担忧。

刽子手忽然发了疯似的出现在笼子上方。“她是我的俘虏，”他怒喊着，“我的俘虏，见鬼！”

索贝尔上校对他露出一个乏味到令人冒火的微笑。“我感谢你在抓捕这名罪犯时所付出的努力，”他说道，“但我们对她的所有权高于你。”

“我想应该吓吓他们？”克里普特·基克提问道。月光之子颤抖了。她还记得他那恐怖的触摸。他死死地按住她直到比利·雷来给她复原肩膀关节。就算没有那灼痛的酸液（而且很明显他可以自如地控制酸液的渗出），他的触摸也有一种特质，僵硬、固定，就像……死物。

比利·雷张着他的绿眼睛打量了寺庙前面的空地一周，把月光之子关进了她的牢笼，索贝尔，他的随员们——武上校，一些头戴木髓遮阳帽的越南人民军队军官，中情局的卡萨代，还有一个穿着皱巴巴的亚麻套装、脸上长着醉鬼鼻子的澳大利亚胖子记者——还有火炬，以及那些拿着枪乱吼乱叫的鬼牌。很多鬼牌都带着枪。

“不行，”他拒绝道，“去他妈的。见鬼去吧。”他转身走了出去。一个心跳的时间过后，克里普特·基克跟了出去。

“不友善的年轻人，”武上校说，“要多留心。”

索贝尔大笑。他此刻成了自己的重大表演的司仪，他感觉好极了。“不用担心，上校，”他说，“他的心用在正确的地方。”

这名秘密警察露出不确定的神色。“从他那副外表来看，所谓的正确地方可以是任何地方。”

弗雷迪·怀特洛拿手帕擦了擦眉毛。手帕已经被汗水浸透了，他所做的只能是把眉毛处的汗水重新擦在前额反光的地方。

“索贝尔上校，”他说，“你现在打算怎么安排你的，呃，俘虏呢？”

“我要把她折磨到死，”他兴高采烈地说，“我手下有些人非常精通此道，你之前知道吗？”

弗雷迪惊得下巴都掉了。“你在开玩笑吧？”

上校摇头。“这会激励其他人，就和老话说的一样。起义军会见识到反贼头子遭受的惩罚。而且这都会成为无可辩驳的证据，他们必然会看清他们这场反革命的陆军元帅只不过是肉体凡胎，不论她是不是王牌。我们只用等候媒体人员的到来，然后就可以开始我们的小课堂了。”

“先生，你——你不可能是认真的吧！”怀特洛结结巴巴地说。

索贝尔像对待同志那样把手搭在他的肩膀上。“别担心，我的朋友。我保证过让你独家报道这个故事，那你就不用担心。电视新闻那些人得等到你发表了之后才能播出他们的录像。毕竟，谁比你这个社会主义阵营的长期伙伴更适合来报道这个故事呢？”

他把记者引开了牢笼。怀特洛睁大圆滚滚的眼睛，扭头回望，视线撞上月光之子深沉的黑色瞳孔，他无助地摇了摇头。

她点头回应。*没关系，你什么都做不了。我明白。这是我的因果业。*她好奇他是否从她身上认出了他那位曾经在瑞克酒吧里的老朋友。马克从未向他坦白过他的能力，也没向他说漏嘴过，但他要是认真研究过那名叫“迷旅队长”的王牌的话，她也不会感到惊讶。

索贝尔和他的随员们慢悠悠走到寺庙前面，新鬼牌旅的指挥官正在那里点数，滔滔不绝地讲述他的光辉之道。此时的鬼牌们已经厌烦了当面辱骂她，反正索贝尔也下令说谁要是敢做更过分的事情便就地处决，他们大多数都变成扯淡赌博的蠢货，抱怨各类媒体怎么这么久还不来，耽搁他们开始真正的乐子。

——她感到阴影罩在她的头顶。她抬头看去。

“嗨，亲爱的，”艾里克·贝尔面露奇怪而悲伤的苦笑，“我早告诉过你，让你回到我们身边来。”

她双眼死死地盯着他。“等他们把我拉出去要强暴我的时候，你会是第一个吗?”

他稍微一退后，仿佛被她扇了一巴掌。“我们在这里的处境很艰辛。逼不得已的手段——”

她转身背对他。“省省你的解释吧。鬼牌旅已经变成了一群禽兽。他们完全变成了那些偏执歧视的人所描绘的百变王牌的面目。他们屈服于嗜血的饥渴。你打算再过多久开始吞噬你的同类呢?”

他无言以对。她睨视了他一眼。“怎么了？没有那些漂亮的画面了吗？你不用美好世界的画面来塞满我的大脑了吗，那个以我的堕落和死亡换来的美好世界的画面?”

他面容抽搐，皱起眉头蹲在笼子旁边。他的右手攥得死死的，手背上青筋暴起，仿佛血管要爆开一般。

“听着，”他焦虑得几近呢喃地低语道，“我们已经被编入人民军队的装甲师里面去了。即刻就要启程。你没听到吗?”

那些“隆隆”响声忽然就解释得通了。她点点头。

“我们要左右包抄你们的起义军主力队伍。明早黎明之前，一切都会尘埃落定。”

她扭头。“你为什么要告诉我这个？是为了折磨我，让我为了那些跟随我的人的命运而痛苦难堪吗？精神强暴很符合你的品味。大概谨慎折磨也一样符合。”

“伊希丝，求你了，”他伸出左手抓住笼子的竹栅栏，“寺庙里的那些梦境——我不得不让你分心，难道你不明白吗？只有如此我们才能不伤到你就抓住你。”

“那么我就可以身体完好地忍受折磨。”

“那……那不是我的主意。我不知道。”

“你用那些狠毒的梦境攻击了我。而你以为你那个更伟大的梦想还能永葆纯洁。”她直视他，“艾里克。我真可怜你。我真心可怜你。”

“该死，伊希丝，放弃吧！现在还不是太晚！你可以加入我们。我可以让索贝尔接受你。他得听我的！我差不多和他一样是领导。况且我还是鬼牌。他似乎没意识到这一点，但那些男孩儿们都在癫狂的边缘了。他们已经受够了听从一个耐特的命令。如果他不愿照我说的做，那我们会……迫使他听。”

他那张毁容的脸庞一下逼近笼子的栏杆。“伊希丝，求你了！你愿不愿意加入我们?”

她望向他背后的鬼牌旅成员，一个个像疯狗病患者似的盯着她，全都伸长了舌头。

“无，”她开口道，“那个问题没必要问。”

他站直了腿，俯身看着她，绝望地挥着拳头。“你这个白痴！他们会下手的。你都想不到他们能干出些什么来。”

“我十分清楚他们能干出什么事。正因为此，我拒绝加入他们。”

“伊希丝，我求求你了，*我爱你*——”

她摇头。“弦已经断了。别再次试着弹奏。”

她伸出双手，穿过冰凉的竹栏杆，抚摸艾里克的脸。“艾里克，我的漂亮男孩。艾里克，我的爱人。听我的话。听我一言。你我相遇之时，我们都曾拥有一个梦想，一个美好的梦想。我一直忠诚于我的梦想。我至死忠诚于它。

“你出卖了你的梦想，我的爱人。你将它出卖给了权力欲，将它出卖给了复仇心。为了平息你心中激荡的怒火，你出卖了它。你弄脏了自己的梦想，让它染上了污秽，就如我第一次见到你时，你向我们展示的那个幻境中的工厂那般，就在你向我们展示了火箭堡的灭亡之后。”

他皱眉。“你第一次——但你当时根本不在那儿。那里只有一个耐特，那个高个子——”

牢笼内掀起一阵旋风，激起一阵飞沙走石。艾里克抬起双手挡在面前，避免沙尘进入眼睛。

当他放下手后，伊希丝·穆恩消失了。出现在她之前位置上的是马克·梅多斯，可笑地蜷曲在狭小的牢笼里，两个膝盖都抵到了脸的两侧。

他朝艾里克露出一个凄惨的笑容。“这样的我或许可以让事情变得更有趣点，嗯？”

艾里克猛然跪倒。“我的上帝啊，”他急喘着说，“我和……你上了床？”

“我的感受比你好不到哪里去，老兄，”马克说道，“但月光之子出现时是真实存在的，如果你能理解到的话。那并非真的是我。”

艾里克转身呕吐起来。

然后他回来了，伸出一只手扶在栏杆上，像个猴子似的。目前貌似还没人注意到这里发生的变化。“如果我和你说话，月光之子听得到吗?”

“听得到，老兄。”

“很好。伊希丝，我爱你。祈求上帝让你相信我。我知道我曾经利用爱情当作——当作武器，但我的爱是真的。我发誓。”

“这是自然。”马克严肃地说。

“我的爱是真的。我——算了。我、我不能眼睁睁看着你受伤，伊希丝。”

“我猜你很幸运，我变回了我，老兄。”

“不，拜托。如果伊希丝在……里面，他们伤害了你的话，那不可能伤不到她。那从来都不是我计划的一部分。我不愿让这种事情发生。”

马克朝周围的暴徒甩了甩下巴。这是他在这个有限空间里能做出的唯一动作了。“就说你打算怎么解决这个吧。你的弟兄们有其他的想法。”

“如果是你，想要改变接下来发生的事情已经太迟了，”艾里克说道，“所以我做的事情并不算是背叛。”

他把拳头塞进牢笼。“拿着它。”他不忿地低声说道。

马克半信半疑地张开一只手。艾里克把某个细长、冰冷又坚硬的东西塞进了他的手掌。

“我之前不清楚马克怎么——你怎么召唤的‘朋友们’。我知道你的药品和召唤有关。雷特工抓住伊希丝的时候从她身上取下了一个装满药瓶的小袋子。我偷了一瓶过来。”

马克屏气凝神，小心翼翼地轻轻伸开五指。一个装着橙色粉末的小玻璃瓶躺在他的手掌上。它泛出棕色的影子；无疑是火炬光亮的把戏。

“我之前觉得你的另一位朋友可能更能帮助伊希丝逃脱。我希望这是正确的。”

马克点头。他的嘴唇和喉咙实在过于干涩，说不出一个字来。

“救她远离这里。记住——记住我爱她。”

他抓住马克的手，拉到栏杆处，亲吻了它。然后他站起来，渐渐走远了。

他还没走到二十米远的时候，一个声音喊了起来：“喂！他给了那个俘虏什么东西!”

♥♦♣♠

第四十九章

艾里克僵住了。一张张脸全都望向马克。“嘿，那个该死的俘虏出事了！”另一个声音吼叫起来。

鬼牌们纷纷围在牢笼边。他们保持着一定距离，仿佛马克可能会发出核辐射。

索贝尔上校大步走了过来。“这儿到底出了什么乱子？”他质问道，话音中饱含英明的宽容。

那个责难艾里克的鬼牌自告奋勇。是犀牛，那个渴望被这位冷酷的美国指挥官接纳的德国流氓。

“他递了东西给俘虏。”他一边说，一边伸手指着艾里克。

索贝尔望向笼子，皱起了眉头。“设计让你的小女朋友越狱，是吗？”他说道，惋惜地摇了摇头，“艾里克，我过去高看了你。”

艾里克没有说话。上校掏出一把45手枪，对准了艾里克。

重型包壳弹击倒那个瘦削的男孩，让他仰面躺倒在坚实的土地上。“见鬼！”一个鬼牌尖叫出来，“他打了艾里克！*他杀了造梦者！*”

众鬼牌瞬间将怒火从艾里克转移到他们的耐特指挥官身上。在马克看来（他依然无助地蜷缩在笼子里），他们的怒火已经到了爆炸的边缘，再明显不过了。

索贝尔上校没有发现。索贝尔上校也杀死了造梦者，除此之外他什么也看不到了。

直到一个浑身长着犹如肉质叶一般的突出物上前忽然扯掉他手上的那把45手枪。索贝尔随之皱眉。“报出你的名字，士兵？”他叱问道。

鬼牌猛扑上前，牙齿深深地咬进他的喉咙。

上校踉跄着后退。而接下来，鬼牌全扑到了他身上，他们咆哮着，尖叫着，猛冲，彼此疯魔地撕扯，想要加入伤害上校的行动中。马克听到变态非人一般的惨厉叫声。他看到了血液飙出的弧线，火光映照下近乎黑色的血液。

他看到上校的英俊头颅抬了起来。然后升高，升高，直到它被某个鬼牌伸长的双手拿着举过头顶。

马克吐了出来。

♥

当索贝尔上校前去查看笼子附近的骚动时，两名王牌，越南众军官和卡萨代落后索贝尔一段距离。鬼牌们的第一阵狂怒爆发时，他们并不在致命危险的半径之内。

索贝尔一消失在人群之中时，就有一波鬼牌朝这个小团体走了过去。一个鬼牌冲比利·雷伸出了利爪。

雷的第一反应是打掉爪子，使其远离自己染血的制服。“喂！别碰商品。”

那双爪子再次朝他袭去，划破他的脸颊。这让一切都不一样了。

刽子手笑了。

他闪身避开一只爪子，并抓住它。他的手腕力大无穷，使劲一扭便把爪子的前臂扭断了。接着他给了鬼牌一记直拳，打烂了他的喙。

他奇怪组合的五官扭曲成一个李小龙式的胜利鬼脸。他松开了那个鬼牌。鬼牌倒在了地上。

他转身走向那群彼此攻击的一众鬼牌。一记过肩摔打碎了一个鬼牌的牙齿，撞碎了他的后脑勺，力道之大甚至粉碎了他的颈椎骨，就像摔碎盘子似的。一招侧手刀好似折断枯树枝一般地打折了第二个鬼牌的手臂。比利一个转身就用左手使劲抓住了另一个鬼牌的肚子，指尖戳进了皮肤。他将痛苦尖叫的鬼牌举过头顶，血液滴落在他的脸和制服上，好似红色的雨珠，然后把鬼牌砸到他的朋友们脸上。

“我爱派——对——”他高声喊道。

六个鬼牌包围了克里普特·基克，怒气冲冲又一言不发地站在他两侧。他们一把擒住他，准备像撕碎上校那样撕碎他却又彼此推挤，争相下手。

紧接着他们全都惨叫着后退，手上和衣服上冒出了烟。基克身上那件黑衬衫从他宽阔的胸膛和肩膀开始熔解，露出衣服下面脱水褪色的皮肉。

在面具之下，他大笑出声，那笑声听起来仿佛在他们周围前进的坦克军队一般。

O. K. 卡萨代掏出了伯莱塔 M－9 手枪，冲一个满脸五颜六色的鬼牌开了枪。眼珠飞落，脑浆血液喷溅到迷雾中。

他朝四周察看。武和两个军官都掏出了他们的随身武器，正冲着那群暴徒开火。那个澳大利亚人双手抱头，捂住自己的脸，这可能是他唯一能做到的有点建设意义的事情。

“回到寺庙里去！”卡萨代大喊道，“我们可以把寺庙当做防御堡垒。”

“没用，”越南人民军队初级军官哭着说，“他们人太多了！”

“那就他妈死在这儿！”

“他说得对，”刽子手说，他暂时从敌人堆里脱身了，“就算那是阿拉莫修道院[①]都比这块空好。”

由于索贝尔变成了有机碎屑，而他的随员们明显难以消灭，于是

---

① 于 1744 年后在得克萨斯州的圣安东尼奥修建的教堂。在 1836 年得克萨斯反抗墨西哥统治的革命中大约 182 人从 2 月 24 日到 3 月 6 日被围困在此。所有起义者，包括戴维·克罗克特和雷姆·伯威都被杀害。

这群暴徒的注意力转向了牢笼那边。毕竟，笼子里的人才是今晚的主角。

当然了，这位受害者本该是一位美丽的、脆弱的年轻女子。那并不是把他们惹毛的唯一原因。

当他扭开药瓶的塑料盖时，他感受到了一阵剧痛。这看起来不太对劲，兄弟。

你这个白痴！旅行者尖叫起来。要是药粉被弄脏了怎么办？

幸运的话，跃闪杰克严肃地想道，这痛会比那群暴徒先杀死我们。

马克把药瓶里的东西“砰”地摔到地上。

他立马就明白他完了。

◆

大地开始晃动。笼子附近的鬼牌都摔倒在坚实的地面上。

一阵风吹向笼子，掀起地上的沙尘，形成了一团飞旋而浓密的尘云。尘云将笼子团团裹住，挡住了所有视线。鬼牌们急忙转身，连滚带爬地逃跑了，生怕被吸进旋风之中。

大地仍在晃动。原本“呼呼”作响的轻风逐渐变成咆哮的巨风。云团越飞越高，直到越过佛塔的尖顶。

一道闪电劈开云团。随即那股飞旋的尘柱……消散无影了。

新鬼牌旅爆发出一声惊恐的叫喊。

每个人心里都有一群小怪兽。所有被抑制的怒火、所有的苦痛、所有的嫉妒、所有不可言说的欲望所合成的生物。就像60年代本身，关于爱与和平、药品与希望的光辉承诺都转变为奥尔塔蒙特和共生解放军的狗屁，就连温和的马克，这个最后的嬉皮士都有自己黑暗的一面。

他把自己逼到了油尽灯枯的崎岖边缘，之前那几周——以及更之前，追溯到在荷兰停留的短暂时光，是一段塔基斯星球与飞行之间的安宁静美的美好时光。他频繁地使用月光之子那瓶药粉，即使副作用变得越来越严重凶狠。他在最糟糕的环境下配制药粉——在逃亡的路上，在巨大的压力下，在不足的实验室环境中。他配药的化学药物来源可疑，纯度不明。

当他使用这未知药物时，他没有召唤任何一位朋友。他敞开了大门。

他从土坑中站起来，他对物质的饥渴已经在地球母亲身上吸出了一个大坑。他膨胀变大，直到变成一个整整七十英尺高的人形，强大而满怀恶意，他的皮肤黑得发绿，远处看起来还富有光泽，近看却粗糙不平有如鲨鱼的皮肤。他的手长出了又黑又长的尖爪。闪电在他的头部盘旋，巨大的闪电仿若长角牛的牛角。他的眼睛是响尾蛇的眼睛，瞳孔分开，而且双眼发出地狱猛火般的黄光。他呼出的气吹过森林，令草木凋敝。

他的双腿肌肉发达。

他的身体盈满仇恨与痛苦。*他就是仇恨与痛苦。*他将巨大的头部向后仰，发出了一声号叫，充满解放的极致喜悦。

马克的变换人格的名字都取自60年代的歌曲。《毛发》出现次数太多，有两个，而其余都来自“绯红之王”[①]、戴维·梅森以及滚石乐队和强尼·温特[②]。很多深受马克喜爱的乐队都完全被忽略了。没有“披头士”，没有“感恩而死”，没有“水银信使服务”[③]。他没有

---

① 20世纪60年代的英国摇滚乐队，是艺术摇滚和前卫摇滚的代表乐队。

② 美国音乐人，以20世纪60—70年代的现场表演和布鲁斯摇滚唱片最为出名。

③ 20世纪60年代美国西海岸代表乐队。

吃了能变成《万物之灵》[1]，或者《皮肤先生》[2] 或者《说个不停的男人》[3] 的药物。

但或许现在他获得了一个典型人格，能代表60年代乐队“荒原狼”[4]。

称这个人格为……怪物。

♣

“该死，”O. K. 卡萨代问道，“那是什么？”

刽子手站在寺庙台阶上摸他的下巴，揉搓无数愈合伤口留下的结痂。“那个，”他开口说，“是‘迷旅队长’最新的秘密人格，如果我没猜错的话。”

怪物朝前跪下。一只巨大的手掌忽然扑下，抓住了犀牛。这个德国鬼牌扭动挣扎，被吓破了胆，甚至忘了用他强大的牛角保护自己。这么做本来可能会对他有点好处。

怪物把他提了起来，一双黄色火焰般的眼睛仔细观察着他。紧接着他把鬼牌丢进嘴里，咽下了喉咙，长着毒牙的下颌在一声惨叫传出时关上了。

新鬼牌旅的成员四散奔逃。几百对一的赢面看上去也不再有非无比的吸引力。

一阵刺耳的“嘎吱”声传来，就像扁皮箱被丢下阶梯的声音，一辆坦克从远处一边挤开树木，把树枝碾压成碎渣，一边驶进了空地。“感谢上帝。”越南人民军队初级军官长舒一口气，在胸前划了个十字。

---

① 美国20世纪60年代迷幻摇滚乐队“杰斐逊飞机”的金唱片。
② 美国20世纪60年代的前卫摇滚、艺术摇滚代表乐队精神的音乐作品。
③“奥尔曼”乐队的音乐作品。
④ 美国20世纪60年代末的硬摇滚乐队。

怪物甩过自己长角的巨大头颅，对准坦克。那些柔弱的小东西躲得飞快；想要把他们一一铲除十分不便。眼前有个更难逃脱的猎物。

卡萨代耸起双肩以示解脱。“T－72 坦克。他们会解决掉那个杂种。”

“五美元，”刽子手嘴角抽动，挤出一句话，“赌你错了。”

伺服电动机“嘎嘎”作响地启动，修长的炮管向上抬起，瞄准了怪物宽阔的胸膛。指挥官打开炮塔舱门，探出半截身子，判断目标很可能穿有盔甲护服。他对着头盔话筒低声说话，下令装载一枚穿甲炮弹。

片刻之后，填弹兵就报告弹药填充完毕。炮手立即回答准备就绪；他不需要等到激光测距仪锁定一个距离百米之内的目标。

“开火。”指挥官下令道。

125 毫米的炮弹发射的可怕声响几乎把这几个旁观者推进了这座寺庙破裂的正面。热风重重扫过他们的脸，令他们无法呼吸。

炮弹正中怪物的胸口时，他身形微晃。金黄刺眼的地狱猛火在弹洞处熊熊燃烧。怪物痛得号叫起来。与他的叫声相比，炮声细若蚊虫嗡鸣。

不幸的是，他的外皮还是不如北约主要战斗坦克那般坚硬。炮弹不费吹灰之力地把他打了个对穿。他张开双臂，开始施展力量。

洞口合拢了。

刽子手伸出手掌。“给钱。”卡萨代被眼前这惊悚的一幕吓呆了，整个人动弹不得，愣怔地把手伸进口袋里去摸钱包。

怪物开始朝那辆 T－72 走去。坦克指挥官正对着麦克狂喊，拳头用力捶打炮塔圆顶，让他的手下动作搞快点。他这次想用烈性炸药。

在空间受限的炮塔里，队员们手忙脚乱地重新装填炮弹。他们有充足的动力。炮手把大炮升至最高。炮口仍然只能瞄准怪物的肚脐，如果他有的话。就在重后膛关闭的那一毫秒，他就开火了，都没有等指挥官的命令。大炮喷出一团汽车大小的火焰，反冲震得坦克往后退。

一团黄色的炮火遮挡住怪物的肚子。底下的火光将他的五官映照得如同一个魔鬼，如果那并非魔鬼的五官的话。他停下了。

他笑了。长出了一只脚。

“该死。”刽子手骂道。

“见鬼。”克里普特·基克说道，他看上去并不怎么惊讶。

“该死的，见鬼了。”刽子手又加了一句。

炮弹的冲击至少让怪物站不稳脚跟。他后退一步，绷紧了全身。“臭杂种死定了，对吧?”卡萨代自言自语地叹道。

坦克指挥官站在原地。他不是胆小如鼠的安南人或者交趾支那人。他是北方人，他骄傲，就如社会主义钢铁一般坚忍不拔、刚直不屈。他一把抓过炮塔顶那架口径 12.7 毫米重型机关枪的枪柄，瞄准巨兽的眼睛接连发射了一串绿色的曳光弹。

拇指大小的子弹对怪物而言顶多就算蠓蝇。他伸出长爪子的手，握成拳。闪电从他的指缝间挤出来，击中了坦克。

巨大的电流烧坏了坦克指挥官的神经元细胞，火花包裹了他全身，刺激得他的双手举向空中。接着剩下的三十八枚主炮弹药瞬间自爆了。炮塔被蓝白火柱轰飞到半空中。爆炸的巨响和爆炸云波及寺庙旁边的空地，吓得寺庙阶梯上的那群人直往后退。

怪物猛回头，随即笑了。

♠

J. 罗伯特·贝鲁双臂交叉地放在那辆熄火了的嘎斯吉普车上干瞪眼。“啊哦，真倒霉。”他轻声说。

被压迫民族解放阵线的巡逻队在赶往那座寺庙的途中逮捕了一名越南人民军队步兵，步兵把实情告诉了他们。一支旋转翼飞行队在距离埋伏点七公里的大豆地里建立起了一个临时基地。四架像鲨鱼一样的米－28 浩劫攻击直升机停在发电机供能的机位里，飞机发动机在启动中，水平旋翼徐徐旋转着。尽管有苏联教条，但这里正在播一些夜间音乐。

眼下已经没办法去那座寺庙了，尤其是在坦克军队现身之后。马克得自谋生路了，要是他还活着的话。当务之急是要在越南人民军的装甲师（至少）的进攻之下，保存起义军的核心力量。

贝鲁已经吩咐士兵都逃散到树林里去。起义军大概是人数太多，这自然导致枪支不足。撤退是他们最好的防御，毕竟走为上计。因为人民军队的装备非常精良，有各种型号与形状的反坦克火箭弹，起义军也同样如此——他们偷武器，买武器，还从逃兵那里接收武器，老天让游击队通过这些途径获得装备。只要这些武器能够融入树林与田野，那么起义军不仅能存活下来，他们甚至可以给敌人们造成一定伤亡。关键在于要有充足的时间将武器伪装起来。

贝鲁在想办法帮助他们争取时间。

那个鹰首鬼牌奥斯普雷还有其他新鬼牌旅的逃兵原本还给贝鲁添了新麻烦。马克是他们的同伴。他们决心要克服一切，不论有多少之前的同志和越南人民军的军队挡在他们和马克之间，都要去解救马克。

坦克前进的声音改变了他们的心意。对这些没有接受过训练的鬼牌来说，坦克是恐怖至极的史前巨兽，杀伤力惊人且坚不可摧。

事实上，黑暗中，有一个男人，在树林中，站在一辆坦克之上；怪兽看不见他。假使他够狡诈——或者说手上有火箭推进型榴弹发射器，或者哪怕是过时的煤气瓶，他都可以发起攻击。贝鲁并没有告诉他们这一点。这群往昔的新鬼牌旅成员们尴尬地挪动双脚，在为他们自以为的懦弱而心怀愧疚的同时，加入了废弃种植园大逃脱之中。

发动机轰鸣的声音变了，升高，变得越来越连续。小队已经得到了行动的命令。

要达到一个不属于你的地方，有两个办法。你可以偷偷潜入。或者你可以兜一圈子之后再去，就当你有事要去那里一样。

贝鲁松开离合器，开车了，车速快得就像《赶时间的人》[1] 那样，又不至于像个进攻的敌人。

在装甲兵检查挂在浩劫直升机短翼下方的武器时，贝鲁靠着最近的一架飞机驾车。互相推搡的地勤人员基本上没看他一眼；他们在格式塔的心理作用[2]下把贝鲁的车当作他们自己人的吉普了，而且他们心里还想着更重要的事情，而不是去在意一个高级军官赶来吻别人民军队这些英勇的飞行男孩。

一个飞行员的侧方舱门依然开着，他望向门外，然后看到一张苍白的方脸。他慌张地伸出戴着厚手套的手去摸自己的随身武器。

贝鲁敏捷地摸出帕拉军工手枪，朝那个飞行员的胸膛连开两枪。他跳下吉普时，地勤人员正跑向那架直升机将死了的飞行员拖出来。

炮兵在哨位上对着贝鲁放下护面，挡住鼻子。贝鲁作势晃了晃手枪。炮兵胆子很大可也不傻。他爬出来然后逃跑了。觉察到接下来要发生的事情，他拼命地跑。

贝鲁把手枪插回枪套，坐进飞行员的座位。他扯掉左手上的绑带，手掌按上直升机的操作台，随后切断了他新长出来的手指。接下来，他将血流如注的残肢用力按到冰冷的金属上。

“啊。”他喊出口，同时他的灵魂进入了金属之中。没有什么感觉能比得上与一台精妙机械融合的体验。比性爱更美妙。

好吧，差不多吧。

J. 罗伯特·贝鲁明显是个博学多能之人。不过驾驶飞机的确不在

① 20 世纪 60 年代喜剧《安迪·格里菲斯秀》的一集。

② 一种心理学理论，强调经验和行为的整体性，认为整体不等于部分之和，意识不等于感觉元素的集合，行为不等于反射弧的循环。

他会的众多技能之中。在双手放上控制台之后，他也没法让一架浩劫飞机起飞，就像他没办法通过挥动双臂飞起来一样。

但他此刻并非飞行员。他是直升机。

他令自己的水平旋转翼转得更快，轻轻一跃便飞入空中。他一边调整桨叶运动的频率，一边往前凑了凑鼻子，开始缓缓向前滑行。

他右边的那架飞机没有丝毫怀疑，照常启动。他将机身下面的炮口移向右侧，兴奋异常地从空中发射炮弹，之后他盘旋在空中，容许另两架飞机的飞行员以及地勤人员退出并逃脱。然后他摧毁了那架直升机。

他飞到空中，仿若一只塑料、钢铁以及火焰组成的圆翼飞鹰，正饥肠辘辘地搜寻猎物。

♥♦♣♠

第五十章

怪物站在敌人的柴堆之上，耀武扬威地冲天空挥舞双臂。

克里普特·基克一动不动地站了片刻，貌似是在思考研究这个生物。接着，他低下头，开始冲刺。

他攻击了那个生物的小腿后立即退回。他并不打算通过攻击他的下盘来砍断他的腿。怪物停止了快活的嗷叫，转而好奇地盯着下面看。

克里普特·基克抱住他的双脚，将它们抬了起来。怪物发出一声满含惊讶与愤怒的号叫，随即便后仰摔倒在树林之中。

大地震颤。克里普特·基克转身朝寺庙方向拍了拍双手，抖落灰尘，仿佛在说："看，这也没那么难。"

"别得意忘形，你这个愚蠢的狗杂种。"刽子手一面大喊，一面指着他背后。

怪物正从树林里站起身，一副气势汹汹要报仇的样子。他双眼发光如同两个黄色聚光灯。

克里普特·基克马上转身，只见一只巨大的脚爪出现在他头顶。

那只脚狠狠地踩向地面，没有一丝犹豫。

"亲娘圣母玛利亚啊，"怀特洛叹道，"那个可怜的家伙。"

"有什么大不了的?"刽子手说，"反正他早就是个死人了。"怀特洛既是担忧又是惊悚地瞪着他。

怪物那双怒火滔天的眼睛转向寺庙。这一小群人转身拔腿就跑，狂奔进庙里，争先恐后地彼此推搡。除了刽子手，只有他绕着边缘跑。

怪物发出震耳欲聋的尖叫，仿佛天空都被这声尖叫撕裂成两半。他侧身一跳，收回踩在克里普特·基克身上的那只脚。那只脚掌冒出了烟。

克里普特·基克从他踩出的大脚板形状的地坑里站起来。树林附近的表层土壤都变成了松软的覆盖层。

他身上飘出一阵阵烟雾，随后他故意朝着那个巨型生物的方向走去。"'主是我的牧者，'"他用深沉而暗哑的嗓音缓缓吟诵，"'我必不缺乏。'"

慢慢地，怪物放下了那只被克里普特·基克的酸液所伤的脚。

"'纵使行走于死亡的幽谷，'"克里普特·基克一边说，一边坚定不移地前进，"'我必不害怕灾厄：因你与我同在。'"

怪物举起一个拳头。

克里普特·基克也举起他的拳头作为回应。"'你的杖与你的棍，会保护我！'"他高声喊出这句话后便开始飞奔。

闪电把他炸得往后飞了二十米之远。

怪物走向前去打量翻倒在地的敌人。克里普特·基克没有动静。只是浑身在闷燃。

怪物发出胜利的吼叫，继续前进。这个夜晚因为某些柔软的小东西而变得活跃起来。他想要让他们所有人流血受伤。

♥

比利·雷这辈子还从来没有过从战斗中逃跑的经历。无论他的角有多么坚硬，他都不打算向那个超大号绿色呕吐袋冲去。

刽子手虽然行事鲁莽，但并不愚蠢。他很清楚什么时候该策略性撤退。

怪物踏步靠近寺庙。刽子手鼓足自己的王牌力量，奋力一跃，跳到了佛塔塔顶上。

♦

怪物觉得有个小东西撞上了他的小腿肚。他并不放在心上。那撞击小得根本伤不了他。他雄伟的下体因为对疼痛的渴望而颤动。

到处都是坦克和士兵。怪物四下察看，很满意。

是时候摧毁这一切了。

♣

人民军全部军队集结起来的军力并没有对起义军形成压倒性的优势。这个国家受到起义的荼毒太深。政府要是不先废除一个地区，那它根本无法从任何一个地区抽调出大量兵力。哪怕是一平方厘米的越南土地，河内都不愿意让给他的敌人。

这是错误的做法。

越南人民军队将它最为精良的装甲部队投入了这场战斗。如果他们能大败起义军主力部队，取得一边倒的胜利，那么他们将在全世界，更关键的是在越南人的见证下，踏上重建执政政府公信力的漫长道路。若是起义军的损失，跟整个起义相比，并不惨重，那便没有意义。这是玛雅的世界；表象既是一切。

越南人民军队的士兵都很英勇。有些人逃跑了；但大多数人没有。他们坚持向那个怪物开火，不论结果如何。

不幸的是，他们的炮弹的火力仅仅让他变得更强大。他们的抗击对他只是娱乐。还勾起了他对大肆破坏的胃口。

他粉碎军火，屠戮士兵，将军队四分五裂。他的毒牙上悬挂着内脏，鲜血从他的爪间汩汩地往下流。

♠

刽子手气喘吁吁、汗流浃背地在怪物的背上攀爬，一边喘气还一边咒骂。这个生物鲨鱼般的表皮上基本没有立足点。他只有自己给自己制造立足点，让手指和脚嵌进怪物的身体里。而怪物显然没把他当作需要处理的刺激源。

他没让自己过多思考这一点的含义。

在又一连串坦克炮弹击中怪物胸口之际，刽子手爬到了他的右肩胛骨处。刽子手抱住冒烟的伤口处。“耶稣啊！”

他没被这阵爆炸冲击撞飞真是运气太好了。*该死的，我真是太幸运了，居然没人冲这个臭大个儿的后背开炮。*不过怪物所经之处没留下任何一个清醒的东西，自然没人会冲他的后背开炮。

晃动停息了。刽子手能感受到这个生物因为力量而在膨胀。

“*这任务就算付我再多的钱都不够。*”他抱怨道，随后继续攀爬。

♥

AT－6螺旋反坦克导弹冲T－72主战坦克飞驰而去。贝鲁紧盯着打击目标，指挥导弹袭向它，他的意念通过超高频无线电媒质传递火箭弹的指挥信号。他可以感受到导弹滑过湿重的空气时那如丝绸般顺滑的性感摩擦。也能感受到之后坦克爆炸所释放的巨大冲击。

他没有激动地挥舞那只空闲的手，没有兴奋地高喊：“耶！”他的情绪比这深沉多了。

浩劫直升机搭载了八枚导弹。八辆坦克被炸得粉碎。他百发百中。

他能看到西南天空中的闪电。看起来好像是那边有一辆主战坦克，还有丢进去了某个巨人国的电弧焊。贝鲁不知道那边发生了什么；他的队伍没有足够的火力，无法撑起那样的场面。

有人给了越南人民军队的先头部队一个痛击。他关闭了无线电；它的噪声让他分心，破坏了他和仪器的融合纯度。就此刻而言，他并不怎么关心那边的情况。作为一个空中杀人机器，他不在意敌后情况。他用光了能够炸毁坦克的武器，不过他的战机还配备了诸多炸弹以及57毫米口径的火箭弹，而且还有大量弹药可供他的加特林四管机枪使用。现代装甲编队需要燃料以及再供给。而这意味着……软肋。

在那儿，路面道路上的黑色丝带：一辆腊肠狗形状钢铁铮亮的燃料运输罐车。他倾斜机身转弯，宛如一只重金属猎鹰一般俯冲下去。

◆

怪物使出高康大[①]那般的力气，发出一声沉闷的哼声，把那辆四十二吨重的T-64主战坦克提了起来，然后像举杠铃一样把它举过头顶。

而刽子手靠近他右边眉毛的眉峰。他五指并拢，变成坚硬的刀刃，刺向黄色分叉的瞳孔。

怪物反射性地闭上那只眼。刽子手不顾那令人头晕的高度，从眉毛上跳了下去。他抓住一把下睫毛，稳住自己。随后他使劲把自己拉起来，企图撬开眼皮。

怪物将主战坦克抛掷了出去。他用拇指和食指的爪尖夹住刽子手的兜帽，把他揪了下来。

刽子手悬荡在半空中，距离这张巨大又丑恶的脸仅有几米，被怪物那股烟囱浓烟一般的浑浊呼吸喷个正着。他愤愤不平地挥舞双拳。

“来啊，吞了我，你这个恶心玩意儿！”他喊道，“我要戳烂你的喉咙，打穿你的上颚，然后吃了你那颗该死的脑子！”

怪物端详他了一会儿，把他拍飞了。

---

① 巨人国国王，法国文艺复兴时期小说家拉伯雷创作的讽刺小说《巨人传》中的人物。

♣

怪物将那个莽撞的敌人抛诸脑后，勘察起眼前的场景。到处都是破损和燃烧的坦克。再没有人朝他开枪。他没有可以伤害的对象了。

他朝多云的天际伸出双爪，沮丧地怒吼着。他下身的欲望还没有得到纾解。在找到释放之法之前，他要伤害世人，折磨世人。

接下来，他的目光被吸引了，在树林之外大约一千米的地方，在一望无际的耕田之中。一座被微小的竹篱笆所包围的黑色小村庄。

纯洁。无助。村子里的人就像磁铁一样吸引着他。他的下体兴奋而饥渴地颤动起来，他朝那座村庄慢吞吞地一步步走去。

在即将到达的时候，他的脑子里突然出现了一个声音："等会儿。"

他停下，对这个闯入的声音发出了憎恨的咆哮。那个长角的巨大脑袋左右转动，找寻这个烦人声音的源头。他心里怒气堆叠，火冒三丈。没人让他等会儿。

"那不是你。我知道那不是。"

他举起双爪，怒吼出破碎而不成声的肯定回答："我就是我!!!"

"不对。你不是。你是一个幻影，一次偶发事件。我正在与真正的你说话。真正的你埋藏在你的内心深处，是个……善良的人。"

怪物甩了甩头，仿佛要甩掉脑中那个坚定的声音。他恨那个声音。他想要找出声音的源头，粉碎它，杀了它。它对他说了绝对不准说的话。

"伊希丝……月光之子。是我，艾里克。你的爱人。"

不是！否定的话语从他燃烧的内心喷发出来。

"是你。"一幅幅画面涌进他的脑海"伊希丝和艾里克，在烛光之下手牵着手，在月光慈爱的面孔下，漫步于水田堤道上。温柔；满含爱意。

怪物不停拿手掌根击打自己的脸。他不想看到这些东西。他不准许。

“伊希丝。你依旧在这里。出来吧。打败邪恶。你可以做到的，把它送回原来的地方。”

怪物失控了，在痛苦与惧怕之中盲目后退。

惧怕滋生愤怒。一向如此。他竟然会惧怕，这不对劲。他是世间最厉害的存在；他的旨意行在地上如同行在地狱。

他环视四周，神情十分无望。村庄就在那里，仍旧黑暗，仍旧寂静，仍旧未被玷污，近在咫尺。

他要屠杀。他要劫掠。他要带着恐怖闯进他那些怀孕的囊袋，而那个声音将不再干扰他。

♠

“‘天地之间，霍拉旭，’”J. 罗伯特·贝鲁大声地并且十分享受地引用道，“‘多得是你们的人生哲学所无法梦见的事。’”①

心怀对安全距离的隐忧，贝鲁深深地叹了一口气。他的弹药库已经空了，炸弹和火箭炮也用光了。那个怪兽暂时做出了些发疯似的举动，但它已经冷静下来。现在它将要去屠杀那个无助的村庄。

他不能放任这种事情发生。至少，不能不做任何抵抗就让它发生。

J. 鲍伯·贝鲁自视为一个硬汉，而且基本上都能做到不辜负自己的期望。但他有一个弱点。他认为自己是一个白色骑士，大无畏且无可指摘的骑士。他做过的一切事情——哪怕是困难重重、令人厌恶的事情——都是出于不可动摇的正义。而一位白色骑士不会放任巨龙屠杀手无缚鸡之力的农民。

---

① 引用《哈姆雷特》第一幕第五场的一段台词。

即便这会让他付出生命为代价。

“‘主啊，这些凡人都是十足的笨蛋，’”贝鲁悲哀地念道，这是对他自己说的话，“‘可更糟糕的是，这些笨蛋都是肉体凡胎。’①”

他冲向天际，细细体验这最后一刻的极乐，战斗的极乐与力量的极乐。随后他全力加速，谨慎地飞向那个生物的后背。

♥

怪物大步前往村庄。他的下体仍因为欲望而颤动。村子里有女人也有小孩。他想听到撕碎他们时，他们所发出的惨叫。

村庄里没有露出生命迹象。村民全都躲在他们挖在棚屋之下的非法地堡之中，等待这场风暴过去。但这场风暴不会过去。要等到这个怪物将他们全都挖出来，将他们全都吞噬掉，灾难才会平息。

他的双脚已经踏入篱笆。他听到身后传来一台受尽折磨的发动机所发出的尖厉鸣叫。他没有分神；那不是他渴望听到的那种尖叫。他伸出一只手。

他的脑中突然出现一幅画面：他自己，作势要给予他人痛楚。而紧接着，紧紧横亘在他心头，出现了十几次，一百次，是身穿黑银制服的月光之子。而在她的身旁站着迷旅队长，穿着那身耀眼的紫色制服，还有跃闪杰克，还有太空旅程行者，还有水瓶星——还有，是的，那个金头发，已经死了，以及一大群怪物不认识的人。

他握紧拳头驱赶他们。这只是梦境，是谎言！其他人并不比他强大。他们都很软弱，很渺小。他很强大。他比一切都伟大。

“你所需要的，”那个声音说道，“是爱。”

他发出轻蔑的吼叫。而那些巨大的面孔全都认真地俯视着他，而爱意流淌出来。

---

① 引用《仲夏夜之梦》第三幕第二场的台词。

那份爱就像凝固汽油弹一样灼烧着他。就像克里普特·基克的酸液。他尖叫起来。

他极力想将这画面从他脑中驱散。他失败了。他的梦境自我开始猛烈攻击所有这些其他自我，这些软弱、自以为是的自我。他们都没有还手。他们只是……*爱他*。

♦

J. 罗伯特·贝鲁驾驶着直升机（也是他本人）进行一场自杀式冲刺。那个巨大的黑绿色堕落生物充斥了整块水平防风玻璃。他做好了受创的准备，对自己的徒劳露出一个苦笑。

“过了真是太久了，妈妈，”他说道，“你一直都是正确的：我不会有善终。”

怪物在他眼前爆炸了。

♣

怪物出现时所吸收进身体的多余物质在突发的大爆炸中消散。

现场只剩下被炸毁的村落——村民都被吓坏了，但至少他们安然无恙地待在地堡，一架受损的直升飞机——机翼自动旋转着困难地降落到后面的树林之中，以及马克·梅多斯，他躺在蚕豆植株之间的一个胎球中，一边哭泣，一边呕吐。

而接着一阵镇定流遍他全身。他翻身仰躺，凝视着天空。

群星回望着他。*你们会不会认识它*，他想道。此时对他而言，他们都不再带来丝毫恐慌。他们只是……星星。

……他感觉到了星辉的存在，之前他和他的同志们一起为他们所有人的生命而战斗，而现在星辉正在逐渐远离他。他内心泛起悲伤。“等等！”他喊道，“别走！”

“*不要哀痛*，”星辉的声音响起，“*振作*。”他消失了，而马克明白他再也不会回来了。

他眨眼挤掉眼中的泪水。他迟早都会为其他自我而哀悼。而到时候，他会是完整的一个人，而他会继续前进，前往他要去的任何地方。

另一个人的声音在他脑子里出现了：“伊希丝，他——它——我们胜利了？”

“艾里克！”他嘴里说出这个名字，但那是月光之子的声音。

“他还活着，”他用自己的声音说道，“我们得帮帮他！”

他站起来，跌跌撞撞地跑回空地。

♥♦♣♠

第五十一章

O. K. 卡萨代俯卧在地上，拿着双目镜费力地望向寺庙。在怪物离开之后，这个小团体决定前往北边几百米远的山脊上的一个邻近安全屋。越南人民军队的军官们找到了一支步兵小队，这支步兵小队正待在他们周围的一条防线里。没人对这条防线抱有很大的信心。

“你看到了什么，朋友?”武上校在他肩膀后面着急地问，“你看到些什么?”

“不要推我，该死，”卡萨代怒吼道，“看起来鬼牌旅的人已经重新集结好。他们又都回到空地去了。”

“很好，”武兴高采烈地说，“好极了！失去的不是全部。”

卡萨代翻了个白眼，从双目镜前扭头看着武。

弗雷迪·怀特洛坐在地上用莱卡远摄镜头细看南边地平线。“那个可怕的怪物怎么样了?”他不停地问，“怎么样了?”

“我他妈的怎么知道?”卡萨代反问道，坐起身来，拍掉热带套装上的沙土，“我和你看到的一样：该死的杂种刚刚爆炸了。”

“究竟是什么东西竟然能够消灭它呢?”

“等你查清楚，”卡萨代说，“我肯定你会有个该死的大新闻。”

越南人民军队的高级官员正在跟小队进行无线电通话，他说话的语气中带有一种残酷的满足。

“我们一直持有一个备用武器，”他宣布道，“我们不能用它来打击那个……生物，因为它就在我们的军队之中。我们不能拿这么多坦克去冒险。”

“典型的越南社会主义思想，”怀特洛咕哝道，“首先担心战争机器，最后才是士兵性命。”

“既然那个怪物已经被解决了，不论那是怎么发生的，我们可以用我们的燃料空气炸药去对付共和国的其他威胁。”

卡萨代惊讶地看着他。“你们有燃料空气炸药？”军官点了点头。

“那么，你们要用它去消灭起义军吗？”武上校问道，双眼中闪烁着热切的光芒。

“不。起义军太分散了。为了高效打击，燃料空气炸药设备需要集中的目标。就像寺庙旁边那些小一点的怪物那么集中。”

武上校脸色惨白。“你说什么？他们是我们的士兵！”

“他们是怪物。他们袭击我们。他们是狂犬病毒宿主，就像狗。他们必须被除掉。”

“不行！”武喊道，“你不能这么做！我们还可以利用他们！我们还能赢！他们——”

越南人民军队军官一个反手把他打倒在地。当武甩掉眼前的金星时，他看见卡萨代站在他上方，用那把布莱特对着他的脸。

“可是为什么？”武喘息着说，“那也是你的计划。”

“我的首要任务，”卡萨代说，“就是清除我找到的所有百变王牌垃圾。如果计划是清除令的话，那我还是可以说，任务完成。”

为了表示停顿，一段口哨划过了破裂的天空。

♠

当马克赶回空地时，他看到佛塔前立着一根木杆。索贝尔上校的头颅插在木杆顶端。新鬼牌旅的人围着木杆一圈又一圈地跳舞。

他停住了，大口吸着气。*我让自己陷入了什么麻烦？*

但是艾里克受伤了。艾里克需要他——需要月光之子。该死的，他需要他们所有人。艾里克今晚上救了他两次，一次是从这群暴徒手里救了他，还有一次是从他自己手上。

马克闭上眼睛，让自己的自我退后，让自己尽可能地进入月光之子的状态。

艾里克，她在脑中想道，艾里克，你在哪里？我来帮助你了。

“伊希丝？”

马克睁开眼睛。是的，月光之子在他的脑中说道，我来了。

她心中充满恐慌。“不行，你得快离开这里。救我已经太迟了——对我们二人来说都已经晚了。”

艾里克，告诉我你在哪里。我来找你。

“伊希丝，你不能来。他们会杀了你。”

谁？那些鬼牌吗？

“或者是耐特。现在这是一场竞争，难道你不明白吗？要么是我们先毁灭了自己，要么是耐特了结了我们？”

她现在看见他了，在那群欢天喜地的暴徒之中蹒跚而行。他很虚弱，每走一步都无比痛苦，他的T恤上染着自己的血：艾里克。

我看见你了。再走远一点，到树林里来。我马上到你身边去——

他停下脚步，将毁容的头扭向一边。“不，别过来！离开——快跑！太晚了，我告诉过你。快跑！”

艾里克——一声尖啸划过天空。

“难道你不知道吗，”一个讥讽的想法传过来，“耐特又赢了。”

随后她听到了“砰”的一声，声音太小了，她想到，作为炸弹或者炮弹来说。大多数鬼牌甚至都没有停下他们的舞步。

艾里克，我爱你！

“我也爱你，亲爱的。”

而接下来，寺庙、空地、鬼牌，还有艾里克，全都消失在了一团夺目的橘色火焰之中。马克猛地后退，回到黑暗之中。

♥♦♣♠

尾 声

真是一趟漫长而奇怪的旅行[①]

① 美国迷幻摇滚乐队“感恩而死”的经典歌曲。

第五十二章

“这么说，爱征服一切。”

这间房里摆放着讲究的家具，显露出精致文雅的末世法国风格。马克坐在一把古香古色的椅子上，看上去极其不搭，就像出现在客厅里的一只鹳。他的面颊仍旧因为那场燃料空气爆炸的灼人热浪而呈现出烧伤似的粉红，并且耳鸣不止。

他有一半的注意力都放在电视不停的嗡鸣上：“——白宫似乎撤回了今日早些时候布什总统发表的声明，即布什总统准备派遣美国太平洋舰队前去阻止他称之为‘具有王牌能力的幕后罪犯’成为南越的临时总统。

“同时河内的共产党政权的存续仍是一个相当大的疑问——”

马克抬头看向他的客人。“至少，爱帮助一个老嬉皮士征服了他自己。”他答道。

贝鲁大笑。这位变节的秘密特工有一副金属腋杖靠在他的椅子旁边，他的脸上绑着绷带。怪物在他面前爆炸之后，他并没能真正做到顺利降落。

“伟大的事业，”贝鲁说，“还在继续。‘人类是连接在禽兽与超人之间绷紧的绳索——横跨在深渊之上的绳索。’①”

“我经历过了，朋友。”

其他在深渊之上走钢丝的人之中，威廉·刽子手·雷正处于看押

① 引用尼采的话，出自其著作《查拉图斯特拉如是说》。

之中，躺在一所西贡诊所里，这所诊所之前专门诊治党内官员及其家属。在这场空中大冒险里，他受的伤比贝鲁的严重多了。要不是身体有再生能力，他就算不死，也得半残。而事实是，无国界医生组织的医生们都期盼他过段时间可以完全恢复。

克里普特·基克的情况还算稳定：他是死人。不论他的情况是否危急，这都是另外一回事。他那被雷劈了的尸体躺在西贡市停尸房的冰冷抽屉里。一头雾水的工作人员接到指示说，如果听到有敲击声，就打开抽屉。

克罗伊德·科伦森躺在卧室里，他住在马克西贡的官方住宅中。他仍然处于安详的熟睡之中。

“你感觉怎么样？”J. 鲍伯询问马克。

“我感觉有点奇怪。莫名其妙觉得被污染了。*邪恶*。我之前都不知道我内心中存在这些东西。”

“*每个人心中都有邪恶*，孩子，”贝鲁说，“你只是唯一一个能用这般惊人的方式将它释放出来的人。”

他一下拍在马克的手臂上。“只用想想你成功解决掉的那些怒气。你创造了奇迹，他们都这么说。”

马克露出个苦脸。

“有人说没人在战斗中获胜，”贝鲁说道，“那是在撒谎。但战斗总要付出代价。那向来是屠夫的账单。你要付出鲜血为代价，不论你自己受没受伤。”

他走近碰了碰马克的肩膀。“是时候改变了，”他轻柔地说，“你的民众在等候。”

“谢谢。”马克说。

贝鲁架起那副腋杖，离开了房间。*希望日后我不用杀了他*，马克想道。

马克看向窗外。夜色已经降临。到了新总统向她的选民致词的时间了。

他把手从口袋里拿出来，手上握着药瓶，拿起它对着光。黑色的晶体与银色的晶体旋转混合在一起。他将瓶子放到嘴边，有些犹豫。他再也不会因为害怕而服用这些药物，也不会在紧急关头摔碎这些玻璃瓶了。

他吞下药粉。

片刻之后，月光之子弯腰关掉了电视。“再见，艾里克。”她说道。在她的灵魂中，他的存在不是痛苦。只是虚无。“梦想如今在我的手中了。”

她前往那扇通向阳台的法式大门。她能够感受到群众的逢迎之情犹如仁善的辐射波在他们之间荡漾。犹如月亮那治愈的光芒。

她面前的机遇一片大好：将南越变为所有感染了百变王牌病毒的人的安乐窝；为更加美好的世界垒下基石。给和平一个机会，就如歌中所唱的那样。

这个机遇也很糟糕：正是对这等机遇的匆匆一瞥将索贝尔和艾里克引上了歧路。让他们用自己的灵魂作为了赌注，最终却令他们自己堕落成了那些他们献出生命也要与之抗争的魔鬼。

但是我们清楚我们将永远践行正义，马克在她的心底说道。我们不会向权力的诱惑屈服。不会犯下同样的错误。

是的，跃闪杰克想道，说得对。

♥

白色喷气客机的机头前轮进入了新山一跑道，跑道在阳光照耀下闪着细碎光点如同水银池一般。在飞机越来越近的时候，马克那支混合了鬼牌、蒙塔格纳德人以及越南族人的仪仗队迅速摆出立正姿势。马克只觉自己的心脏在胸膛里轻飘飘地游弋晃动，他左右张望，觉得自己没把这场总统旅行看得太严肃真是太好了。

尤其因为他并不是真正的总统。

客机梯子被推到机舱门处。机门打开了。一个身穿牛仔裤和白T恤的身材修长的年轻女人抱着泰迪熊走下梯子。她那头金色长发在阳光下闪耀着光泽。

马克伸长脖子，探头望向女人的身后，又更加激动地看着她。女人表情困惑地端详起他来。

他们朝对方走去，步伐笨拙、却毫不在意地迈开腿跑向对方，然后紧紧相拥在一起，彼此眼泪交融。

“爸爸!”

“斯普劳特!”他再次拥抱她，随后又松开她，仔细地看着她，“甜心，你现在看上去完全长大了。”

斯普劳特伸出双手环住他的脖子。“噢，爸爸，”她说，“我刚才都没认出你。你看上去好强壮。”

“我一直在坚持大量锻炼，甜心，”他说，“来吧。我们快进去。”

“爸爸，我爱你。”

他感觉到泪水刺痛了他的眼睛。他微笑道：“甜心，我也爱你。我爱你胜过这世上的一切。”

完

♥♦♣♠

一些附录

好了，伙计们，我们已经准备好滚动演职人员字幕表了。调出你们的伍德斯托克音乐，准备好“乡村乔与鱼”乐队的《鱼欢呼/感觉我注定不得好死》。

准备好了吗？好的：播放。

“给我上——”

逆转王牌

编剧 & 导演

维克多·米兰

执行制片

贝琪·米切尔

出品人

乔治·R.R. 马丁

助理制片

梅琳达·M. 斯诺德格拉斯

编辑

乔治·R.R. 马丁 & 梅琳达·M. 斯诺德格拉斯

特邀明星

（按出场顺序排名）

海伦·西北风·卡利斯勒 …………………… 史蒂夫·皮林所创

克罗伊德·沉睡者·科伦森 ………………… 罗杰·泽拉兹尼所创
比利·刽子手·雷 ………………………………… 约翰·J. 米勒所创
鲍比乔·克里普特·基克·帕克特 …… 小罗伊斯·怀德曼所创

原声带

小说 ……………………………………………………“文艺复兴”乐队
第一部 ………………………………………………“感恩而死”乐队
第二部 ………“杰弗森飞机乐队”所写；艾萨克·盖洛利演奏
第三部 ……………………………………………“乡村乔与鱼”乐队
尾声 …………………………………………………“感恩而死”乐队

精神支持

莱娜·罗比森
肖恩·罗比森
梅琳达·斯诺德格拉斯
约瑟夫·威廉·雷谢尔
麦克·韦弗
狄波拉·阿姆布鲁斯特
凯伦·特纳
乔尼和吉姆·卡纳蓬伯格
全体百变王牌主题科幻小说圆桌的伙伴

这是一本百变王牌小说

“咒语是什么？”

Fin

越南战争

个人声明

我没有去过越南。我太年轻了。我本可以安排一场旅行，如果我愿意的话，但事实是我并不想这么做。

在20世纪60—70年代，我对这场战争有两点感受：

其一，我认为美国介入越南是错误的，从道德、政治以及军事方面来看，都是错误的。这不是在那里战斗的人的决策；他们并不制定政策。

其二，我不支持北越政府。我只是认为美国政府没必要送我们的同胞和金钱让其他人按照美国想要的方式行动。

在美国撤出越南之后所发生的一切都没能让我改变以上观点。

这本书不是要表达对我错过的这场战争的怀念；我很高兴我没有经历这场战争。这本小说不打算解决这场战争所带来的某些怪异的国家疑惧。它不是一本“越战书籍”。它是一部惊悚小说——我希望如此——以及一部百变王牌小说。小说设定于1991年，而非1967年。我希望读者能从小说本身去看待它。

维克多·米兰

1992年5月11日

关于作者

维克多·米兰是一位前牛仔，也是一位前卫摇滚 DJ，耶鲁辍学生，偶尔画画漫画，出去表演，但主要还是个作家。他创作了超过五十本小说，包括：《阿达：世界的喜悦，战争派对》以及与梅琳达·M. 斯诺德格拉斯合作的《符文矛》。他最新的书是《主君控制论》，是他的获奖作品《武士控制论》的后续作品。他是创作“百变王牌”系列联合会的创始成员。他居住在新墨西哥的阿尔伯克基市，养有两条狗以及一只名为“雷夫”的浅黄色老鼠。